# ある戦中派の軌跡

鈴木敏子

学文社

# まえがき

一九二四年生まれ。二〇〇五年の今年八十一歳の私は、戦中派と呼ばれるが、それはどのようにして形成され、どのように戦後自己変革しようとしたか、まず経歴と時代を振り返りたい。

(一)一九二四年(T一三) 福島県生まれ。
(宮沢賢治『春と修羅』『注文の多い料理店』自費出版)
(二)一九三〇年(S五) 国鉄職員だった父、奥羽本線笹木野駅助役。信夫郡野田尋常高等小学校入学。六歳~十歳。
(二九年世界恐慌。三〇年昭和恐慌)
(三)一九三四年(S九) 父、東北本線松川駅に転勤。信夫郡松川小学校に転校 十歳。
(三一年満洲事変、中国侵略始まる)
(四)一九三六年(S一一) 縣立福島高等女学校入学十二歳~十六歳。
(二・二六事件、日独伊防共協定。北条民雄『いのちの初夜』刊行。シャリアピン独奏会)
(五)一九四〇年(S一五) 福島高等女学校卒業。縣立女子師範学校入学。十六歳~十八歳
(大政翼賛会発足 紀元二六〇〇年祝賀行事 米、みそ、しょう油、塩、砂糖等配給制)
(六)一九四二年(S一七) 女子師範卒 相馬郡飯曾村国民学校訓導 十八歳~十九歳。

（四一年ハワイ真珠湾攻撃　多数の知識人も支持）
（七）一九四三年（S一八）十二月依頼退職　十九歳。
（ガダルカナル島撤退開始。学徒出陣、決戦標語「撃ちてし止まむ」五万枚配布　学童疎開始まる）
（八）一九四四年（S一九）喜多方町立耶麻高等女学校助教諭　二十歳〜二十四歳。
（四五年　広島・長崎に原爆投下。八・一五日本ポツダム宣言受諾。敗戦）
（九）一九四八年（S二三）耶麻郡松山中学校教諭　二十四歳〜二十五歳。
（大韓民国、朝鮮民主主義人民共和国成立）
（十）一九四九年（S二四）依願退職　上京　二十五歳。
（中華人民共和国成立）
（十一）一九五〇年（S二五）電気通信協会（編集部）入社　二十六歳〜三十歳。
（朝鮮戦争開始　特需景気起こる）
（十二）一九五四年（S二九）電気通信協会（編集部）退職　三十歳。
（一九五六年　イタリーオペラ初来日公演）
（十三）一九五七年（S三二）産休補助教員を始める　三十三歳。
（カラヤンとベルリンフィル初来日）
（十四）一九六〇年（S三五）国立療養所多磨全生園分教室小学校教諭　三十六歳〜五十二歳。
（安保闘争が全国的規模で起こる）

（十五）一九七六年（S五一）全生園分教室小学校閉鎖により、東村山市東萩山小学校訪問学級教諭。
五十二歳～五十五歳。
（十六）一九八〇年（S五五年）退職　五十五歳。
（ウィーン・フィル初来日「フィガロの結婚」等初公演）

以上は、私の学歴と職歴である。戦後、私が学んだ組織としては、一九五二年から一九六〇年頃までは「自由大学サークル」、一九六〇年頃からは現在も「日本文学協会」会員であり、「近代部会」「国語教育部会」「新フェミニズム部会」等で学んでいる。この二つの組織については後述する。しかし私はついに研究者でも、教育者でもなく、その時々に関心のあるものを書いてきたにすぎない。但し日記のみは女学校時代から書き続けており、後述の五冊の書はそのまとめである。

日本では、宮沢賢治、芥川龍之介、外国ではロマン・ロラン「魅せられたる魂」、プルースト「失われた時を求めて」、ルイス・キャロル「ふしぎの国のアリス」等のノンセンス文学。思想としてはマルクス主義文献、シモーヌ・ド・ボーボワールの「第二の性」等総じて言えば、一九世紀的文学、思想の影響下にあると考えている。以上は作品論その他で詳しく後述するつもりである。

五十代からは、特にオペラに惹かれている。「フィガロの結婚」「カルメン」等。

次に私が現在までに書いた五冊の本は左の通り。
一　『らい学級の記録』一九六三年　明治図書刊
二　『鏡のむこうの子どもたち―訪問学級のなかから』一九八四年　創樹社刊
三　『わが「時禱書」―ある女子師範生の青春』一九九四年　オリジン出版刊
四　『書かれなくともよかった記録―「らい病」だった子らとの十六年』二〇〇〇年　自費出版
五　『「らい学級の記録」再考』二〇〇四年　学文社刊（一の『らい学級の記録』と「らい」関係諸論文の再録・再考）

この著は、右の五冊以外に小学校時代から書いてきたもののまとめであり、つまり両著併せて「ある戦中派の軌跡」となる。

忠良な臣民教育、侵略戦争を善と信じこませる軍国主義教育は、とくに国史（社会）、国語、綴方を通して行われた。私は日記はむろんほとんどの成績物を保管しており、上京する時持ってきたので、今も手許にある。幼い時のものほど用紙も枯葉色に変色し、解体しかけている。

この著には、短歌もある。私の戦後は短歌的抒情―感傷主義批判が大きな課題なのだが、晶子、牧水ばりのそれらをも発表するのは、作品の巧拙よりも、どのように私が忠良な臣民に形成され、戦後それへの反省からいかに自分を変えてこようとしてきたかを検証したいからである。天皇制の難問も含まれている。

戦後の発表の場は、主として日本文学協会機関誌『日本文学』、各部会誌・紙その他である。

# ある戦中派の軌跡　もくじ

## 戦後編

5　ドーデー「最後の授業」（一九六六年『日本文学』五月号）　153
6　木下順二作「夕鶴」批判（一九六七年『日本文学』四月号）　170
7　ロマン・ロラン「魅せられたる魂」（一九六七年『日本文学』四月号「邂逅の記録」）　189
8　宮沢賢治「注文の多い料理店」（一九六七年『文学教育の理論と教材の再評価』日本文学協会編　明治図書）　193
9　「斎藤喜博全集第一巻」書評（一九七〇年『日本文学』四月号）　206
10　「雲は天才である」覚え書き（一九七四年『日本文学』八月号）　216
11　ヨーロッパ感性旅行記（一九七四年一二月）　235
12　「ふしぎの国のアリス」読解―その笑いのナンセンスについて（一九七五年『日本文学』一二月号）　259
13　「枯野抄」・「雛」の読み方（一九七六年『日本文学』四月号）　280
14　「こん虫のあいず」は伝わるか―ある科学的説明文の問題点（一九七八年『日本文学』三月号）　286
15　「スガンさんのやぎ」はばかか―「スガンさんのやぎ」授業報告（一九七九年六月　日文協『国語教育』九号）　292
16　「一つの花」と「一つのおにぎり」は等価か―「一つの花」抒情批判（一九八〇年『日本文学』二月号）　300
17　涙にうるむリアリズム―「兎の眼」批判（一九八〇年『日本文学』一〇月号）　304
18　私家版「国語教材」あれこれ―もっと笑いを（一九八二年『日本文学』二月号）　315

19　「ブレーメンのおかかえ楽隊」（グリム童話）―知恵とユーモア　〔一九八三年　日本文学協会編『読書案内（小学校編）』大修館書店〕　319
20　「妾の半生涯」（福田英子著）論―その「私」のあり方をめぐって　〔一九八三年五月　日文協近代部会報告〕　328
21　「田道間守」考　〔一九八三年『日本文学』八月号〕　343
22　MOZARTに魅せられて―わたしのTHEMA　〔一九八四年三月〕　347
23　「鹿《しし》踊りのはじまり」（宮沢賢治）を読む―「手拭」と「すきとほった秋の風」と　〔一九八七年『日本文学』四月号〕　353
24　「十二月八日」（太宰治）解読　〔一九八八年『日本文学』一二月号〕　368
25　「ベリー候の豪華時禱書」（レイモン・カザル、木島俊介訳）（中央公論社）〔一九八九年一〇月　日文協近代部会誌　第八一号〕　379
26　西洋中世の魅力　〔一九九〇年七月　日文協近代部会誌　第九〇号〕　382
27　F・サガンの人間的なるもの「私自身のための優しい回想」〔一九九〇年　日文協『近代文学研究』第七号〕　385
28　西洋民主主義は死んだ―多数決の非民主性・非人間性　〔一九九一年「心の窓」№46 47合併号〕　388
29　文学者と権力　〔一九九一年一一月〕　390
30　「類推―analogy」について　〔一九九二年一月　日文協近代部会誌　第一〇八号〕　393

31 二つの鼻＝花物語 〔一九九二年八月 日文協近代部会誌 第一一五号〕 396
32 「身をくねらして歌った」自己救済の歌―中野重治「五勺の酒」論 〔一九九二年～二〇〇四年 未発表〕 401
33 「YOUNG PEOPLE'S CONCERTS」―L・バーンスタインの一つの仕事 〔一九九三年四月 日文協近代部会誌 第一二三号〕 410
34 「芸術と文明」に学ぶ 〔一九九五年三月「あづま」福島縣立図書館報〕 413
35 「レオナルド・ダ・ヴィンチ人体解剖図展」を見て―解剖学的ヒューマニズムのススメ 〔一九九五年「心の窓」七月号〕 415
36 ある女の生涯―抽象と具象のはざまで 〔一九九五年「心の窓」八月号〕 418
37 読むこと・批判すること 〔一九九五年一二月 日文協近代部会誌 第一五一号〕 421
38 「汚れ」について 〔一九九六年「心の窓」一月号〕 425
39 宮沢賢治の戦争支持思想について 〔一九九七年二月 日文協近代部会誌 第一六四号〕 428
40 私にとっての日本語 〔一九九八年七月 日文協近代部会誌 第一八〇号〕 431
41 「高瀬舟」（森鷗外）私の読み 〔二〇〇五年一〇月 日文協近代部会誌 第二五八号〕 434
あとがき 437

# 戦前＝戦中編

## 〔1〕一九三〇年（S五）―一九三六年（S一一）六歳～十二歳

### 尋常小学校時代

#### 1　ニジ　（尋一）

（時代を表すために旧カナ通りにした）

私ビョウキデ／ネテイタユフガタ／ヒマモナク《(ママ)》／ハツヱサンニジガデタ／ニジガデタト／オウマヲヒイテ（意味不明）／私ヨロコビソトニデテ／カアチャンカアチャンニジガデタ／ニジハムラ（紫のこと）ヤ／ミカンイロ／モモイロナド／イロイロミゴト／私タイソウヨロコンダ

---

その他残っているのは三篇の作文に尋六の時の詩集二冊等である。それらは皆ワラ半紙四ツ切りの紙を綴じたものに、自分で線切きをして書いている。原稿紙が配られたのは、二年の時からである。

右の文をいいとは思わないが、自然賛歌と平穏そうな日常生活がある。家庭不和も昭和恐慌も影を落していない。福島縣信夫郡野田村野田尋常高等小学校一年生の作である。

野田村は、現在は福島市に併合されているが、当時は人口約六百人位の養蚕業を主とした農村だった。

父は二九年（世界恐慌の年）国鉄東北本線郡山駅勤務から助役に昇進して、野田村の奥羽本線笹木野駅に赴任した。始着の福島駅の隣り駅である。

父の転勤により、また私自身の職業によって何度か住居が変ったが、一番好きなのはこの野田村の笹木野駅付近の自然環境である。笹木野原と称されていたというだけあって、何よりも見渡すかぎり視界が開けていたからである。

山も遠くにかすみ、村や森もほどよく圧迫感を与えぬ位置にあり、平坦な田畑が広がっていた。

父の記録にも「村人は温厚な人々が多く、我々駅員には相当敬意を表して、住みよき土地であった」とある。特に駅長、助役などは村の名士であり、それまで下積みの仕事をしてきた父には気分がよかったのだろう。

一九一九年（T八）開設された、瓦ぶき、木造の山小屋風の小さな駅は、一寸童話風な感じを与えた。駅正面の左右には桜の大木が巨大な門のように、小さな駅を守っていた。この駅は現在も存在しているときいた。

駅は小さかったが、南側の空地には、南北を貫ぬく鉄路に沿って開いた大きな倉庫があり、裏手の草原は、子どもたちの遊び場であった。この倉庫は、駅から近い富国館製絲工場の原料や製品、また秋には土地の名産、萱場梨の箱詰などの置場であった。

駅の右手、北側には官舎用の畑が少しあり、続いて木造平屋建の官舎が三軒、板塀に囲まれて並んでいた。助役、駅長、保線区長の三役が住むことができた。駅からは一分もかからぬ近さである。

官舎の板塀の向うには、南北を貫いて鉄路が走っており、福島駅方面は南で明るく開けていたが、北の方は「奥の細道」の名の通り深い林の彼方に鉄路は消えていた。石川啄木や宮沢賢治が往復した鉄路でもあったが、幼い私はいつも恐いと思っていた。

官舎の玄関側東には小川が南北に流れ、その向うは田んぼ、畑と続き、やがてそれらすべてを遮るように、富国館製絲工場が聳えたっていた。

面積五ヘクタールを持つ敷地に、南北に延びた五階建の白亜の殿堂は、そのみかけの壮麗さで人目を牽いた。

しかし当時の門外不出だったという写真資料をみると、女工の居間―寝室は、廊下の左右にずらりと並んでいるが、各室の戸はすべて外されてある。舎監が監視しやすいためである。おそらく「女工哀史」的実態、実情はもっといろいろあっただろう。むろん幼かった私は何も知る由もなかったが、休みの日など官舎に遊びに来る女工もあり、その一人については拙者『わが「時禱書」―ある女子師範生の青春』に書いた。

この工場からは、一日に何回か時報のサイレンがボーと鳴り渡った。

欧州の町や村なら教会の鐘の音が人々の生活を支配していたわけだが、ここでは工場の汽笛が村人の生活を支配していた。教会の鐘が神―精神的支配なら、日本の工場の汽笛は追いつき追いこせで軽工業から始まった日本資本主義の進軍歌であった。

一九一六年（T五）設立された当時は工員（男女）一八〇〇名を数えたという。まさに富国のための

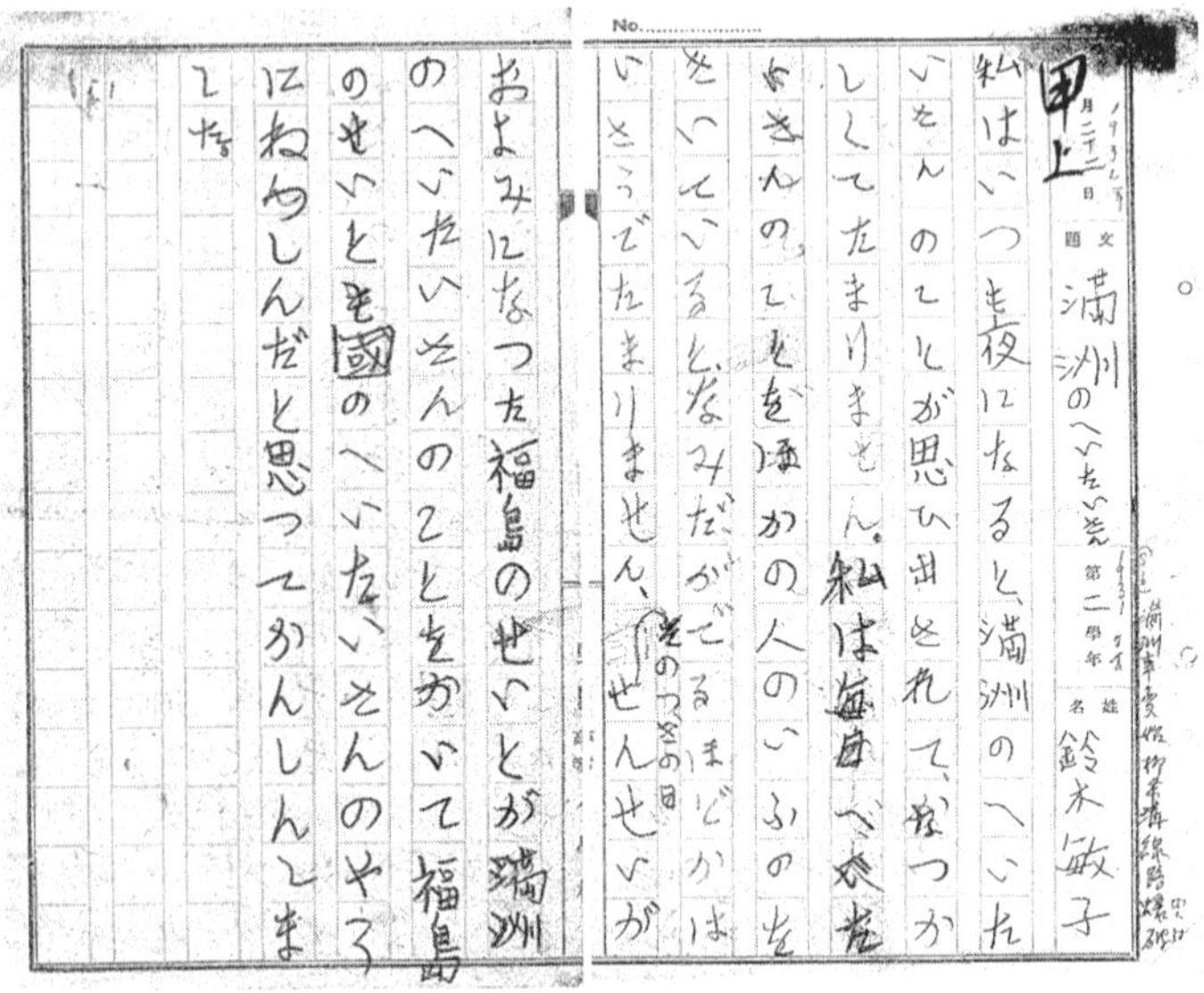
甲上

一月二十二日

題 文 満洲のへいたいさん

第二學年

名前 鈴木敏子

私はいつも夜になると、満洲のへいたいさんのことが思ひ出されて、なつかしくてたまりません。私は毎日へいたいさんので[illegible]を[illegible]かの人のいふのをきいていると、なみだがでるほどかはいさうでたまりません、そのつぎの日せんせいがおよみになった福島のせいとが満洲のへいたいさんのことをかいて福島のせいとを國のへいたいさんのやうにねっしんだと思ってかんしんしました

殿堂だったようだ。しかし一九三〇年日本にも波及してきた昭和恐慌は、まゆ価の大暴落となり、人員整理と続いてゆく。富国は負国に落ちこんでいった。加えて東北の農村は、不況に追討ちをかけるように凶作に見舞われ続け、今に語り伝えられる若い娘の身売りや欠食児童を生み出していった。

一九三一年九月一八日、日本軍は中国東北部（満洲）の柳条湖の鉄路を爆破。これを中国軍の所為として総攻撃を命令した。

注目したいのは「一月二十二日」日付の「満洲のへいたいさん」である。前記のように三一年九月一八日の柳条湖事変から、三二年一月二二日まで僅か四ヵ月しか経っていないのにもう慰問文？を書いている。書かされたのかどうか覚えてないがいろいろ考えさせられる。

## 2　満洲のへいたいさん　（一月二十二日）（尋二）（右ページ写真）

私はいつも夜になると、満洲のへいたいさんのことが思ひ出されて、なつかしくてたまりません。私は毎日へいたいさんのことをほかの人のいふのをきいていると、なみだがでるほどかはいさうでたまりません。そのつぎの日せんせいがおよみになった福島のせいとが満洲のへいたいさんのことをかいて、福島のせいとも國のへいたいさんのやうにねっしんだと思ってかんしんしました。

---

右にはまだ戦争美化は表われていない。戦地の兵隊に同情するという形を取っている。何しろ他国が戦場なのだ。一言でいえば被害者意識で受取っている。事実は加害者なのに他国での戦争だからなお心情的にしか受取れなくなっている。つまり、中国＝加害者＝悪、日本＝被害者＝善という単純な図式が出来上り、ゆえに日本の戦いには正義という倫理性が与えられ、やがては八紘一宇、大東亜共栄圏といった野望に広がり、聖戦にまで聖化され神がかり的になっていく。

民族意識のみが強められ、独善的になり、相手の中国人への想像力は初めから立ち切られ、彼らはチャンコロであり、非人間であるから何をしてもよい対象となる。それに、日清戦争勝利の記憶がかぶさり、ますます暴支膺懲《ようちょう》が利いてくる。

## 3　これから　（二月五日）　（尋二）

これからだんだんはるがちかず《ママ》いてきました。さくらのつぼみもすこしふくらんできました。このあひだ、みさをちゃんの内《ママ》にいってみたら、うめの花が日にてらされて、もも、ぎんのやうにかがやいていましたので、私はうつくしいのにびっくりしてみさをちゃんに「なんだって美しいない」といったらみさをちゃんが「いい」といへ《ママ》ました私はそれから一人で内い《ママ》かへっておかあさんに「かあちゃんみさをちゃんの内でうめの花がもうさいたよ」といったら「今年はあたたかいからです」とおっしゃいました。私ははるのくるのを毎日たのしみにまっています。

## 4　へいたいさんへ　（四月十九日）　（尋三）

春になりました。兵たいさんたちもおくにのためにはたらきました。

私どもはこちらで一心にべんきやうして、家ではおとうさんやおかあさんのいふことをきいて、大きくなったら、えらい人になって、くにのためはたらくつもりです。このあひだの三月二十五日の日は、めんぢやう式でした。私はそのとき、いふとう生になりましたから、私はうれしくてうれしくてたまりませんでした。この二三日まへの日私と弟は本田さんへおくわしを買ひに行きました。そしてかへってきて私がだい所へいくと、「カンカンカーン」とはんしよ《ママ》がなりました。私はすぐおもてい《ママ》出てみましたが、けむもひもどこにも見えませんでした。そのうちに、ひで子さんが學校からかへってきました。私はすぐひでこさんに「どこがかぢだったい」ときいたらひで子さんは「わらくつがもいたのをかち《ママ》のきになってはんしよ《ママ》をはたいたんだど」といひましたので、みんな大わらいでした。
　へいたいさん　さようなら

---

右にはすでに私のその後を貫くひたすら主義＝精神主義がみられる。それは当時の戦争と密接に連なっている。兵隊が命を捨てて国に尽すように自分もひたすら勉強せねばならぬ。日本の戦争が正しいように、優等生である自分も正しい。その関係に矛盾など考えられなかったし、優越感が差別の裏返しであるなどと知るよしもない。

## 5　村の朝　（十二月三日）　（尋三）

朝早くおきてみるとすずめが屋根の上にすくんで、寒さうにピイ〳〵と泣いていた。霜がま白にふっていた。百しやうの人は寒くてもいせいよく朝早くからいねはこびにせいだしていた。福島の方を見るとどのえんとつからもけむがもく〳〵と出ていた。寒いからうんだうをした。かほをあらっていると（多分畑の中のポンプ井戸だったろう）、汽車が汽てきをならしながら元気よくはしってきた。おそいとおもっていそいでごはんをたべてかばんをさげて家を出た。
学校へきてみるとストーブのけむがもう〳〵とでていた。みんなは寒がってストーブのそばで本をよんでいた（後略）。

---

この一九三二年は、傀儡政権による満洲国建国を宣言。武装移民団が四一六人出発。五・一五事件が起き、陸海軍将校が犬養首相らを暗殺。軍靴の音が高まってゆく。保田与重郎が『コギト』を創刊、日本浪漫派の旗上げを行い、戸坂潤が「唯物論研究会」を創立。右と左がまだ拮抗していたが、巷では「影をしたひて」「涙の渡り鳥」「天国に結ぶ恋」などの流行歌がはやり、フランス名画「自由を我らに」「パリ祭」などが上映されていた。

「わが時禱書」にも書いたが、特に「天国に結ぶ恋」という坂田山心中の流行歌はプラトニック・ラブとして一世を風靡した。それは客観的には国家が大量死を国民に強制してくる時代に、待ってましたとばかり応じてゆく効果をもっていた。この七五調のインチキ抒情を、私は許せない。つまり大義のために死ぬことと、愛する君のために死ぬこととは通底していたのだ。私の純愛主義はこの辺に由来していると思われるが、この幼時からの感性の変革は容易ではない。それは短歌的抒情と結びつくのでなお厄介なのだ。

## 6　冬休み日記より　（尋四）

一月二日　火曜日　曇

おとうさんが、一月二日になったら机をかってくれるとおっしゃってゐた。今日福島にいったので、かへってきた時おとうさんに「机は」ときくと「おくってよこす」といった。私はその時うれしくてうれしくてたまらなかった。いつも机がほしい〳〵と思っていたのぞみがとげたからである。早く夕方になればいいと夕方がまちどほしかった。

いよ〳〵夕方の三時八分の汽車で机がきた。私はすぐ家へいってなはをきった。すると中から机があらわれた。私はとてもうれしかった。今年こそはこの机でべんきゃうして一等そうだい（総代）になってやらうと心がけた。

---

三三年には、この時代を象徴するような二人の若い文学者の死があった。

一人は共産党員文学者の小林多喜二。一人は岩手の文学者、科学者、宗教者だった宮沢賢治。

傀儡政権による満洲国建国に対し、国際的に反対された日本は、国際連盟を脱退し、ヒットラーがドイツ首相に就任したこの年は、国内的には反戦・反帝国主義運動の思想的支柱とされてきた共産党への苛酷な弾圧が頂点に達した年であり、最高指導者であった佐野・鍋山は獄中で転向声明を発表。思想弾圧は自由主義者へも容赦なく及んでゆき、河上肇検挙、滝川事件へと広がってゆく。

党員文学者だった多喜二は「一九二八年三月十五日」で当局の党員に対する逮捕、拷問を描いたため自らも逮捕・拷問され、築地署で虐殺される。二月二十日、三十歳。

賢治は粗衣粗食に甘んじ、病勢悪化の中でなお農民の肥料相談に応じ続け、吐血して死ぬ。三十七歳。ともに時代の問題、反戦、貧困にまともに向き合った者の受難の姿である。

同じ東北の啄木が心情と論理の人なら、賢治は色彩と感覚の人。文学上の日本印象派と言いたいところ。しかしその賢治も晩年はかなり強い戦争支持の手紙を書いている。

## 7 ほんとにいいお父さん （十二月五日） （尋五）

私の家のお父さんは、釣りがなによりすきです。休みになると、朝早くからおにぎりを持って、ばんになってから帰ってくることが度々あります。

お父さんは決して短気ではありません。やさしいお父さんです。冬はたいがい家にいます。時には鳥取り（小鳥をつかまえること）にいくことがありますが、さむい日はこたつにねています。私はその寝顔をみると、なんだかお父さんがありがたくなってきます。なぜといえば、家中のものがみんなお父さんのおかげで、ごはんをくっていられるからです。

ひるもねないで、よるは出番の時は汽車がきてねられませんから、ほんとうにお父さんはやせてしまいます。私はお父さんに御用をいいつけられると、どうしてもいやだということができません。お母さんにならいえます。

お父さんは私たちがわからないことでもあれば、すぐにおしえて下さいますし、毎日弟たちが使うに困らないようにと十銭ぐらいを、こまかにしておいて、いつでも下さいます。

私は平ぜい、お父さんをよろこばせようと思っています。しけんなど百てんもらってうれしくてじまんがおをしてお父さんにおしえると、お父さんも笑って「なあに、じまんばかりして、いまのうちにおちてしまうから」といって、ほめたことなどほどんどありません。

私は親孝行したいと思っていますが、容易にできません。でもいつかはやれるような時期がくると思って、私はそれをよろこんでいます。

## 8 朝のごはん炊き （五月十五日） （尋五）

あしたこそ早く起きてごはんを炊こうと昨夜思いながらねた。

朝になってすずめやことりがなきだしたので目がさめた。障子をみるとうす明くなっていたのでおそいかと思ってとび起きた。ながしへ行って、かまをおろして、とだなからマッチを出して火をつけた。それからかまをかけ、うちわであおいだ。うんよく火がもえだした。

洋服をきているとエ場のぼう（汽笛）が一だん高くなったので、もう六時かと思った。ちょうど時計がとまっていた。

ていしゃばへいってみると、五時十五分であったので、やっと一安心した。

家へかえってかまどの火をみると、もえきっていて、炭がこんこんにおきていたので、七輪にとって炭をくべた。

かまどには木をくべた。私は今年の火防デーの時こそ上手にかこうと思って、ほのおをじっとみつめていた。その時かあちゃんがおきてきた。私がかまどの火をみつめていたので「敏子、そだに顔をくっつけでっと、すすけっつォ」といって「あどおれしっから、ふとんでも早くたため」といったので、ふとんをしまって、川でかおを洗ったら、さっぱりしたきもちになった。

西の方をみると、山々がこいみどりいろにみえて、ほんとうに気持がよい。朝のさわやかな空気をすいながら、今日の学課のことを考えた。

---

「川で顔を洗った」とあるが、それは前記のように、官舎の前を流れていた小川のことである。川沿いに官舎用の共同風呂もあったが、顔を洗えるほど、水はきれいだった。

一九三四年父は東北本線松川駅予備助役に栄転。私は五年生で松川小学校に転校。

松川小学校がどんなものだったかは、次の一文がその一端を語っていると思う。

## 9　笹木野行き　（一月十二日）　（尋五）

八時何分かの下り列車に乗ったあの日こそは、まちにまった笹木野へゆく日だった。その日は二日のかいそめだったので、先に、福島へ降りた。

一時の汽車でいよいよ笹木野へいった。すみなれた所だけに、いってみると、山も木も川もなつかしかった。八島田の正子さん（村医の娘）の家に一番さきにいってみた。正子さんは温泉にいったとのことでいなかった。正子さんのおばあさんが「あがって遊んでいきなさい」といわれたが、まだまわるとこがあるからといって、残念ながらも正子さんの家を出た。

こんどは時ちゃんの家にいった。すると時ちゃんもあそびにいっているときいて私はがっかりした。「いますぐ時子がくるからあそんでおいで（まっておれ）」とくどくいわれたが、先生にも会うからといって、時子さんの家を出た。少しゆくと、時子さんが後の方で「おーい、敏子さんまってな」といいながら走ってきた。私も「どこであそんでいたの」ときくと「となりであそんでいたんだ」といった。私が「時子さん、学校さいってみねが」というと「いってみっから」といったので、いさんで学校へいった。

六年の男の教室では、上の学校へ上る人たちが勉強していた。職員室へいってみたが、なかなか中へはいっていかれなかった。ようやく中へはいっていくと、他の先生が五六人いた。

それから先生（おそらく担任だった女教師の武藤先生）と四方山の話をした。コーヒーとせんべいをごちそうになった。私の席が、二組の一番前だといった時には先生が笑った。（私は組でも三番と下らぬ身長で、いつも一番うしろの席にいたからである。）

うすぐらくなるまで学校であそんでいたが名残おしく帰ってきた。

先生と時子さんは西の門から、私は一人東の門からでた。あのとき、後を振りかえってみると、先生と時子さんが私の方をみ送っていた。私はかなしくなったので、走ってしまった。先生と時子さんの姿が見えなくなるまで。


---

私が笹木野に執したのは、そこが居心地のよい土地だったからだ。助役さんの娘で、優等生で、友達もあり、いやないじめにも会わず、のびやかな自然の中で、年上の男友達ともいっしょに遊んでいた。

ところが、松川町の小学校に転校したとたん、私は一寸した村八分、いじめに遭った。学校は、町の中心の外れにあったが、駅官舎からは片道三キロほどあった。起伏の多いその道の両側には田畑が広がっているのみで、農家も少なかった。むろん、往復徒歩である。

師範時代の日記によると、転校当時、毎晩のように松川の学校がいやで泣いていた、とある。私にいやがらせをしたのは主に男子である。彼らは、私の前に来ると、片手で自分の鼻をおさえ、もう一方の手の指でグイと鼻の先を上に押上げてみせる。つまり私の鼻がシシッパナであることを思い知らせたのだ。それは私に生れてはじめて、オマエは醜いのだと思い知らせる働きをした。今でもそうだが、まして当時は女は殊に外見が物言う時代だ。私に自信喪失させるには十分だった。その上、私は「ヨーカン、ヨーカン」と囃し立てられた。意味はよく分らないのだが多分、背の高さを悪口されたのだと思う。ヨーカンとは洋館、西洋風の建物をいい、それらはたいてい伝統的な日本家屋よりは高かったので、それにひっかけて、背の高い女子を排斥したのだろう。何しろ今でも女は小さく愛くるしいのがいいらしいから。

そこで私はどうやら、失われる自信を、成績面でとりもどそうとしたらしい。ところが、すでにクラスには決った序列があった。一番は町の織屋の娘、二番は校長の娘。五年の二学期末に闖入してきた駅助役の娘にはその序列をくつがえす力はない。しかし私は実力は一番だと強引に思い込んでいた。いつか証明してみせる、と。

そしてそれは女学校を卒業する時に証明されたとしつこく思い込んでいた。つまり、三人とも同じ縣立福島高等女学校に入学し、卒業の時優等賞をとったのは私だけだからである。

閑話休題。

## 10 兵隊さん （十月三十日） （尋六）

二十七日の四時ごろ兵隊さんがくるといふので、停車場へ行った。

雨がザァ〳〵と激しくふってゐた。風にふかれて火事の時水をかけてけすやうなひどい雨だった。停車場にはみんなたくさんあつまってゐた。ワカノちゃんや信子ちゃんたちと話してゐると電気がパッとついた。

四時四十八分の汽車で兵隊さんがおりた。私は傘をさして外に出た。兵隊さんはみなあめにぬれてはねながらいった。さうして雨のさかんに音たててふってゐる中に整列した。だれもいやだなどいう顔をしてゐなかった。みんなまっくろい丈夫そうな顔をしてゐた。そして町の方へいった。

後から又おりた。停車ばの中にそろった。金すじに星のある人が「『第何中隊』ここにそろへ」というとみんなすばやく整列した。兵隊さんは規まりがよいものだと感心した。

見てゐる人にゑんりょなく話をしてゐた。私にも一人の人が「こゝから町までいくらぐらいある」といってきえ《ママ》た。私は「約一里ぐらいある」といった。すると「一里か」といってすこし困ったやうな顔をした。私もこまるだらうと思った。私は仙台の人だから言葉がちがふだらうと思ってゐたらちがってゐなかった。こんなにいっぱい町さとまられっぺか、とまらんにときは狭くても自分の家へとめてやりたい。そしていろいろと兵隊さんのことなどをきいてみたかった。

外とうだのぼうしはみな雨にぬれてゐた。早く泊まる所におちついてゆっくりしたいだらうと可愛《ママ》さうだった。でも戦にゆけばこれより苦しいこともたくさんあるだらうとすこし想像することができた。

## 〔2〕一九三六年（S一一）―一九四〇年（S一五）　十二歳〜十六歳

### 縣立福島高等女学校時代

高女四年間のうち、現存している高女名入りの二百字詰原稿用紙は、一年一三枚、二年二二枚、三年一四枚、四年四四枚で、四年が圧倒的に多い。これは当時国語担当だった吉多先生の影響による。私は父の転勤によって、東北本線松川駅から福島駅まで汽車通学した。

福女四年間の時代状況は、引続き中国侵略戦争は続いていた。当時、夏、冬の休みには日記帳が配られ、提出させられた。左に載せてみる。士気を鼓舞するような戦況と臣民の道が示されている。

冬季休暇中ノ心得

一、日本精神ノ涵養ニ努ムルコト
1、元旦ニ皇居ヲ遙拝シ皇室ノ天壌無窮ヲ祈ルコト
2、祖先尊崇、一家團欒ノ家族制度ハ我國國民道德ノ骨子デアルカラ樂シク新年ヲ迎フルト共ニ氏神詣參ヲナスコト

二、休暇中特ニ實行スルコト
1、母校、舊師ヲ訪問シ感謝ノ意ヲ表スルコト
2、年末年始多忙ノ時ナレバ一層家事ヲ手傳ヲナシ實習ニ當ルコト
3、學科ノ復習ヲ怠ラザルコト
4、日誌ヲ記載シ三學期始メニ主任ニ提出スルコト
5、通知薄ハ保護者ノ檢閲ヲ受ケ三學期始メニ主任ニ提出スルコト

三、諸　注　意
1、かるた會等ニハミダリニ出席セザルコト、夜ハナルベク參加シナイコト、若シ止ムヲ得ズ參加スルトキハ父兄ノ同伴ヲ乞フコト
2、飲食ニ注意シテ健康ノ增進ヲハカルコト
3、同窓會等ニ出席ノトキニハ餘興ニ加ハハラザルコト
4、雜誌其他ノ讀ミ物ニ就テハヨク注意ヲ怠ラザルコト
5、汽車割引券ノ使用ハ規程ヲ嚴守スルコト

支那事變日誌

昭和十二年

七月七日　支那軍の不法發砲に依り蘆溝橋事件起きる。これが今次事變の初りである。

七月二十九日　天津日本租界近くの支那兵の不法射撃に依り天津は忽ち死の街と化す。又通州に於ては我が同胞百五十九名が支那側保隊によつて虐殺された。

八月九日　上油に於て我が陸戰隊の大山中尉（後大尉）が保安隊に射殺された。

八月十三日　支那正規軍の發砲に我が陸戰隊はこれに應戰上海に於て、こゝに日支の戰端が開かれた。

八月十四日　わが海の荒鷲の渡洋爆撃開始さる。

八月十九日　梅林中尉（後大尉）南京上空に別れのハンカナをふつて護國の花と散る。

九月十五日　北支方面最高指揮官に寺内大將、上海方面最高指揮官に松井大將任命さる。

十月十一日　加納部隊長戰死す。

十月二十六日　大場鎭陥落。

十一月五日　わが陸軍大兵團、突如として杭州灣北岸に上陸（指揮官は柳川將軍）

十一月二十日　大本營が宮中に設置さる。

十一月二十五日　南京の第一陣無錫陥落す。

十二月十三日　南京城陥落。

十二月十四日　事件の平和と支那民族の幸福をはかるため、蒋政權に反對の中華民國臨時政府生る。

十二月十七日　南京入城式。我が銃後の國民は旗行列、提灯行列を行ひ戰勝を祝す。

昭和十三年一月

元日　輝かしい元日を期して南京市民は、眞の東洋平和の希望と喜びに燃えながら蒋政權を離れ、南京自治會の誕生を祝ふ。

一月二十六日　事變に對應するため國家總動員の法案が出來る。

二月二十三日　松井大將に代つて畑大將が上海方面最高指揮官となる。

三月二十七日　わが海軍航空隊大擧して漢口空襲を敢行す。

三月二十八日　南京附近の各省は獨立して中華民國臨時政府を設立した。

四月三十日　支那方面艦隊司令長官に長谷川中將に代つて及川中將が新任された。

五月十九日　徐州城陥落。

七月二十日　張鼓峰事件起きる。

八月十三日　右事件解決す。

九月二十二日　中華民國臨時、維新兩政府合體して北京に集合、中華民國聯合委員會、發會式を擧行す。

十月十二日　わが大兵團、南支バイヤス灣より敵前上陸す。

十月二十一日　廣東陥落す。

十月二十七日　漢口陥落。

あゝこの日、午後五時三十分わが陸海協同の精鋭は、敵の最大據點とたのむ漢口、武昌、漢陽の所謂武漢三鎭を完全に占領したのである。然し、長期戰はいよいよこれからです。しつかり頑張りませう。

## 1　空想

一年三組　鈴木敏子

廣いのはら
れんげさうの花が　さきにほつてゐる
たんぽぽもまぢつて美しい
だれもゐない野原で
くびかざりをあんでゐると
やはらかな光がからだにあたる
どこかでカツコーといふ
春のたのしさをおもはせる
かつこ鳥の声がきこえる
ふと見ると
向ふの小高い岡の西洋館が
青空ににあつて
絵のやうにうつくしい

## 2　幼き日の思ひ出

一年三組　鈴木敏子

ふくゑちやん

ふくゑちやん、といふ名を思ひ出すたびに、今は亡き、あの人の面影が目にうかぶ。

それは丁度おかひこ様を、かつておいた時だつた。私は二年生だつた。そして私のお友達の四年生であつた秀子ちやんと、或日、清水村にあるふくゑちやんの家へつれてゐかれた。ふくゑちやんと知り合になつたのは、いつだかもう記憶にのこつてゐない。

ふくゑちやんの家に一歩入つた時私は、桑の葉の間から、うようよと灰色をした長い虫が、目に止まつた。私はびつくりした、が、それが蚕をみた初めだつた。ゐろりばたで麥飯をたべて厚いわらぶとんに、ねせられた。なんだか私はヘンに思つた。そしてふくゑちやんにいふと「之は中にわらが入つてゐるからへんなんでしよ」といつてなんだか、淋しさうにわらつた。私は秀子ちやんと一所に、そのわらぶとんに仲よくねた。それからしばらく、ふくゑちやんと顔を合はせなかつた。それから一年もたつたであらうか、突然ふくゑちやんは死んでしまつた。

腹まくだつたといふことを後からきいた。そして、死ぬ時は、自分の持つてゐた着物などをみんな分けて妹さんたちにくれたとのことだつた。ふくゑちやんはかみゆひさんだつた。そして私によくガムなどを、買つてくれた。私はその時はそんなに死んだときいてもかなしまなかつたが、ふくゑちやんの妹さんがおゆづりの羽織をきて福島などにゆくのをみた時、突然として、あの姉のやうにやさしかつたふくゑちやんを思ひ出さずにはゐられなかつた。

ふくゑちやんは寂しい運命の本に生れた人だつた。母はまゝ母だつた。そのために別居してゐた。そしていつでもにこ〳〵してゐた人だつた。だがその微笑の中には、なんだか淋しさがふくまれてゐたやうに思はれた。今になつて時々思ひ出すと、少さかつた時の、かなしみと同じかなしみが、胸にこみあげてくるのである。

## 3　眞夏の白雲

二年三組　鈴木敏子

暑い夏の日は、私の頭上に容しやなく、さん〳〵とふりそゝぐ。私は昆虫袋をとる袋をもつて、小溝を低くとぶとんぼを、追ひかけて居たが一匹もとれなかつた。

ふと空を見上げれば、青い空に向ふのみどり濃い山のかげから、白い綿のやうな雲が、丁度純白な、あのふわふわした綿を大きくちぎつて、いくつもつみかさねた様に、むくむくと青空にはひ上つてゐる。あの山にのぼつたらつかみとれさうだな、さう思つて見てゐる中に、あの雲がづうつと山の遠くの方からのぼつてゐる様に見えた。ならば山を下つてその次の山からなら？　と思ふとまた遠くなる。

あゝ雲はつかまへられないなと思つた時は、いう〳〵と東に向つてあゆみはじめてゐた。勇壮な夏の白雲よ。

白雲にのつてはてしない青空をかけまはり、お伽の国に行つてみたい。

## 4　安原先生の事

二年三組　鈴木敏子

安原先生を知つたのは、何でも先生がまだ學半塾に通つてゐる頃で私は二年か三年の時だつたと思ふ。クリスチヤンでよい先生だつた。私はよくおねだりして繪をかいていたゞいたことがある。そのうちには、五月の鯉のぼりの立つてゐる所を、かいていたゞいたのもある。

私が四年の時に野田の學校に来られた。そして或日私に、「敏子さん、先生はあなたに繪を書いてやつたつけな」と言はれた。私は、「ほんとにさうだつたわ」と云つてあの時分の頃を懐かしく思つた。

夏休に私は先生につれられて友達と共に、川に水泳ぎに行った。行く途中私は先生に、「先生、人間はどうして物を言つたり、頭で考へたりできるんでせうね。不思議で仕方ないんです」と言つた所、先生は、「さうだね、ほんとに不思議な事なんだ。しかし之等は皆んな神様がおつくりになつたんだよ」と教へて下さつたつけ。まだよくその時は、分からなかつたから、さうかな位の気持で聞いてゐた。さうして私達は、夕方、夕日にやける砂の上の長い影法師をふみながら、楽しく歸つて来たつけ。

その後先生は入隊されて除隊にならない中に私は、松川に轉校して来たのだつた。それつきり安原先生とは、久しくお會いしなかつた。何でも清水の學校に轉任されたと言ふ事をTさんから聞いた。

十月×日突然先生に召集令が下つたと言ふ事を聞いた。私は予期して居たにもかゝはらずはつとした。Tさんは、「あの先生は、きつと、死んでかへつてくるつもりよ。前から召集されるのを待つてゐたんだもの」と言つた。安原先生は時々Tさんの家に、おいでになつた事がある様である。

私は先生を見送る為に停車場へ行つたが、文字通りその日は黒山の如き見送り人で、やつとプラットホームに出た。私は先生とよくお會いすることが出来なかつた。會つても果して私を覚えておいでになつたかどうかはわからない。だが私は満足だつた。発車する前に私の方に瞳をむけられたがおわかりにならなかつた様だった。

「天に代りて不義をうつ……」私は声をかぎりに唱つた。ひとりでに涙が頬を傳つた。先生は元気に歌ひながら旗をふつて居られた。しかし間もなく先生の元気な顔も私の視野から消えていつた…。今頃は北支のどこで戦かつて居られるであらう安原先生。先生の御信仰なされてゐたイエス・キリスト、願はくば先生に武運長久の惠みを垂れ給へ。

## 5　夏休日記より

二年三組　鈴木敏子

八月三十日　月曜　天氣晴　起床午前六時二十分　就床午後九時四十分

驛に出てゐる佐藤さんと言ふ人が招集されて千葉に行くので見送つた。子供の手をにぎりながら發車するまではなさず元気に、しかしどこかさびしさのふくんだこゑで「てきはいくまんありとても……」の歌をうたひながら驛長さんやいろ〱の人々と汽車の窓から握手して行つた。私は涙が出て来て仕方がなかつた。女の人達は大てい涙をこぼしてゐた。佐藤さんの男の子供が汽車が發車してしまつたら「父ちやんおれんどこおいていつちまつたバカヤロ」と言つて泣いたと言ふことだ。それでだいてゐてくれた人が「父ちゃんあしたかへつてくっかんない」といつたらぴたりと泣きやんだとのこと。なんといぢらしいことだらう。一度郷里を出づればあとは生か死かわからぬのに。父をこふる子のあはれさよ。

---

なお二年で特筆すべきなのは、夏休日記の上欄に、「旅の歌」として有名歌人四人の歌が載っており、そこに若山牧水の「幾山河越えさり行かばさびしさのはてなむ国ぞ今日も旅ゆく」があり、それに私が魅せられたという事実である。いずれ師範時代に再記するつもりである。

## 6　夏休日記より

三年三組　鈴木敏子

八月八日（月曜）

今日まで最も反省させられた事は、恐れ多くも天皇陛下におかせられては、金製品を日銀へお下げ渡しになつたと云ふ事である。誠に恐れ多い限りである。皇室におかせられては、常に我々臣民に何かとお心をつけさせられ給ふ事は、周知の事実である。そして天皇陛下におかせられては、いつも親心を以て我々臣民にいろ〳〵お示しになつてをられる。之に対して私達は、もつと〳〵忠をいたさねばならぬと思ふ。国家では今、總動員といふ提唱の下に、国民に向つて叫んでゐるのだ。我々は国策にはぜひそはねばならぬのだ。この有難い大御心を拜した者は、必ずや反省する事があらうと思ふ。

ここから福女四年に入るのだが、それは女師二年と耶麻高等女学校と共に記憶に残る歳月なので、拙著『わが「時禱書」—ある女子師範生の青春』から抜粋することにする。文中の先生とは国語担当だった吉多先生を指す。

---

## 7 吉多先生への質問状と応答文

四年三組　鈴木敏子

三学期初めの大雪の日、放課後私は自分の控室で、友人とともに先生にいろいろ質問した。先生の答は私を驚かせるに十分すぎた。早速その夜私は真夜中までかけて質問状を書き先生に渡した。小型の原稿紙三枚にワクを無視して書いた。すると意外にも先生は翌日、その原稿紙全部の裏一面に解答を書いて下さり、例によってその朝も、職員室のあたりをうろついて先生を見ようとしていた私を「あ、敏ちゃん」と呼んで渡して下さった。開くとまず煙草の香とまじった先生の匂いが面を打ち、全原稿紙の裏一面の流麗な赤ペンの文字は、暗い聖堂に輝く焼き絵ガラスのように美しい天上界を見る思いをさせた。

質疑応答は左の通りである。私の幼稚な理屈とともに、時代も見えるはずである。先生は私の質問に対して番号と傍線をひき、それに対して答えて下さっている。

一、先生、私は無神論者[1]を正しいものとは認めません。果して人間が、ある偉大な敬仰すべき存在を無視して、それに頼らず生きていけるでしょうか。私達はこの偉大なるものを天照大神として仰ぎ、外国ではいわゆるゴットとしてあがめているのだと思います。

先生はニヒリスト[2]だと自称なさいましたが、本心でしょうか。またこんな思想はどこからくるのでしょうか[3]。先生は死ぬほどの大病をされたときききましたが、その時先生は、まだ生きていたいとは思われませんでしたか。もし思われたとするならば、その時、何かにすがろうとする気持がきっと湧いてきたと思います。その「何かに」が神ではないでしょうか[4]。

神社に対しての礼は虚礼だとおっしゃった先生[5]。またそれを当然の如く思われている先生。そんな心に背いた行動をして、日本人としての良心に恥じないのでしょうか。神社を認めないことは、祖先を認めないことです。祖先を認めないことは、祀られてある人の人格を認めないことです。他人の人格を認めないことは、自分の人格が認められないことになると思います。もし日本の神々が先生の思想の如く認められないものでしたら、我々の祖先は、一体どんな考えで二千六百年の長い間これを認めてきたのでしょうか。そんなに日本の神社は信じられないものでしょうか。だんだんこんがらかって分らなくなってきますからこの問題はこれだけ。

二、次に先生は〝現実に即して最善をつくす〟生活をされているとか。そしてどんな日常の些細な行動でもそれは先生にとって真実であり先生自身の他の何物でもないとおっしゃったように思います。

そんなに先生が御自分の生活を肯定していらっしゃるなら、先生の生活は[6]不平や不満のない充実したものであると信じます。けれど不平や不満がないということは、[7]言葉を更へていえば、理想のないことだと思います。[8]理想のない生活は向上しません。(中略)

三、先生は[9]「事物に対しては、一切善悪の判断を下さないし、又言ったことはない」とおっしゃいました。(中略)でも先生は生徒に「悪いよ」といわれたことがあります。それはピンポン室で千恵ちゃんと太田さんがけんかした時、先生は太田さんに[10]「顔の批評は悪いよ」とたしかに言われました。たとえ口に出して善悪の断定を下さなくても、そんな行為をみた時、刹那的に私達は善悪を判断しているのだと思います。先生が善悪の判断を下さないというのは、あくまでうそだと私は思います。たとえ自分が善悪の判断を下すだけの資格がないとしても、本能的に下さざるを得ないものだと私は思うのです(後略)。

---

右に対する先生の答。これは筆跡までまねしたいくらいだが、それはむりなので、せめて旧かなのままに写したい。

---

正面切って答へる程徹底した考をもってゐる訳ではないし又、さうした事をつきつめて思索する熱意と言ったものを最近失ひかけてゐるのだが、自分の言葉に対して君が起した色々の疑問には僕にも半分位責任がありさうなので一応感じたままを書いてみる。自分の文章の番号と照合して読んでもらひたい。

1　僕は無神論者と言った覚えはない、世間に言ふ。しかし神を信じた事もない。ただその神といふものに対しての敬意だけはもってゐる。それは信仰とは別なその神の業績に対する感謝といったやうなものだ。

2　ニヒリストだったこともある。今の人生観を組織する前の過渡的時代をなしてゐる。そして僕にしてみると実に記念すべき時代である（これについてはうんと語りたいが機会をまたう）。

3　希望、理想、愛情、等々とそれが裏切られた苦痛から来ると思ふ（僕の場合でいへば）。

4　生きてゐたいとは思はなかった。又死にたいとも思はなかった。すべてなるがまゝになるであらうと、その用意をした。何かにすがらうといふ思ひは、今の僕にとって実に遠い観念である。他の大いなるものに頼らうとする気持は僕を去ってすでに久しい。この考への発展は当然「普通にいふ神」といふものを認めない形になる。

5　虚礼といったのは誤り。「人と違ふ意味で」といふべきところ。

もと〳〵僕は普通の人の神に対する或る種の考を軽べつしてゐる。最も軽べつしていいのは、神に何かの報酬を求める、神に罰をかけられるといったやうな観念から神を敬し、神を信仰するといった気持である。

6　たしかに君の言葉の通り。僕には何の不平も不満もない。生活は今のあり方で充ちあふれてゐる。

7　今の生活で一ぱい〳〵なのに、どうして未来に向ってあゝありたい、かうありたいと考へる余裕があらう。一日一刻最善主義、僕にはそれだけで精一ぱいだ。

同様に過去の事も、今の生活に意識的には何の影響もない。過去、現在、未来の関係の断絶、その事のために僕はどの位惨憺たる苦労をしたらう。過ぎ去った事にかゝづらひ、未来を思ひ憂うる事がどのやうに今の生命の息づきに対しての感激を歪めさせるか、この事は生きる事に関して誠に重大な問題である。

8　「向上しない」といふ言葉は僕には分らない。この辺さすがの君も少し考へが甘いのではないかしら。今をよりよく生きてゐる者にどうして向上がないのであらう。生きる事は生命の擴充である故に、本然的にその時の生命の伸びる欲求はある筈。わざ〳〵理想なんて美しく呼ばなくとも、その欲求は放っておいても生きてゐるかぎりわいて来るべきものだ。その生命の欲求に対して最もよしと信ぜられる生き方をひたむきに生きる、その最善々々の連続が生活の体系だとしたら、向上しないのが不思議だ。僕のいふ生命の欲求を理想と呼ぶなら、理想をもつ事は常に正しい。しかし理想はあるが、今の今の最善がなかったら、愚かしい道化ではないか。又理想あるために今の生命を軽蔑するとしたら、哀れむべき青い鳥の追求者と呼ばるべきである。

9、10「善悪の判断」、これは僕の一番苦しい問題。僕の信念としては、あくまでも善悪二つの観念を一つのもの絶対的な事象としてそのまゝ肯定する。これは僕の人生をみる根本の態度だ。（特に儒教の教へる善悪の考へは、とても軽蔑してゐる。）

しかしそれは倫理学、教育学と正面から衝突する。殊に自分の今の環境は、この信念を生くべくあまりに複雑である。

そこで僕の今の姿は、二重人格のふりわけ人形である。素顔の僕と教育者といふ仮面をかけた僕と交互に転身する。しかしなるべく素顔でゐたい。その方が楽だし、自然だから。しかし根本の態度は、善悪一如である。

以上感じたまゝを。感じたまゝとは言へ思ひつきではない。すべて僕の生の体系の一部である。

---

私の質問には、当時教育された皇国史観がみられる。その上に立って、神社にロクに敬礼しない先生を批判しようとした。片方では好きだから絶対服従なのに、片方では反抗する。それもまた私の近づきたいという欲求の表現であった。それが多分理屈っぽいのだろう。しかし、続々戦死者が出ているのに、戦争の影は薄い。神社や善悪の問題はもっと追求してゆけば国家や戦争批判にも連なるがむろん私に力なく、先生も語らない。尤も善悪一如では戦争批判にはならなかったろうが。全体としては観念的・精神主義的で、個人と国家といった視点は全く欠落している。大正ヒューマニズムの名残りよりは、巨大

な国家の戦争政策の中にすべて呑みこまれていた証拠だろう。一見個人主義的にみえながら、客観的には滅私奉公の全体主義に加担していたのだ。責める気はないが、先生も戦争や天皇制批判は持っていなかったようだ。

石坂洋次郎の『若い人』に影響された私は感想文を提出したことがある。その中に「普及版では『ゴットと仏陀はどちらが偉いか』となっているが、その前の版では『ゴットと天皇はどちらが偉いか』となっていた。ゴットと天皇は比べられるべきものではないそうだが、私は天皇がより偉い方と信じている」と書いた。その部分に対して先生は「僭越な思惟である。天皇は偉いとか何とかという批判を超越しているのだ」と赤インキで書いていた。戦後考えを変えられたかどうかは知らない。

## 8　八重子

〈校友会誌「たち花」一九四〇年（S一五）「紀元二千六百年」特集号〉

四年三組　鈴木　敏子

八重子はK市の小学校五年生、厚い真黒な髪を持った黒目がちの子だった。父が軍属として昭和十三年中支のある鉄道へ出征同様に出発して行った後は、ぜんそくの持病をもつ母の手助けをして、殆んど家事一切を小さい手に引きうけて働かねばならなかった。中学に通っている兄と、二人の妹の世話迄近所の人の驚くばかりだった。朝は五時前には起きて炊事にかゝった。母は寝床で指圖しながら涙ぐむ様な気持で、しまった筋肉を持つ我子を、じっとみつめているのが常だった。

「お母ちゃん、お弁当のおかずは何にする」元気な八重子の声が朝日のさし込む様に母の心にパッと生気を吹きこむ。

「さうだね、佃煮がまだあったでせう。それと昨夜煮た煮豆でも持っておいで」「ハイ」「一男はもう起きたかい」「あっそうだ、兄ちゃんはまだ起きないんだよ」「しやぅがないね、起こしておいでよ」「いつでも兄ちゃんは起されない中は起きないんだから」

そんなぐちをこぼしつゝも兄の部屋へどん〳〵ふみこんで行って「兄ちゃん〳〵起きないと汽車におくれるよ」と言いつつ布團《ふとん》をめくってしまふ。

兄をたゝきおこすと手早くふとんをたゝんで座敷を掃き出す。その板についた機敏な動作は、五年の子とはおもへなかった。八重子と一男がそれ〴〵出て行った後、母はやっと起き出し、後片付や二人の子供達の世話をしては又寝るのだった。

午後二時頃になると八重子の元気な「只今っ！」といふ声が家を明るいものにする。

「お母ちゃん、今日渡されたお清書ね、先生にほめられたんだよ、ホラ申ノ上々ね。」「よかったね、お父さんにお見せよ」母は枕から首をもたげる様にして、弱々しい聲で言って少し咳き込んだ。

「ハイッ」元気よく床の間に飾られてある父の写真の前にくるとピタッと坐って清書を供へ「お父ちゃん、八重子かいてきたの、これ、先生もほめてくれたんだよ、上手になったでせう。」さういふ聲をきいて母はそっと涙を拭きながら微笑してゐた。「八重子は父さんに似たんだね。父さんも書方の上手な人なんだよ」「うん、八重子もっともっと上手に書いて、今度は支那に送ってやるよ、お父ちゃん喜ぶね、きっと」「ああ、喜ぶとも」

春や夏の時分は病勢も進まないのだが、冬近くになると母の病勢は悪化してゆくのが例年の習慣だった。夜などは横になって寝たことがなかった。上向きに寝ようとしても、咳きこんで眠れるものではなかった。枕をいくつも重ねて、その上にうつぶしてゐた。足は殆んど坐るにようにし、うつら〳〵とまどろむだけだったから、血色はよくて元気は少々あっても、身體はやせて小さく、細ってゆくばかりだった。夏でも綿入れを着ている事が珍らしくなかった。彼女は親類の者から「そんな身體では留守がまもれないよ。もっとしっかりしなくては」とはげまされる度に、弱々しい微笑を浮べて「どうせ私は長生きできない性質《たち》なんですから」と半ば絶望的な瞳をするのだった。

八重子はそんな母をみるのが一番厭だった。痛ましい様な、かなしい様な、寂しい様な心がごっちゃになって、腹立だしくさへなってくるのだった。「又お母ちゃんの弱虫が始まった。八重子、もっと働いて、お母ちゃんを働かせないようにして大切にするから、そんなことといふのやめてよ。もう言はないって約束して、指切りして」といって無理矢理母の青白いかぼそい小指に、自分の血色のよい小さな小指をからませる。母はそんな時、ともすればすぐ涙ぐむようになる自分の心をはげまして我子の顔をしみ〴〵と見守って微笑してやる。

或る日八重子はかなりはなれた米屋に米買ひに行った。曇ってゐた空は八重子が帰る時分になって、いよいよ降り出して来た。配達してやるといふのを断り、一斗余りの米（約十四キロ）を袋に入れて背負い、エッチラオッチラ雨の中を傘もさゝずに歩き出した。道行く人もさぞ驚いたらしく、ふり返り、〳〵見て行った。だんだん米の重みがこたえてきたが、一生懸命身にあまる米袋をかついできた。家についた時、母は「まあ〳〵」といったきり、とみには言葉も出なかった。頭も着物もぐしょぬれで、いきの立つほどだった。だが八重子はかぜもひかなかった。

此頃母の心を悩すものは、長男一男の言動だった。この頃の少年にありがちなのかもしれなかったが、気むづかしくなって何事につけても不平や小言ばかり言って母を困らしていた。朝なども八重子が起しにいくときっとぐづる。利かん気の八重子は「兄ちゃんはだめだよ、男のくせに朝から怒ってるなんて、お父ちゃんに知らせてあげるから」とやりこめる。一男は「やかましいぞ八重」とぞんざいな口をきいて手を出してくる。八重子は「お母ちゃーん、お兄ちゃんがいじめるよう」と逃げまわり、母の傍へきて助けを求める。母は「一男また始まったね。お前はお父さんがいなくて誰も叱る人がいないのをいいことにして、いくらでも暴れる。父さんがいなくなってから急に悪くなってきた」といって叱りつけるが、一男のわがままはそれだけではなかった。朝など少しでも気に入ったおかずがないと、ブスッとして御飯も食べず、お弁当も持たないで学校に出かけることが珍らしくなかった。母の力では制御できないものがあった。母は自分の無力を知って、我子ながら意のままにできないのが寂しかった。我子の自覚を待つ外なかった。

或る冬近い夜、勉強を終えた一男は時間割をそろへてゐたが、ふと筆箱をみて、赤鉛筆の足りないのを知った。彼はろくに調べもせずに早速怒り出した。下の妹達はすでに眠ってゐたから彼は八重子にあたり出した。

「八重子、お前使ったらう。赤い鉛筆をお前でなければ使ふものはいないぞ。どこへやった、早く出してこい」「知らないよ、兄ちゃん。兄ちゃん失くしたんじゃないの」「失くすもんか、確かに入れておいたんだ。」「私は知らないよ」「うそいへ」と言ふや否や、一男は八重子を力まかせに突いた。八重子は勢よく尻もちをついて上向きに倒された。母の「一男」という鋭い制し声も効を奏さなかった。八重子はワッと泣き出した。くやしげに兄をにらみつけつつ「バカ、バカ、兄ちゃんのバカ」と言って表にとび出した。

家の脇でエーン〳〵しばらく泣いてゐる中《うち》、涙で心が洗い清められたようにせい〳〵してきた。空いっぱいの星をボンヤリ眺めてゐた。ふと「お父ちゃん」といふ言葉が口をついて出た。それと同時に父のことが急に色々思い出されてきた。お父ちゃんは今頃何をしているのだらう。八重子のやうにお星さまでも眺めて家のことを思っているのではないだらうか。お父さんのいるところはどの辺の星の下だろう。支那兵になんか殺されないやうに……。

そんな考えが八重子の頭の中をくる〳〵まわってゐた。彼女はおぼろげながら、かうして日々暮してゆくことも、父が支那に行ったことも、みんな見えないあの大きな夜空の様な力が働いてゐるのだ。そして自分たちはこの力の前に無抵抗で服従して行かねばならないといふことを、どっかの心のすみで自覚していた。それが運命とまではまではっきり分らぬまでも……。

あくる日、八重子は父に左の様な手紙を出した。

お父ちゃん、元気ですか。

こちらではお母さんもこの頃は少しよいやうですし、お兄ちゃんも私も妹達もかぜ一つひかないで、丈夫で学校に通ってゐます。私はお母ちゃんのお手傳ひをして、御飯炊きでも、洗濯でも、風呂炊きでも何でもしてゐます。

勉強も決して怠けてゐません。私はうんと勉強して女学校に入るつもりです。いゝでしやう？

お父ちゃんの居ないのにも馴れたけど、やっぱり時々お父ちゃんがいるといゝなァとおもひます。お父ちゃんはいつ頃帰ってくるんですか、早く帰ってくるといゝな。昨夜お兄ちゃんとけんかしたけれど、もう仲なほりしました。病気にならないやうにね、お父ちゃん。

さようなら。

---

右のモデルは、父の弟の一家である。義男叔父は病弱の妻と四人の子を残して、軍属として中支の満鉄に行った。家族四人の世話をしたのは、何と十歳ほどの娘の八重子である。彼女は女なるが故に兄の面倒までみねばならなかった。彼女への同情が右の文を書かせた。むろん彼女の苦労は、こんな程度ではなかったろうと思う。なお四三年（S一八）叔父は妻病死のため帰国。引揚準備のため国鉄関釜《かんぷ》連絡船崑崙《こんろん》丸で支那に向う途中、米潜水艦に撃沈された。死者五四四名。叔父は生死不明。現地での叔父の所持品等は一品も戻らず、当局から見舞金一千円が出ただけ。子供達の苦労は続き、彼女は今も父の死が信じられないという。

一九四〇年の二千六百年文集は空疎な決意の表明ばかりで日常生活が排除されている。生活文に戦争の影がない。そういう作文は載せなかったのかもしれないが、日常生活に戦争が影響していないはずはないのだ。

私の「八重子」は、未熟ながら、それらの中で唯一戦争と日常生活の不可分の関係を描いている。確かにまだ空襲などはなかったが、生活文と時局文の無関係な併存、それはあの戦争の観念性、空虚性を象徴していたのではなかろうか。（この作文は吉多先生によく書けているとホメられた）

## 9 霜柱

四年三組　鈴木敏子

十二月の朝　庭の土に無数にたった霜柱よ
夜の間にかくれた御空の星の数々か
おお霜柱よ私は知ってゐる
お前の持ってゐる音楽的なひゞきを
私が一寸お前の上に足をふれゝば
すぐにそれは奏でられるのだ
私は知ってゐる
お前が持ってゐる優れた模様の美しさを

お前は語らないから誰も気はつかない
でもお前はつゝましくそれを土にひめてひそまってゐるのだ
こんなことも又私は知ってゐる
お前がどんなに天気に対して敏感であるかといふことを
今に太陽が笑ひ出すとお前は一言もたてずに消えてゆくね
それは或ひはかくれた殉教者の聖なる一生涯のそれかもしれない……。

## 〔3〕一九四〇年（S一五）―一九四二年（S一七）十六歳～十八歳
## 縣立福島女子師範学校時代

右の時代については、拙者『わが「時禱書」―ある女子師範生の青春』に書いたが、特に必要と思われる問題を再考する。

### 1　清叔父戦死――戦争への疑い

八月一日　木曜

「清が戦死したとさ」

ロマンチックな福島行きから、現実の我家に足を入れた瞬間に、母から聞かされた言葉がこれだった。

「ええっ？・」衝撃に伴って叔父を巡る様々な思い出が駆けめぐる。

二十三歳。まだまだ惜しい年だったのに。でも結果からみると、生れた時からの大きい運命の力であるような気もする。これはすぐ諦めてしまう私の悪いくせかもしれないが。無性に何かに向って怒りたいような衝動にかられる。涙が出る。

夜、一人官舎の板塀にもたれて星を仰いだ時、また、しみじみ死について考えさせられた。星はあんなに泰然自若として幾億年を光っているのに、地上の人間ばかりが何故死に出会わねばならぬのか。今宵下界にはまた悲劇が起っているのだ。

戦争と人間と死と神と、いろいろの想念が相交錯して、解決できなくなってゆく。だが、多少戦争に対して懐疑的にならずにはいられぬ。ここまで身近に興亜の息吹きが迫らなければ強く戦争を意識できないとは、情けない。死ぬ刹那に彼は果して何を感じ、何を思ったのだろう。(『わが「時禱書」』より)

---

母方の叔父斉藤清は一九三八年四月入隊し、三九年九月北支で戦死した。二十三歳。しかし公報が入ったのは約一年後の四〇年八月一日である。

彼が入営した三八年は前年の南京陥落(大虐殺)の後、武漢三鎮を占領した年であり、この辺までが勝利で、あとは八路軍等の抵抗により、硬着状態となってゆく時期である。

清叔父は私より七つ位年上だったが、母方の三人の叔父の中では一番若く、親しみを持っていた。

母の実家は福島市の自転車屋である。弟子を二、三人置くほどゆとりのあった時代であり、福女に通うようになった私は、何かと寄ることが多く、ふざけたり、けんかしたりしていたのだ。彼を私は「清兄ちゃん」と呼んでいた。男女交際が禁じられていた当時の状況の中で「清兄ちゃん」は私の身近にいた唯一の若い異性だった。

軍国少女の私に、一瞬にしろ戦争を疑わせたほど、清叔父の死はショックだったようだ。

三男に生れた彼は市立商業学校を卒業すると、福島駅に勤めていた。

文字通り眉目秀麗な美男子。いちばん私の年に近い叔父だったので、清兄ちゃんと呼び、泊りに行くと、枕をぶっつけ合ってふざけたりしていた。

商業生時代、下級生に鉄拳制裁を行って停学を喰ったり、試験をサボって映画館に入ったりもした。家が自転車屋なので、新しい型の自転車が入ると早速乗り回し、裏の路地あたりに乗り捨てておく。父が怒鳴りつけようとすると、彼は勉強部屋で雑誌を顔に乗せて昼寝。父は呆れて苦笑いするばかり。

自分の美男ぶりを自覚していた彼は、勤め出した頃からオシャレをはじめた。髪を伸ばし、ポマードを塗りつけ、日に何度も鏡をのぞく。

トンビ（男用の袖付マント）が欲しくなった彼は、母から拒否されると、「トンビくらいケチケチするな。虐待すると、オレが鉄道大臣にでもなった時、後悔しなさんなよ」などと脅かして手に入れた。

勤めから帰ると、毎夜のように友人と夜遊び。髪にポマードを塗りつけ、鏡に向って角度を変えつつ検討。トンビを着込み、真新しい紺足袋をはき、音のしない草履をはき、真白い足袋裏をチラチラさせながら街に出てゆく。それが当時の冬のイキなオシャレであった。遊ぶといっても地方都市、行先は映画館かカフェ位だった。友人と女を語り、近づく入営の日に備えて人生を論じた。彼は太く長くという説であった。彼に恋人はいなかったようだ。五分間の恋人、一時間の恋人よ、さよならなどと書きつけていた。

三八年四月入営の日、彼はあれほど愛していた髪を丸刈りにし、背広に茶のキッドの靴、寄せ書きされた日の丸の旗を斜めに襷がけにし、福島駅頭で見送人たちにあいさつしていた。立派な稟々しい軍人に変っていた。

翌年の九月、北支の部隊で戦友と二人伝令に出た時、背中から貫通銃創を受けた。病院で三日間生きていたという。意識はあったらしいからその間彼は何を考えていたろうか。


右の挿話は私の記憶や、彼の兄、姉等から聞いたものだが、多くの若者が辿った道でもあろう。彼はおそらく戦争に何の疑いも持っていなかったろう。多くの男たちの運命として受け入れ、ひょっとしたら好戦的な気持さえ持っていたかもしれぬ。北支では中国人を殺したかもしれぬ。

私が若い彼の死を悼むのは、それが無駄死に、あるいは罪ある死だったかもしれないと思うからだ。騙されて侵略戦争で死ぬよりは、平凡無為な生の方がまだましだと思う。


---

隈畔を散歩した時、吉多先生に清叔父の死を話したら先生は言う。

「若い人は若い人に与えられた特権、権利というものを、どこまでも発揮するんだ。悲しみ、悶え、苦しんでも、なおかつそれに甘んじて陶酔しておれるんだからね」

「でもね、その若さの権利とかいうものだって、国家が戦争なんかしてる時でもやはりそのままでいいんですか」

「変りゃしないよ。国家はそれを要求してるんだからね。四十代、五十代の者にはそんな情熱はない。年をとるに従って、若い人達が羨しくなる」

「先生が召集されたとしたら、満足して死ねますか」

「満足とか何とかという感情は、超越してしまうと思うな。そんな心境になれるといいね」

「叔父が二十三で戦死してから、果してどんな気持で死んだかと思うと、何だかね」

「それは戦死するまでにはある一定の時間があるから、その間にもう覚悟はできて、喜んで死んだだろうと思うな」

そう聞いた時、私の肯定できないなんていう考えは僭越だと思った。(「わが『時禱書』」より)

## 2　「短歌的抒情」――「感傷主義」について

### 若山牧水の歌と「軍国の母」の手紙

吉多先生は短歌を愛されたようだ。私も先生に出会う前の二年生の時、夏休日記(学校から渡されて書かされたもの)に載っていた若山牧水のかの有名な歌に魅せられ、文学入門していた。

幾山河越えさりゆかばさびしさのはてなむ国ぞ今日も旅ゆく

私はうっとりと右の抒情に浸り、自分もひまあればひねり、新聞や『女子文苑』（のちに『断層』と改称）に投稿したりしていた。

しかし右の抒情こそ伝統的・無常感的あわれ、かなし、さびしであり、その呪縛が、私の理知の光を曇らせたものとして、戦後私が「歌のわかれ」としてとりくまねばならぬという問題意識を持たされたものだ。

ひとつ悪しき例をあげてみよう。私は友人と先生の三人で、福島市から近い飯坂温泉に遊びに行ったことがある。その時の歌。

鮮人の遊女のまとうとき色の衣《きぬ》はかなしもいでゆの町に

朝鮮人の女性がなぜ日本の温泉街の遊女となっているのかなど知る由もなく、一種のエキゾチズムとして目に止めたのではないか。「かなしも」の情緒の中に真実が隠されてしまうのだ。思考停止である。そういう自己批判をこめてあえて腰折れを披露する。

だがもう少しこの伝統的抒情について考えたい。それは自然や社会に対して、どんな関係を持つのか。まず、女学生の頃ノートに書き写しておいた「軍国の母」の手紙文（新聞からと思うが出所不明）と、牧水短歌の抒情を考えたい。

## 山内中尉の母の手紙文（その一節）

天皇陛下万歳
大日本帝国万歳
大日本帝国海軍万歳
　戦死せる達雄に代り母ヤス謹みて唱え奉る
ああ老いゆく母。
月の明るきを眺めては泣かんとするか、花の香わしきを愛《め》でては悩まんとするやあらず。
首《こうべ》をあげて空行く飛行機をみよ。あれよ、あの機、達雄永久に生きてあるよ。
私なお男児三人有レ之、育てみ守りつつ、み国の御為に尽くさしめんと致し候。

ほんとに戦死した息子の母が書いたものかどうかは分らないが、この調子よく詠いあげられた悲壮感に共感したことは確かである。そしておそらく多くの日本人がこの情緒に溺れていたのではないか。そして、いささか唐突ではあるが、右の抒情と前述の牧水の「幾山河」の歌には通底するものがあると考える。

両者ともに喪失—滅びの美を謳いあげている。片方は息子を奪った国家権力に、まだ三人も息子がいると服従することによりなおもその悲壮感を継続・強調させているし、片方はさびしさの実体は不明のまま—近代の悲哀ともいうが抽象的だ—その喪失感・無常感の確かさと永遠性が強調されている。

両者の背景となっているのは自然である。前者は月、花、空。後者は幾山河（人生の象徴の意味よりは自然としてのそれの方が強い）。無限とみえる自然との対比において有限な人間の悲しみが謳いあげられ、強調され、一般化される。歴史的順序からいえば、牧水の日本的感性―あわれ、さびし、かなしの伝統の上に乗っかって山内中尉の母ヤスの悲哀が正当化され、一般化されていったのだ。

物言わぬ自然を相手に物言っているだけの一方通行では、それが独白におちいるのは必然である。独白の果す役割りは現状肯定であり、ヤスの悲しみから現状批判は生れない。

出征兵を送る涙、「英霊」を迎える涙はほとんどが国家への疑いや怒りに変ることはなかった。諦めきれぬ諦めに流されていった。一言でいえば、無常感的哀感である。

## 3　短歌・詩

かろやかに街ゆく人に劣らじと細れる肩を張りつゆく我

風荒れて花吹雪舞う校庭に集える子らよ皇国《みくに》の子らよ

陽にゆらぐすすきのそばに一日《ひとひ》いて牧水読みし秋は来にけり

死の呻き産みの呻きを聞かずして過ぎゆく人を羨みてもみぬ

**勤労作業　増産に関する歌**

学生我等国背負うべき秋《とき》は来ぬこれのうつつはかりそめならず

刈り終えし麦畑の傍《かたわら》に暖かき真白き飯のにぎり招ばるる。

一人子を国に捧げし人の家の麦畑にありつつしみもて刈る

**十二月八日、米英に対し宣戦布告の大詔渙発さる**

更に大き御業《みわざ》を皇国《みくに》遂げゆくと宣戦布告の大詔下れり

外《そと》つ国束《たば》になりてもかかり来よ大和《やまと》少女《おとめ》の力しめさむ

## 遂に教生となりぬ

人よりも性劣りたるこの我を先生と呼びて児童《こ》等疑わず

児童《こ》と共に生くるは我の道ならず児童《こ》と遊びつつしばしばおもう。

## 和

ほっかりと真白き一椀の飯を　すばらしい早さで平げてゆく　大つごもりの夜の七人の家族

〈この魚は一匹十三銭もすんだぞ〉

貧しけど母上のこのおごりのうれしさよ

配給のお神酒《みき》に顔赧《あから》めし父上は

健かに老いゆきたまう

〈父ちゃんの白髪は銀に光るよ〉

神棚のお燈明の炎がゆれて　神も今ほおえみてますか

七人の家族が口聞き箸動かし

一心に食べゆく大晦日の夜のひととき

## 大東亜戦争

皇国の男の子《を》と生れハワイ沖に散りし勇士の何ぞ幸《さいわい》なる
赴任地問題にいつしか父の声昂《たか》まり　我は黙してこの夜更けゆく

## 建国祭の日に

悠久の蒼窮《そら》に　ぼうぼうと満ち来る　太古の想念《おもい》よ
　雲湧き　雲去り
　時至り　時去り
遍巡《へめぐ》る歴史の展開に　かくも正しく位置する皇　民《すめらみたみ》
ああ眉上げよ
燦と輝く一筋の光の道を意志し　旒旗《はた》かざし粛々と進めば
そこに展けゆく薔薇色の聖地ありて—
聞え来るもの　あれは遠御祖《とおつみおや》の声々

注「太古・遠御祖・悠久」等々の言辞は「神州日本賛歌」として侵略戦争の合理化のために使われた。

## 真珠湾の九軍神に

死するてう覚悟のほどはつゆ言わずただに笑《え》まいて家去りきという

## 女子師範卒業

友皆が帰り去りたる教室に死なましと泣きし卒業の日よ

反抗を続け通せし吾が心解き給いたる師のなつかしき

ああ彌生晶子《やよいあきこ》のうたに牧水に若き我身に血も狂うなり

## 〔4〕一九四二年（S一七）～一九四三年（S一八）十八歳～十九歳
### 相馬郡飯曾村国民学校訓導時代

浄土真宗の浄観寺に下宿。大きな農家造りで、東南の一室が本堂。東北と北に六畳間があり、女教師を二人下宿させていた。外には車井戸、五右衛門風呂があった。

なお向って右手本堂そばには掘立小屋があって、ゆきのあねと呼ばれる四十代位の女が何人目かの夫と、小さな男の子と三人暮らしていた。日雇仕事が多く、寒い月夜も夜わり仕事にチョリチョリと縄をなったりしていた。皆の入ったあとの五右衛門風呂をもらっていたが、お寺の妻は、時々焚木が失くなるのはゆきのあねのせいだといっていた。

『断層』（『女子文苑』改名）当時唯一の女性文芸誌の「文苑賞」に応募した「智加子の手記」、筆名「田木敏子」が入賞したのでそれを再録する。賞金は多分十五円、初任給が四十三円くらいだったからわりとよかったように思う。

内容は、福女四年の時の「八重子」を発展させたつもりである。

# 1　智加子の手記（「文苑賞」受賞）

田木敏子

## 八月×日

六年ぶりで、電報一本打たず、ひよつこり北支から父は歸つて來た。玄關に、大きなトランクを兩手に下げ、國民服を着た父の姿を見た時、私はハッと息を呑んだ。すぐ隣りの部屋に臥してゐる母に、

「母さん、父さんが………」と震へる聲で言つた。

「ほんとかい」母の半ば信ぜぬ答へだつた、私がオロ〳〵立つてる中に、笑ひを顏一杯に浮ばせた父は母の前に現はれた。

「やあ〳〵、やつと歸つた。身體はまだ惡いのか」

母は默つて虛脫した樣な目付で父をみつめてゐたが急に激しく咳入つた。咳が止ると靜かに泪を流し出した。

飛び込んで來た六つと十の妹は、母の蒲團の傍にくつついて、じつと父を、他人を見る樣な溶け切れない感情を現した眼で見てゐた。

「泰子、常子、父さんだよ。あれ程言つてたつけに。」

「ホウ、泰子は父さんと初めての對面だな。さ、父さんに抱つこしろ。」

父は手を出したけど生れて初めて父を見る妹は、一層母に縋りついてベソをかき出した。

「オヤ〳〵、すつかり嫌はれたか」父は笑つてたけど、一瞬寂しさうな色が動いたのを私は見た。

「智加、何か父さんに冷たいもの買つて來ておあげ」

母の言葉にすぐ私は外に出た。カッと暑い夏の日に小石までが光を反射してゐた。私はじーんと痺れてゆく様な頭を感じた。そしてわけもなく泪が出て來て、今迄のあの家の情景が嘘の様な氣がした。街通りへ出て氷水を賴んだ。走り走り家へ飛び込んだ。

南日に焼けて汚れた、茶色がゝつた疊の上に父のトランクが展げてあつてお土產が一杯溢れてゐた。純綿の眞白いタオル、革の靴、北京飴と書いてある箱、煙草、ポプリンの服地、トランプ等々が、まだ見ぬ異國情緒を漂はせて、あやしく私の心に迫つて來た。早速妹達は飴を展げて食べてゐる。赤、靑、紫等の紙に包まれた。果實飴だつた。一生懸命甘いものを食べてゐる妹達を父はたゞ、

「ハハハ、大きくなつたもんだ。ハハハ。」

と團扇を使ひ乍ら笑つてゐた。そして時々母と目をみあはせてゐた。私は父のその目付に、母に對する感謝の意を讀んだ。それと共に母に任せておいて、父の力のなかつた年月に對する氣後れに似たものがあるのを讀んだ。表面快活に見えるし、時には豪放なところすらある父の性質の中に交る氣の弱さを私はいつからかしつてゐたが、今この性質を見出した事によつて初めて私の父を深く感じた。

三軒並んだ中、一番奥の私の家は、夏の午後など殊に暑い。二坪ばかりの庭があるばかりで、私の植ゑたひまはりはがつくり首を落し、サルビヤは西日にいよ〳〵赤く燃えてゐる。裸になつてた父は、私がチヤンと糊をつけて洗濯しておいた浴衣に着かへると横になつた。母はまた横になると時々深い息を

してゐた。

配給で特別の魚もなかつたけど特別心を入れて拵へた夕飯に家内五人が坐つた。皆の給仕をしてやり乍ら、六年の間にすつかり大人の仕事を身につけてしまつた主婦代りの私が父の目にどんなにうつるのかと面映ゆい氣持だつた。

「恭介はどうしてるかな。」父が言つた。この席に居ないのは兄だけだつた。

「元氣で未來の大將を目指してるつていふ葉書が此間ついてるわ。」と私、

「ほんに、さんざ怒らせて、氣を揉ましたけど、男の子は一人で伸びていく力があるからもう大丈夫でせうよ」母が何か思ひ出す様な口調で言つた。

兄がS市の士官學校に入つてから三年になる。今日居合せたらどんな顏で父を迎へた事だらう。小さい時から父が嫌ひで碌に返事もしない様な有様だつた。母ともそりが合はずに怒らせてばかりゐたけど、さつさと自分の道をきめると試驗もパスし、水の引く様に行つてしまつた兄。見送りの私に、「智加、銃後は賴んだぞ。歸つたら又喧嘩しよう。」と輕口を叩き、

「待つてるわ」と應酬してやつた私である。

夜、蚊張の中でいつまでも眠れなかつた。

八月×日
今日はお盆の入り口だ。父の母、私の祖母と、赤ん坊の時死んだ弟の爲に佛壇をお掃除し、油揚、う

どん、蝋燭などの配給も受けて來た。

私は此頃、しきりに六年間の留守中の自分の生長の跡を考へてゐる。父が行つてしまつた後、喘息の母は寝たり起たりの毎日で、起きて働くことは殆どなかつた。生れて一年もたゝない赤ん坊の乳の心配と襁褓洗濯、四つの妹の世話と兄の身のまはりは大部分私がして來た。五年生の私は朝五時半には必ず起き出し御飯を炊く。寒い冬の日なぞ、流し元が氷つてゐて炊事し乍ら幾度泣いた事か。父さんの馬鹿、いつまでも父を責めてゐた。兄は、中學一年で閑さへあれば机に嚙《かじ》りついては夜更《よふか》しの朝寝呆である。御飯の膳立の出來ない中におきる事はなかつた。四つの妹が起出してむづかる。煮え立つた御飯から乳を作る爲に水を取らねばならぬ。妹を叱りつけてしまふ。母がなだめる。それでも兄はグウ〳〵である。憎らしくなつて蒲團を捲《まく》つてしまふ。

「兄ちやん、起るんだよつ」と怒鳴りつけた事も幾度か。さうすると兄は怒つて私にかゝつてくる事もある。お菜《かず》が氣に喰はないと辨當も持たないで出かける。そして二三日は口をきかない。母がいくら叱つても戒めても駄目だつた。

「父さんが居ないもんでいゝ氣になつて、親不孝者、母さんなんて死んだ方がいゝんだろ」母は同じ事を何度でも口説く。かうして私はよく遲刻をした。級長も自分から止した。時間中眠くなつた。然し私は誰にも負けはしなかつた。夕飯の支度を始めると母は、「すまないね」と云ひ出す。さう言はれると私は辛いのも忘れて、母の喜びそうな物を作つてやらうと小さい頭をめぐらした。兄が歸つてくる。

「只今」と誰にも聞えない様な低い聲で入つて來、玄關わきの八疊の机にしがみつくか、ふいと外に出て行つてしまふかどちらかである。待ちくたびれて夕飯が濟んだ頃のそりと歸つてくる。母は又口說く。私は默つて御飯をよそつてやる。あんまり目に餘る時、

「兄ちやん　ばかッ」と私は怒鳴りつける。兄が私を叩く。

「この親不孝者」母は泪《なみだ》をためてゐる。私は外に飛出す。そして星空を見上げて思ふ存分泣いた。自己の生活に對して何の自覺もなかつた私は、こんな生活がどういふものであるかしらなかつた。そんな時いつでも呼ぶのは父の名であつた。父さへ居てくれたなら――私は無意識の中にさう思つてゐた。

　春先のまだ寒い日、少し離れた米屋へ米買ひに行つた私は一斗の米を脊負つて歸つて來た。だが我慢が出來なくなり、みぞれの様なものが降り出してさへきたので、私の足は町はづれで一歩も動かなくなつた。その時町の方から歸つてくる兄をみた私は嬉しくなつて、

「兄ちやん、持つてつて」と云つた。

「うん」そつけなく云ふと輕々と米袋を擔いで行つた。兄のランドセルを持つた手に息をふきかけて、私は無精に嬉しくなつて馳け歩いた。

　この日から兄は少しづゝ口をきゝ始めて、私と一緒に家の事をしてくれる様になつた。聲變りをしてゐた兄の妙な、くすぐつたい様な聲が家の中によく聞える様になつた。私が六年になつた時、兄は女學校に入る事をすゝめた。私は入りたかつた。父は、毎月百二三十圓と、年二回の賞與を二百圓位づつ送つてよこした。五人暮しで慮ましくやつてゆけば何とかなるとは知つてゐた。家の事よりも何よりもあの制服を着て通學出來るのが私の最大の空想であつた。あの校服を着た人達の集る所にはどんな美しい

夢があるのかと憧れてゐたのだつた。入學式の時それでも母は、出席してくれた。約三十分もかゝる學校に遲れない爲には朝の起床を三十分位早めねばならず、家の仕事を、後仕末丈は母にまかせていつでも早足だつた。

學校は樂しくてたまらなかつた。私はピンポンに凝つた。休時間はもとより、放課後も時間の經つのを忘れて遊んだ。もと〳〵利かん坊の私は何でも人に負けるのが嫌ひだつた。誰よりも偉くなりたい願ひは猛烈だつた。然しそんな遊び最中にも、ふと家の母の姿が浮んでくると、もうピンポンの興も失せ、バットも投げ出して歸るのだつた。それは親孝行といふよりもむしろ、さうしなければならない私のぎり〳〵の行動だつた。母の、痩せはしないけど、中身の空虛な、崩れ易いもろさのある姿は、私のどんな空想をも打破る力を持つてゐた。むしろ私は母のそんな影像を憎んだ。ランドセルをガタ〳〵言はせて住宅地の並んだ近道を歸りながら、私の心は何物かに反抗したい心で一杯だつた。

母も時々臺所に立つ樣になつたけど、私はむしろ手出しされるのを嫌つた。何時の間にかこゝにも私の暴君的な性格が現れて、自分の仕事に手出しされるのを嫌つたのである。

この頃から私は文學的な本を讀む樣になつた。今迄大衆雜誌や講談雜誌を手當り次第讀んで、年よりは早熟てゐた私にまた違つた世界が開けかゝつてゐた。閑さへあれば圖書室に入つた。そこで藤村を讀み、紘二郎を讀んだ。けれど、これらの文學の生活がまだひし〳〵と我身に感ぜられる迄《まで》には行かなかつた。たゞ讀物として讀むだけの能力しかない私だつた。蒸しがまの煮えこぼれる間のかまの前で、學校の歸り途で、私はそれ等を貪り讀んだ。

かうして私は二年を終へ様としてゐた。そしてあの、思ひ出しても恥づかしい、顔の赧らむ様な日の事を思ひ出す。母にも言はなかつた。聞きかぢりや讀みかぢりの知識で一人で處理した。私は一番兄に知られるのが恥づかしかつた。その日から兄が兄でなく、一人の男として私の目に映る様になつて來た。兄はもはや中學四年生で受驗勉强に餘念ない頃であつた。兄の中に私は、世の中のあらゆる男を見る様な氣がした。あらゆる男の體臭が匂ふ様な氣がした。それは切ない血のゆらぎであつた。いつか母にも知れたけど、母の前では平氣をよそほつてゐた。少し私が氣に食はなくて口答へでもした後、近所の人などが來ると、

「身體《からだ》ばかり大人になつて」と言つた。そんな事を言はれると顔が赧くなるのがわかる程なのだけれど聞かないふりをしてゐた。そして無智な母を蔑んでゐた。

三年の頃から私は自分の生活を顧《かえりみ》る様になつて來た。まはりの級友の生活を見直し出した。友は皆裕福な家庭に育つて私の様な苦勞をして來たものはない様に見えた。唯毎日笑ひ聲に明け暮れて、又上級生と下級生がひそかに手紙なぞをやり取りしてゐる、そんな夢の様な生活をしてゐる人達ばかりが居た。その中で私は、生活苦なぞ全然知らない様に明るく振舞ひ、人並に食べもし見もした。古本を賣る事も覺えた。そしてさりげなく笑つてる、そんな技巧が意識しない所で何時の間にか仕上つてゐた。成績はよかつた。たゞそれだけのものに縋りついて、私より華やかに、美しく見える人達を輕蔑してゐたのだつた。だが内心、一度でもいゝから甘つたるい手紙が欲しかつたのである。

住宅地の道を歩きながら、歸つてゆく家を考へる私だつた。都會のはづれに平凡に息づいてゐる五人

の家内、たつた四間の赤ちやけて所々すり切れた疊、日に干すほか、殆んど四疊半に敷いてある母の床、一坪位の庭に干物が並び、秋であれば大根も干すのである。何のへんてつもない平凡な一つ家、それが私にとつてはかくも重大な存在であるとは不思議だつた。この家で床の間丈がなつかしかつた。手のいゝ父の半折が表裝されてかゝつて居り、書道會に入選して貰つたといふ電氣の置時計が時を刻んでゐる。父の寫眞が飾られ、黑塗の蔭膳のお汁にはかすかなごみが浮いてゐる。その前に私はよく小學校の時からお清書を供へた。父居ぬ家を思つてはある文化住宅の門に咲き誇つてゐるのうぜんかつらの花を目もさめる程きれいだと、そんな事で泪する私でもあつた。

その頃一度父が病氣だといふ便りに接し、何時歸るか知れない父を思つては心が萎えるのだつた。時には、かうして母の看病しつゝ少女の日を何の華やかさもなく過すのがたまらなくいとほしくなり、どうしようもない我儘なヂレンマに悶へる事もあつた。もつとどつかにいゝ空氣はないものかしらと何時も脊伸びしてゐる樣な毎日だつた。かうして六年間、自分でもしらない深い所でひたすら父の面影を慕つて來たのだと氣づけば、之が親子の血といふものであらうかと今更驚きもするのである。

錢湯のついでに父と妹の常子と街へ出て行つた。この市の歡樂街であるこの通りは、戰時下とは言へ、人々の樣々な色彩が灯の中に氾亂して、あちこちに花屋が並び、その花々は朝とは違つた生き〳〵しさを持つて道ゆく人に、挑みかける樣な笑ひを送つてゐた。アイスクリーム屋に入つた。中の灯が眩ゆく目を射た。食劵を買つてる父の後姿を見つめて、やつと長い間、心の奥底で求めてゐたしあはせを、やう〳〵摑まへた様な氣がした。食卓は殆んど人で埋つてゐた。ラヂオがかゝつてゐて今七時のニユースが終らうとしてゐた。妹の手を引いて席についた。入り口の右手のクリームの機械が絶えずドクドク水を吐き出す中で、すつかり板についた手付で皿に盛つてる男が居た。

妹の食べ終へるのを待つて外に出た。街を出た時、私達の頭の上に白々と冴えてる銀河を仰いで、「父さん、支那の空と日本の空とどつちがきれい？」と聞いてみた。

「んだな。どつちもきれいだが又違ふきれいさだな。」

靜かな父の聲にふと私は何時からか考へてゐる事を云ひ出さうとしたが、妹が眠くなつて歩けなくなつたのとを父が脊負つたので、そのまゝ默つて歸つて來た。

## 八月×日

父のお供をして町の伯父の所に行く。四十半ばで支線の驛長をしてゐる伯父は、父の居ぬ間、私の家の一番の力と賴んだ所である。母も病體をおしては二三度は訪ねてゐる。母は母らしい愚痴で手紙の來ぬ事や歸らぬ事や自分の病氣やらを口說《くど》いてゆくのである。私はそれが厭でたまらなかつた。そんな話しか出來ない母をやはり蔑まずには居れなかつた。伯母も母と似て愚痴多い人であつたが健康なだけにどつか明るかつた。伯父は痩身で、長女と長男を中等學校に通はせ、あと四人の子を抱へての生活は、その半白の白髮が充分物語つてゐる。靜かな人で私がくるといつでも五十錢一圓と握らせてくれる人であつた。私はともすれば朧ろにならうとする父の面影を、この伯父の顏をみる事によつて思ひ出さうとするのだつた。

N驛に降りると急に空氣が清澄になつた樣に淸々しかつた。もう秋の氣配が雲の動きや空の色にも感じられた。伯父の官舎の横手は畑になつてゐて、とうもろこしの葉がくつきり空にはまり込んでは時々搖れて秋のさゝやきに耳を傾けてゐる樣であつた。

伯父も驚いたらしい。汽車の合間に來ては父と話した。

「只今歸りやした。留守中は種々御世話樣になりました。」

「いや、丈夫で歸られて何よりだつた。」改まつて挨拶する二人を、私は何か心が暖まる樣なおもひで見てゐた。

父の汗だらけになつたワイシヤツを干してやり、新しい、内地にはないポプリンのワイシヤツを出してゐた私はふと伯母と眼が合ひ、ヒヤリとし、その時初めてかうして外地から歸つてくる人に對する世間の目を知つたのである。さう言へば今日の土産物なんか果實飴と野菜位なんだからきつと物足りなかつただらうと思はれるのだつた。汽車の時間だと時計をみ乍《なが》ら伯父は、

「ゆつくりしてゆけ」と言つて出かけて行つた。伯母は話し相手になつて、

「うんと殘して來たんでせう?」と伯母らしい事を言つて、話は衣服、食物等の生活におちてゆく。父は一々應答してゐる。私はどちらも齒がゆかつた。如何に戰時下であるとはいへ、こんな話しか出來ないのであらうか。如何に配給だとはいへ、御はんは腹一杯食べられるし、砂糖も石けんもなければない樣に使はないでもすむのに。

伯父の子供達は父を縁側にひつぱり出して、支那の話をせがんでゐる。六年の男の子が、

「叔父さん、支那兵つて臆病なんだらう?」ときく。

「どうして、大した度胸だよ。叔父さんの居る停車場に匪賊が來た事があるんだ。何しろ敵は何百人も居るし、こつちは二三十人だしでな。危《あぶな》かつたよ。それでも支那兵はな打つ彈丸がなくなると凹んだ所にごろりとねころんでグウ〳〵やつてるんだ。」

「ふーん、そんな時叔父さんどうしたい。」

「勿論叔父さんは彈丸がなくなつたら刀で戰ふつもりだつたよ。敵にゆめ〳〵停車場を渡したり金輪際出來ないからな。」

「叔父さんも度胸いゝぞー」

「さうさ、日本男子だ。」

「ウワーイ」男の子達は囃し立てた。

夏の日はいつか移つて、前庭を塀で圍まれたこの家にも風が入つて來て、庭には百日草の影が長くのびた。伯母の料理する音が臺所から聞える。御飯を御馳走になつて玄關を出る時、父の茶色の本革の靴が目にとまつた伯母は、

「いゝ靴だこと」と云つた。

私はいやになつて先に飛出した。父は十圓で買つたとか何とか話してるらしい。

汽車の中で、「父さんはあまり人がいゝから駄目なのよ。あの伯母さんいやだ」

といふと、父はたゞ笑つてゐた。何もかも笑ひに溶かしてしまひさうな、そんな豊かな笑ひだつた。こんな笑ひもやはり支那といふ尨大な土地がいつしか父の身につけてくれたものであらうと、今更に支那といふ土地を見直すおもひだつた。

## 八月×日

お盆も濟んだ。まちの中とはいへ、夜はこほろぎの鳴く聲が思ひがけない所からきこえ、まちの上にのさばつてくる入道雲にも、争はれない秋の色があつた。學校も始つた。朝など、うつかり私が寝坊でもすると父はもう起きて、家の中を煙だらけにして御飯炊きしてゐる。笑ひ乍らもふつと泪がこみ上げてくるのである。一旦家に歸つた父は、もうこの一家にとつて動かし難い座を占め、今までの、どこか空しい氣配のあつた家はもう一杯滿された様な感じだつた。が、時としてこんな父の姿を見ると、父自身では、まだ何かすつかりこの家に馴染みきれぬものがある様に見え、私の胸は瞬間いたむのである。それは病身な母に對するものであらうか。成長した子供に對するものであらうか。

私が歸つてくるころ父は大てい晝寝をしてゐた。その、意識のない寝顔をみてゐると、私の心には何時しか、父でも男でもない一人の人間のかなしみがひし〳〵と傳はつてくるのだつた。

時には母と何か話してる事もあつた。そんな所に行き合せると、何か見てはならないものを見る様に私の心はをどつた。以前はともすれば、愛情の變形か何かしらないけど、父の不實を責めてゐた母が、一旦父の姿を見るともう全身でよりかゝつてる様な脆さが見え、それは例へ病身がさせるものだとは言へ、女の生き方といふものをつくづく考へさせられるのだつた。

それにしても話さねばならぬ願がとうからあつた。それは卒業後の方針である。家の現状を考へれば、母の手助けをして、おとなしく縫物でもして居ればいゝのだらうけれど、私の心はもうそんなでは満足出來なかつた。上の學校へ、勉强だ、私はいつも心に叫んでゐた。二三年はどうしても東京へ出て勉强し、都會の隅々まで見、學ぶべきものを學びつくして來たかつた。だが母のことや妹達の事を考へると不可能に近い事だつたけど、私の希みは自分ではもう抑へ難かつた。

この熱望に押し被さつてくる家といふものと、反撥して飛出さうとする心との間にはまつて、私はヂレンマにおち入つてしまつた。箒を持ち乍ら、雑巾をかけ乍ら、發作的にこのヂレンマにおち入ると私はもう何もかも投げ捨てゝぎこちなくその場に突立ち、ぢつと唇を噛んでゐた。だがとにかく父に話してみたら又思はぬ道が拓けようもしれぬ、さう思つて私は言ひ出す機會を待つた。しかし私がすつかり主婦代りに立働いてゐる姿を満足氣にみてゐる父をみると、ふと固い心もたじろいでしまふのだつた。

今夜父は町中の親類へ出かけてゆき、八時頃歸つて來た。アイスクリームを買つて來てくれたので眠つた妹達にはかまはず母と三人で縁側で食べた。蚊取り線香の煙が時々匂つてくる。私は今だ、と思つた。胸がどき〳〵し出した。頭の中で言ひ出す言葉を考へた。

「どうだ、智加、旨くないか」自然食べ澁つてる私を見て父が言つた。母は、

「私はもう澤山、智加、食べてもいゝよ」と言つた。その優しい言葉にふつと私は希が叶ふ様な氣がし、

「父さん、重大要件を相談したいんだけど」と殊更茶化した言葉で言つてみた。

「何だ」

「卒業したら上の學校に進みたいのよ。大丈夫優等で卒業出來るつて先生も云ふし、どうしても二三年勉強したいのよ」と云ひ出すとスラ〳〵と後が出て來た。

父は默つた。月の光りが縁側に射し込んで來て三人を照らした。

「そんなに女が勉強して何になるんだね。理屈ばかり覺えて親が馬鹿に見えて仕様なくなるよ」母の意見である。

「又、んだから母さんはわかんないつていふのよ。生半《なまはん》かな勉強してるからさうなるんでもつと〳〵深い所まで勉強すれば違つてくるのよ。私はどうしたつて勉強したいんだから。」まるで決定する様な私の語調だつた。

母は例の我まゝが出て來たと思つたのだらう、だまつてしまつた。

「母さんでも丈夫なら出してもいゝが」煙草の灰を落し乍ら父は言つた。

「大丈夫よ、來年になれば妹も五年だし母さんもまるつきり働けないんぢやないし」

今となつては後へは引けず、心の奧では駄目だ駄目だといふ聲をきゝつゝも、ひたすら自分の思ひを通さうとする私だつた。

「それ程入りたいならー」

「嬉しいツ、父さん大明神様々」私は掌《て》を合はせる眞似をした。父は苦笑ひしながらもさつぱりせぬ様子で、

「月いくら位かゝるか調べてみたか」

「えゝ寄宿舎に入つて約六十圓位、出來るだけつましくやつてくわ」

もう入つた様な私の有頂天ぶりだつた。月の光りの中に母の顔がやつれてみえたけど、私の喜びはすぐそれを打ち消した。あゝ何といふ晴れがましい前途だらう。何一つ私の空想を裏切るものはない。我身の満足を望月に例へた昔の人のうたも素直にうなづける程私の喜びは絶頂に達してゐる。

九月×日

人生にはこんな日もあるのだらうか。あの月の夜に比べて何といふ激しい嵐の日であつたらう。二時間目急に家からの電話で呼び出された私は母の危篤を知つた。級友の視線を全身に浴びて飛出した。家まで殆んど走り通しだつた。もう駄目だもう駄目だ。母の病氣とは反對に、折角のあの輝かしい希望が音たてゝ崩れゆくのをはつきりきいてゐた。何といふ自我の強い私だらう。そんな考への起る我身を私は恥ぢた。何時かののうぜんかつらの花の赤いのが妙に目につき、美しさを通り越して何か不吉な感じすらした。

母は苦しみの最中だつた。出ようとして出ない咳に咽喉が狭められ、呼吸が出來ず、母はたゞふとんの上をもがきまはつてゐた。油汗が着物も蒲團もびしよ〳〵に濡らし、それでもまだ額からふつ〳〵と湧いてくるのだつた。私はその苦しむ様をみて何一つ手出しが出來なかつた。たゞ身體がサーツと熱くなつては急に冷たくなるのが感ぜられるだけだつた。額の汗を拭いて上げやうと枕許に坐ると、母はうるささうに、言葉の出ないまゝに拂ふ手付をする。妹はもう泣き出してゐる。父はそれを低く叱ると外に出してやつた。一人目の醫者ではおさまらないので二人目をよんだ所だといふ。父もたゞウロ〳〵床のまはりを歩くのみで病人には手もふれ得なかつた。二人目の醫者が來て注射を五本ばかりした。

「やはり、喘息の發作ですな。疲れで起きたんぢやないですか。身體が衰弱してる様です」

眼鏡をかけて、もう何十年となく病人の苦しむのを見て來たらしい醫者は、別に動ずるでもなくはき〳〵診斷を下した。

「ぢや、まだおさまらない様でしたら呼んで下さい」と云ふと歸つて行つた。

枕を五十糎程も高めた母はそれでもだんだん、肩を大きく動かし動かし荒い息してはおさまつて行つた。襦袢と敷布を取替へてやると母は寝息を立て始めた。蚊張を吊つて上げようとして迫つて來た薄暗の中で、今更のやうに母の、痩せて靜脈の浮き立つ細い足をみて、私は親孝行しなければいけないと諦念の様な呟きを洩らすのだつた。

佗しい夕餉の後、縁に出た父は

「今日は十五日か」と呟いた。

「どうして?」

「來てから一ヵ月過ぎるな」

私はハツとした。父はもう再び北支へ行く事を考へてるのだ。母の病氣も、家の力もその父の言葉には勝てないのか。深い〳〵絶望が私を襲つた。然し父が働かなければ食べて行けない一家なのはわかり切つてゐた。一旦軍屬となつて行つた以上、この市の驛には復歸が難しく、又おいそれと出來る事ではなかつた。無理に父を引き止める力は母にも私にもないのだつた。然し父は何故こちらの驛を止して、しかも病身な母と小さい子供を殘して北支へ行つたのだらう。勿論生活の問題もあるだらう。それよりもと私は思ふ。父は仕事がしたかつたのだ、充分働ける土地が欲しかつたのだと。殊に大東亞戰爭が始まつてから、男の血がどんなに底から搖り動かされるのか見當もつかないけど、海を越えた大きな他國で仕事するといふ事は、男の本能的な喜びなのではなからうか。

父が家を捨ててまた歸つてゆくといふのも、もうそれは善惡を超えた絶對的な意志の力の樣に思はれてくるのだつた。私は？　もはやそこには私の向學の希望なぞどうでもよい樣なものでしかなかつた。私は深い〳〵疲れを覺えた。

「なァ、智加、母さんがかう弱るのでは父さんも心配でたまらないし、どうだもう一ぺん考へ直してみないか」たうとう恐れてゐた言葉が遠慮勝に父の口を洩れた時

「分つてるわ」とは答へたものゝ、すーつすーと頰を傳つてくる泪を止め得なかつた。

「あゝ、もう皆居なくてもいゝ。父さんもさつさと歸つて下さい。智加も東京へなりどこへなり行くがいゝ。あーさつさと死ねばいゝ身體なのに。」

突然泣く樣な母の聲にハツとして父と顏を見合せた。父に恨み言一つ言はなかつた母は、又六年間の元の家に戻ると身近に感じた時、急に父に對して怒りと絶望を覺えたらしい。激しい肉體の衰弱はそれを抑へる何物も持つてなかつたのだらう。父も私も言ふべき言葉をしらなかつた。たゞ、眠つてると思

つた母の耳に、しかも今日の様な日にきかせてしまつた事を悔いてゐた。滅入る様なこほろぎの聲が家の中に響いて來た。急に夜寒が身に滲みて來た。

九月×日

いよ〳〵父の發つ日だ。母ももう殆んど持直した身體を朝から静かに動かしてゐた。私はもうすつかり學校の事は諦めてゐた。あの夜、外に出て行つてあてもなしに彷徨《さまよ》つて泣けるだけ泣いた私は、もうその泪で洗はれた様に心は清しかつた。終ひには何の爲泣くのかわからなくなつた。皆寝靜まつた道をこのまゝどこまでも歩いて行つて自分の姿をどつかに隠してしまひたかつた。死ぬのなんかちつとも恐ろしくなかつた。いつか私はそんな自虐の果ての恍惚境に酔うてゐる様だつた。こつそり家に戻つた私は机の前で、いつか雜誌に出て來た事のあるその學校の寫眞を破いて燃やし小さな灰にしてしまつた。何もかもさようなら、心の中ではそんな事を呟いてゐた。

次の朝、腫れぼつたい眼を恥ぢた。それでもやはり寂しいのは争へなかつた。

今はもう父を元氣に送り出してやる丈が私の出來る事だ。さう思つた時、急にあの空想に書いてゐた學校の姿が、もう手の届かない所へ永久に遠ざかつてしまつたのを感じた。

おふかしを拵へ、鮭を燒いて父の出發を祝つた。いつか母の身體でもよくなつたら一家して北支へ行かう。そしたらこの心の傷手が癒される日もあらうもの。そんな杳い日への希みすら持ち、私の惡い癖の空想を又書き出さうとしてるのだつた。

驛へは私が十の妹をつれて送りに行つた。空は深々と澄んで、あちこちに白い雲が多く湧いてゐた。町を行く人々の着物は輕いセルだつた。かうして又父と町を歩く日は何時の事か。ひつそりとそんな事を思つてる私だつた。

驛について大勢の客の中に交つた國民服の父は急に活き〳〵と見えた。

汽車に乘つた父は、

「母さんを賴む。」と一言、私をみる眼は暖かく光り、又すぐ何か臆した樣な光りに變つた。

「常子もようく姉さんの手傳ひするんだぞ」妹はこつくりと肯いた。父が去るとしつて、すつかり父になついて片時も離れなかつた泰子と常子は、ようく云ひ聞かされても仲々きゝわけなかつたが、昨日あたりからあまり駄々を云はなくなつてゐた。

父を自分なりにも理解した私は今はもう、この妹達の爲にもむしろ明るい氣持で一家を守つて行かうと靜かに思ふのだつた。

---

## 文苑賞創作選選評

岡田三郎

最後に入賞作の「智加子の日記」（田木敏子）である。まだ若い少女でもあらうか、文章は稚拙である。舌たらずで、小學生の作文じみたところもある。それだけに作品もいまだ完成の域には達してゐない。

文字も誤りも多く、文法の間違ひもある。そのほかの點でも、話の運びのぎごちなさなどとりあげたなら、入賞しなかつた他の作品よりはずつと難がある。いはば疵だらけの未完成の作品だ。習練も他の人々にくらべてずつと若い。しかしその若さが强味だともいへる。題材をひたむきに追ひつめて行つたところの一貫した作者の情熱は認めなければならぬ。

あまり豊かでないが故に大陸へ軍屬として轉職して行つた父の久しぶりの歸鄕を迎へたよろこびと、そのよろこびにも尚よろこべぬ悲しみふかい手記である。書き易いといへばいへるにしろ、作者はこの題材をとつて素直に向つてゐる。作者のまことの心から、素直にうみだされた美しい作品だ。作られた小說ではない。作りはしたが、自然に出來あがつた所謂無我の境地において書かれた作品だ。言葉をかへていへば、無我の境に導く我を作者は有してゐるといふことである。そこにはたくまれた技巧といふものはない。自然に流露された表現の美しさがあるばかりだ。

他の諸作に比して種々の缺點を備へてゐるこの作品を敢て入賞作として推した所以はそこにある。

★入賞者田木敏子さんに賞金をお贈り致します。

文苑社

## 2　短歌・詩

トラックに揺られつつゆく我こそは昭和の御代の女俊寛

### 山村の夏

蝉の声しげきまひるま英霊を迎えまつると道路に並み立つ

蝉の声しばし止みたる午下り撃剣の声校庭に高しも

獅子吼するガンジーの姿見てあれば大き歴史の動き身に泌む

### 二百十日

事なかりし一日を言いつつ村人はいろり辺に呑む白濁の酒

馬ぜりに児童の話はにぎわいぬ　山里の秋やや深むころ

## 開花（満州建国十周年記念日）

まん　まんと湛えた生命を秘めて幾年の忍従か
先祖らが父が　血もて築きし久遠の土に今日ぞ　繚乱と花ひらく

はらからの喜ぶ笑顔語りつつ配給の飴友と包みぬ

車井戸繰る音に醒めぬ今朝もまたかくして山に六月わが経し

## 秋深む

青、栗毛放牧されて今日も又うつろう秋の日射静けし

杉の実の青くこぼれし社の前に焚火かこみて人等兵待つ

村道の別れ路に来て朝の日を浴びつつ叫ぶつわもの万歳

人生行路

應召の子を送り来し母人と四里の山路を語りつつゆく

日直

灰がちになりたる炭をつぎ足して職員室に一日書読《ふみ》む

初冬

且つて我かくの如ありし目の前に抗う子見つつしばし黙しぬ

十二月八日（真珠湾攻撃一周年記念日）

八日の朝くまなく晴れぬかくの如アジアの空の明けむ日思う

八頁の増刷されし新聞をむさぼり読みぬ山住の我

## 〔5〕一九四四年（S一九）―一九四八年（S二三）二十歳〜二十四歳
## 福島縣喜多方町立耶麻高等女学校助教諭時代

右の時期は、戦後の一九七一年同人誌『5』に「ざくろ」という題で、私小説風に書いている作品で代表させたい。内容は当時の日記を基にしている。それに当時の詩歌を加える。

### 1 ざくろ

その駅に下り立ったとき、川井青実は、懐しさとともに、一種のためらいと負目を感じていた。誰にも見られたくない、という思いがあった。

かっての古びた木造の駅は、鉄筋に改築され、中には、みやげ物などを並べた売店まで出来ていた。それは東京あたりの店と同じであった。

駅前を向うに伸びた広い通りには、地方都市らしい小ぢんまりした店が両側に並んでいた。

戦時中、青実が住んでいた頃とは違って、食堂、洋品店、魚屋、八百屋、雑貨屋、どの店にも品物は豊富で、色彩に富んでいた。しかし、一度の空襲もうけず、建物疎開もせずにすんだ町は、二十数年後の今も、白っぽい夏の光りの中に、ある怠惰で無気力な表情をみせて静まり返っていた。これが、この無気力さが、わたしを東京に追いやった原因の一つなのだ、と改めて青実は思う。

青実は、町外れにある、かって戦時中勤めていた町立の女学校を訪ねようとしていた。二十数年前の、しかももうなくなっているかもしれない学校を訪ねてみようなどと、なぜ思いたったのか。理由はいろいろつけられたが、一番直接な原因は、春のはじめ、東京の国電駅の地下で、星文吾によく似た男を見かけたことがあげられようか。

その、夕ぐれのターミナル駅の地下は、国鉄や私鉄の電車に急ぐ人々が、せわしくぶつかり合うようにうずまき流れていた。その人のうずの中で、ふっと青実の視線が釘づけになった。人群れの中からこちらへやってくる男の顔が、星文吾にそっくりだったからだ。白い皮膚、細おもて、ロイドめがね、高い鼻、しまった唇、——整った容貌が二十数年前の記憶を一瞬によびもどしたのだった。それは歳月の中で埋もれ、意識の表面にはめったに浮かび出ることのなくなったものだったのだが——。

青実は思わず立止まり、くるりとむきをかえようとした。しかし、そこでもう一度記憶がもどってきた。死んだ星が歩いてくるはずはなかった。それにその男は若かった。生きていたとしても、もはや五十近い星であるはずがなかった。男はすれちがっていってしまった。もしや彼の息子では—と思ってもみた。しかし、ともかく星でないことだけは確かであった。

その、星文吾の幻が、青実を戦時中の青春時代に強くひきつれていった。四十すぎた青実が、今さら己が青春時代に惹かれるなぞというのは、彼女が老いた証拠にほかならなかったが、逆に、今になってはじめて青春の意味がはっきりしてくる、ということがあった。

だが、より本質的な原因は、青実の内部にあった。

教師を退めて上京した青実は、ある公立の図書館に勤めていた。毎日夥しい書物に囲まれながら、そこでは館の運営や本の選択に自分の意見を生かすこともできた。しかし、近年青実は、自分の生活が形の上でも、内面的にも同じことのくり返しとしか見えなくなっていた。毎日同じ時刻にめざめ、同じ職場に通い、――それはまだがまんできた。しかし、感覚も思考も同じことをくり返しているにすぎない――と感じた時、青実は自分の人生が止まったと思った。ひとりぐらしの淋しさが、何もかも空しく思わせるのかといくども考えた。それは確かにそうであるといえたが、しかし、そればかりでもなさそうだという気も強くしていた。今の人生が空しいと痛感した時、反射的に思い出されるのが、過去の充実した時間であるのは当然だった。


こうして歩いていると、青実は何か自分が過去の人間のような気がしてならなかった。この町には無縁、無用の人間であることがひしひしと感じられた。かっては彼女が捨てた町なのに、今は、完全にそっぽむかれているような淋しい思いがあった。それは彼女が過去に縋ろうとしているからだった。

通りの中程に、スーパーマーケットが出来ていた。しかし、そこを出入りする人々は少なく、何かスローモーションの映画でもみているような静かさと間のびした感じがあった。

町外れに本屋があった。戦時中は土蔵造りの古風な店であり、ほとんど開店休業状態であった。本らしい本もなかった。しかし今は、店の部分だけ屋根に広告塔までつけて作り変えられ、店の外にまで、赤、黄、緑とさまざまな色彩の雑誌類が並べられていた。

この店で青実は、たまに入る本や、黒っぽいザラ紙の日記帳を手に入れて喜んだりした。青実はガラス戸を押して中に入ってみた。中は冷房がきいていた。ひとり、若い女店員がいるだけで、かっての店の主人はどうなったのか知る由もなかった。目がねをかけた細い男だったが、学校に本を配達してくれたりしていたのである。

青実は週刊誌とノートを一冊買った。女店員は、「ありがとうございます」と標準語でいった。青実は何から何まで裏切られたような気がしていた。夜になれば赤や青の電気がつくだろう広告塔、本の並べ方、店のつくり方、女店員のことば――すべてが東京風であった。昔のものは何も見出せなかった。そのことが不満であった。それは過去を探しにやってきた青実の勝手な要求にすぎなかったが――。

この店から右に曲がり、向い側の通りを左に入ったあたりに、目ざす建物はある筈だった。

昔はなかったアメリカ風のガソリンスタンドのわきを、たぶんこの辺だったろうと見当をつけて入っていった。しかし、その辺には小さな住宅が行儀悪くたてこんでいるばかりであった。青実は記憶の不確かさを嘆く思いでその辺の露路をさらにつきぬけていった。すると、小ぢんまりした鉄筋二階建の建物が現われた。青実はとっさにここだ、と思いあたった。建物をかこむ小砂利の庭の広さからいっても確かにあの学校の跡にちがいなかった。それは意外であるとともに当然のような気もした。あんな古びた建物が残っていたとて何の役にもたたぬことはわかっていたからである。彼女は建物の正面にまわってみた。市の公民館であった。小さな町にふさわしい小さな公民館であった。下のいくつかに分かれているへやの一つでは、何か集会が開かれていた。歩きながら戸口の立札をみると、それはその地方の同人誌を出している人達の集まりだった。青実は、それを何かふしぎな目付でみた。まるでありうべからざることのようにみた。戦時中そんな集まりは持てなかったのだから。ぐるっとまわってガラス窓からちょっとのぞきみると、七、八人の男女が集まっていた。その中のひとりの男に見おぼえがあるような気がして、彼女はあわてて視線をそらした。だれにも見られたくなかった。過去を探しまわる自分のみじめさをみられたくなかった。

ひとまわりした彼女は、建物の正面に立って眺めた。彼女が見ているのは、眼前の公民館ではなくて、あの、黒ずんだ、天井の低い木造の町立女学校であった。ちょうどいま青実の立っている正面に、前に傾いたような感じのガラス戸の玄関があり、廊下をへだてたつき当りが職員室であった。右手には二百人程の全校生を容れる講堂があり、左手には小さな雨天体操場があった。職員室の二階は、畳じきの裁縫室になっていた。

昭和の初めまで製糸工場であり、それから裁縫だけを教える実践女学校となり、人口の増加に伴って、県立だけでは足りなくなったので、町立の女学校に昇格したのだった。

その古ぼけた校舎の廊下を、ひざやひじのところがてらてら光りかけた焦茶の背広を着た星文吾が足早に歩き、肺を病む伊藤教頭が、革の上ぐつで大きな足音をたてながらゆっくり小柄な体を運んでいた。

過去へひきずりこまれる自分に気づくと、青実は、本当にここがあの学校の跡なのかどうか確かめたいと思った。開けはなしてある戸口から事務所をのぞきこむと、中で仕事をしていた老人に尋ねた。

「あの、ここは戦時中町立女学校のあった所でしょうか」

「ああ、そうだし」老人は、青実の方をふりむくと、ちょっと老眼鏡をあげ、何者かといぶかる様子もなく、自然にそう言った。

「この公民館は、いつごろ出来たのでしょうか」

「うーんと、今から八年ばかし前だなし」

「そうですか。――あの、わたし、戦時中この学校に勤めていたものですから――」青実はいわずもがなのことを口走っていた。むろん老人はほとんど何の関心も示さなかった。青実は、ますます自分が過去の人間に思われてきた。亡霊がさまよっているような気がしていた。

彼女は再び建物の正面に立った。西に傾きかけた夏の日が、足もとの砂利を白々と灼いていた。

彼女は庭の片すみの桜の大木の下にいった。その下にはベンチがおいてあった。青実は桜の下に立つと、その一抱もありそうな黒い光りある樹肌をなぜてみた。その桜のみが、昔のままに生き存えていたのだった。するとまるで魔法がかかったように、舞台は一変して、白一色の雪景色に変わるのであった。

敗戦前の年の冬であった。

青実は宿直だった。男の教員が少ないので女にも宿直の割当があった。宿直室は、職員室のとなりの六畳間。こたつに当りながら、青実は赤彦のうたなぞを読んでいた。そんなみぞれのふる夜は、赤彦の侘びしいうたなぞがぴったりくるのであった。

ラヂオは警戒警報を告げ、東京が空襲されていることを告げていた。

ふと障子の外にこきざみな足音がした。

「先生、ふろに入らんしょ」　小使のおかみさんであった。

「はあい」　青実はすぐ出ていった。

宿直室のとなりが水呑場になっていて、そこの片すみに五右衛門風呂があった。

青実が入っているとおかみさんがきく。

「先生、かげんはどうだし」

「とってもいいがらし。こんな寒い夜はふろが一番だなし。何だか心までゆったりしんなし」

「先生は風呂好きなんだなし」

「んだがらし」

小柄なおかみさんは、それでもかまのふたをとり、火かげんをみてくれた。

「先生、こんだ若い男の先生来らんでねえの」という。

「へえ？　新し先生がし」　青実には初耳であった。

「そうだがらし。K村の人で、東京の大学さ行ってらったんだと」

「へえ、今時そんな若い男性なんて珍らしなし」

「ちっと体弱いっつう話だげんど」

「そうだべなし。おばさんよく知ってらんなし、誰にきかったんだし？」

「おら家の親戚がK村にあんだし。こんど来る先生は星って言わんだげんど、その先生の家と親戚が隣組になっててんもんだから、きのう親戚の者がきたとき聞いたんだし」

「んじゃ、ほんとだなし」

「若え男の先生来らったら、先生もよがっぺよ」おかみさんは青実をからかった。

「そうだなし」青実は確かに何かうれしくなっていた。

宿直室のこたつにもどってくると、なお心が波立ってきた。どんな人だろうか、何を教えるのだろうか。体が弱いって何か病気があるのだろうか。職員十人ばかりのうち一番若い二十一才の青実にとって、若い大学出の男性というのは、それだけで魅力であった。

大学出は星のみではなかった。教頭の伊藤武志は東京帝国大学出身であった。学生時代から胸を患っていたので、こんな雪国の田舎町にひっこんで、小さな学校の教頭などをしているのだった。

青実は大学に対して憧れを持っていた。それはいつごろからだったろうか。直接には、女学生の時文学が好きで、大学へ行って勉強したいと願っていたのに、行けなかったからであろう、彼女は芥川龍之介の「あの頃の自分のこと」などに描かれた大学生生活を読んでなお憧れをかきたてられていた。そこには学校なぞは出来るだけサボり、下宿で好きな本を読んだり、創作に打ちこんだり、または友人と談論風発する——そんな学生生活があった。それこそが青春だ、と青実は思いこんでいた。大学へいけばそういうようにひたすら自己の道に打ちこむ生活ができるのだと思いこんでいた。大学とは彼女にとって学問と芸術のシンボルであった。

だが青実のこのような知的欲求は、もっと逆れば、小学校時代に至るであろう。

青実は教師の質問によく答えられた。教師の訊くことはたいてい判った。だからさっと手をあげる。ところがほかには手があがらないことが多い。あれ、こんなことどうして判らないのかな、と思う。答えると教師がほめる。青実は晴れがましさと、時には、自分ばかり判って悪いなと思ったりする。

判ることの喜びと晴れがましさ――そんなものが積み重なって、青実の知的関心をそそっていったのだろうか。


公民館の中から七、八人の男女が出てきた。さっき会合していた同人誌の連中が帰るところらしい。青実ははっとしてどこかへ身をかくそうとした。が、そうもできず、あわてて宙に浮いていた目を落とすと、もっていた週刊誌をめくるふりをした。

人々は幸いなことに青実の前は通らずに、裏口の方へ歩み去った。でも、その中にひとり鼻の高い黒ぶちめがねの若い男がいた。青実はその男にさえ星のおもかげをみる思いがした。

星文吾はなかなか赴任して来なかった。

彼がやってきたのは、十二月はじめの雪の日であった。ちょうど空き時間だった青実は、玄関に立った黒ぶちめがねの男をみてはっと思い当り、出ていった。一里半の道を歩いてきたことを表わすように、彼の黒いオーバーは雪まみれであった。彼はめがねをはずして黒っぽくなったハンカチでふいていた。

「ぼく星ですが、校長先生おいでですか」　そう言いつつ彼はめがねをかけた。するとぼやけた感じの表情がはっきりと生き返った。かなりの近視らしい。彼の皮膚は白かった。それが歩いてきて上気したせいか頬が桃色に染まっていた。それを美しいとみるより、青実は違和感をおぼえた。病弱ときいていたのに、いつか青実はやはり浅黒く、逞しい男性を想像していたのだった。だが今目の前にみるのは、色白のおとなしそうなやさ男であった。

星は、歴史・地理を担当した。彼は空き時間にはいろいろな本を読んでいた。哲学書が多かった。その姿に青実は惹きつけられた。哲学書なぞ一冊も読んだことのない彼女は、それを読んでいる人というだけで彼が偉くみえた。小説しか読んでいない自分がみすぼらしくみえてきた。

ある時、青実は、ストーブのそばでイプセンの「人形の家」を読んでいた。するとやはりストーブに当りに来た星が関心を持ったらしく

「イプセンはもう古いですね」という。

「わたしはそうは思わねなし。今の日本にはまだノラ以前の女がたくさんいんでねえがし」

「そういう考えもわかりますが、今はむしろ家出したノラがどう生きたかということが問題にされなければならないと思うんですよ」

彼は自信をもって穏かにいう。

「わたしは、日本版『人形の家』が書かれるべきだと思うんだげんと」

「しかし、学問や芸術は、本質的には未来を先取りするものですよ。そうすることによって、逆に現在を照らし出すわけですよ」

「先生は理想主義者だなし」

「いや、ぼくはむしろ今こそ徹底的にリアリストでありたいですね。理想なんて氾濫しすぎて、汚され切っていますよ」

聖戦、八紘一宇、大東亜共栄圏――たしかに侵略戦争を美化するための「理想」が、毎日のように耳目に入ってきていた。しかしその時の彼女には星のいうことが判らなかった。

その「人形の家」についての会話が、星とのはじめての語らいだった。その時は、そんな話ができたというだけでうれしかった。何か自分が格段と賢くなったような気がしていた。

だが、今、その「人形の家」についての会話は、あの時よりはもっと切実な意味で甦ってくる。青実は自分のあの時の発言を今でもまちがってるとは思わない。しかし二十才の青実にとって、ノラはまだ他人事だった。だが、四十年をひとりで生きてきた今こそ、逆にノラたることの至難さを痛感させられているのだった。女であることの底にひそむ執拗な、人形でありたいという欲望。人形であることを意識しつつ、なお人形であることに安住したいという欲望があった。彼女はひとり暮しの空しさに疲れているのだった。

星文吾が、青実の心に忘れえぬ記憶を刻みつけたのは、その年の大みそかの一日だった。

その日、青実は日直だった。朝八時頃出勤すると、宿直だった星が、職員室のストーブに当りながら、新聞を読んでいた。

外は、今年の分を一ぺんに降りおさめようとするように粉雪が降りしきっていた。

雪まみれになって玄関に入った青実をみつけた星は、戸をあけて出てきた。

「ちょっとした雪女ですね」と冗談をいう。

「そうだからし。先生んとこなんか凍らしちまうからなし」青実は何か弾む心でいい返しつつ、雪まみれのマントのぼうしをぬいだ。

「淑女に対して、礼儀をつくしますか」そういうと彼は、青実が廊下においたマントの雪を払い、職員室にもっていってくれた。その彼の顔に、一瞬、ある照れくさい表情が浮かんだのを青実は見逃さなかった。だれもいないとはいえ、星の親切ぶりが意外だった。絶対そんなことをする男とはみえなかった。いつも高く白い鼻すじをみせて哲学なぞ読んでいる彼の横顔からは、見てみぬふりをする冷たさは感じられても、こんな軽口を叩き、女にサービスする半面なぞは窺えなかったのだ。

ストーブのそばでマントや長ぐつを乾かすようにしてから青実はあいさつ代りにいった。

「先生、朝ごはんはすんだのがし」

「いや、飯なんか食いたくねえんです」

「へえ、羨ましね。わたしなんかなんぼでも食いてんだがらし。まるで餓鬼だがらし。何で先生は食いたくねえんだし」

「いやァね。ぼくは東京で少しばかなことをしたから、それでなくても丈夫でない体を、なお弱くしちまったんですよ」

星の頬は、ストーブの熱をうけて、うす桃色に透きとおるようだった。それをみるとやはり青実は、男のくせに——と何か違和感を感じる。

「ばかなことって何だし」

「一ヵ月ばかりの間、毎日三度三度、ご飯に醤油をぶっかけて食べ、できるだけ眠らないようにしたんですよ。毎晩三時間くらいしか寝なかったんですよ」

「へえ、なして、そだごとしらったんだし」青実の好奇心が高まった。

「徴兵をのがれるためですよ。そうすると目方がガタガタ減りますからね。それで検査の時不合格になるんです。しかし難かしいですよ。不合格といわれてニコッとしたりしたら、忽ちばれて、合格になってしまいますからね。その時はいかにも残念だという表情をするわけです。あとで思う存分笑えばいいんですからね。ちょっとした演技力を必要としますよ」星は身ぶりや表情を交えつつおもしろく話す。

聞きつつ呆然としていた青実は、ちょっと物が言えなかった。呆れかえった非国民、国賊、何という卑劣な日本男子！

「非国民だなし、先生は」精いっぱいの非難をこめて言った。それは何よりも相手を打つ強力なことばのはずだった。だが彼はにやにやしているばかりだった。

「でも、そだごとしんのは、先生ぐらいだべし」

「少なくともぼくのまわりの友達はそうでしたね。戦争なんてばかばかしいですよ。兵隊で死ぬなら、自殺した方がまだましですよ」

ことばは激しいが、自信に充ちた言い方だった。

戦争なんてばかばかしい——その一言は、その時の青実にとっては、ひどい衝撃であった。物心ついた時、すでに戦争は始まっていた。小学校の時から、日本は神国であり、天皇はその神の子孫で現人神である。戦いは不正を打つ正義の戦いであり、それは天皇の名によって行われるゆえに聖戦であると教えられてきた。兵隊は喜び勇んで戦場に出かけ、天皇陛下万才と叫んで死んでゆく。神州は不滅であり、いざとなれば元冠の時のように神風が吹いて、日本を守るであろう——上から教えこまされるそれらを、青実はすなおに信じてきた。

「神勅について書きなさい」

「三種の神器について書きなさい」

「神武天皇のご偉業について書きなさい」

小学校の時から、そのようなテストで万邦無比の国体をイメージづけられてきていた。優等生であった青実は、まじめなるが故にいっぱしの国粋主義者でもあった。そういう青実の二十年の価値意識を覆すようなことを星文吾はいっている。

「先生は非国民だなし。んでも、特攻隊のあの純粋なひたむきさに、わたしなんか無条件に感動してっからし」

「特攻隊に入ったりするのはバカですよ。あれは命令されるんですからね。日本の愛国者なんて、目かくしされた馬車馬みたいなもんですからね。非国民なんていわれたって、ぼくは痛くも痒くもありませんよ。そんなことばは、政治家が勝手に作ったもんですからね」

特攻隊員はバカだ——そういう彼を反撃する有効なことばを青実は知らなかった。非国民なぞといったところでムダであった。彼女は驚くばかりで、しまいには黙ってしまった。そして、生まれてはじめてきく新鮮なことばの数々に、全身を傾けてきき入っていた。

「遠からず日本は負けますよ。もう経済力はとっくに底をついてますからね。そうすれば、国体も変わるでしょう。だいたい天皇制なんて古くさいものは変えなきゃだめですよ。日本人の心をしばりつけている最も基本的な綱ですからね。世界の歴史をみたって、君主制は次第に亡んでいってますからね」

話し出すと星は雄弁だった。彼はおそらく自分の一言一句が青実の胸につきささってゆくのを感じて、話しがいがあったにちがいない。こんないなかの小さな学校に、自分の禁断の思想を理解しようとする若い女のいることが意外でもあったにちがいない。

青実はしかし一方でぼんやりした恐ろしさも感じていた。国体を変えるというようなことがどんなことか全くしらなかったが、それが、日本は負けるということばと結びつけて考えると、大変なことだと思うのだった。

また一方では、星のような考えが日本のインテリの主流をなすものとは考えられなかった。大学教授たちの西欧化がぬけ切らぬから、その毒に犯されたのだとも思った。日本を知らずして、外国文化を基準にして日本を考えるから誤りを犯しているのだと。それは、むろん青実が読んだり聞いたりして覚えていた、当時の支配的な思想だった。

また徴兵忌避なぞする彼らに、果してあの特攻隊の透明な絶対境が判るものか、あれこそ神そのものの境地ではないのか、それを疑うことはできない、とも思い返した。

だが、それでも、星のことばが衝撃であることにかわりはなかった。彼は二十年間、青実が善なり、真なりと信じてきた一切の価値を否定しているのだ。それが衝撃なのは当然だった。しかし、もっとおどろくべきことは、青実自身がそれを正しいと直観したことなのだ。何ひとつ正しいと証明出来る証拠はないのにである。いくら反発しても、正しいのだという直観は残っていた。この直観の正しさは、その後の歴史が証明してくれた。しかし、あの直観とは何だったのだろうか。真理は直観によって知らされるものなのだろうか。それまでに何の学問的な積み重ねもないのに。一言で言えば、愛の力なのだろうか。だが愛の力とはまた漠然としている。

「もしあの時、彼の話を聞いても、反発するだけで、何も感じないような自分だったら、今頃はどうなっていたろうか。わたしには真実への直観力がある」と誇ってみたい気持もある。たしかに、真実を求めるための勉強、それが彼女の四十年を細々ながら貫いているとはいえよう。しかしそれは、彼女の全生存を支えるほど強力なものではないこともまた事実だった。青実は自分が観念の世界に生きられるような強さも、知的能力も持ってないのをよく知っていた。

ヨーロッパのある著名な女流作家は、若い日、庭園の中を、赤ん坊を載せた乳母車を押してゆく女の姿をみて、「あのようにはなりたくない」と決心したという。そして事実その通りにその作家は生きてきた。いわゆる女の幸福が、自分をダメにすることを、作家は知っていたのだろう。それとは違う生き方に対する自信と欲求を強く持っていたのだろう。青実も、その作家のように言えたらと願う。しかし、彼女はより即物的な女であることを知っている。片手に本を持つなら、片手は異性と握り合っていたかった。それではじめて自分の生存の平衡を保つことができるのではないか、という可能性をいつも夢みていた。そしてこの夢は叶えられぬゆえに、いつまでも続いていた。

青実が今とりわけ生活に空しさを感じるのは、びっこで不安定なまま、自己の生存が終るのではないか、というおそれを感じるからかもしれなかった。むろん逆にいえば、その不安定さが、青実をたえず何かに馳りたてているのだった。その不安定さをテコにして、何かできるはずだ、ともいいきかせてはいた。

その日から、青実の星に対する感情は一変した。

翌朝めざめた時もはっとして「ああ、あんな思想もあるのだ。あんな思想もあるのだ」と呟いた。何か自分が、賢い別人に生まれ変わったような気がした。

新年の式があるので、一張羅の黒のスーツを着ていった。星は相変わらずひざやひじの所が光りかけている茶の背広を着てきた。青実はそういう星が、ひどくりっぱに、偉い人にみえた。年は青実より二つ三つしか上でないのに、知的には及びもつかぬほど高い人にみえた。ぼーっとのびた赤味がかった髪の毛までが好もしくみえた。肌の白さはもはや違和感ではなく、ますます彼の知性のシンボルのようにみえた。黒ぶちのめがねさえも、いっそう彼の知性を引き立たせているようにみえた。黒ぶちのめがねをかけてみようかなとも考えた。

式後、ストーブのそばでちょっとふたりきりになった時、青実は言った。

「先生、わたしけさは早く目が醒めてなし。そのとたんに、ああ、ああいう思想もあんだ、ああいう思想もあんだっておまじないみてに唱えたんだし」

「人間は驚くうちは進歩するそうですよ」と星はにこにこした。カゼ気味だといって、熱があるらしく、頬がぽーっと赤みがかっていた。唇はまるで紅でもさしたように赤かった。青実はカゼなぞひかなかった。食糧が乏しいというのに肥り気味であった。若さがどんな粗食をも吸収して、血や肉にしてしまうようだった。肩のあたりなぞ、ころころしていた。青実はそれが何かいやらしい感じで、星のように痩せたいと思った。その方が清潔で賢そうにみえると思った。

その日をきっかけに、続けざまに話をきく機会があった。正月休みなので、日宿直は、一番若い独身の二人がうけおわされた形になっていたからである。

降り急ぐ粉雪、赤く灼けただるまストーブ、それをはさんで向き合ったふたり。

星は大学生活を、労働者生活を、そして日本の敗戦を語りついだ。彼のややかすれを帯びた声が甦ってくる。

「大学の先生が言いましたね。君らは政治犯として牢にぶちこまれるなら光栄とせよ、とね。学問があればあるほど謙虚なんですね。ぼくはもうこれきり知らないよ、というんですからね」

彼は肉体労働者を賛えた。彼自身労働者の中に入って土方をしたことがあるという。寝たい時に寝、働く時は働き、あとは本読み、そういう、いわば自由な生活を彼はよしとし、労働者の中にある純粋な気持をみとめ、みんながバカにするからいけない、といった。

「日本が勝ったら世界は暗黒ですよ。日本人には他民族指導なんて絶対できませんよ。ぼくは、今年の六月までには戦争が負けると決めて、その日をきょうかあすかと待っているんですよ。その日が来たらすぐ飛び出しますよ。ぼくの窮極の願いは自由ですからね。日本人ってやつは実に利己的で個人的なんですね。この戦争は、資本家の戦争ですよ。日本がたとえ勝ったって結局得をするのは資本家や上に立つ者だけですよ。民衆には何のいいこともありませんよ。日本は経済的に恵まれていればもっと勉強できるんですがね。野口英世なんか外国だからこそあれだけ勉強ができたんですよ」

今でこそ常識となっているような戦争観であるが、当時としてはごく一部の知識人しか知らぬことだった。なぜ彼はそれを知っていたのか。おそらくは、「政治犯となるなら光栄と思え」というような教授に接していたことが大きいのだろう。だが例え知っていたとしても、なぜ彼はそれを青実やほかの教師の前でも割合平気でしゃべったのか。そういう思想を持つことが、どういう危険を伴なうものか彼は十分知っていたはずである。もはや敗戦は近いと考えたからか。こんないなか町にまで特高の目は光っていないと考えたからだろうか。

ともかく青実は、いかに自分が何も知らないかということを痛感させられた。そして星とともにある時間がいかに充実し、楽しいものであるかということを思い知らされた。星が去ると、青実は宙に浮く思いがした。

恐らく今の空しさも、そういう楽しさ、満ち足りた時間をかって味わったことがあるからかもしれなかった。ということは、青実は恋愛以外に、自己を充実させる時間を持てない、ということであった。それは彼女にとって口惜しい認識であった。ただ、その恋愛に知的なものがまじっている、ということが幾分かの自己満足であった。

勉強したい、しなければ——毎日のように強く思っていた。毎日慢性的飢餓感や眠気の中で、なすこともなく生きている自分をありありとみせつけられた。でも何をどう勉強していいかわからぬのだった。我なにをすべきか——その問いは、二十年後の青実の中で、まだ生き続けている。日々の仕事が、自己の生存のもっとも本質的な欲求に根ざしたものだとはむろんいえなかった。何をなすべきかという問いは、同時に、ほんとに本質的な欲求なぞというものがあるのか、という問いをも誘発した。そしてその問いに答えることが今の青実にはまだ出来ないのだった。空しいのは当然であった。日々の外部的な仕事も、内面的な精神の働きも、繰り返しに思えてくるのは当然であった。

吹雪はピタリと止み、空しいまでの青空が広がっている。

職員室の屋根の上に、何人かの教師たちが上がって雪おろしをしていた。一面の雪世界は空の青にほんのり染められて、無数の宝石をしきつめたように輝いていた。目を開けていられぬほどだった。

そう高い屋根ではないので、恐くはなかった。でもかなりの町の家並みが見渡せて気持がよかった。シャベルで、少しずつかき落してやる。

青実のまぶたには、ほかの教師の姿は消えて、星とただふたり、輝く雪の上に立っている姿が浮かんでくる。

下の方が凍っているのか、ざくりとシャベルをつきたてた雪塊が、なかなか動かない。すっとわきからシャベルがのびてきた。雪塊はこらえかねたように、ザーとすべり落ちていった。ふり仰ぐと、星のめがねにぶつかった。

「がんばりますね」めがねの奥の目が意外なほど柔かくみえた。彼の白い頬はもも色に上気し、唇は鮮かな血の色をみせていた。それらは、雪の白と、空の青を背景にしてひときわ美しかった。青実は眩しさにみつめていられなかった。だが永遠にみつめていたい美しさだった。ふっと目をふせてしまったが、心にはうれしさが充ちてきていた。

大きな雪の塊りを落とす毎に青実は「陥落したよう」と大声をあげた。心が弾んでしかたがなかった。

地上で離れたところから見上げていた伊藤教頭が、

「川井先生は子どもみてだな」と笑っていた。

敗戦を見通していたのは、星ばかりではなかった。伊藤教頭もまたそうであった。

小柄な薄い体で、いつも頬がぽーっと赤らんでいて、よく咳こんでいた。やはり黒ぶちのめがねをかけていて、その奥の目は熱のせいかうるんでいるようにみえた。

彼は、東京帝国大学に在学中左翼思想の影響をうけ、かなりの文献を持っていた。むろんそれはわかったら忽ち検挙されるものばかりだった。しかし彼は用心深く隠しておいたし、そんな話は一言もしなかった。彼の病気が、彼を消極的に用心深くしていた。二人の小さい子があり、彼より体も一まわり大きく丈夫な妻が、少しばかりの畑を耕して、足りない食糧を補っていた。彼が住んでいる小さな家も、妻の実家からの借財で作ったのであった。

彼は時々皮肉っぽくなった。それはおそらく自他への嘲りを含んだものだったろうと思う。自分の一生はそう長くない、という自覚が、彼をある時は感傷的にしある時は皮肉にするのであったろう。ことに長びく戦争はますます物資を欠乏させ、栄養をとりにくくしていた。彼は戦争の終りと、自己の命の終りと、どちらが早いかと思っていたようだった。

彼は「家政」担当の斎田みよを愛人にしていた。みよは、近くの村から自転車で通っていた。すでに婚期をすぎていたし、決して美人ではなかったが、あるうるおいを感じさせた。

伊藤は、みよにいろいろ本を読ませようとした。ベーベルの「婦人論」モルガンの「古代社会」「共産党宣言」「空想より科学へ」等々のいわば禁断の書を彼女にすすめた。おそらく、妻にはすすめなかったろうそれらの書を、愛人にはすすめることによって、せめて思想的節操を保とうとしたのかもしれぬ。

しかし、みよはそれらを読まなかった。彼のくせのある字をまねし、彼の病菌をうけたせいとしか思えぬ肺浸潤を患っても、彼のすすめる本は読めなかった。

みよからその話をきいた時、青実は羨望の声をあげた。わたしもそんなふうに星からしてもらいたい。そしたらどんなに喜び勇んで読書し、どんなに彼と語り合う喜びを味わえることだろう、と思ったのだ。

ある時、突然青実は伊藤に訊ねた。

「先生は日本は負けると思ってらっかし」

伊藤はチラと青実をみつめたが、次にはアハハハと大笑いした。そして少し咳こんだ。

「負ける前に、日本の社会は何らかの形に変っているね」

「何らかの形って何だし」

「ロシヤ的な形だろうな。最後に出てくるのはロシヤだ。日本が戦争に疲れた時、人々の心にロシヤの思想が浸みこんでくる。すると日本はどうしてもそれにまきこまれてしまうおそれがあるね。ロシヤは政治、経済の基礎がしっかりしてっかんね。

日本は、日清・日露の戦争の時は、資本主義の勃興期で、国民の士気が非常に高かったからよかったが、今はそれと違ってっからね。資本主義の没落期に当っているし、日本の経済的土台はしっかりしていねんだ。アメリカの科学は国民生活の中に深く根を下ろしていて、国全体がピラミッドの形をしてんだが、日本は雲の上に山の頂きがあちこち突き出てる形なんだ。優れてんのは一部分だけだがんね――」

伊藤は一気にしゃべった。今から思えば、彼は、戦争から内乱へという革命方式を考えていたと思われる。ロシヤ革命をモデルにして。それはそうはならなかった。半封建的な日本は、占領軍によって改めて民主化（近代化）された。そして、戦後二十年の現在はその戦後民主主義が問われる状況を生み出しているのだ。

たとえ、社会主義革命はおきなかったとしても、日本の敗戦を見通し、アメリカの科学力を認めていたということは、当時としては極く小数派であった。

ロシヤ的な形とか、資本主義の勃興期とかとわからないことばに関心をもった青実は、そのことについて訊き、なぜそのような考えが出来るのか、何を勉強すればいいのか、と根ほり葉ほり訊ねた。「その勉強しようという熱意は大したもんだな」といって、伊藤は哲学や経済の本を貸すことを約束した。おそらく伊藤は、斎田みよに、青実の知的関心の半分でもあればと思ったことであろう。

こんな小さないなかの学校に、ふたりも戦争批判者がいたということは、当時としては稀有なことだったと思う。むろん彼らはそのために何もできず無力ではあったが――。ただ彼らの知性によって目ざめさせられた自分の知性が、戦後二十年の間に、どれだけ発展し、血肉化されたものとなっているのか、という問いが切実におきてくるのだった。それは、彼らがひそかに、それだけに強く願ったであろう願いを、どれだけ受けつぎ得たのか、という問いでもあった。

ともかく当時の青実は、彼らの思想に驚嘆し、それはひとえに学問の力によるものと信じ、なおさら学問への憧れを燃やしていた。

近くに人影はほとんどなかったけれど、あまりベンチでぼんやりしていることに気がさした青実は、ベンチから腰を上げた。

立ち去る前に、桜の大樹を見上げた。

星を知った翌年、つまり敗戦の年の四月になるが、その年の桜ほど美しいと思ったことはなかった。今が盛りの夕、青実はひとり樹下に佇んで、幾万の花群れを見上げていた。ローランサンの水色に広がる空を背景に、同じくローランサンのピンクの花々が、等しく地に向って、いや青実に向って開いていた。それは、青実ひとりにむけられた華麗きわまりない花々の笑まいであった。かすかに風が渡る時、花々の笑まいは、小波のように軽やかに艶に広がりこぼれた。青実は花の美しさに全身で酔った。それは自らの青春に酔っていることでもあった。

「まだ帰らないんですか」

うしろから声がかかったので、青実はびっくりしてふりむいた。自転車を押しながら校門（それは露路うらにたてられた二本の棒にすぎなかったが）の方からやってきた星だった。彼のめがねが夕映えをうけて光るので、その奥の目の表情はたしかめられなかった。――ひとりの表情をみられてしまった――その羞恥がさっと胸をかすめた。でもなぜ――その疑問に答えるように星は続けた。

「町で小使さんにひきとめられてね。ドブロクがちょうど飲みかげんだから引返せ、というんですよ」

小使いというのは、少しちえおくれの大男の庄さんのことであった。彼は小使仕事の合間に、少しばかりの田畑を作っているので、食糧は割合ゆたかだった。そして、配給酒だけではとても足りないので、こっそりドブロクをしこんでおくのだった。酒好きの星は、時々庄さんと世間話をしながら飲み合っていた。

青実は、何か言わなければと思いつつも、何といっていいかわからなくて、少しぼんやりしていた。そしてそういう自分を、オラらしくねえな、と思っていた。

星はさらに近くに自転車を押してくると、花を見上げた。二人並んで花を見ている——喜びに彼女は瞬間ふるえた。

「今年のさくらは、ひときわ美しいな。末期の目ってやつかな」星は笑いを浮かべて青実を見た。彼女はひやりとした。その頃の彼は、召集を覚悟していた。いくら戦争反対でも、根こそぎ動員体制に入っていた。

彼と自分の花を眺める心の違いを知らされ、青実は恥ずかしさと淋しさを感じていた。そしてますますことばを失っていった。

「たとえ日本は敗けても、あの『さくら・さくら』の古謡なんかは残ると思いますよ」

彼のその言葉には、未曾有の敗戦を予想する者の不安、混迷、緊張等がこもっていたと思う。

それとともに、さくらの散るがごとく、潔よく国のために死ね、と侵略戦争美化のためにさくらがフルに利用されていた時代に、ふたりとも、無意識的と意識的の差はあれ、それとは別の次元で花の美しさを感じていたと思う。

すみれ色にたそがれてゆく中空に、十三夜頃と思われる月が、しだいに光りを強めて浮き出してきた。

「時よ、止まれ」青実は祈る思いだった。

伊藤の家のあった方へ行ってみるつもりだった。その先には、青実が間借りしていた農家もあるはずだった。

裏通りを通っていった。そこらはかっては林や畑や野原であり、小道の片側には、透明な小川が流れていた。秋には、いぬたでやみぞそばの小さな桃色の金平糖のような花が咲きつづいていた。流れの中には、ヒラリヒラリ身をおどらせる小魚もみえた。小さな馬市場もあった。

きょうは、星はどんなことを話してくれるだろうか、と、朝は心弾ませて通い、夕は、ああ、きょうも過ぎた、とひとしおの淋しさで重い足を運んだ道であった。

しかし、今みる風景は、昔の面影を失っていた。都市化の勢いは、こんな小さないなか町にも例外なくみられた。かっての村や野原には家が建てこみ、小川は下水溝となって所々干上がっていた。澱んだ泥は、気味悪い赤や青、黄に光る油を浮かべていた。ただ、ホップ畑のホップのみは、天に向かってしなやかな緑の手を伸ばしていた。

このあたりだったが——と思うところに、伊藤の家はみあたらなかった。記憶ちがいかしらと思ったが、それ以上、探したり、人にきいたりする気はなかった。

伊藤の妻は手元がみえなくなるまで畑で働いていることが多かった。食糧を少しでも補うためだった。春の夕方、青実が伊藤と連れ立って表通りの街道を帰ってゆくと、彼女の姿がよく道そばの畑の中にみられた。

「よく働くんだ」伊藤は褒めるような呆れてるような、自嘲を含んだようないい方をした。青実を認めると、伊藤の妻はよく大きな声を出していった。

「しじゅう休んでばっかいて、皆さんにご迷惑ばっかかけて、ほんとに悪いなし」

伊藤より一まわりも大きい、がっしりした体格であった。よくみると整った丸顔は、元来は色白らしいが、畑仕事のせいか、すっかり日焼けしていた。そういう逞しい妻に支えられているから、親子四人の生活が何とか成り立っているのだった。でもそういう妻は、病弱の彼にはなくてはならない半面、重荷でもあったにちがいない。感傷的な一面を持っていた伊藤は、責任のない斎田みよのようなおとなしくやさしい女に、甘えたかったのかもしれぬ。彼の妻とて、はじめからあのように逞しく、はりつめていたのではなかったろう。二人の子と病弱な夫を支えるためのがんばりが、彼女をいわば、男っぽくしていったのだろう。生きていれば、息子たちも三十を越え、彼女も五十をとうに過ぎているはずだった。


のらりくらりと歩いていた青実は、向うに、ふっとひとりの大柄な女を認めた。青実はどきりとした。それは確かに伊藤の妻であった。女は買物にでも出かけるらしく、片手にかごをさげ、くたびれたねずみ色のアッパッパを着ていた。青実はとっさにどっか隠れ場所はないかと見まわす自分を意識した。うろついている自分が何かみじめに思え、はじめから知った人に見られたくなかったのだ。しかし、女はすでに青実の眼前に迫っていた。数歩の間隔まで来た時、向うの表情にも明らかに青実と認めたものがあった。と同時に拒む色も動いた。のどもとまでこみあげてきた言葉が、ぐっと抑えつけられてしまった。青実と認めつつも、すでに無縁なものとしてみる目とともに、反感に似たものさえ感じたのだった。

青実は自分を点検した。黒に近い焦茶のぼうし、ジャワさらさの南国的な濃い色どりのワンピース、黒エナメルの大きなハンドバック、黒エナメルのサンダル、それは一応経済的なゆとりを示していた。未亡人は、それに反発したのではないかと考えた。戦時中は皆一様に貧乏であった。しかし戦後二十数年、GNP世界第二位と高度経済成長を誇る中で、人々の消費水準は上がるばかりだ。しかし未亡人の生活にゆとりはなさそうだった。

伊藤は敗戦後二年目に死亡し、二人の子を育てるため、未亡人は小学校に勤め出したときいていた。おそらく今も勤めているのだろう。彼女の顔に浮かんでいた険しさとあるいらだち、それはかってはみられなかったものだと思う。病む夫（愛人を持っていたのだが、夫人は知らなかったのだろう）と子どもを抱えての戦時中より、夫を失った戦後の歳月の方が、彼女にとっては厳しいものだったのだろうか。

この町へ来てからとくに、過去の姿ばかりが鮮明にみえ、現在みるものを信じられぬ思いがしてならなかった。現在が夢で、過去のみが事実であるように思えてならないのだ。未亡人に対してもそうで、今すれちがった人を、かっての伊藤の妻とは思えないのだった。現在をすべて否定してしまいたいのだった。そうすれば過去に戻れる、過去がもう一度現在に戻ってくるような気がしてならなかった。過去への愛惜がそう思わせるのにちがいなかった。そしてそのことから逆に、たった一度きりの人生、やり直しのきかぬ人生、ということをしたたかに思いしらされるのだった。

青実は駅へひき返そうと考えた。もう予定していた帰りの列車の時間だった。

青実は表通りの街道へ出た。そして駅の方へ戻りはじめた。

バス、トラック、乗用車が走り来り、走り去った。一部舗装中のところにさしかかると、それらはきそって空もくもるほど茶色の土埃りをあげた。

右側の少し高くなったところに、避暑地のバンガロー風の建物がみえた。内部は何もなくガランとしている。国鉄の合理化の波に荒らされて、すでに廃止された駅であった。それは、高度成長、経済的繁栄のかげの荒廃と苛酷さの象徴のようにみえた。

青実が、工場へ動員されている生徒の監督に、K市へ出かけたのも、この駅からだった。学徒動員で、生徒たちは工場で働いていた。そこへ二、三人ずつの教師が一ヵ月交替で派遣されていた。

青実は、敗戦の年の二月に、星ともう一人年配の女教師と三人、派遣された。そんなふうに組み合わせたのは教頭の伊藤だった。

一日に三回、生徒たちの働く様子をみてまわれば、もう用はなかった。年配の女教師が、専ら工場との接渉や生徒の指導に当っていた。

厳寒の頃だったので、火鉢一つしかない十五畳のへやで、彼女は震え上がっていた。

星は男子寮の六畳にひとりでいたが、よく遊びに来ていた。

ふたりだけのことがしばしばあった。火鉢の向こうに坐った彼は、あくことなくいろいろ話した。青実はいつも全身できき入っていた。

吹きさらしの野に広がった工場の窓ガラスを、時折木枯しがゆすっていた夜だった。ふたりだけの火鉢のむこうで彼は話した。

「──あれは十一月頃でしたかね。ある夜ぼくは、武蔵野を走る電車のレールに耳をつけて、今来るか、今来るかと車の音に耳をすましていたことがあるんです。そのうち、ふと我に返り、がくぜんとして歩き出したんですよ。そのうち、野中の松の木の下に、地蔵様のあるのに気づいたんです。ぼくは何となし立止まると、生れてはじめて地蔵様にお辞儀しましたよ。その時ぼくは泣いてたです──」、

彼はそう言いつつ、顔を伏せて、たばこの灰を人指指で軽く叩いた。その姿が青実の胸に灼きついた。

今にして思えば、彼は若き日のだれにもありがちな苦悩を、やや感傷的に語ったにすぎなかったのだろう。しかし若い青実は、若い星の苦悩に深く共感したのだった。具体的な内容もしらぬままに。

星に対する彼女の気持が、はっきり恋情に変化したのは、その夜からだった。

すでに彼の知的能力に牽かれていた彼女は、ついで彼の苦悩に、人間的弱味に牽かれたのだった。知的能力は、青実の憧れであり、人間的弱味への共感は、自己憐憫に連なるものであった。つまり、星の中に青実は、理想像とともに、自己の影をみたのだった。

知的なものに牽かれることはいうまでもなく、人間的弱みに牽かれるのも、彼女はむしろよしとしていた。しかし後者のそれは低いところでの共感、自己合理化におちいる危うさも含んでいると思う。

星は言っていた。

「日本の文芸に思想はないですよ。みんな情緒に訴えているだけです。思想は感情を超越していますからね」

また、職員室で、音楽室からきこえてくる軍歌を聞きつつ言った。

「哀感に満ちてますね。まさに敗戦を予言しているようなもんですね。日本人はだいたい哀感のあるものに牽かれやすいんですよ。哀感がこもってないと、秀れているといわれないんですね。無常感的哀感ってヤツですね」

彼女はこの町へ下りてから、とくに死者のことばが生きているのを感じつづけてきた。

伊藤の声も聞こえてくる。

古事記をどう思うか、という問いに対して、彼はやはり星と同じようなことを言った。

「下らねえね、あんなもの。あれが重んじられてきたのは政策だがんね。日本では教育も宗教も文芸も、みんな直接、政治の支配下にあっからな」

自分がいかにまちがった教育をうけてきたかということに気付き出していた青実は、伊藤を追求した。

「先生はいろんな真実を知ってらんのに何で黙っていらんの。わたしが訊くからいろいろ言わんだべし。自分からはなんにも言わんねなし」

伊藤はちょっと苦しげな表情をした。

「そう言われっと一言もねえな。オレは卑怯なんだ。病気だったもんで、夜、月なぞながめっと、あと何回この月がみられっかな、なんて考えていたし、何に対しても消極的だったんだな。何つっても牢屋に入れられんのが恐ろしかったがんね」

戦後、思想弾圧の過酷な実相を知った青実は、あんなことを言うのではなかったと後悔した。

五月の緑は、燃えるように鮮かだった。

硫黄島が落ち、ドイツが降伏していた。

連日のように特攻隊が出撃していた。

咲き誇るさくらの下で、出撃前の特攻隊員がほほえんでいる写真が、新聞に載っていた。それこそ美の極地だと思っていたのだが、その頃は何のために若い命を散らさねばならぬのか、むだ死ではないか、とその命を惜しむ思いに変わっていた。

星も、戦争が早く終らないと、いつ召集されるかわからない状況になっていた。彼は軍事教練に駆り出されたり、遺言を書かされたりしていた。もはや虚弱なくらいでは逃れられなくなっていた。文字通り根こそぎ動員体制に入っていた。彼が時々電話口に出るごとに、青実はひやっとしていた。もしや召集のしらせでは、と恐れていた。

その頃、星といっしょに援農にいったことがあった。生徒が近村の人手不足の農家に、田植手伝にいくので、それの監督であった。

山脈はかなたに退き、みわたすかぎりの田んぼには、水がいっぱい張られていた。すでに田植のすんだところもあちこちにみえた。かっこうがのどかに鳴き、ほととぎすが、それをいましめるようにけたたましい声をあげる。いくら戦争が激しくなり、人間は食物に飢えていても、鳥たちには食糧難はないのか、元気いっぱいの鳴声だった。

戦時下とは思えぬ平和な美しい自然だった。戦争も破壊しない美しい自然があった。援農の楽しみは、お昼をごちそうになれることだった。何といっても農家はまだ食糧に恵まれていた。とうふとかぶのみそ汁、かぶとにしんの煮付、かぶづけ、それにまっ白い米だけのご飯、そんなささやかなお昼が何と美味だったことか。青実は、しじゅう軽い飢えに責められていた当時を思い出す。しかし、心は今より飢えていなかったように思う。

その日の午後、青実は生徒の働いているところを一まわりすると、小川の土手腹で休んでいた。水量は豊かで、透きとおった水の中を小魚がたくみに体をひるがえして泳いでいる。岸の花しょうぶが、白や黄や紫紺の花を開いている。青実はあおに寝た。

陽の暖かさ、田んぼの甘ったるい匂い、こぼこぼとたわむれるような小川のささやき——青実は美しく満ち足りた自然の中で陶然となっていた。この上、もしここに星がいてくれたら——それは叶わぬと思うゆえに、なお激しい願いであった。

「——青実先生」

ふっと目をあけた。いつのまにかうとうととしていたらしい。ゆめうつつの彼女の目に入ったのは、ゆめならぬ星であった。戦斗帽に巻脚絆、詰衿のカーキ色の作業服、その兵隊そっくりのいでたちが、一瞬青実に、召集だと思わせた。

「こんな所で油を売っていてはいけませんね。ぼくは先生の監督までしなきゃならんのだから大変だ」

にやにやしながらそういうと、彼は少しはなれたところに腰を下ろした。

彼女はむっくり起き上がった。召集ではなかった、という安堵とともに寝顔をみられた、という恥ずかしさがあった。

あたりに人影はなかった。青実の頬に、わけもなく熱い血がどっと上った。

「ああ、いい気持だ」そういうと彼はごろりとあおむけに倒れた。

「こんどはぼくが怠けますからよろしく」

彼はめがねの奥の目を閉じた。

「先生、ほんとに赤紙が来んのがし」

青実はいつも心の底にある不安をいってみた。

「早く戦争が終らなきゃ来るでしょうね」

「先生は、兵隊にいぎだくねえんだべし、とらっちゃら、どうしんだし」

「こうなっちゃ、どうしようもないですね」

「早く戦争をやめればいいのになし、どうせ負げんのに」青実は思わず心をこめていった。

「非国民。いや国賊がひとり増えましたね」

そうからかいながら星は起き上がり、めがね越しにちらと青実をみた。その目にはある喜びがあった。

「はァ、何だかおかしくなっちまったなし」青実は少し赤くなった。

「先生は、今度も醤油でガタガタになって、とらんにようにはできねのがし」

「こうなっちゃ、もういくらガタガタになってもダメでしょうね。片輪か肺病にでもならないかぎりはね」

　青実は黙ってしまった。

「ああ、自然は全く平和で美しいな。戦争なんてばかばかしい。人間の愚かさが骨身に沁みますね。早く戦争が終ってくれないかな。戦争が終んなきゃ人生もへったくれもないですよ。自由がほしいなあ」

「終ったら、なじょすんだし」そうきいてしまってから青実はどきりとした。

「ぼくは勉強しますよ」

「何のだし」

「ま、歴史をやってみたいですね」

　自由な生を欲しながら死を強制されようとしていた彼の内部を、青実は感じとることはできなかった。ただおのが恋心の高まりを表現するすべもしらずに、上ずった思いに喘ぐ思いだった。そして、戦争が終っても終らなくても、ともかく彼は去ってしまう人なのだ、という淋しさを、ひしひしと感じていた。どっちにしろ自分はついてはいけないのだ、と。

　青実は時計をみた。少し足を急がせた。しかしさっきから感じていた持病の右ひざの痛みが、一層強くなってきた。青実は目的の列車に乗ることを断念した。

　かって、車も人通りも少ないこの街道を帰りつつ、伊藤は言った。

「生きて新しい組織を作るんだ」と。

伊藤がどんな新しい社会――それは共産社会だったのだろうが――を考えていたか、むろん青実は知らない。しかし、戦後二十年の世界の大激動、ことに社会主義国間の対立や抗争を、誰が予想しえたろうか。生きていたら、伊藤は、星は、何というだろうか。青実はかってのように彼らの意見をききたいと、耳をすます思いになる。

---

この「ざくろ」の後半三分の一位は省略したので、作品としてのまとまりは悪くなったと思うが、私の目的は星文吾の反戦思想を具体的に述べることによって、川井青実―軍国少女―戦中派―私が目覚めてゆく過程を書くことにあった。

それはまた次のような問題提起を促してきた。第一の恋人、女学校時代の国語教師吉多先生、（拙著『わが「時禱書」―ある女子師範生の青春』）との比較である。その項目は、①外見・容貌 ②学歴・専攻 ③戦争・天皇制観 ④女性観 ⑤戦後の生き方等である。

① 外見・容貌について

まず年齢からいえば敗戦時の一九四五年は吉多先生（以下Yと略称）三五才、星（以下Hと略称）二四才、青実（私）（以下Aと略称）二二才。YとHは約十一才の差がある。Yは男にしては背が少し低目。四角な顔立ち。色黒、高い鼻。HはYと対照的。似ているのは高い鼻位。それなのに私はHにYの面影を何度も感じた。ふしぎだった。初恋のなせる魔術なのだろうか。似てる、似てると何度も呟いた。

② 学歴・専攻について

Yは文検—師範卒後、中等校の教員になるための受験に合格。高等師範専攻科二年を出ていたと覚えている。文学を愛し、古典重視の国語教科書のほかによく当時の現代小説を読んでくれた。堀辰雄、中里恒子等感覚派の作品など覚えている。「源氏物語」に心酔していた。

Hは、明治大学専門部夜学部卒。苦学したようだ。日記には具体的には山本有三が好きだとか、阿部知二、舟橋聖一が明大の教師だったことは書いてある。歴史を勉強したいと言っていたが、哲学・文学（西洋物が多かったようだ）等何でも読んでいた。

③ 戦争・天皇制観

Yは戦争支持、天皇及び天皇制についても絶対支持だった。それが日本人の大部分だった。

Hは強い反戦・反天皇制論者だった。

④ 女性観について

右は二人とも基本的には共通である。女は結婚して子を産み、働く男のために家事労働をして家を守る。Hは私の中に苛烈なものがあると言っていた。

⑤ 戦後の生き方

Yは福島市内の各中学校、学制改革後は高校を転任しつつ、定年まで勤め、七十代で没した。子供は二人位いたようだ。敗戦後、一時的にはマルキシズムに惹かれたようだった。

Hはすぐ上京できず、近くの中等校に勤め、好きな女教師と結婚。やがて上京して区立中学校の社会科教師となるが、五十代でアルコール中毒症となり、八〇年代にガンで死亡。組合活動の盛んだった頃で、当時の組合幹部に訊いたところでは、かなりHを守ったという。また、特に目立った文筆活動もなかったという。私が一応八〇年代に調べられるだけ調べたあらましである。

比べて問題なのは、Hの戦後の生き方である。

あれほど戦争を批判し、その反面だからこそ戦後に理想実現を望んでいたはずなのに、ほとんど何も出来なかったようにあるいはしなかったように見えるのはなぜか。戦後の日記には彼も共産党・社会党に投票したとある。若い時から酒好きではあったが、中毒するまでに酔い痴れたのはなぜか。彼にとって戦後とは何だったのか。問題提起しておくほかない。それは私の戦後の生き方を考えさせてくれる一つの条件になるだろう。

## 2　短歌・詩

次に耶麻高女時代の失恋のうたや詩を、いくつか並べておきたい。これは当時の小型の文集ノートに書いてあるものである。

夜もすがら君が看病をなすを得ばをみなの幸のきわみならむに

## くりやのうた（八首）

いっぽんのマッチにたちまち燃えゆけば心うれしく飯炊きはじむ

わが母も又その母もみつめけむ朝のくりやのほのおかなしき

火勢いま定まりぬらし釜なむるほのおの色のひとつに燃ゆる

いかりつつおどりつつみだれつつほのおはものをいわむとすらし

つぎつぎとほのほのいろにきえてゆくたきぎのいのちまもりてあり

にえたぎる音のしだいにたかまれば心おちいておき火をひろう

朝毎にほのおと我に通い合うことばのありてくりやたのしき

戸の間もる朝の微光の明るみつわが炊く飯も出来上るなり

朝あけ

細い虫の音が忘れていた朝を思い出させる──
靄のような霧のような薄明の中ですべての光明と希望が揺れている
（傷ついた夢も悔恨もそれは昨日の感傷でしかない）
一夜のうちに消えた軒端の蛛蠕の巣の美しさを再び私はうたうまい
いま一度　いま一度……稲の穂の開く朝　見え出した青空を一心にみつめている──。
　やがて秋……
やがて秋がくるだろう
野に秋草が咲き乱れ
空を白い風が渡るだろう

あの夜──浴衣についてはなれない甲虫を
　そっととってあげたのだったが──
それは華やかな夏の夢の名残りを絶つように　何か切ないものであった

## 3　敗戦日の日記（「備忘日記」より）

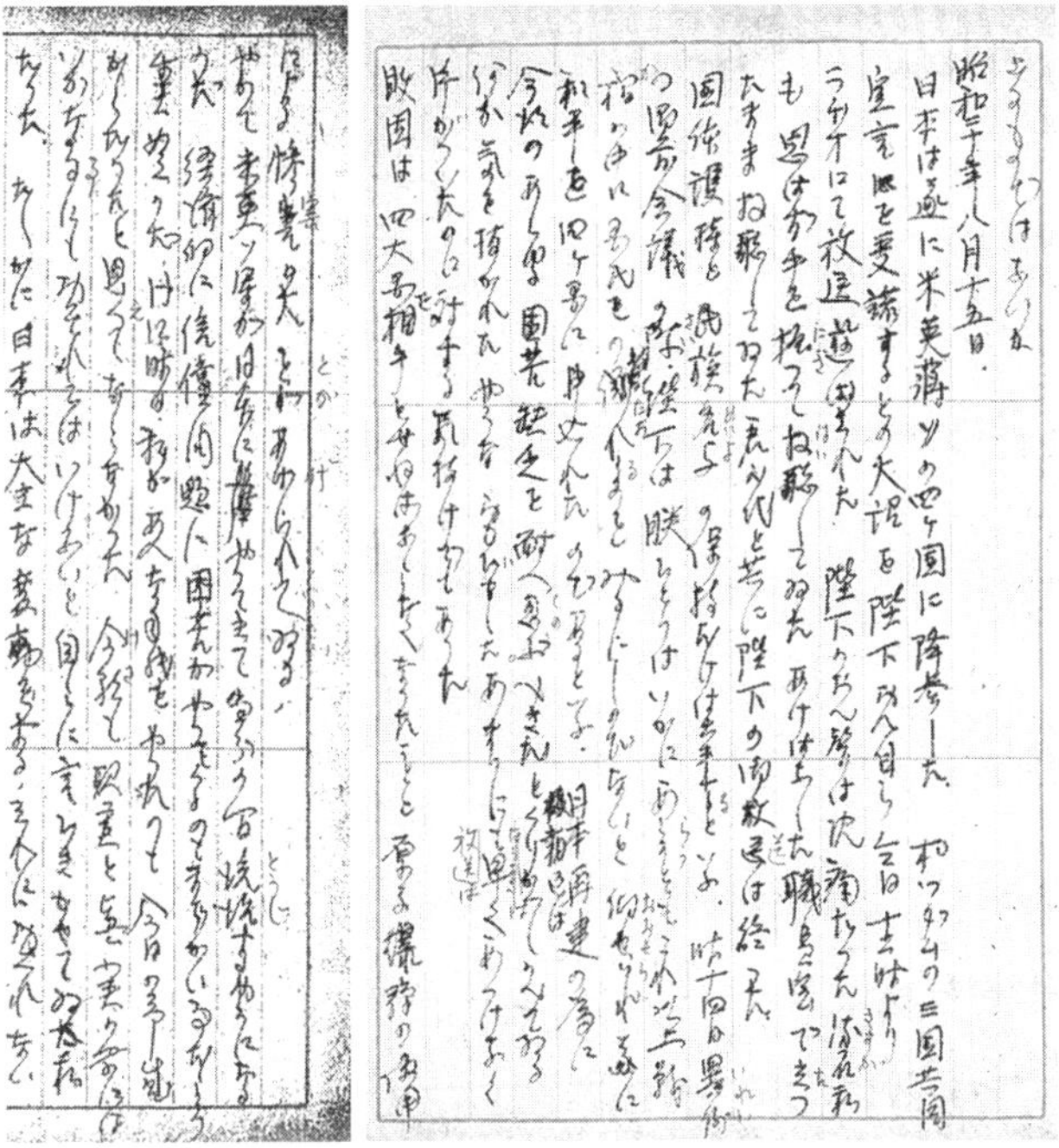

**昭和二十年八月十五日**

日本は遂に米英蔣ソの四ヶ国に降参した。ポツダムの三国共同宣言を受諾するとの大詔を、陛下おん自ら今日十二時よりラジオにて放送遊ばされた。陛下のおん声は沈痛だった。流石《さすが》私も思はず手を握って拝聴してゐた。あけはなした職員室で立ったまま拝聴してゐた。「君が代」と共に陛下の御放送は終った。

国体護持と民族名誉《めいよ》の保持だけは出来るといふ。昨十四日異例の御前会議の際、陛下は朕《ちん》ひとりはいかにあらうとも、これ以上戦禍《せんか》の中に国民の斃《たお》れるのをみるにしのびないと仰《おお》せられ、遂に和平を四ヶ国に申込れたのであるといふ。日本

再建の爲に今後のあらゆる困苦缺乏《けつぼう》を耐へ忍ぶべきだと報道はくりかへしのべてゐる。何か気を抜かれたやうなおもひもした。あまりにも早くあっけなく片がついたのに対する気抜けでもあった。

敗因は、四大国を相手とせねばならなくなったことと、原子爆弾の使用による惨害の大とがあげられてゐる。

やがて米英ソ軍が日本にやってきて、当分の間統治するようになるのだ。経済的に賠償問題に、困苦がやってくるのもまぢかい事だらう。生きぬくのだ。Hに昨日私があんな手紙をやったのも、今日の予感からだったと思へてならなかった。今朝も現実と真実の前には、いかなる事にもおそれてはいけないと自《みずか》らに言ひきかせてゐた私だった。たしかに日本は大

A5判　約140枚　P280　￥400
内容紙はザラ紙

きな変動をする。それにおくれない為に私は勉強しよう。Ｈはおそらく学校を退《よ》すだらう。昨日から今日にかけて手紙を地下足袋の中に入れてから、私の頭はからっぽで、休んでいるＨを思ひ乍《なが》らも平気だった。何だか考へられないのだ。明日どんな心になるか自分でもわからないのだ。恥づかしくもないやうなのだ。実際にＨをみればどんな心になるのかしれないけど、Ｈはもはや兵たいにならなくともすむのだ。ます〳〵どうにもならないふたりの間だとおもふ。放送をきき乍《なが》らもＨのことを考えていた。Ｈの言ったことに何一つあやまりはなかった。Ｈは十年後の計画をたてているといったっけ。

計かくや理想や学問に生きてゐるHにとって、私などの存在はどれほどの力かと改めて考へてしまふ。阿南《あなん》陸相は、十四日夜官邸《かんてい》で自決したといふ。相当多くの戦争指導責任者は死ぬ事であらう。七時の報導の後で鈴木首相の放送があった。

日本再建の道は言ふべくして尚幾多《なおいくた》の困難を予想してゐる。今までは破壊の爲の戦《たたかい》であった。之《これ》からは建設の爲の戦ひだ。しかしまだまだ道は遠い。これからの荊棘《けいきょく》の道をひとりでゆくのは心細い。願はくばHに手をひかれてとは、私のいつはりのないひそかなねがいである。いかなる困苦にも耐へしのび生き抜くのだ健康と智慧《ちえ》とをもって。

月と星と虫の音の美しい夜。新しい受難に向ふ日本の、輝き乍ら嶮峻な前途をおもふのである。

# 戦後編

## 戦後編　もくじ

初めに私の戦後にとって重要な「自由大学サークル」と「日本文学協会」について説明しておきたい。

## 1 「自由大学サークル」について

サークルと略称する。拙著『わが「時禱書」—ある女子師範生の青春』にも少し書いているが改めて紹介する。

その母胎となったのは「民主主義科学者協会—民科」である。これは一九四六年敗戦の翌年、戦争への反省に立って、当時の秀れた自然・社会両科学者達によって結成された団体。そこで働く者の大学—自由大学が構想されたが資金が集まらず、五二年からサークルとして出発した。主なサークルと講師は哲学（高桑純夫、古在由重、古田光）経済（小林良正、宇佐美誠次郎）文学（猪野謙二）心理（南博）法律（沼田稲次郎）等であった。最盛期は五二年～五七年の四、五年間だった。サークル員は全部で約七〇名位。各サークルとも月二回くらいあり、私は主として哲学・経済・文学の三つに出ていた。会場はお茶の水の雑誌記念会館、教会、お寺と安い所を求めて転々と変わった。

哲学は初め高桑純夫先生が、『西洋哲学史』（シュペングラー著、岩波文庫）のデカルトから講じられた。先生の講義は情熱的であり、思考することの面白さを教えて下さった。「われ思うゆゑにわれ在り」に私は興奮した。

高桑先生と入れ替わる形で古在先生が五四年から亡くなる九〇年まで講師を続けられた。テキストの主なものは「文芸講話」「空想から科学へ」「ドイツ・イデオロギー」等々とマルキシズム文献である。先生は現実の問題を哲学と結びつけて分かりやすく話された。

途中で古田光先生の講師で「ユダヤ人問題によせて」「ヘーゲル法哲学批判序説」「経済学・哲学手稿」等マルクスの初期論文を読み、今に至るまで役立っている。例えば「宗教は民衆の阿片である」「理論といえども大衆を把握するやいなや、物質力となる」

また彼の女性観「女性が男性の奴隷的存在となっているのは、男性がそれを当然と考えているからだ。だから女性が真に平等で自由な存在になるためには、まず男性が変わる必要がある」

右の私の読みがまちがっていなければ、女性も当然変わる必要があると考える。

私が自分の意識の変化をはっきり意識したのは、一九五五年約一年間かかって、モーリス・コーンフォース著『弁証法的唯物論入門上下』（理論社）を勉強してからである。講師は古在先生。話は具体的で分かりやすかった。端的に言えば事物をありのままに、発展的にみるという唯物弁証法は、まず私の中にあった古い宿命観に気付かせた。「次郎物語」を読んだ時、叔父の徹太郎が次郎に対して次のように言う。

「たとえばあの松の木だ。何百年かの昔一粒の種子が風に吹かれてあの岩の小さな裂目に落ちこんだとする。それはその種子にとって運命だったたんだ。種子自身ではそれをどうすることもできなかったたんだ」だから与えられた条件の中で精一杯に生きよという教訓であった。しかしそれは現状維持の上に立ち、諦めと妥協を強いるものであること、そういう運命は変えることができるのだし、変えねばならないのだと考えた。

一番衝撃をうけたのは、経済だった。守屋典郎の『日本資本主義発達史』は小林良正先生が、宮川実の「経済学入門」は宇佐見先生が受け持ちだった。両著ともマルキシズムの立場から書かれた本であるが、前著は日本の資本主義の発達史を通して、明治以来敗戦に至るまでの日本の近代史を展開してみせてくれた。読みすすむにつれて、そうだったのか、知らなかったという感動を巻き起こし、目からウロコが落ちたという感じだった。後者はそれを理論的に裏打ちするように、資本主義機構のからくりを知らせてくれた。たとえば「インフレによる価格騰貴は不均等である」ことの一例として「労働力の価格は、他の諸商品の価値よりもはるかに遅れて騰貴する」などという文言にぶつかる時、それはあっと思うほど私達の生活現実を見事に捉えていると思われた。また剰余価値が必然的に出てきて蓄積されてゆく数式などを知るときも、それは生活実感と結びついた論理の面白さ、正しさ、を感じさせられた。アダム・スミスもケインズも知らない私のおそらく素朴な信頼だったろう。しかし私はそんなゆとりは持てず、直観的にその面白さに惹かれていった。

文学は日本近代文学を、二葉亭四迷から文学史的に読んだ。たいてい二四、五名集まっていた。

その頃「近代日本文学史研究」の論文を書かれていた猪野先生は、文学を人間性の解放に連なるものとして捉える立場から、日本近代社会の歪みの中で、文学者達がそれとどう闘いどう生きたか、それが作品にどう反映されているかという問題意識のもとに話された。

それはそれまでの私の小説の読み方とは質的に違っていたが、それに気付いたのはあとのことである。文学少女であった私は乱読である上にただ情緒的、感覚的に受取っていたにすぎない。抽象的な人間性の立場からだけ受取っていた。前述したが女学校時代に若山牧水の「幾山河越えさりゆかばさびしさのはてなむ国ぞ今日も旅ゆく」の無常感的哀感に惹かれ、女師時代は芥川龍之介の世紀末的憂愁に惹かれた。上京する頃は林芙美子の「放浪記」のうらぶれの思いに染んでいた。そんな日本的感性に対して猪野先生の発想は、歴史的・社会的な思考だったと思う。その面白さに惹かれながらも違いが分かるのには時間がかかった。

例えば私は一葉の「たけくらべ」が好きだった。例の雨の日の場面、大黒屋の前を通りかかった信如が鼻緒を切らして困っている時、それと気付いた美登利が友禅模様の端切れを差し出すが、信如は受取らず端切れは空しく地に落ちて雨に打たれている――作中唯一の見せ場の幼い恋に、たまらない美しさを感じていたものだ。しかしその美しさは、降りそそぐ冷たい雨と、泥土の上で見るからこそ引き立つ美だということ、つまりやがて苦界に身を沈めねばならぬ美登利や、自分の意志とかかわりなく、親の跡を継ぐために僧籍に入らねばならぬ信如達の置かれた社会的な暗さを背景にして浮き出てくる美しさであることに気付いたのはずっと後のことだった。

勉強の面白さを一層助けたのはサークルに集まる人達との交流である。学ぶ喜びに溢れた目には、皆一様に仲間に見えた。私には「ガチャ子」という仇名がつけられ、一種の人気者でもあった。会があると思いつくままをしゃべり、みんなを笑わせたり、笑わせられたりしていた。同志という言葉があてはまる時期であった。その頃の日記の一節。

「―大学へ入りたかった十年前の憧れが今こそ実現しているのだ。サークルのために私は全生活を賭けている。今の勉強は虚栄心のためでも、孤独に耽溺するためでもなく、生の充実感を得るためのものですらない。もっと大きな、正しい歴史の将来に向って生きるための必須条件である。それは死を生に変える唯一の手段でもあろう。二度と欺かれはしない―それは天皇制教育を受けた私達世代の合言葉でもある。」

あの頃サークルには確かに革命的気分が溢れていた。

前述のように私達は十代後半から二十代の若者達であり、殆ど昼は働いていた。時代は五〇年の朝鮮戦争をきっかけにして資本が立ち直りをみせ、自衛隊設立にいたるような反動化が始まっていた。しかし文化国家建設、民主革命といった言葉にみられるような新生日本への息吹はまだ残っている時期だった。そういう時代の上昇性の中で、私達は束の間の青春を謳歌することができたのだ。時代と個人の青春が重なりあっていた珍しい一時期であった。

そこで私達が分かったと思ったこと、あると信じた人間の結びつき、それらは単純すぎたり、あるいは錯覚だったかもしれぬ。しかしそうだとしても、それらは何度でもそこに立ち返って考えるに価する問題だと考える。

## 2 「日本文学協会」について

日文協と略称するが、これも戦争への反省に立って民科と同じ一九四六年発足した、文学と国語教育の研究団体。近藤忠義、西尾実先生等が発起人。私にとっては自由大学サークルと共に戦後民主主義の証しである。会は会員の会費によって運営され、月刊誌『日本文学』を発行している。会員は殆どが教師、学生であり、研究者の集団である。

私が会員になったのは一九六〇年頃だったと思う。サークルの会員が激減し、成立しなくなったからだ。もともといわゆる研究者の団体ではなかったということが大きいだろう。それでも私は何とか文学研究を続けたいと思っていた。

幸いなことにサークルの文学の講師は猪野先生を初めとして、草部典一、紅野敏郎、米田利昭といった日文協会員の先生たちばかりであった。そこで私は、米田先生の時から日文協会員となり、今に至っている。前述のように現在出席しているのは、近代、国語教育、新フェミニズムの三部会である。

今までに私は『日本文学』に諸論文等を発表してきた。それは拙なくとも戦後民主主義を私がどのように考えてきたかの道程である。今やそれらは時代遅れかもしれぬ。研究者達は、次々と新しい西方からの理論を取り入れており、私なぞの理解を超えている。でも戦前も特に戦後も、私も大きく影響されてきたのは、西方の文化のように思う。日本は永遠の文化後進国なのだろうか。

## 3　原水禁運動についてわたしの考えること

〔一九六三年『日本文学』一一月号（時評）〕

最初与えられたテーマは「原水禁運動の主体と構造について」というものであった。しかしそんな難かしいことは言えないので、庶民のひとりとしての素朴な感想を述べることで、かんべんしてほしいと思う。

わたしはいままで正直なところ、原水禁運動について積極的な関心はもっていなかった。ヒロシマ、ナガサキの惨劇を知らなかったわけでもないし、平和運動としての原水禁運動の意義を知らなかったわけでもない。けれどやはりわたしの狭い生活実感からは何かかけはなれた問題であった。

しかし最近池田政府が、アメリカの原子力潜水艦「寄港」を前提として、押入れに入れの、マスクをしろのと、放射能害の防災対策をたてていると知っては、冗談じゃない、と思い出したのだ。国民に対しては安全だ、安全だ、といっている政府自らが事細かに災害対策――そんなことで放射能害が防げぬことぐらい、いくらバカでもわかる――をたてている、ということは、ある意味では、全科学者の反対よりも、なまなましくわたしたちの生命の危険を生じさせるものであった。わが身に火の粉がふりかかってくるのを感じて、初めてわたしは原水禁運動にも関心がおこり、この難かしい問題についても発言してみようと思いたったのだ。

わたしが原水禁運動について言いたいことは、それは、いかなる国の核実験にも反対しつつ、しかも、日本の安全を脅かしているアメリカの戦争政策と闘ってゆくべきだ、ということである。

周知のように「いかなる国」問題をめぐっては共、社両党の激しい対立があり、今度の九回大会（一九六四年十一月）に分裂をおこした難問である。

共産党は、これを原水禁運動の原則とすることは、平和の敵をあいまいにし、社会党の第三勢力論にまきこまれることになる、といって反対しつづけてきているし、社会党もとくに九回大会では、これを原水禁運動の指導権奪回の戦術に使ったように思われる。このように「いかなる国」問題は、各政党にとってそれぞれの政治的機能をもつものであるようだ。しかしわたしは以上のどちらにも納得できぬものを感じる。

わたしは、まず、いかなる国の核実験にも反対する、ということを次のように考えている。

それは文字どおり資本主義国はむろん、社会主義国の実験にも、日本の核武装にも反対する、ということである。

なぜ反対するのか。直接にはそれは死の灰によって、わたしたちや世界の人々が、現在及び将来に亘って、生命を脅かされぬためである。

武谷三男氏は『原水爆実験』（岩波新書）の中で、「死の灰は、どんなに少量でもそれなりに有害であること、それは世界の科学者によって認められている。しかしすぐ発病しないためにいろいろ困難な問題がおきている。現在だれも病人になっていないからといってどんどん爆発をやり、みんなが病気になった時に害が証明された、ということになってはもはや手おくれであること、放射能が無害であるということが証明されぬかぎり、実験は行うべきでない、というべきだ」といい、放射能害について詳しい分析をしている。

また藤本陽一氏（物理学者）も「平和の論理と科学者」（『世界』10月号）の中で、「日本の科学者が世界にさきがけて放射能の害を研究し、平和への第一歩として、核実験停止を世界に訴えた」と書いている。とにかく死の灰の脅威は、もはや軽視されぬところまできているようだし、被爆者にとってはことに、少量でも放射能灰が増えることは、普通人より以上の影響を与えるであろうことはすぐ想像できる。わたし自身にしても、資本主義国のはむろんのこと、いくら社会主義国は平和勢力だからといって、ソビエトの核実験による放射能灰が自分の体内に蓄積されてゆくこともいやである。

また、核実験に反対することは、間接的には、核兵器の製造・拡散に反対することになると思う。それは、原水禁運動の大きな目標―核兵器の消滅―に結びつくし、完全軍縮に通じる一つの大きな道にもなると考える。完全軍縮、それは社会主義国はむろん、アメリカをはじめとする資本主義国もうたっている、いやうたわざるを得ない人類の目標なのである。

まず、日本国民の平和と安全という立場にたてば、そして三たび原水爆の被害をうけた日本人の立場にたてば、以上のことは自明の理であり、また当然主張すべき義務であり、権利であると思う。

また、この人道的・科学的立場からの核実験反対は、たんに日本人の利益であるばかりでなく、世界人民の利益に通じるものであり、アメリカを「軍事・産業・政治を癒着させた戦時経済の恒常化、が行われている帝国主義国」とみる立場（岩波書店、「現代」第一巻『生存の問題』務台理作）にたっても、資本主義国と、社会主義国のどちらに打撃を与えるものであるかは明らかである。つまり階級的観点からみても、大きくみれば理は通る、と考えられるのである。

以上のような意味で、原水禁運動は、「原水爆はもうごめんだ」という国民感情を「いかなる国の核実験にも反対する」という原案で原則化すべきだと思う。

さて、カントは『永遠平和のために』（岩波文庫）の中で「平和とはあらゆる敵意の終末を意味する」と言っている。たしかに理想的な平和の状態というものはそういうものであろう。だが、そこにいたる道は、言論戦、武力戦、大衆行動を含めて闘いの道である。ことに当面の平和運動の目標は、核戦争を防ぐという所にある。戦いをおこさぬために、つまり平和のために戦わねばならぬ、という一見逆説的ともみえる状況に日本も世界もおかれている。そういう緊張はなぜおこるか、まず日本の現状について考えれば、この狭い国土に、二百余の広大な、日本人立入禁止のアメリカの軍事基地があり、沖縄は核武装されている。その上安保条約による当然の権利として、アメリカは原子力潜水艦を「寄港」させようとし、F105D水爆積載機も配置されようとしている。日本の自衛隊の核武装化も日程に上っている。それに対し池田政府は、安保条約による当然の義務とし、放射能の防災対策をたてているしまつである。日本は「原水爆の被害国から、加害国にかわろうとしている」（被爆者、渡辺千恵子さんの言葉）のだ。

いかに大資本がバカンスムードをあおりたて、泰平ムードをまきちらそうと、少し目をひらけば、わたしたちのささやかな平和や幸福が、どんなにもろいものか、思い知らされるのである。わたしたちが真の平和と幸福を望むなら、まず闘わねばならぬ相手がだれかは明らかである。

わたしも、その社会体制の上からいっても、また事実的にも、大きな目でみれば（時には大国主義的な言動があったとしても）平和のために努力してきたのは、ソビエトをはじめとする社会主義国だと思う。それはいわゆる商業新聞だけでも、少し注意深く読めばわかることだと思うし、端的には、女性宇宙飛行士第一号を送ったことにも表われていると思う。そういうソビエト側の平和のための努力を、具体的に、くりかえし宣伝することがとくに必要だと思う。日本人には反ソ感情が強いだけになおそれは必要である。そのような努力を続けることによって、だれが基本的に平和をおびやかしているのか、社会主義国もなぜ核実験せねばならぬかを説得してゆくことはできると思うし、必要だと思う。けれど前にも述べたように、だからといって反対しないことには反対である。分かってはいる、けれども反対せざるを得ない――それが日本の立場であるべきだと思う。

日高六郎氏もいっているように（『世界』10月号、討論「原水禁運動の理念と現実」）「アメリカの極東における核戦略体制が根本原因で、中国も核武装しようとしているのだ、ということは、いくらかでも公正な精神の持主であれば、説得できるし、その説得の上で、原理的、一般的に、あらゆる核実験に対して遺憾の意を表することは、反社会主義キャンペーンとなることなしに可能だ」と思うのだ。

以上のような意味で、わたしの中では、いかなる国の核実験にも反対することと、アメリカの戦争政策と闘うことは矛盾しないし、理論的にもおかしくないように思う。

以下紙数を越えたので駆足になるが、今回の部分核停についても、当分死の灰が降って来ない、というだけでも、ないよりはいいと思うし、言われるようにさまざまな欠陥を持つ条約ではあるが、これを完全軍縮への足がかりにするように、その積極面を発展させてゆくことが必要なのではないだろうか。

原水禁運動は、必然的に、核実験や、戦争を起そうとする権力に対抗する運動という意味でも政治運動だと思うし、日本人民はむろん、世界人民の平和と幸福を守るという意味でも高度の政治運動なのだと思う。わたしは政党が介入するな、というようなことは言わない。ただだれが指導するにせよ、まず日本国民の利益を、願いを、まっすぐ、ほんとうに汲みあげて欲しいと思う。

（国立療養所多磨全生園分教室教諭）

## 4　新美南吉「ごんぎつね」

〔一九六五年『日本文学』一月号〕

―

この作品で最も心をうたれるのは、最後の、ごんぎつねが兵十に撃たれる場面である。火なわ銃でごんを撃った兵十は、土間にかためておいてあるくりをみつけて、はじめていっさいを知り叫ぶ。

「『ごん、お前だったのか。いつもくりをくれたのは』

ごんはぐったり目をつぶったままうなずきました。

兵十は、火なわ銃をバタリととりおとしました。つつ口からまだ青いけむりが細く出ていました。」

この結びのシーンは、小学六年生の時、師であった新美南吉自身の口から語ってきかされたという榊原二象氏（南吉の故郷、愛知県半田市岩滑《やなべ》公民館主事）が、「どんなすじであったかも忘れてしまって、ただ最後の『青い煙がまだつつ口から細く出ていました』という結びのところを、例の丸い目をさらにまん丸くして口をとんがらし、両手で煙の上がるさまをてまねして、声をおとして話を結ばれたあの強烈な感銘が、三十年近い今日もはっきり頭の中に残っている―」（新美南吉童話全集付録　No.3　大日本図書）といわれているほど、感動的な場面である。

ごんの死はなぜそれほど感動的なのか。ごんの死は何を意味し、なぜごんは死なねばならなかったのか。作品を辿りつつ考えてみたい。

## 二

ごんは、山の中の「しだのいっぱいしげった森の中に、穴をほって住むひとりぼっちの子ぎつね」である。これに対して兵十は、いつも「赤いさつまいもみたいな元気のいい顔」をした若者で、小さなこわれかけた家に、母親とふたりぐらしの貧しい百姓である。種族こそちがえ、二者ともに社会の下積みになって生きる同士であり、それゆえに、また最もよく理解しあい、連帯可能な条件をもっているはずであった。この二者がなぜ手をつなぐことが出来ずに、いわば、兵十は仲間撃ちの悲劇を犯してしまったのか。

ごんは、夜でも昼でも、あたりの村へ出かけていってはいたずらした。「畑のいもをほりちらしたり、なたねがらのほしてあるのに火をつけたり、百姓やのうらてにつるしてあるとんがらしをむしりとっていったり」手当りしだい、みつけしだいにいたずらした。

しかしそれは、ごんが極度のさびしさをまぎらすための衝動的な行動であった。いたずらせずには生きていられなかったのであろう。

またそれは、佐々木守氏もいうように（「『おじいさんのランプ』論」『日本児童文学』一九三四年一二月号）ごんの自己主張でもあったろう。ごんは、そういう形でしか自己表現ができなかったのだ。類からも、肉親からもはなれ、しかも異種族の人間の近くに住むという、ごんのおかれている状況は、あまりに苛酷であるのに、それをつきやぶるには、ごんはあまりに幼く、無力だったからである。

だが、こういうごんにとっては切実ないたずらも、多くの貧しい農民にとっては、自分たちの生活を脅かす加害者としかうつらない。

ごんもそれを一応は知っているからこそ、つねに身をかくして行動せねばならなくなってくる。

そういう断絶した、いわば敵対的状況を背景として、ごんと兵十の特殊な関係がはじまる。

## 三

雨上がりの秋の日、ごんは、川で魚とりをしている兵十をみつける。

「兵十だな」と思うごんの心は、降り続く雨のため、二、三日も穴の中にうずくまっていたことからやっと開放された喜びと、種族こそちがえ、人間をみた喜びとが重なっていたと思う。

しかしごんは、すきをみて兵十がとったびくの中の魚をつかみ出して、ポンポン川に投げこむ。ごんは、喜びの気持を、そんなふうに表現してしまう。

兵十に気づかれて「うわあ、ぬすっとぎつねめ」とどなられ、ごんはびっくり仰天、首にまきついたうなぎをとりはずすひまもなく、横っとびににげる。相当ないたずらであるが、同時にどこか間がぬけているごんが憎めなく描かれている。

このようにごんは、村にとっての加害者というばかりでなく、兵十にとっても加害者となる。

## 四

それから十日ほどたってまた村へ出かけたごんは、兵十の母親の死を知る。そして夜ほら穴の中で考える。兵十のおっかぁが死の床で食べたいといったうなぎをいたずらしてしまったのだろう、貧しい兵十は、買うことができずに、川でとっていたのだ、と。その時、ごんには「黒いぼろぼろの着物をまくりあげて、腰のところまで水にひたり」「はちまきをした顔の横っちょに、まるいはぎの葉が一枚、大きなほくろみたいにへばりついて」いるのも苦にせず、一心に冷たい秋の水の中で、はりきりあみをゆすぶっていた兵十の姿が、改めて浮かんだことだろう。それはごんに、自分の推察が当っていると思わせると同時に、末期の人間の願いをふみにじったことへの恐怖（佐々木守氏）も覚えさせたことだろう。「ちょっ、あんないたずらをしなければよかった」生物の死という厳粛な事実が、ごんに自己を反省させる契機を与えたのだと思う。

ごんは、自分のいたずらのもたらす客観的な意味についてはじめて考えたのではないか。そう考えたことは、ごんにとっては兵十が一歩近い人間になったことを意味していた。兵十にとっては、敵対的関係が更に深まったのに。そしてこの事件が、この物語の悲劇の発端をなすのである。

## 五

ある日、小さなこわれかけた家の前の赤いいどで、ひとり麦をとぐ兵十をみてごんは思う。「おれと同じひとりぼっちの兵十か」と。それは深い共感である。すでに母なく、貧しく、ひとりぼっちの兵十に自己の投影をみたのである。この共感の深さ、強さが、以後のごんの行動を変えてゆく決定的な要因になっている。

しかしこの共感、認識をもった時、同時にごんは、兵十との間の断絶の深さをも十分に認識すべきであったのだ。だがごんは、この共感に支えられて、一気に断絶をとびこえようとしたのではなかったか。ごんはちょうど来合わせたいわし売りのいわしをしっけいすると、兵十の家になげこんで帰る。そして「うなぎのつぐないにまず一ついいことをした」と思う。よいことをしたという喜び、ごんはこの時、はじめてさびしくなかったのだと思う。ある充実感を覚えたのだと思う。だから翌日はこんどはどっさりくりをもってゆく。しかし自分のせいで、いわし売りにぶんなぐられたらしい兵十の顔の傷をみて「これはしまった」と後悔し、「かわいそうに」となお親密感を増してゆく。

そしてそれ以後のごんは、いたずらすることはなくなってゆく。ごんの生活には一つの目的ができたのだし、いたずらしたものをもっていっては兵十に迷惑がかかるからである。

ごんはせっせと毎日、くりやきのこを兵十の家に運ぶ。

## 六

月のいいおねんぶつのある夜、ごんは兵十と加助のあとをついてゆく。兵十が自分の行為を、ふしぎなことがあると話題にしてるのを聞いたからである。

ごんの胸は、知ってくれるだろうか、という期待と不安に満ちていたことだろう。「兵十のかげをふみふみいきました」という言葉は、そういうごんの気持をよく表現している。

しかし加助は、それは人間わざじゃない、神様の行為だといい、兵十はそれに肯く。加助のこの判断は、彼らの貧しい生活から出ていると思う。毎日のように人に物をおくるなぞということは、自分たちの現実にてらして不可能なことなのだ。だからそれは神の行為となる。

それを聞いたごんはぼやく。「おれがくりやまつたけをもっていってやるのに、そのおれにはおれいをいわないで、神様におれいをいうんじゃ、おれはひきあわないなあ」と。まことにリアリストごんの性格が躍如としているところである。だがこの時ごんは、そのひきあわなさがどれほどのものかということを、どこまで意識していただろうか。

## 七

しかしそれでも、またつぎの日もごんはくりをもって出かける。ごんにとっては、兵十にくりをもってゆくことが、すでに生きがいになっていたのだと思う。それなしの毎日は考えられなくなっていたのだろう。ちょうどかつてのごんが、いたずらせずには生きられなかったように、こんどは、よいことをせずには生きられなくなったのだろう。まさに質的に一八〇度の転回をしたわけである。また失望はしながらも、いつかは知ってくれるかもしれない、という一縷の望みをも持っていたにちがいない。

だがこういうごんの変化は、兵十には少しも理解されていない。

縄をなっていてふと目をあげた兵十は、「こないだうなぎをぬすみゃがったあのごんぎつねが、またいたずらをしにきたな」としか思わない。加害者としてのごんにしかみえないわけである。ごんは、種族のちがったきつねであり、以前から村を荒す悪者であり、せっぱつまった場合のうなぎまでぬすんだ許すべからざる存在である。兵十はちゅうちょなく火なわ銃をとりあげてどんと撃ってしまう。

## 八

自分と本質的には同類である、と認めたごんは、その深い共感につき動かされて、兵十との結びつきを求めずにはいられなかった。たとえ通じなくとも求めずにはおれなかった。

ごんの死を通してわたしは、ほんとうの心と心の結びつきなぞというものを求めることは、ほとんど不可能に近いこと、にもかかわらず求めずにはおれぬごんの悲しみや願いの切実さに心打たれるのである。そのための身をかくしながらの、素朴な、やさしい行動に胸打たれるのである。

だがそれだけではごんの死をあまりに咏嘆的にとらえるだけに終ってしまいそうである。もう少し積極的にとらえてみたい。

以上でみてきたようにわたしはごんの死は必然的だったと思う。

ごんは死なねばならなかったのだ。ごんと兵十の断絶はあまりにも深い。それは死をもってしか埋めることのできぬほどの深さであった。そしてごんはそれを、十分に認識してはいなかったのではないか。兵十にうたれて、ぐったり目をつぶったままうなずいた時、初めてそれにはっきり気付いたのではなかったか。ごんの行為には衝動的、感情的な面が強い。それはそれとして感動的であり、本質的なものだとは思うが、それがそのままでは通じないということを、ごんは理性的に理解していなければならなかった。

このことは、同じ作者の、十六才の時に書かれた作品「張紅倫」と比較してみればよくわかる。

奉天の近くの戦場で、井戸に落ちた日本軍人、青木少佐を救った中国少年張紅倫は、十年後に、日本のある会社に、万年筆売りとして現われ、そこに勤めていた青木少佐と会う。しかし少佐がそれと認めた時、彼はそれを否定して立ち去り、手紙を寄せる。それには「あなたと話したかったが、軍人だったあなたが井戸に落ちて救われたことがわかると、今の日本では、あなたのお名前にかかわるでしょうから、うそをつきました。わたしはあす、中国に帰ります」という意味のことが書いてあったのだ。彼は中国に去ってゆくことによって、せめて、日本人の少佐との結びつきを保ったのだ。ここには聡明な状況判断に支えられた、理性的な行動がある。

ごんの死はいたましい。しかしごんは否定されることによって、新しい次元で蘇るのである。そうなるためにごんは死なねばならなかったのだ。そして、ごんが否定されることは、兵十もまた一度否定されることである。火なわ銃をバタリと取り落した時、兵十もそれまでの自己を否定したのである。兵十の火なわ銃の音は、二者のおかれた旧い状況を撃つ弔鐘のひびきであるとともに、新しい人間的連帯のはじまりを告げる暁鐘のひびきでもあったのだ。

## 九

この悲劇をとりまく自然は、まことに美しく平和である。

たとえば雨上がりの自然。

「空はからっと晴れて、もずの声がきんきんひびいていました」

小川のつつみの「すすきの穂にはまだ雨のしずくが光っていました。ただの時は、水につかることのない川べりのすすきや、はぎのかぶがきいろくにごった水によこたおしになって、もまれています」

ぴかぴか光る、いきのいいいわし売りの声。

ごんが兵十のおっかぁの葬式をみているところの色彩の美しさ。

「お昼がすぎると、ごんは、村の墓地へいって、六地蔵さんのかげにかくれていました。いいお天気で、遠くむこうには、お城のやねがわらが光っています。墓地には、ひがん花が、赤い布のようにさき続いていました。と、村の方から、カーン、カーンと、鐘が鳴ってきました。葬式の出るあいずです。やがて白いきものを着た葬列のものたちがやってくるのが、ちらちらと見えはじめました――」

月夜の晩のおねんぶつの木魚の音や読経の声。

右のような美しく平和な自然の中で起きただけに、その対比において悲劇はいっそう悲劇的である。

またこの自然は、うわべの美しさや平穏さの中に、常に悲劇の芽をひそめた、そういうもろさをもった自然でもある。

## 十

この作品の欠点は、兵十の形象化が弱いということである。「ごんが子ぎつねとして、いきいきと描かれている」（鈴木晋一『子どもと文学』中央公論社）だけに、兵十の影のうすさが目立つのである。たとえば、同じ作者の「百姓の足、坊さんの足」の和尚と百姓菊次くらいに兵十がごんと対立するものとして、もう少し性格なり、行動なりがはっきり出されていたら、この悲劇はもっと本格的なドラマになったのではないかと思う。そうでないために、専らごんのがわから考えてゆくほかなくなり、ごんのひとりずもうの感があるのだ。

しかし、昭和七年、『赤い鳥』一月号に載せられたこの作品は、作者が十八才の時の作と言われていることを考えると、新美南吉の資質の卓抜さが偲ばれるのである。

## 十一

最後に、この作品を取りあげている二社の教科書（昭和四〇年度版）について、原作（新美南吉童話全集、第一巻、大日本図書）と比較しながら少し考えてみたい。

### 一　大日本図書、四年教科書

この教科書でいちばん問題なのは、原作では「兵十のおっかぁ」となっているのが、「おかみさん」となっていることである。つまり原作では母親なのに、教科書では妻になっているのだ。これは、わたしは母親だと思うし、そうでなければならぬと思う。

原作では、おっかぁという言い方は、兵十の場合にだけかぎられ、妻を意味する時には、「弥助の家内」「新兵衛の家内」あるいは「弥助のおかみさん」と使っている。

教科書は、兵十をどうも老農夫とみているようだ。さし絵の兵十とおぼしき人物がじいさんなのだ。頭髪がうすく、鼻の下の両側に深いしわのある、元気のない顔が画いてある。年とって妻に先立たれた男、という想定らしい。しかし原作では兵十は、前にも書いたように、『いつもは赤いさつまいもみたいな元気のいい顔―』とある。そういう顔が、中年や老年のものであるとは考えられない。兵十はおそらく二十代位の若者なのだ。そして、貧しい上に、病む老母をかかえて、嫁をもらうゆとりさえなかった、とみる方が、作品のリアリティがあると思う。

次に、原作は六章に分けて書かれてあるのが、教科書では五章に縮められている。四章と五章が組み合わされて、一章分にまとめられてしまっていて、おねんぶつのことも、ごんが待っていたことも、あとをつけていったことも、みんな省かれている。しかしここはやはり全部必要ではないか。行きに兵十からふしぎな話をきいた加助が、帰りには、それは神様のしわざだというのだが、それは、おそらく直接には加助がおねんぶつを唱えつつ考えついたことだと思うのだ。仏の功徳を賛えつつ、加助は、兵十からきかされたふしぎな出来事も、神や仏のしわざだと考えたのだろうと思われる。

そして、前にも書いたように、以上の場面をふまえてこそ、ごんが、長い間おねんぶつのすむのをじっと待ち、彼らの帰りをつけてゆく時の、いじらしい、期待と不安の心も、それをうらぎられた時の失望もリアリティをもってくるのである。

このほか、部分的な字句の変更、削除はいちいち挙げきれないほどあるが、とくに気になるのをあげてみる。

| 原作 | 教科書 |
| --- | --- |
| ① うなぎはキュッといって | ① うなぎはキュウといって |
| ② あなの外の草の上にのせておきました。 | ② あなの外の草の上にほうり出しました。 |
| ③ 白い着物を着た葬列 | ③ 黒い着物を着た人たち |
| ④ 火なわ銃をバタリと取り落としました。 | ④ 火なわ銃をパタリと取り落としました。 |

右の場合、私はいずれも原作の方がいいと思う。なぜこう変えるのだろうか、わけが分からない。

**二　日本書籍　四年教科書**

ここで一ばん問題なのは、兵十が貧乏であることを書いた部分がほとんど削除されていることである。さし絵も、こざっぱりした身なりの、中農的な農夫が画かれている。

こういうやり方がいかに原作を歪めるものであるかは、わたしの前に書いた部分が反論になっていると思うので、ここでは改めて述べない。

次に語句や文章の変更削除は、大日本の比ではない。メチャクチャといいたいくらいだ。とてもあげきれないので（限られた枚数をすでに越えている）やめるが、わたしは二社の教科書と原作を比較してみて、教科書編集というものに、改めて多くの疑問をもったことは確かである。
わたしは、教科書を扱う場合、原作、原典のあるものは、必ずそれらに当ってみることにしている。そして多くの場合、わたしには、原作をそのまま、古典の場合もできるだけそれに忠実であった方がよいように思われるのである。教科書の取りあげ方は、それらを歪めていることが多いように思える。
翻訳物の場合は、訳が何種類かあるものは、できるだけ集めて比較してみることにしている。しかし、いちいちこんなことをしていると、おもしろいことはおもしろいが金とひまがかかってしょうがない。もっと安心して使える教科書を作ってほしいと切望する。

**参考文献**


○「『おじいさんのランプ』論」佐々木守『日本児童文学』一九五九年一二月号
○「新美南吉」『子どもと文学』鈴木晋一　中央公論社　一九六〇年
○「文学教育における学習過程をどう組織するか」(「ごんぎつね」の実践記録) 本山秀郎・(日文協会員)
○「新美南吉の手紙とその生涯」巽聖歌『日本児童文学』三四年七月号〜三五年六月号。
○「文学作品の典型の問題」三枝康高、『教育』一九六三年八月号
○『新美南吉童話全集全3巻』大日本図書　一九六〇年
○『子どもの思考過程』砂沢喜代次　明治図書　一九六三年


なお、本稿を書くにあたって、児童文学者古田足日氏から、いろいろ教えていただいたことを付記して、お礼のことばとしたい。

(国立療養所多磨全生園分教室教諭)

付記

「ごんぎつね」を発表した一九三二年十八歳の南吉は、十六歳の時「張紅倫」を書いている。あらましは作中に書いてあり、ごんの行動批判に使っているが、問題はそんな所にはなかったと反省している。三二年満洲事変を起し、中国侵略を始めた日本は、三二年には武装移民団四一六人を出発させている。本来なら貧しいごんや兵十は連帯すべきなのに、逆に貧ゆえに仲間割れさせられ、悲劇を起してしまう。そういう時代状況と人間関係のあり方を読みとることが、六〇年代の私には出来なかった。

また、「張紅倫」（十六歳）と「ごんぎつね」（十八歳）を書いた新見南吉という作家に初めておどろいている。

（二〇〇五・六・三〇記）

## 5　ドーデー「最後の授業」

〔一九六六年『日本文学』五月号〕

### 一　とりあげた理由

多くの人々によって、今までにほとんど耕しつくされた感のあるこの作品を、なぜわたしは改めて教材研究として選んだのか。理由は三つある。

一　この作品を読んだ時、わたしは「フランスばんざい」と心から絶叫できる「アメル先生」がうらやましかった。

二　わたしの受持生徒、といっても、この全生分教室には、四、五、六の三学年で八名しかいないが、半分の四名が朝鮮人である。そのうち、朝鮮語を多少読み書きできるのは、六年の一名だけである。彼女は、発病して入園するまで、都内の朝鮮学校に入っていたのである。しかし彼女も朝鮮語をしだいに忘れつつある。そういう子らに、母国語への関心を少しでもよびおこさせたい、と考えた。（後述するように、わたしが「最後の授業」の授業を行ったのは、六年生四名に対してで、そのうち二名が朝鮮人である。）

三　去年、明治図書発行の雑誌『国語教育』で、「最後の授業」を、さまざまな人がさまざまな角度からとり上げていたが、それらに不満だったからである。書いた人たちが、どれだけ自分とアメル先生を対決させているのか、ということに疑問をもったのだ。

この作品から、わたしが強く受けとったものは、前記の理由一、に書いたように、アメル先生の祖国愛である。フランス語を守れ、という形でいわれているフランス文化に対する愛と誇りである。

ここでわたしは、丸山眞男氏の論文の一節を思い出さずにはいられない。氏は、「現代政治の思想と行動」上巻の『日本におけるナショナリズム』の中で、次のようにいっている。

「―敗戦は、むしろしばしばナショナリズムのほのおをかきたてるにもかかわらず（ナポレオン征服後のプロシャ、普仏戦後のフランス―）日本の場合には外人をおどろかすほどの沈滞、むしろ虚脱感が相当長い間支配した。―皇国観念が、中国の中華意識の世界像と似ているようで決定的に異なる点は、後者が文化的優越を中心観念としているのに対し、前者がどこまでも武力的優越を、後述のように唯一のではないが、不可欠の契機にしていたことである。だから中華意識の場合には夷狄に征服されても別に本質的な打げきを蒙らないが、『金甌無欠』という観念は皇軍必勝と神州の領土をかつて侵されたことがないという『歴史的事実』にうらづけられていたから、この点からも敗戦は皇国のシンボルの決定的な価値低落をもたらしたのであった。」

アメル先生は、この祖国への文化的優越感を、危機に際してはっきり認識しなおしたのだ。そしてその強烈さが、フランツ少年をも変えたのだと思う。

アメル先生にあるような祖国への誇りがいまわたしにはない。日本の何を誇るべきなのか、正直のところわたしにはわからない。少しぐらいあっても、とるに足らぬような気がするのだ。これは、万邦無比、神国日本を信じさせられて育った戦中派の反動的感想なのかもしれない。また今の日本の政治に対する不信からきているのかもしれないが。

わたしは、この作品を読むことによって、かつてその国のことばを奪い、いまもなお奪っている朝鮮人の子らとともに、母国語というもの、文化というものに対して、精いっぱい考えてみたいと思いつつとりあげたのである。

## 二　作品の分析　—愛国心を中心に—

この作品の主人公は、アメル先生だと思う。アメル先生の姿は、ごくふつうの少年フランツの目を通した形で語られている。

アメル先生は、おそらくは六十を越えた老人で、妹とふたり、四十年も学校の二階に住みついてきたらしく描かれている。

そして、いつも「大きい鉄の定規」を抱えて授業をしている恐ろしいところのある先生である。フランツ少年はその定規で打たれたことさえあるのだ。だから遅刻した少年は、宿題をやってない、ということも重なって、学校をさぼり、占領軍であるプロシャ軍の調練を見にいってしまおうかとさえ思ったのである。

ところがフランツを迎えたアメル先生は、「ごくやさしく」いったのである。

「早く席へついて、フランツ。君がいないでもはじめるところだった」と。先生は、きょうは、遅刻する者を待っていたかったのだろう。けれどきょうだから待てないのだ。最後の授業なのだ。一分一秒も惜しいところである。

先生は全力をあげて授業をしようとしているのだ。その深い決意の底には、ドイツへのいきどおり、去りゆく祖国への愛惜等々がうずまいていたのだろうと思う。その前には、遅刻者への怒りなぞは消しとんでしまい、むしろ遅れても出席してくれてよかった、という喜びだけがあったのだろう。その喜びがフランツの予想をうら切るやさしさとなって表わされたのだ。

しかし意外さはそればかりではない。アメル先生は、心がやさしくなっているばかりでなく、その外見も変っていた。つまり「督学官の来る日か、賞品授与式の日でなければ着ない、立派な緑色のフロックコートを着て、細かくひだのついた幅広のネクタイをつけ、刺しゅうをした黒い絹のふちなし帽をかぶっている」のである。一張羅の礼装をしているのだ。

それはまさに「去りゆく祖国（＝文化）に対する敬意」の表現なのだ。単に愛惜の情だけでなく、祖国に対して尊敬の情をもっているということ、それらはいまのわたしにとっては、とても考えられぬ心情である。

アメル先生は、「やさしい、重味のある声で」きょうがフランス語の最後の授業であることを告げる。それは悲壮感や絶望感を極度におしころしたところから出てきたものである。先生はほんとうに「どうかよく注意して」きいてもらいたいのだ。だからきいてもらえるようにやさしく話したのだ。

授業がはじまり、指されたフランツが返答出来なかった時、アメル先生は、お互いの怠慢さ——いつも勉強をあすにのばしてきた不幸——について語る。そしてそれは、生徒や父兄にばかりでなく、自分にもあったことを認める。アメル先生自身も、いくら祖国への誇りをもっていたからといっても、長い平穏な年月の間には、それは眠っていたのだ。しかしそれは、こういう危急の場合には、はっきりと目ざめさせられる潜在的なものとしてあったのだ。

しかし語りはじめたアメル先生の心は激してくる。おさえていた感情が揺れ動き出したのだ。「彼は、フランス語について、つぎからつぎへと話をはじめた。フランス語は、世界中でいちばん美しい、いちばんはっきりした、いちばん強いことばであることや、ある民族がどれいとなっても、その国語を保っているかぎりは、そのろう獄のかぎをにぎっているようなものだから、わたしたちの間で、フランス語をよく守って、決して忘れてはならないことを、次から次へと」話しはじめたのである。

このところは、一見説明的だが、それまでのアメル先生の内部を辿ってくれば、充分説得力をもつ文章だと思う。

彼はここで一番言いたい二つのことを言ったのだ。

一つは、それは美である、ということ。もう一つは、それは政治的な力のもとだ、ということである。これらのことは、また文化一般に及ぼしていえることでもあると思う。

政治的な力のもと、という意味は、国語が国民の精神的連帯を保つ役目をし、それがひいては独立、解放の原動力になってゆく、という意味である。

ここでわたしは、「―理論といえども、大衆の心をつかむやいなや、それは物質的な力となる」（「ヘーゲル法哲学批判」）というマルクスのことばを思い出す。それはアメル先生の祖国愛の核心でもある。

言いたいことを言い切った先生は、最後の授業を続ける。

「先生がこれほど辛抱強く説明したことはなかった」「行ってしまう前に、知っているだけのことを、すっかり一度きにわたしたちの頭の中に入れようとしている」とフランツに思わせるような熱のこもった授業が行われ、フランツたちもそれにひきこまれて、よく聞き、よく解ってゆくのである。

習字の時間には、先生は「フランスアルザス、フランスアルザス」と書かせる。失われゆく祖国を、せめて紙の上にだけでも止めようとするかのように。

はとの音をききつつフランツは、

「いまにはとまでドイツ語で鳴かねばならないのじゃないかしら」と思う。このこっけいな思いつきの中には、占領された者の不自由さが、いまこそ実感として分ったという思いがこめられていると思う。

この二年間の占領政策が、ついに母国語を奪われるところまで占めつけられてきたのだ。

アメル先生は、教壇からまわりのものを見つめている。四十年間住みなれた教室を、校庭を、のびた樹木を。つまり自分の生きた場所を愛惜の情で見つめているのだ。

それは、だれにでもある自然発生的な郷土愛というべきものである。それが彼の場合は母国の文化への愛と統一された形で内在していると思う。これが、アメル先生の祖国愛の構造である。

授業の最後がやってくる。教室の時計が十二時を打ち、お告げの鐘がなり、プロシャ兵が調練から帰るラッパの音が間近にきこえる。

アメル先生はその時、青い顔で立ち上がる。その先生をフランツは「これほど先生が大きくみえたことはなかった」と思う。

フランツの心には、先生に対する尊敬の念が起きたのだ。先生の心中がよく分ったのである。

フランツ少年のアメル先生への心理は、最初の恐れから同情、尊敬へと変った。アメル先生への敬意は、すなわち、母国フランスへのそれである。

何かいおうとした先生は、しかしことばで訴えることができずに、「黒板にありったけの力で、しっかりとできるだけ大きな字で」

「フランスばんざい」と書くのである。フランス不滅の信念と誇りをこめて。

しかし彼は、頭を壁におしあてたまま、そこを動かなかった。そして手で合図していう。

「もうおしまいだ……お帰り」と。

何がおしまいなのか。

フランス語の授業のおしまいでもあるし、自分の力で敵をどうすることもできぬという敗北の思いでもあるし、わが人生の終り、との思いでもあろう。

しかし、わたしには、決しておしまいにならぬものもみえる。アメル先生の悲しみの深さに比例して感じさせられる彼の深い祖国愛である。これがあるかぎり絶対にフランスがおしまいになることはないはずだ、と思わせられるのだ。事実、アメル先生の志は、フランツたちにりっぱにうけつがれたのだ。

以上、アメル先生の形象を追いつつ、その祖国愛の質、構造がどのように表現されているかを分析してきた。

では、このような祖国愛をもっているのは、アメル先生だけであろうか。

最後の授業の教室にやってきて、一緒に勉強した人々、―三角帽をもったオゼールじいさん、元村長、元郵便配達夫、その他の村人たち―はむろん、アメル先生と同じ祖国愛をもった人たちだと思うのだ。老眼鏡をかけて初等読本をひろい読みしているオゼールじいさんの姿などは、こっけいなまでに強烈な表現ではないか。こういう情景は、今までの日本では絶対に見られなかったものである。

役場の掲示板の前に立っていてフランツに「おい坊主、あわてるな、もう学校にはおくれっこないんだから」というかじ屋のワシュテル、彼は、西郷竹彦氏のいうように（『国語教育』六五年七月号）「挫折をしらぬふてぶてしい民衆」なのか。わたしはそうは思わない。彼はアメル先生とは少し違うが、素朴なナショナリストにちがいない。彼なりに祖国の敗北を怒り、悲しんでいるのだ。それがフランツに対した時、いささかやけっぱちな表現となって表われたのだと思う。

挫折をしらぬ民衆―ワシュテル―と比較してアメル先生を、「挫折した知識人」とみる西郷氏の意見に、わたしは反対である。確かに主観的には彼は挫折感や絶望感をもったことであろう。しかしわたしは客観的には決して挫折なぞしてないと思う。しんに挫折したなら、「フランスばんざい」とは絶叫できぬはずである。それに彼の精神はりっぱにフランツ達にうけつがれたのだ。そのような形でアメル先生の祖国愛は、挫折をしらず生き続けるわけである。

このアメル先生の愛国心が、かつての日本のそれのような、排他的、独善的、侵略的なものと違うのはどこか。そうさせない保障は何か。それは、先にも書いたように、その内容だと思う。祖国の何を愛するか、というところにあると思う。単に武力や、郷土愛といったものでなく、自国の文化に対する愛や誇りがその中心をなすこと。それが決定的な保障であり、日本のそれとの根本的な違いだと思う。文化とはその本質において、人間的なもの、人間をより人間らしくするもの、人間を解放するものだと思う。―そうでないものは文化の名に価しないのだ―そういう文化を、心から理解し、愛し、創りつつある人民だったら、必ずナショナリズムの暴走を食いとめられるはずだと思うのである。

冒頭にも書いたように、わたしにはアメル先生のような祖国愛はない。日本文化への愛や誇りを持てないでいる。でも、そういうものが欲しいのだ。なぜなら、文化とは、基本的には人民が創りあげてゆくものであり、日本文化に対する誇りは、自己への誇りに連なってゆくものであり、それは何よりも自己の存在理由となるものだと思う。

この作品には、アメル先生がどうしてそういう祖国愛を持つようになったかということは書かれてないし、これだけではわたしの問題意識をくまなく充たすことはできない。だから一つのきっかけとしてとりあげたのである。

## 三　授業と感想文

以下、右のような作品研究に立って行った実践について少し述べてみたい。

前述のように、これは、六年生女子四名との勉強である。

教科書には、桜田左訳の中学生用を使った。かかった時数は、九時間位だったと思う。理解が難しいかな、と思われたのは、例の、「ろう獄のかぎ」の部分である。わたしはまず語句の解釈から入った。どれい、ろう獄、かぎ、といった語句の意味をはっきりさせ、どれいにされている状態が、ちょうど、ろうやに入れられているのと同じだ、ということを理解させた。そして、「ろう獄のかぎ」のところの文を、次のようにおきかえて板書した。「フランス民衆が、ドイツのどれいとなっても、フランス語を保っているかぎりは、そのろうごくのかぎをにぎっているようなものだ」と。次に、「ことばが通じるということは、何が通じることか」ときいた。「心」という答えが一斉に出た。すると後述の感想文を書いたひとりの李が、「心が通じると、団結できるでしょ。そうすると、みんないっしょに戦うから独立できるんだよ」とズバリいってしまった。「みんな、今言ったこと分りましたか」と確かめると肯いたので、わたしはさらに右の板書の「そのろうごくのかぎ云々」を、「独立することができる。」と書きかえた。さらに、次のようにもおきかえてみた。「朝鮮民族が日本のどれいとなっても云々」と。

わたしが思っていたよりは、ここの理解は一応できた、と考えた。

国語愛は、自国の文化全般に対する愛であることを考えさせたところでは、次のように指導した。まず、文化という概念をひきだすために、ことばは、心を通わすもの、というところから、そのほかに書きことばで心を表わしたものは小説とおさえ、では、心を表わす方法はことばだけか、人間はその他に、どんな方法で、心=精神を表現するかと問いかけていった。子どもたちは、なぞでもとくように熱心に考えたが、そのわりになかなか答が出せなかった。それでも絵画、彫刻、音楽、学問と出ていき、それらをひっくるめて何というか、ときいた。李がまたしても「文化」と叫ぶ。そこでわたしは、わたしが今まで毎日読んでやった作品のうち、子どもたちがいちばん感動したといっている『ジャン・バルジャン物語』（岩波少年文庫版）は、どこの国の人が書いたのか、と思い出せたり、フランスのアルジェリア植民地政策に反対して闘ったサルトルやボーボワールたちの話などもつけ加えた。そして、アメル先生の祖国愛としていわれているものは、そういう作品や人間を生みだす祖国への愛と誇りなのだ、ということを説明した。

文化ということばをひきだすための作業に対しては反省はあるがともかくこの辺まではよかった。しかし「フランスアルザス」や「いまにはとまで」のところなぞは、意味がとれなかった。「もしあんたたちが、日本語を禁止されて、あしたから外人が来て英語だけしか習えないようになったらどうか」ときいたら「おもしろいよ」と李がいい出し、ほかの子らも同調する。「あんたがこのごろ、朝鮮語の本が読みたくないのは（わたしは、週に一時間日朝文化交流の時間をつくって李に朝鮮語の本を読ませてきた）読めなくなって、不自由だからではないか」と李にいうと、それを認めまいとするように「朝鮮学校で六〇〇円月謝を払って習ったんだから、忘れると損すると思ってんだよ」なぞという。わたしはがっくりきた。今までの勉強が一ぺんにガラガラと崩れ落ちた感じだった。

そこで次の時間には『朝鮮人』（日本読書新聞社）という本の中で、日本が朝鮮語をどのようにして奪ったかということを書いている部分を読みきかせた。そうすると李はまっさきに「ひどいことするね」というのである。

李はよくわかるのはいいのだが、独走してしまい、あとの者が李の発言のかげにかくれてしまいそうになる。ちょっと関心がなくなると、調子をはずしてゆく。すると、ほかの子がそれにひきずられる。李が独走するそばで、はじめはわたしをみてた子が、うつむいてしまう。その髪の毛をみやりながら、わたしは無力感に責められる。こんなこともありながら「最後の授業」は終った。

以下は、この作品を勉強したあとに書かせた子ども達の感想文である。

李　静美

アメル先生はかわいそうな人です。私は最初アメル先生はひどい人だとおもっていた。やたらにばつをくれたからです。でも、勉強をしていくうちに、アメル先生の気持が理解できるようになりました。自分の国のことばをつかってはだめだとめいれいがでたとき、アメル先生はどんなにびっくりしたことか、又どんなに悲しかったろうか。そのけっ果出てきたのは、生徒たちつまりフランツたちに自分の知っているかぎりのフランス語をおしえることになったのです。ふつうの人だったらこんなときもうおわりだ、とあきらめるのに最後まで授業をつづけたというところにアメル先生の愛国心が出ているとおもいました。

「みなさん……みなさん……私は……私は……」

といってアメル先生はことばを続けることはできなかった。ここはいかりとかにくしみとか自分の力についての反省とかがつよくなってきたので、ことばをつづけることができなくなったのではないでしょうか。

「フランスばんざい」とアメル先生は大きくこくばんに書いた。このときのアメル先生の気持は、フランスはりっぱな国だ、いつかきっと、ドイツをおっぱらうぞといっているのではないでしょうか。又アメル先生はこんなこともいっている。「ある民族がどれいとなってもその国語を保っているかぎりはそのろうごくのかぎをにぎっているようなものだ」と。このことばの中にこもっている意味は、フランツたちに、フランス語をわすれてはならないということばかりじゃなくて、そのかげにはほんのすこしですが、生徒つまりフランツたちに、ことばをうばおうとしているドイツ兵ににくしみをもたせたのではないのですか。

「もうおしまいです。お帰りなさい」とアメル先生はいった。もうおしまいですといっていることばには、自分はもうだめだ、いくらフランス語をおしえてはだめだといわれても本当に自分におしえる意志があって力もあれば、かくれてもおしえることができるはずだ、ということもあるのではないでしょうか。

私は朝鮮人で、朝鮮人の学校にかよっていました。この病院にきてからは朝鮮語をならわないのでほとんどわすれかけてきています。

毎週月曜日の、日朝文化交流のとき、私は朝鮮の本を読みます。読みにくくてしょうがないのです。だから月よう日はゆううつでしかたがないのです。アメル先生は、母国語はだいじだといっているけれど、日本で生れ、日本で生活してきたので、私には母国語である朝鮮語があまりピントこないのです。

申　恵子

もうフランス語を使うのが最後なのに、アメル先生は、きょうにかぎって、しんぼう強く説明した。無理にしんぼう強く説明しなくてもいいのにと、思っていたけど、行ってしまう前に、みんなの頭の中に知っていることを入れようとしていることは、いいなあと思った。それは、ドイツに占領されていてもいつかは、ドイツからぬけでることができて、フランス語を使うようになると信じていることがわかるからだ。

フランツが、「いまに、はとまでドイツ語で鳴かなければならないのじゃないかしら。」と思ったことは、ドイツに占領されるということを、表現していると思う。

「みなさん、私は、私は……。」と、先生は息をつまらせた。何がつまらせたのかわからない。

フランツは、フランス語が、やっと書けるくらい。それなのにフランス語を使うのは、きょうが最後なので、かわいそうだなあと思った。もし私が、朝鮮に帰って、学校に行って、ひとつもわからない朝鮮語を使いなさいと言われると、いやな気持ちがするだろうと思う。

私は朝鮮人だけど、日本で生まれて、日本学校に通っていた。学校から帰るとき、朝鮮学校にいっている人と帰ると、日本人からばかにするように、「朝鮮人、朝鮮人」といわれたときは、朝鮮語をおぼえなくてもいいと思った。アメル先生は、母国語をわすれてはいけないと、言っている。自分がもし母国語を覚えていればわすれない方がいいと思うけれど、母国語の字や、読み書きができないので、無理

緒方　きよみ

フランツは、きょう学校に行くのがとてもおそくなった。かじ屋のワシュテルが、「おい坊主、そんなに急ぐなよ。どうせ学校にはおくれっこないんだから」といった所がわからなかった。でも終りにわかってきた。

アメル先生は、督学官の来る日か賞品授与式の日でなければ着ない、りっぱな緑色のフロックコートを着て、細かくひだのついた幅広のネクタイをつけ、ししゅうをした黒い絹のふちなし帽をかぶっていた。私は、初めなんであんなごうかなふくそうをしているんだろうと思った。それも終りごろわかった。最後の授業だからいいふくをきてきたことがわかった。そしていつもあいているせきに三角帽をもったオゼールじいさん、もとの村長、もとの郵便配達夫、そのほかたくさんきて、皆んな悲しそうな顔していた。私はそんな所が悲しそうでたまらなかった。

アメル先生はやさしく重みのある声で皆んなに話した。「皆さん、私が授業するのは、これでおしまいです。アルザスとローレヌの学校では、ドイツ語しか教えられなくなった」と。私はよその国に占領されるのは、たいへんつらく悲しいと思った。

アメル先生から「きょうが最後の授業」ときいたときフランツは気持を転とうさせた。「ああ、ひどい人達だ」と思った。そしてむだに過ごした時間、鳥の巣をさがしまわったり、氷すべりをしたことをこうかいした。私はやっぱり一日一日の授業はきちんとしておかなくちゃだめだと思った。

に覚えなくてもいいいと思った。

アメル先生はフランス語について次から次と話し始めた。「フランス語は世界で一番美しい、いちばんはっきりした、いちばん力強い言葉だ」そして「ある民族が奴隷となっても、その国語を保っているかぎりは、その牢獄のかぎを握っているようなものだ」。日本にもこんなに自分の国をほめる人がいたら日本がひきたっていい国になるのになあと思った。

習字の手本に「フランスアルザス、フランスアルザス」と書いてあった。生徒達は先生の書いてくれた手本をいっしょうけんめい書いた。私は皆んなはどんな気持で書いているだろうと考えてみた。やっぱり四十年ここにくらしてきた先生とわかれる悲しみと、なごりがおしいと思いながら書いていると思った。小さい生徒達が「バブビボビユ」を歌ったり、おじいさん達は文字を拾いながら読んでいた。私はあんなに年をとったおじいさんまでいっしょうけんめい読んでいる所が、とてもかわいそうでいじらしかった。

十二時のサイレンがなった。アメル先生は、青い顔をして、きょうだんに上がって黒板に、大きくよゆうのある、どうどうとした字で「フランスばんざい」と書いた。先生はかべに顔をふせたまま手で「もうおしまいだ、お帰り」と合図した。そこがかわいそうでなみだが出そうだった。

私は日本人として、アメル先生みたいに、国語がそんなにだいじかどうか、まだわかりません。

最後に、子ども達の感想文に対するわたしの感想を、一言述べたい。子どもたちは、アメル先生の祖国愛的心情はかなり解ったように思うが、自分の問題としては、とらえることができなかった。むしろ、わたしの願いとは逆の結果が出ている。ことに、李や申の感想については考えこまざるをえなかった。

李は、卒業式の答辞を書かせた時、「ここへ来た時は、日本語の読み書きができなかったが、今はずいぶんできるようになった」と述べ、「鈴木先生のしてくれたことは、一生忘れることはできないでしょう。」と最大級の謝辞を呈してくれた。しかし、その時、やっとわたしは気づいたのだ、わたしもまた李から朝鮮語を奪ってきたのだ、と。

李の感想文にもあるように、わたしは、日朝文化交流の時間なぞを作り、彼女の朝鮮語を守ってやろうとした。しかし一方で、作文や日記に力を入れてきた。それはむろん、同化教育なぞをやろうとしたのではない。批判力を培いたいと思ったのだ。しかし、わたしに朝鮮語ができない以上、両方を伸ばすことはできなかったのだ。作文や日記に力を入れることは、日本語を教えこむことになり、それは結果的には、彼女から朝鮮語を奪うことになったのだ。わたしの善意にも拘らず、わたしは、わたしの批難する日本帝国主義が行ってきたと同じことを、客観的にはしてしまったのだ。それは、現在も続いている日本と朝鮮の歪んだ関係の反映だといえばそれまでだが、わたしの手もまた汚れてしまったのか、という取り返しのつかぬ思いを消せないでいる。

（国立療養所多磨全生園分教室教諭）

# 6　木下順二「夕鶴」批判

〔一九六七年『日本文学』四月号〕

## 一　今までの「夕鶴」観

一九四九年に発表されたこの戯曲「夕鶴」は、今年一九六六年秋の東京公演で、約四〇〇回の記録を作ったらしい。そのほか、学校や職場での上演は数え切れぬほどあるらしい、戦後最も広く受け入れられた戯曲の一つである。

この戯曲がこのように受け入れられた最大の理由として、まず次のような絶賛のことばがあげられる。

①清浄、純粋―至純、献身的、無償の愛、美しい、聖なるものの世界。

例えば、

「―鶴は自然であるかもしれない、社会の経済的メカニズムの中で歪められない人間の本性であるかもしれない。あるいはすべて美しいものの象徴であるかもしれない、……そういうことは、舞台の余白にあり、科白の言外にあり、つまりわれわれ観客の精神の中にある。―」（加藤周一）

「―なぜ夕鶴は、こんなにも多くの人々の心に浸透していったのだろう？　それはこの小品が、いつの世にも愛される普遍的なテーマと普遍的な美をその簡素な表現の中に生かしているからである。―ぼくは何よりも、この乱れた世の中にも、まだこうした素朴な心情と美を愛する気持が、人々の裡にこん

なにも強く在るのだ、ということをほんとうにうれしく思う。」（加藤道夫）
「――夕鶴は、わたしの魂のうちに日頃は眠っている『聖』の意識をよびさました。――本来『聖』なるものは、真実それ自体、正義それ自体、愛それ自体ではなく、それらのものを内包しながらなおかつそれらを超えた何ものかであり、その特性が『俗』との対比によって示唆せられうる何ものかであろう。――思うにわたしを最も感動させるものは、およそ、汚濁、野卑、打算とよばねばならぬ一切のものに、根元的に対立するところの清浄典雅、純粋というものの、傷ましい運命の実現である、と一応はいえるであろう。しかしながらより深く私を打つものは、そのような運命の実現にも拘らず、一切のものをふんいきと情緒において――たとえ原理と意味においてではないにしても――制圧しつくすところの清浄、典雅、純粋の絶対的優越の実証である、といわねばならない。――」（上原専禄）
日文協の『日本文学』①でも、たとえば田中喜一氏は、「夕鶴」の雪野原の背景の美しさをまず讃え、「――あるいは、そこぬけにむじゃきだが、やがて世俗の論理にひきずられてゆく男とその男にあくまでも捧げつくす女（つうは鶴の変化では断じてない。彼女はあくまでも女であり、そしてまた同時に鶴なのだ）のかぎりない愛情の詩――。」といって夕鶴の抒情性を高く評価している。②（わたしはこのようなセリフをきくと寒気がする。まさにつうは多くの男たちにとって理想の女性像なのだ。男性にとってとても都合のよい女なのだ。）
また三年前の国語部会の報告でも、六六年度の文学教育特集号の下沢勝井論文でも、つうは、純粋、清浄、といった観念で受けとられている。

しかし、では、その純粋とか、美しいとかいわれている実体は何かということは、だれもはっきりいっていないようである。いわくいいがたいというのが実情のようである。

未来社の木下順二作品集第一巻「夕鶴その他」の終りに、木下と内田義彦氏の対談（といってもほとんど内田氏の独談だが）が載っているが、内田氏は、「上原専禄氏の『聖』の観念につきている」といい、「完成された作品としての夕鶴の美については、語る必要もないくらいのものだ。しゃべりたくないね。」と絶賛している。

わたしのまわりにいる人達にきいてみても純粋さや、美しさの内容ははっきりしない。しないままに、多くの人が感動しているということは、この作品のもつ美意識が、多くの日本人にとって共通なもの、伝統的なものであることを示していると思う。そして人々はその美意識を無条件に認めているようだ。

また右にみられるような感動は、「夕鶴」を自然社会と人間社会の対立という視点からとらえ、自然社会を象徴するつうに、物欲をはなれた清浄なものをみ、人間社会は、よひょうも含めて、運ずや惣どによって代表される、金銭欲に憑かれた汚れた醜いものとしてとらえ、美しいものが醜いものに負けることによって、さらにその美しさを増す、というふうに書かれているところからおきている。

② 次に、数は少ないが、この戯曲に、人間解放への積極的意図を読みとろうとしているものがある。まず、最初からこの戯曲の演出に当っていた岡倉士郎は、つうをやはり右のような観念で受けとった上でさらに、次のようにいっている。

「――『鶴女房』を単なる素材として考え、日本女性のあり方を強く打ち出し、封建的な道徳に負けないで生きてゆこうとする強い抗議をつうに託して、新しい戯曲、民話劇『夕鶴』は書かれたのだと考える。―つうの『この小さな家の中で、二人だけの世界を作って畑を耕し』て生きてゆきたいという生活態度や願いは、封建制度のカセの中では、社会から隔離された家庭に女の幸福を求め、収奪への抗議も、その中でよひょうに仮託するしかできないという反社会的な方向をも取りはするけれども、それが女（つう）の精いっぱいな抗議であり、主張であって、封建的な社会の中では、それは重大な意義をもっており、このような女性解放への努力は、現代までずっと続いて来ているといえよう。」

と封建制への抗議としてとらえている。

もうひとり鶴見和子は次のように評価している。

「―『あんたのいうことがわからない。』という、つうのよひょうに対する抗議のことばは、もやもやしたものをはっきりさせなければ気のすまない、妥協を斥ける精神であり、『さよなら、本当にさよなら。』という決別のコトバは、クサレ縁に対する消極的な反撥ではなく、積極的な自己解放の行動への決意を意味する。そしてそこには、感情を理性の方向にむかって統合しようとする新しい女性像への示唆がある。」と近代的人間関係を見ようとしている。しかし、続けて

「―それでも職場の婦人たちは、わたしのきいたかぎりでは、やっぱり『かなしい』、『さびしい。』という。」と語るに落ちたことをいっている。

③ 最後にこの作品に対して、批判的、あるいは全面否定の意見がある。

杉浦明平

「──夕鶴は、木下の民話に取材した作品の中でも、もっとも完成したものであろうが、この作品が広く受け入れられたのは、その中にある感傷性であるように思われる。ばかのよひょうが金の誘惑によって愛の純粋さを失ってゆくのをつうが悲しむところが悲劇の中心になっているが、その悲しみはやや度を越していて、資本主義経済社会の中に生きているわれわれの嘆きを、つうに荷重させすぎたのではないか。感傷とは、そこに出てくる商品交換のない太古素朴への強いあこがれにほかならない。」

久保栄『民芸』ひいては新劇をよくするために──」（『民芸の仲間』二二号）

「──例のあの、鶴女房は動物の化身だから金銭観念がなくて清く、命の恩人のためにひたすら奉仕するから美しい。それにひきかえ相手の男は、こすっからい仲間にそそのかされて、みだりに金銭の欲にかわいたから大事の恋にも破綻したなどという芝居──戦後勤労者や農民が、それこそ正当な金銭の欲求にめざめて、二重の支配者を相手に、堅実に立場を主張してくれなければならなかった大事な段階に、そういった民話の中の悪伝統をうのみにのみこんだ、見様によっては封建モラルの訓戒劇ともなっている芝居を、全国にはやらせるキッカケをつくったことを、心の底から反省してほしいと思う。」

武井昭夫「芸術運動の未来像」（『論理と感情』）

「──ここで問題になるのは、金銭にひかれてゆく世界は俗悪な世界であって、それを、つうに象徴される自然の世界と対立的にとりあげ、自然社会を純粋なもの、美しいものとして強調してゆくところに疑問がある。──わたしたちは、この文明社会がいかに汚じょくにみちていようとも、それが現実であるかぎりその中に純粋なものと俗悪的なものとをみわけ、現実から孤立した別世界に逃避するのではなく、あくまで現実の中で不純なものと闘ってゆかねばならないのだとわたしは思います。本当の文学的、人間的感情とは、こうした地点で成立するのです。それを自然（社会）と（文明）社会の対立にすりかえ、自然社会こそ純粋だと提起する考え方には、根本的な誤りがある。」

と、この作品の現実逃避を批判している。そして、多くの人々の賛辞にやはり実体のなさを指摘した氏は、

「――戦後の（民主主義のといってもよい）論理でつきつめてゆくとその美しさや、それをもたらすつうの世界の『純粋さ』の構造は大へんおかしな論理で支えられている。」しかしそれに感動したというのは、

「――戦後の世界に本当に生きようとするならば、それを捨てなければならない古い感性が残っていて、それが『夕鶴』の非合理性にひかれたのだ。」とその論理と感情の矛盾をついている。

以上、活字になったものから今までの「夕鶴」観を拾いあげてみたが、圧倒的な賛美者のほかに「夕鶴」批判をもつ人は、数は少ないがわたしのきいた人々の中にもいた。

さて、わたしの「夕鶴」観を述べる番だが、わたしの視点は最後に述べた武井氏の線上にあるといってよい。

ただ武井氏の場合、捨てなければならぬ古い感性とは何かといったことの説明がされてないような気

がする。そこでわたしはまず、つうの求めた愛の質とは何か、と問題提起することによって、賛美されているつうの純粋さとか献身、美しい、といったものの実体を明らかにし、そういうものを美と感じる美意識＝日本的感性を分析し、（内田氏はしゃべる必要がない、といっているが、わたしは大いにしゃべる必要があると思うので）わたしなりの「夕鶴」の視点を明らかにし、今までの「夕鶴」観を批判してみたいと思う。

## 二　つうの求めた愛の質について

つうをわたしは鶴であるとともにまた女である、とみる。鶴だというのは、とくに女がおかれている、抑圧された非人間的一般状況という意味である。基本的にボーボワールのいう、第二の性であり、客体でしかありえていない、という歴史的、社会的状況の意味である。

まず、つうは最初、鶴であった。

それが女という人間になったのは、体に傷をうけた時、与ひょうに助けられたからである。

「あんたは、あたしの命を助けてくれた。何のむくいものぞまないで、ただあたしをかわいそうに思って矢を抜いてくれた。それがほんとうにうれしかったから、わたしはあんたの所に来たのよ。」

つまり、つうは与ひょうの無償の愛によって鶴から人間に変革されたことになっている。しかし、与ひょうの行為は果してつうが感じたような、人間的な無償の愛だったのだろうか。与ひょうは、動物としてのつるをかわいそうに思って助けたのである。かわいそうという感情は、優越感や差別感の上にたってのあわれみであり、ほどこしである。また動物を助けるのにむくいをのぞまぬのは当然である。人はたわむれに殺しもするし、助けもする者でもある。そのへんのみきわめがはっきりせずに、つうは与ひょうのあわれみを、世にも美しい愛の行為と勘ちがいしたのである。それほどつうの心は貧しく、愛に飢えていた、ともいえる。

さて、与ひょうの妻となったつうは何をしたか。千羽織を織って、与ひょうを喜ばせたわけである。それは、「—あたしはただ美しい布をみてもらいたくて、それをみて喜んでくれるのがうれしくて、ただそれだけのために身を細らせて織ってあげた—」ということになっている。愛する者に美しいものをみせて喜ばせたい、という気持をわたしは疑わない。しかしその心の底につうの計算があったことも確かだと思う。つまり美しい布を織ってやることによって与ひょうをそばにひきつけておき、ふたりだけの世界を作って住みたい、そうすればそうできる、という計算が—。計算をわたしは悪いとは思わない。ただつうは計算ちがいをしたのではないかということをいいたいわけである。つまり、その千羽織がどのような意味をもち、ふたりの間にどのような矛盾をひきおこすかというところまで計算できなかったことをいいたいのだ。確かに与ひょうは、千羽織の美しさを喜び、なおつうにひかれたであろう。しかし与ひょうはそれを次々と金に替えていったのだ。なぜなら、つうの織る布は、もはや生活必需品としての布ではなくて、ただ与ひょうをひきつけておくための美しい布として織られたものである。つまり本質的には女のお化粧やおしゃれと同じ意味のものに変化させられているのだ。しかし、まさにそういうものであったからこそ、それは反面、高額な金を生む商品価値を持つものになったわけである。

金がたまるにつれ、与ひょうは労働＝生産生活をやめてしまう。幕があいた時の彼は、いろりばたで眠りこけているわけだ。それは、運ずや惣どのせりふを通してもいわれている。

運ず　―急にええ女房をもらうて、仕合わせな奴だ。近頃はろばたでねてばかりおるわ。
惣ど　―ばかはばかなりに、昔は大した働き者だったがのう―。

つまり、千羽織は、与ひょうから生産生活をとりあげてしまったわけである。それは与ひょうから人間としての条件の大切なものの一つを奪ったことになる。

小人閑居してひるねを貪る―といいたくなるような場面だが、多くの人は、この幕あきの景色の美しさ―一面の雪野原、その後のまっ赤な夕やけ空、ぽつんと一軒のあばらや―を、「夕鶴」全体の美しさの象徴として賛美するが、そのあばらやの中で、昼間から眠りこけている、怠け者になってしまった与ひょうの姿に言及する人はひとりもいない。

このようにして、与ひょうから生産＝労働を奪ってしまい、現実との関係を断ちきれば、残るのは彼の小児性ぐらいのものである。それは無邪気、無垢にも通じるとともに、動物性にも通じるものである。また、それは、現実社会から一応遮断されるから、非社会性にも通じるものである。それは、つうにとって心ひそかに望むところではなかったか。つまり、つうのおかれている本質的な動物的状況とみあってくるわけである。そこでこそつうの望む与ひょうとの生活が実現されるからである。つうの望んだ生活、それは次のようなせりふでいわれている。

「――あんたはほかの人とは違う人、あたしの世界の人、だからこの広い野原の一軒家でふたりきりで、ふたりだけの世界をつくって、畠を耕したり、子ども達と遊んだりして静かに楽しく暮していきたい。――」

この思想は、まさに日本的中世的隠者のそれであり、わび、さびといったものに通じてゆくものだ。運ずや惣どたちを俗悪な汚れた者とみなし、自分や与ひょうを、清らかな優れた者とし、前者を、つまり現実社会を締め出し、そこから与ひょうを掬ぎとって、つまり現実を拒否することによって、ふたりだけの世界を作ろうとする閉ざされた生活である。それがつうの願う愛の形なのである。だから彼女は、与ひょうの変化に気づくと、誰ともよその人と話すな、どこへも行くな、いつまでも今のままのあんたでいてね、と現状維持を叫ぶわけである。それでもだめとしると、「わたしと金とどっちが大切か、わたしか都か、」と、通俗的な、あまりにも通俗的な、しかし古くて新しい、女のどたん場のセリフを、ヒステリックに叫ぶわけである。

こうみてくると、つうの求めた愛の質というのは、きわめて閉鎖的、保守的、静止的、排他的なものであることがわかる。そして、客観的には現実逃避であることにおいて、先にもいったように、世捨人の思想に通じている。

毎日、ごろごろと昼寝しているか子ども達と遊び呆けている与ひょう、時々男を喜ばせるために布を織り、同じく子ども達と遊び呆けているつう、そういうふたりの生活、そういう生活をわたしは美しいとは思わないし、あるべき人間の生活だとは考えられない。つまりふたりの生活の実体なぞ、何もないのである。そういう空洞を、雪景色や、童うたや、つうのオクターブ高い主観的詠嘆にみちたせりふで埋め合わせ、それに読者や観客はごまかされているのではないか。

だが一般的に、現実でも女の愛は、そのような閉鎖的、保守性をもっている。それはなぜか、つうは、つまり女は、現在でも基本的には社会から拒否されている客体的存在なのだ。だから逆にこっちから現実社会を拒否することによって、自分の世界を、家庭という城の中に築こうとするのだ。そうするほか自己を生かす場所はないのだ。

だが与ひょうをもその中に閉じ込めることはできない。なぜなら彼は男であり、生活主体であるからである。そのために絶えず現実と交渉し、生活の資を求めねばならぬわけである。だから与ひょうを現実から捥ぎとることはできないのだ。

つうはそれをおそらくは知っていながらも、与ひょうを自分の世界に引きずりこもうとする。つうは最初与ひょうのあわれみを愛と勘ちがいしたように、与ひょうの全体を理解することができない。勘ちがいした部分を全体に拡大して自分の願いを叶えようとしている。主観的になっているわけである。

ふたりだけの世界をつくりたい、与ひょうを自分だけのものにしておきたい、という願いは尤もである。しかしそれは、現実を拒否した狭い世界に閉じこもることによっては、結局は果されないだろう。たとえ作りあげたとしても栄養失調を起こして、早晩破滅するであろう。

運ずや惣どのことばがわからない、というのも、つうの現実拒否を意味しているわけだ。

だから、与ひょうが彼らに近づき、とうとうその掌中に入ってしまったと知ると、つうは「あんたのいうことがわかんない。」と叫ぶ。それは、あくまでも現実を拒否して生きようとする者と、都へいってみたい、とより広い現実の中へ出てゆこうとする者との間の越えがたい断絶なのである。この時、ふたりの間は決定的に分裂したわけである。わたしは、最初からふたりの間にあった断絶が、この時はっきり表面化したとみる。

ただ、このふたりの対立、断絶は十分に描かれているとはいえない。つうの方に重点がかかりすぎて、与ひょうの形象がやや薄手だからである。

こういうつうの願いを純粋というなら、それは、孤高の精神、つまりエリート意識に支えられた現実拒否の別名でしかないわけである。

こういうつうの生き方を、前述したように岡倉士郎氏は、封建制度への精一ぱいの女の抗議と見、そのような努力は今も続けられている、といっているが、このようなつうの生き方を、女性解放の歴史とみる見方には、全く反対である。つうのような生き方が、たとえそれが抗議であるにしても、それは個人的、心情的なものにすぎず、現実的には何の力も持ち得ない消極的な生き方であることにまちがいはない、と思うからである。

ロマン・ロランの「魅せられたる魂」の中の女主人公アンネットは、婚約者のロジェ、自分を家庭の中に閉じこめようとするロジェに対して「人間は変化し、進まなければならぬ」といい、自由な人間関係を主張する。そして理解されずに別れてしまう。彼女の一生はまさに、現実の中における現実との闘いの連続だった。そしてより広い現実へとたえず進み出ていったのだ。そこに、わたしたちが非常に感動させられ、勇気を与えられるものがあるのだ。

なにも外国の小説の主人公を持ち出すまでもなく、近代日本の中でも、福田英子、与謝野晶子、伊藤野枝、宮本百合子、といった女性たちは、皆、百合子のことばを借りれば「歴史によって創られた二人ではなく、歴史を創る二人でありたい。」というような積極的生き方をした人々である。こういう女性の系譜をこそ、女性解放の歴史とみるべきである。

つうは、それでも与ひょうをひきとめておきたいために機を織る。機を織ることは、つうのいのちを削ぐことを意味する。そこに多くの人々は、献身や無償の愛をみる。しかしそれを織る時のつうは、人間ではなくて動物の鶴に還らねばならぬ。それは何を意味するか、わたしはそこに献身なぞと美しく呼ばれるものの中に潜む非人間性の象徴をみる。

献身とは人間を最も人間らしくする美徳の一つであるはずだ。それなのにそうでないのは、つうのいわゆる献身が、自由平等な人間関係でなされるものではないからである。それは、現実社会から拒否されているつう、女が、家庭という城の中で主体となろうとする時の、骨身を削る努力の空しさなのである。そのことをつうは本能的に知っている。だから覗くな、という。しかしこの場合、覗きは決定的事件ではない。それは作者も、先にあげた内田氏との対談でいっている。

「―覗くってことにはそれほどアクセントがなかった。その前の異質、それから断絶ということね、そこにアクセントがあって、書いた時には、覗くってのは、もとの話があるから書いたようなものなんだ、極端にいえばね。」と。

たとえ、覗かれなくても、つうの敗北は明らかであった。

わたしは、この戯曲を、現実を拒否して生きようとしたつう、女の敗北とみたいわけである。しかし、これはあとでもまた述べるが木下は、つうを悲劇の主人公として抒情的、感傷的に歌いあげることによって美化している。敗北者として批判的には描いていない。

現実を拒否して生きようとした結果、そこには堕落、退廃が生まれてくる。与ひょうは怠け者になり、献身的機織りは、男の関心を引くための、非生産的な苛酷な、空しい労働と化し、純粋さは、エリート意識に裏打ちされた現実逃避の生き方となってしまう。

では、与ひょうや運ず、惣どは現実の中にいるからそれでいいのか、と問われるかもしれない。しかし現実の中でどう生きるかということは、次の問題であって、わたしはここで、まず、つうが現実を拒否して生きようとしたことはまちがっている。そしてそういう生き方を、美しく歌い上げるように書いたり、感じたりすることはまちがっている、ということを言いたいのである。

さて、またふり出しに戻るかっこうになるが、なぜこういうわたしがみてきたような「夕鶴」の世界が、美しいとみられるのだろうか。

まず、先にもあげたように、一面のまっ白な雪野原、まっ赤な夕焼け、ぽつんと一軒あばらや、そこでふたりきりで、子どもと遊んで暮したい、というような、世捨人的な、隠者の世界を美と見、それに憧れる心情が伝統的に日本人には流れている。それは日本的無常感に根ざすものであるが、そういう美意識や心情がことに発揮されるのは、歴史の混乱期、変動期に多いのではないかと思う。(これは個人の歴史の上でもいえる）それは、先にもいったように、心情的な抗議であろうが、現実的には無力であり、自然の中に自己を埋没させることによって、歴史の動きから身を引いた現実逃避、傍観者の生き方となる。

また判官びいきということばにもみられる負け犬に対する同情、流行歌の中でも悲恋ものがうけるといった哀感をもったものを好む情緒主義的国民性、そういった伝統的、民族的な心情に「夕鶴」はみごとに訴えるものをもっていたわけである。

木下はつうの敗北を、感傷的に歌いあげることによって美化し、ナショナルな美意識や心情に訴えることに成功した。しかしここからは、つうの敗北をのりこえる方向は出てこず、逆に、つう的なものへの憧れをかきたてることになったのである。

われわれは、このような伝統的感性を、戦後徹底的に批判し、変革する必要があったのではないか。思想の変革は問題にされたが、感性の変革は、それに伴わなかったのではないかと思う。そしてこのことは、非常に困難なことであることを改めて思い知らされる。

## 三　原話との比較

次に、原話と比較することによって「夕鶴」のリアリティを考えてみたい。

大きくいえば原話が鶴の恩返しになっているのに、木下劇の方は、異質な世界の表現に重点がおかれている。また、原話の方はあらすじに近い簡素な、さっぱりした物語になっているが、後者は、しめっぽい悲劇になっている。

いちばんわたしが違いを感じたのは、布を織るいきさつである。原話は、一機織った錦のような布を、鶴女房が「天朝さまのところへもっていって、千円に買うてくれ、といえ。」と教え、兄ちゃんが教えられたとおりにすると、千円に売れた、となっている。

日雇い農夫の貧しい兄ちゃんの嫁になった時、まず生活の資として美しい布を織ったのである。夫の生活を助けるために。ところが「夕鶴」のつうは、やはり貧しい農夫の与ひょうの妻になったに違いないのに、ただ美しい布を見せて喜ばせるためだけに織ったのである。結果的にはそれも、つうの意に反して金に替えられたとはいえ、すでにここに原話との決定的な違いがある。原話の方には、あくまでも現実に足をおろした、たのもしいつる女房の姿があるが、木下劇の方は、深窓育ちのお嬢さまのような、現実ばなれした頼りなさがある。そしてわたしは、いわば花より団子といった前者の方により自然な愛の表現をみるのである。

また、農夫が鶴を助けるところも、原話の方は、矢を負うたつるが、いかにも助けてくれというように農夫をみていたので、矢を抜いてやったことになっている。「夕鶴」の方は、与ひょうが進んで助けてやったような印象を受けるように書かれてある。ここでもわたしは、原話の方により自然さを感じるのである。

またテーマの違いから、覗きのタブーに対する重点のおき方もちがってきている。木下の方は、先にもいったように、覗きに重要な意味はない。しかし原話の方は決定的な意味をもつものとなっている。

この覗きのタブーのもつ意味については、二、三読んだり、きいたりしたが、はっきりはわからない。俗物なせいか、原話の方にわたしは、全体としてリアリティを感じるのである。

## 四　木下順二と「夕鶴」

この「夕鶴」は、「佐渡昔話」の中の「鶴女房」の話を素材として書かれたことは周知の通りである。はじめ、戦争中（一九四三年）「鶴女房」として「昔、鶴であった女が、男から裏切られて、淋しく空へとんでゆく」という話として書かれたものである。それを戦後、一九四九年（昭和二四年）『婦人公論』に「夕鶴」として書き直して発表されたことになっている。この間の事情を、

「あのやりきれないふんいき（戦時中のこと―筆者）の中で『全国昔話記録』を読み出した最初から、魂のふるさとのなつかしさを本能的に感じ、自分でははっきりと意識されない郷愁にかられて次々に作品をまとめていった、ということもたしかにいえると思われる」といっている。（「おんにょろ盛衰記」の後の対談）

また木下はこれを「―気楽に、数日で書いたと記憶する。」といっている。（綜合版「夕鶴」）

また、今年の秋、東京公演の際のパンフレットに、次のように書いている。

「―夕鶴の中で主人公のつうが『突然非常な驚愕と狼狽』をもって、自らの最愛の夫である与ひょうのことばに対して『分らない、あんたのいうことがなんにもわからない。』と叫ぶところがある。このせりふは私には自然に、いいかえれば『すうっと』書けた。それまで純粋な一つの愛に生きていた一つ

の世界の中から、与ひょうの方が別な世界へ引きさかれたことを意味する個所である。そしてこの部分は『夕鶴』という作品がドラマとして成り立っている中心的な個所の一つなのだろうと思う。

なぜこの個所が計算もたてないで『すうっと』私に書けたのかと考えてみると、それはたぶん、この作品の最初の形を私が書いたころ、それは太平洋戦争の始まる直前から、始まってすぐの頃だったが、私はだんだん孤独になってゆく自分というものを感じていた。非常時下、戦時体制の中で、だんだん親しい友人とさえ、本当に心を許して話し合うということが必ずしもできなくなってきていた。つまり自分の世界と他人の世界との断絶を私は感じていた。そういう私の実感が、私に『すうっと』このような描写をさせてくれたのではなかったか。

—ところで『分からない、あんたのいうことが何にも分からない』というせりふのそもそもの発想は、戦時体制の中にあったわけだが、しかし戦後やがて二十年の今日においても、そういう『あんた』は新しくどんどん増えつつある、というふうにはいえまいか。それも、こちらの世界だと思いこんできたその『世界』の人間どうしの間でさえ、お互いに『分からない』という事情が生まれつつあるという私の実感がまちがっていないのなら、『夕鶴』という作品の存在する意味もまだ失われてはいない、といえるのかもしれぬ。—」

つまり「夕鶴」は、民話を素材としながらも、作者の戦中体験が深くこめられているのだ。これがこの民話劇を、他の彼のそれらと非常に違ったものにしている理由である。

また、「すうっと」「気楽に」に書かれたものであるだけに、彼の本質みたいなものがよりよく出ているともいえるのである。たしかにあの戦争中にあっては、孤立することによって自己を守るしかなかったともいえよう。それさえ大へんなことだったたと思う。

しかし戦後二十年余を経た今日、右のような文を読むと私は、木下がそういう戦時中の自分の生き方を少しも反省していないばかりか、むしろ肯定しているのを感じて驚いてしまう。

たしかに、話が通じない、という他人との断絶は、ますます増えつつあることはわたしも認める。通じることの方が稀れである。しかしそれらはすべて、「夕鶴」に私がみてきたような原因によっているのではないはずだ。それなのに、このような一般化したいい方をすることによって、「夕鶴」を肯定することは、自己のエリート意識に支えられた現実逃避の傍観者的生き方を正当化し、合理化しているとしか思えないのである。そしてこの作者の姿勢は、わたしがつうの生き方とみてきたものと重なり合っているのである。だから、つうを批判することは、基本的には、木下批判になってくるわけである。

① 一九六〇年、一〇、一一月合併号、日本文学協会第十五回大会報告集。
② これに対しては、那司正勝、森山重雄、猪野謙二氏等から批判がなされている。ただしその批判は、意をつくしていない感がある。

（この一文は一九六六年十二月の国語教育部会静岡合宿研究会で発表したものである。）

## 7　ロマン・ロラン「魅せられたる魂」

〔一九六七年『日本文学』四月号「邂逅《めぐりあい》の記録」〕

わたしが偶然この物語を人から借りて読んだのは、今から約十年前である。わたしの貧しい読書歴の中では、それ以前にも後にも、この物語からうけたような深い感動を受けた本はない。

このたびこの「邂逅《めぐりあい》の記録」を書くに当ってふたたび読み返してみた。さすがに、最初読んだ時ほどの清新な感動はなかったが、それでもやはり女主人公アンネットの全生涯には、心打たれた。

十年前、そのころのわたしは、ひとり暮しの東京生活の中で、健康と職を失い、歪んだ人間関係の中であがいていた。そしてやや健康と神経が回復しかけた頃、これを読んだのである。

その当時の日記は語っている。

「これは素晴らしい感動の書だ。女主人公アンネットの誠実な生き方には打たれる。自分を欺かず、他人を欺かず、さまざまな苦悩に堪えつつ、その道は自然に真理にそっている。わたしは、と思わずにはおれぬ。自分の一日一日の生を貪るために、事なきを得るために、いかに自他を欺いていることか。時ありてこういう生き方にふれると、心底からゆすぶられる。彼女は苦しみも孤独もひとりで耐える。死の苦痛すらひとりで耐える頑固な誇り高さ。恋愛の最中にあっても、自らを欺き偽りの幸福をつかもうとはしない。あの批判と意志と情熱の強さ。しかもこの情熱は、結果的には決して理性を裏切りはしない。また彼女の寛大さはどうだろう。愛するがゆえの信頼の美しさ、あの生命の創造力、前進する力、それらのエネルギーはどこからくるのか。愛とは何か、知性とは何か、この小説は見事な解明をしてくれる。日本の近代小説の一つもこれほどの感銘を与えはしない。むろんすべてがわかったとはいえないが、異国の小説がかくまで力を持つのはなぜだろう。ともかく、一人の人間の中に、革命を起こさせるほどの力を持つ小説があるということをわたしは知った。ロマン・ロランは、人間のどんな弱さ、醜さをもみのがしはしない。登場人物はほとんど愛にも憎しみにも強烈で個性がある。生きているのだ。そして、その人間同士の葛藤がたまらなくおもしろい。アンネットのもつ高度な個人主義、それは彼女やそのまわりのブルジョア階級の人々だけのものであってはならない。それはもっと万人のものに広がる必要があるのだ。……」

上ずった感情的なことばの羅列だが、十年後のわたしは、少しそれを分析し、整理してみたい。

わたしを感動させたものは、一言にしていえば、アンネットの自我─個人主義の高さである。それはおそらくブルジョア社会が生み出した最良のものの一つであろう。それはどのようにして形成されたか。彼女は初恋のロジェ・ブリソオにいう。

「わたしは子供の時からよく独りで、そしてずいぶん自由に暮してきました。父はわたしに大きな独立性を残してくれました。でもわたしはそれを濫用はいたしませんでした。というのは、それはわたしにとって全く自然なものに思われたし、また健全なものだったからです。そんなわけで、心の習慣ができてしまったのですから、今となってそれなしにすますことはできません。」

個人主義の中心をなすのは、この血肉化した自由と独立を求める精神である。それの形成過程は、右の部分に、彼女が最高学府を出て、自然科学部門の研究をしていることをなぞをつけ加えてもなお説明不十分である。しかしともかくアンネットは、最初からそういう自我を持ったものとして現われ、それが彼女の全生涯をどのように貫き、発展していったかが辿られるのである。この自我は、アンネットが破産し、私生児マルクを抱えて、自らのパンを稼がねばならなくなった時に、ブルジョア社会への批判として発展する。第一次世界大戦、ソビエト革命、ファシズムの台頭、という世界史の流れの中で、彼女はソビエト革命を理解し、ファシストの兇刃に倒されたわが子のあとをうけて、反ファシズムの闘いに参加する。晩年の彼女のまわりには、彼女の精神をうけつぐ若い子どもたちが大勢集まる。アンネットは、ひとりの母であると同時に、ブルジョア社会が生んだ高い個人主義思想の発展のシンボルとしても捉えられているのだ。

しかしそのような大筋な捉え方よりも尽きぬ興味と感動があるのは、アンネットの自我の、他人のそれとの対決のしかたである。

わたしがほとんど驚愕したのは、前述の婚約者ロジェが、彼女を家庭に閉じこめ、自分に一方的に従属させようとしているのをみてとって、自己主張するところである。

「……自由、であることの自由—たとえ一度も自分の自由を行使することがないにしても—感じる必要があります。」そういう内面的自由の主張に対してロジェはいう。

「……自由だって？　すべての人は自由です。フランスでは八十九年以来……」このふたりのズレは

決定的である。（一七八九年はフランスの有名なブルジョア革命を指す）

このように、恋愛の最中にあっても曇らぬ自我、これが理解し合えねば、ふたりは結合できないのだ、というものを持っていたということ、そしてそれを重大な瞬間に相手に確かめたということ、そういう恋愛をわたしは知らなかった。情緒的恋愛しか知らなかったわたしにとって、こういう認識的恋愛の存在を知らされたことは、ただただ、ほうと驚くほかなかったのである。

また、パリに亡命してきたロシヤ人のアーシャとわが子マルクの結びつきを認める所も感動的である。たとえアーシャの二十年が外面的にはいかに汚れていようと、その内部に自分と同じ精神を持つ者であることを見抜いて、彼女を信頼するのである。自由な精神は偏見に迷わされることなく、真実の存在を見抜くのだ。

アンネットには、まず精神的独立があって、後から経済的独立が加わっていった。わたしは今経済的には独立しているが、精神的にも自立しているとはいえない。昭和の軍国主義の中で、貧乏官吏の娘として東北の片田舎に成長したわたしには、むろんアンネットのような自我は形成されなかった。齢三十にしてアンネットを読み、ようやく自我にめざめた、といっても過言ではない。そしてめざめたとはいっても、それを彼女のような血肉化されたものとするのは、容易なことではないのだ。

紙数の関係で多くの事を省かねばならないが、アンネットは精神的貴族であり、一種の英雄である。こうも彼女を讃えるのはわたしの中に英雄崇拝があるからだろう。それは、自由と独立を求める精神とは相容れぬものだとは思うのだが、アンネットはいまだにわたしの星なのだ。

## 8 宮沢賢治「注文の多い料理店」

〔一九六七年『文学教育の理論と教材の再評価』日本文学協会編 明治図書〕

周知のようにこれは、この作品名を書名として、生前出版されたただ一冊の童話集中の一篇である。発刊は一九二四年（大正一三年一二月二十八才）であり、制作は、一九二一年一一月（大正一〇年二十五才）とされている。賢治が法華経信仰に燃えて上京し、文学作品によって信仰を広めようと憑かれたように創作した頃の作品である。三〇年前後は、浅草オペラが全盛であり、カフェ、バー等洋風の飲食店が繁昌し、白いエプロンの女給が名物となっていた。一九年に、第一次大戦後最初の経済恐慌がおこり、「枯れ薄」の歌にみられるような暗さが民衆の生活に漂っていた。それとともに、同年には、第一回メーデーが行なわれ、労働運動が激しくなっていった頃である。

この本は、出版当時は、料理店、飲食店繁昌のタネ本とカン違いされたという伝説が残っているくらいで、さっぱり売れなかったという。あまりに新しすぎたのである。

賢治は、この本に収めた作品のそれぞれについて、自ら宣伝文を書いている。この作品については、次のように書いている。

「二人の青年紳士が、猟に出て路に迷い、『注文の多い料理店』に入り、その途方もない経営者から、却って注文をされていた話。糧に乏しい村の子どもらが、都会文明と放恣な階級に対する止むに止まれぬ反感です。」

これが書かれて約半世紀たつが、着想の奇抜さ、構成の巧みさ等に支えられた痛烈な諷刺は、今日にも生きていると思う。

わたしがこの作品をとりあげた理由もそこにある。つまり、都会紳士たちに対する諷刺は、わたしに対してなされたそれでもある、と感じたからである。また、賢治の作品の何をとりあげるかをきめるために、いくつかの作品を子どもたち（五年生）に読んだ時、やはりこの作品をおもしろいといったので、かなり子どもたちにも理解出来ると考えたからでもある。

また、現行の小学校の文学教材には、この作品のように諷刺をもったものなぞは、ほとんど見当らないので、そういう意味でも、ぜひ教材化したい作品である。

では、紳士たちの何が、どのように諷刺されているのか、を以下みていきたい。

東京から、二人の若い紳士が、物すごい山奥に猟に来た。ふたりは「すつかりイギリスの兵隊のかたちをして」「ぴか〳〵する鉄砲をかついで」「白熊のやうな犬を二疋つれて」いる。この犬は、後述するように、二千四百円も八百円もする高価な犬である。一九二一年（大正一〇年）県立花巻農学校に就職した時の賢治の初任給が八十円だったことに比較すると、その高価さがわかると思う。

珍奇な、気取ったスタイルで、新品の銃をかつぎ、白熊のような、みるからに強そうで高価な猟犬をひきつれた都会紳士の姿が描き出される。

ところが彼らは、獲物は一疋もとれない。しかし、そのとれない腕前は棚にあげて、

「こゝらの山は怪しからんね。鳥も獣も一疋も居やがらん。なんでも構はないから、早くタンタアーンと、やつて見たいもんだなあ。」という。

以上の書き出しの部分に、すでに、軽薄な都会文明を体現したようなふたりのブルジョア・インテリ的紳士像がはっきりと描き出されている。

彼らを、喜劇、あるいは悲劇に誘いこんでゆく諸要素が、ここに描き出されているわけだ。

二疋の犬が突然死んでしまった時、彼らはいう。

「じつにぼくは二千四百円の損害だ」

「ぼくは、二千八百円の損害だ」

つまり、犬の死は、直ちにそれに投下した資本金に換算され、その金高が惜しまれるのであって、犬の命は一顧だにされない。しかも、四百円高くいわれた最初の紳士は、気を悪くしている。みえっぱりなのだ。

案内役の鉄砲うちともはぐれたふたりは、ひき返そうとしたが道がわからず、その上、ひどい空腹に気づく。そういう限界状況の中で、ふたりは、すすきの中に「りっぱな一軒の西洋造りの家」をみつける。看板には「レストラン、西洋料理店、ワイルドキャットハウス、山猫軒」と横書きに、外国語と日本語で書いてある。

みたところりっぱそうな西洋造りの家、看板の横文字、つまり舶来文化がふたりをひきつける。それで「こゝはこれでなかなか開けてるんだ」ということになり、「看板にさう書いてあるぢやないか」と信用してしまうことになる。

だがこの看板の真意は、山猫が、やって来た者を西洋料理にして食べてやる店というところにあったわけだ。

「玄関は、白い瀬戸の煉瓦で組んで、実に立派なもんで」硝子の開き戸には金文字で、「どなたもどうかお入りください。決してご遠慮はありません。」（傍点筆者）と書いてある。

白い瀬戸煉瓦ぐみの玄関、扉の金文字、それらのものが、ますますふたりを、立派な料理店と信用させてしまうわけである。だから扉の文字も「ただでご馳走するんだぜ。」ととり、大喜びするわけだ。

犬の死を（おそらくはすべてを、であろうが）金に換算してしか考えない打算的な、けちな彼らだから、なお、タダという解釈をして、大喜びするわけである。

しかし、「ごえんりょはありません」といういい方は、少し考えればおかしいはずである。それは山猫が、だれであろうと、入ってきた者を食うことに遠慮することなぞないぞ、と、自分が食おうとしている立場からいっていることばなのだ。しかし、見てくれのよさに牽かれた二人は、自分たちの都合のいいように勝手に解釈してしまう。このぶきみな食人宣言を、喜んで承諾したわけである。

その硝子扉の裏側には、また金文字で、

「ことに肥ったお方や若いお方は、大歓迎いたします」とある。

ふたりは「大歓迎」ということばに大喜びする。なぜ肥った人や若い人が歓迎されるのかとは考えないで、「大歓迎」という自尊心をくすぐることばにだけ反応するわけだ。それは、みかけの立派さに牽かされやすい彼らの虚栄心につけこんだことばである。タダで大歓迎とは、まさにタナボタ式のうまい話なわけだ。

だが山猫の方からいえば、肥っていたり若かったりすれば、食べでがあるし、柔かくておいしいから大歓迎というわけなのだ。

この料理店には、たくさんの扉がある。水色のペンキ塗りの扉の前でひとりがそれを怪むと、他のひとりが「これはロシヤ式だ。寒いとこや山の中はみんなかうさ」と博識ぶりをひけらかして、自分たちに都合のよいように解釈してしまう。

その扉には黄色な字でこう書いてある。

「当軒は、注文の多い料理店ですからどうかそこはご承知ください」

金文字ではなくなったが、まだ色文字で書いてある。

この意味をふたりは、なかなかはやっているのだ、ととり、東京の大きな料理店だって、たいてい裏通りの静かな所に多い。だから大きくて立派で、はやるこの料理店も、山奥にあることはおかしくないのだ、と自分たちの都会生活を基準にして納得させてゆく。しかしそれは、山猫が食べやすいようにいろいろ注文つけるから承知しろ、という意味なのだ。だが、紳士たちが自分たちを納得させてしまえば次の扉の文字、

「注文はずゐぶん多いでせうが、どうか一々こらへて下さい。」という、本音をかなり表わした表現も、疑われずにすむわけだ。案の定紳士たちは、それは、注文が多くて支度に手間どる、つまり自分たちを待たせて悪い、と礼儀をつくしているのだ、ととるわけだ。

よく考えてみれば「注文はずゐぶん多いでせうが」といういい方は、明らかに、自分たちにむかっていろいろ注文するぞといっているのだが、気づかないのだ。

こうしてふたりは、いよいよ自分たちが料理されるのだ、ということをしらずに、次々と扉の奥へ誘いこまれてゆく。

扉の五番目の文字は赤色で、

「お客さまがた、こゝで髪をきちんとして、それからはきものの泥を落してください。」

とある。山猫は、食べやすいように、じゃまなものはとらせようとしているのだが、ふたりは、作法が厳しいと考え、それは「きつとよほど偉い人たちが、たびたび来るんだ。」と推察する。

いわゆる偉い人に対して、世間は、表面的に形式を整えるから、その通俗的な習慣で考えてしまうのだ。むろんだからこの「偉い人」は、あとで紳士たちがいっているように「貴族」のような特権階級の人間を指している。その人が何をしたから、あるいはしなかったから偉いという意味の偉さではない。みえっぱりの紳士たちにとってはそういう社会通念として偉いといわれている貴族という存在は魅力があるわけだ。紳士たちの権威主義が表われているところである。そしてそういう貴族の来るような店に来た、ということは、自分たちも偉くなったような錯覚を起こさせるものでもある。

ところがここにおいてあったブラシは「板の上に置くやいなや、そいつがぼうっとかすんで無くなって、風がどうっと室の中に入って」きたのだ。この時がふたりの逃げるチャンスだったと思う。しかしふたりはびっくりしたことによって、早く何か食べて元気をつけねば大へんだと、外へ逃げればいいものを、逆に室の中へさらに入りこんでゆくわけだ。

山猫は紳士をおどかしてからかいながら、緻密な計算をしているように思われる。

いちどこの「偉い人」という観念を作り出してしまうと、あとはそれを変えることが難かしくなり、次々とそれに関連させて考えるようになる。

次に書いてあったのは、

「鉄砲と弾丸をここへ置いてください。」という文字。山猫は、自分にとってぶっそうなものだから、武装解除させるためおかせたのだが、ふたりはそれは食事作法であり、「偉い人」への敬意のためだ、と考える。

次の扉には、帽子と外套と靴をとれ、と書いてある。

すると紳士たちは、

「仕方ない、とらう。たしかによつぽどえらいひとなんだ。奥に来てゐるのは」という。

それまでの、きっと偉い人が終始来ているんだという推定が、帽子、外套、靴をとらされることによって、はっきり現実化されたように思われ、今来ているのだ、と思いこんでしまう。

扉の八番目の文字は

「ネクタイピン、カフスボタン、眼鏡、財布、その他金物類、ことに尖ったものは、みんなこゝに置いてください。」

そして、黒塗りの立派な金庫が口をあけて待っている。そういう金庫なら、ふたりが信用するからだ。しかしこれも、金気のものはのどにつかえたり、消化が悪かったりするからとれとの注文なのだが、紳士たちは、何かの料理に、電気を使うとみえる。だから金気のものは危いというわけなのだろう。また、金庫があるから、ここでやはり勘定を払うことになるのだろう、と考え直す。

いかにも、立派な料理店にふさわしい、近代的、科学的解釈を行なったと得意になっている。しかしそれはとりもなおさず、物事の本質をみぬけぬ彼らの教養のインチキ性を暴露しているわけだ。

九番目、つまり五枚目の扉の表には、壺の中のクリームを顔や手足に塗れ、と書いてあり、すぐわかるようにガラス壺の中に、牛乳のクリームが入れてあった。

山猫は、サラダにして食べるため、ソースとして塗れといったのだが、ふたりは「外が非常に寒いのに、急に暖かい室の中に入ると、ひびが切れるから、塗って予防しろ、というのだ。」と考える。そしてこんなにサービスがいいのは、いよいよ奥に貴族が来ているからだ、ということになり、

「こんなとこで、案外ぼくらは、貴族とちかづきになるかも知れないよ。」とワクワクする。

まことに、それなりに理屈の通つた考えで、自分たちを納得させてゆくわけだ。

しかし、クリームが余ると、「こつそり顔に塗るふりをしながら喰べ」てしまう、えせ紳士たちなのだ。

次の扉の文字は、耳にもクリームを塗れ、というものだった。耳というのは、出張っているわりに忘

れやすいところだ。だからふたりは、

「こゝの主人はじつに用意周到だね。」

「細かいところまでよく気がつくよ。」と感心する。主人に感心するということは、その主人の細心さを理解できる自分たちに感心していることでもある。主人の神経の繊細さは、都会人の自分たちのそれでもある、というわけだ。山猫の芸の細かいところである。

「料理は、もうすぐできます。
十五分とお待たせはいたしません。
すぐたべられます。
早くあなたの頭に瓶の中の香水をよく振りかけてください。」

六枚目の扉の文字。舌なめずりし、生つばをのみこんでいるような山猫のことばである。香水は、金ピカの瓶に入っている。金ピカであれば、ふたりは信用するからだ。ふたりは何のためらいもなくふりかける。しかし、それは酢なのだ。おかしいとは思いつつも、ここまできて、今さら一挙に疑うわけにはいかない。そこで、下女がかぜでもひいてまちがえて入れたんだ、と弁解してやってしまう。カゼで鼻がきかなくなった、と考えるのだ。

しかしその扉の裏に、大きな字で、体中に塩をもみこめ、と書いてあるのを読んだ時、いくら塩が「立派な青い瀬戸の塩壺」に入っていたとしても、さすがにぎょっとして、白いクリームをこってり塗りたて、酢の匂いのする顔を見合わせて、食べようとして入ってきた自分たちが、実は逆に食べられようとしているのだ、ということに気づくのだ。ふたりはがたがたふるえ出し、逃げようとするが扉はびくともしない。しかも最後の七番目の扉には、大きなかぎ穴が二つつき、銀色のホークとナイフの形が切り出してあって「さあさあおなかにおはひりください。」とシャレのめして書いてある。かぎ穴からは山猫の「きよろきよろ二つの青い眼玉がこつちをのぞいて」いる。

このきょろきょろ光る二つの青い眼玉は、この作品全体の状況を象徴しているような、気味悪い印象を与えるものである。

扉のかげからは、山猫の子分たちが「いらつしやい、いらつしやい。」としきりに招いている。進退谷まったふたりは、

「顔がまるでくしやくしやの紙屑のやうになり」ぶるぶるふるえ、「泣いて泣いて泣いて泣」いたのだ。

その時、助けにきたのは、死んだはずのあの白熊のような二疋の犬たちである。紳士たちは、自分の力で自分を救うことはできなかったわけだ。山猫は逃げてゆく。すると、

「室はけむりのように消え、二人は寒さにぶるぶるふるへて、草の中に立つてゐました。見ると、上着や靴や財布やネクタイピンは、あつちの枝にぶらさがつたり、こつちの根もとにちらばつたりしてゐます。風がどうと吹いてきて、草はざわざわ、木の葉はかさかさ、木はごとんごとんと鳴りました。」

塩をもみこめといわれてやっと気づき、白いクリームを塗りたて、酢の匂いのする顔を見合わせ、どうすることもできずに泣くところ、その心痛で、顔が紙くずのようにしわだらけになったところ、山猫

軒が忽ち消えて、紳士たちがとらされた上着や靴などが枝や根本にちらばり、紳士たちがふるえて立ちすくんでいるところなぞは、痛烈に都会紳士が戯画化され、作者の「反感」が、集中的、爆発的に表現されていると思う。都会紳士の仮面が仮借なく引きはがされ、その内部の醜さや空しさが暴露されている。最初のスタイリストたちの景気のよさは、どこにもなくなっている。

そこへ、どこかへいってしまったはずの専門の猟師がやってくる。

「旦那あ、旦那あ。」と呼ばれると、ふたりは俄かに元気づく。彼らの旦那意識がよびさまされ、さっきの泣き声は忘れてしまい、

「おゝい、こゝだぞ、早く来い。」とえらそうに叫ぶ。

そして、これほどの目にあいながらも、やはり猟に来た手前を飾るために、山鳥を十円も買って東京に帰る。

「しかし、さつき一ぺん紙くづのやうになつた二人の顔だけは、東京に帰つても、お湯にはひつても、もうもとのとほりになほりませんでした。」

ついに自分たちのこっけいさやみじめさに気づかぬ紳士たちを、賢治は徹底的に諷刺したのである。

山奥で道に迷い、空腹に耐えかねている、という紳士たちの状況、そしてこの小状況は、山猫が二人を食おうとして計画をめぐらしている、という大状況に包囲されている。そういう限界状況の中で、賢治は都会紳士たちを戯画化してみせた。そういう状況の方が、より正体が明らかになるからである。こ

の場合、たくさんの扉があって、その表、裏のことばを読みちがえしつつ誘いこまれてゆく、という構成は、非常に効果的だと思う。

現代のわたしたちも、生きる道を見定めがたく、さまざまな空腹を感じているのではなかろうか。そういう空腹を充たすために、舶来文化に牽かれ、形式やお世辞に迷わされ、権威によりかかるところが多いのではなかろうか。しかも、それらはなかなか自分を充たしてはくれず、依然として空腹は続いているのではないか。そいういう意味でわたしは、この作品の諷刺が現代に生きていると思うし、紳士たちのようなブルジョアではないが、やはり、彼らの中に、自分の影をみるのである。

しかも、そういう自分たちの空しさを、たえずどこかで見張っていて、利用しようとしている、あるいはしている、きょろきょろ光る青い眼玉をも感じるのである。

わたしは、紳士たちの中に自分の影をみる、といったが、賢治は、自分と紳士との関係をどう考えているのだろうか。結論からいえば、わたしは、この作品からみるかぎりでは、自分とは無縁の者として、いうところの修羅としての反感、怒りをぶちまけているように思う。たしかに賢治にはそういう怒りを他者へ向かって直接に表現したもの、たとえば「白菜畑」「政治家」等の詩もある。しかし、ここに出てくる紳士たちのたとえば舶来文化に牽かれその知識をふりまわすところなぞは、賢治が自己をも戯画化しているのかな、とついかんぐりたくなるのである。おびただしく使われているカタカナによって、彼の作品がとてもバタくさい面があるからである。

でも、この作品の中からは、そいういうものは読みとれない。怒りの青さは感じられても、苦さは感じられないのだ。先にいったように、やはり、自分とは無縁の者として、批判したのであろう。

(国立療養所多磨全生園分教室教諭)

**参考文献**


○宮沢賢治全集全十二巻　筑摩書房版
○『宮沢賢治』国分一太郎　福村書店　一九五二年
○『宮沢賢治』中村稔　五月書房　一九五八年
○『年譜宮沢賢治伝』堀尾青史　図書新聞双書　一九六六年
○『日本の児童文学』菅忠道　大月書店　一九五六年
○『子どもと文学』石井桃子他　中央公論社　一九六〇年

## 9 「斎藤喜博全集第一巻」書評

〔一九七〇年『日本文学』四月号〕

いまのわたしにとって、この本はいろいろな意味でイヤな本であり、批評しにくい本である。だが、基本的と思うところで、自己批評になるのではないかと思うので、あえて書いてみたい。

わたしが「島小の教育」といわれている氏の実践をはじめて知ったのは、六、七年前日文協が、冬期合宿研究会でとりあげた時である。新美南吉の詩「島」の実践なぞをきいたのだが、わずか二年生が、ゆたかにイメージを描いているのを知っておどろいた。

だが、本当に「島小の実践」に出会ったと思ったのは、島小の教師武田常夫氏の「文学の授業」を読んだ時である。「出会い」ということばにふさわしい驚嘆と感動を覚えたのだ。教師としてのわたしの目は、この本によって開かれたといっていい。そこにわたしは、教材と闘い、子どもと闘い、何よりも自己自身と闘い、絶えざる自己否定によってより新しいものを創造しようとし、している教師―人間をみたのである。その闘う人間像が、こよなくわたしの共感を喚んだのである。それはむろん、わたしがいかにでたらめな、いいかげんな教師であったかということの証明としての感動と驚きであった。

「教育」ということばに反発といや味しか覚えなかったわたしが、それからは、島小関係の本はほとんど買って読んだ。「未来誕生」という大きな、高価な写真集なぞまで買いこんで熱心にみつめたりも

たであろう。なぜなら『私』の心は、一匹の赤蛙の美しいいとなみによって、まったく充たされていたからである。」

一言にしていえば、ひたすら主義賛美である。赤蛙のひたすらな生き方を賛えることによって、その死―敗北も美化され、合理化されてしまう。氏は、赤蛙に作者島木健作の生き方と同時に自己の姿をもみて、深く共感しているらしく思われる。

氏は「私の作家論」の中の島木健作論の中ではさらに次のようにいっている。

「―『そこには表情があった。心理さえあった』と書いた島木健作は、そのとき確実に自然のいとなみのなかにおのれの自我を発見し確認しえた欣びに酔いしれたはずである。この小動物の営為の中に氏がみたものは、壮大な自然の生命と秩序であり、そこにつらぬかれている人間本来のいとなみとすこしもかわらぬ意志と感情であった。こうした『赤蛙』における自然と詩人との深い語らいは、数多い現代文学の中でもきわめてまれな感動的な出会いとして私の心を強くとらえるのである」

右の評価は、中村光夫の「―我国の文学にもっとも欠けた要素である或る巨大な宇宙感覚が脈打ってゐます」とか「―いはば自然を人間の世界と別物とみず、人間の本来の姿を自然において感じ、この意味で人間を自然の中心と考えること、ここに少なくも私小説の伝統にはみられぬ新しい世界観があり、真のヒューマニズムの立つべき健康な地盤があるのです」といった評価に連なるものがあると思う。

しかし、赤蛙の生き方を「自然界の神秘」までもっていったことに、わたしはかえって不自然さを感じる。そんなにも自己を絶対的に救済したいのか、してしまっていいのか、という疑問である。

ここで「赤蛙」論を展開することは、あまりにもより道をしすぎるので、これ以上はやめるが、要するにわたしが問題にしたかったのは「赤蛙」という作品には、心情主義的自己救済―自分はひたすらだったのだ、ということによる自己肯定―があり、作者と赤蛙は不離一体で、そこには批判の余地はない。そして、武田氏は、また作品「赤蛙」べったりになっている、ということである。つまり「赤蛙」の思想と武田氏の精神構造の問題である。

心情主義的自己救済――ひたすらだったからよかったんだ、ということでは、自己満足に終ってしまうし、現実的には何一つ解決されない。何に、どうひたすらであったか、ということとともに、結果責任の問題が問われなければならないと思うのだ。こういう切り方は勇ましすぎるし、無効かもしれない。島木健作のように、投獄、転向、病苦、戦争といった追いつめられた状況におかれた時、果して自分はどれだけ「赤蛙」を超えることができるか、わたしなぞまるっきり「赤蛙」そのものではないのか、という反省が一方では強くある。しかし、にもかかわらず、わたしの戦後とは、こういうほろびの美しさにつらなる心情主義との訣別ではなかったか、ということは、一言いいたいのである。どう訣別するか、ということが問題であったはずなのである。

次にこういう作品の思想にべったりになっている武田氏のひたすら主義―対象埋没的精神構造を問題にしたいのだ。つまり、「赤蛙」に感動している自己をみつめるもう一つの目、たえず、自己を対象化するもう一つの目が必要ではないのか、ということをいいたいのだ。そうでないかぎり自己満足、あるいは自己陶酔におちいり、真の批評精神は出てこないと思うからである。

真の自己否定とは、自己の精神構造まで問題にすることであると思うのだ。わたしが長々と武田氏のことを書いてきたのは、斎藤喜博氏と根本的に同質のものをみているからである。

全集第一巻には「教室愛」（昭和一六年刊）「教室記」（昭和一八年刊）の二著がおさめられてある。氏の二十代の仕事をまとめたものである。

それらを貫ぬくもの、それはやはりわたしは精神主義、ひたすら主義だと思う。

「いのちをかける」と書いている通り、氏は日曜祭日の別なく、朝から晩まで教室に入っていた、というふうに、教育に全生活を捧げたという。

このひたすらさは、大正ヒューマニズム（氏は自伝「可能性に生きる」の中で「師範時代に大正自由主義の影響を強くうけた」と書いている。その内容は書かれてないが、その表現が前記の二著だとも思うので、大正ヒューマニズムといっておく）と結びついた時、「劣生のいない教室」「競争を認めない」「自己完成」「心を育てる」といった教育方針として出されてきたのだと思う。

「知能の低い子でも、意欲をもって学習しているかぎり、必ず進歩はあるし、それはもはや劣等生ではない」

「まずわたし自ら劣等生でなければならない。私も劣等生になって、その子の腰かけにこしかけて、真実2＋2＝4になることがわからない時、はじめて劣等生は導かれる」

「他との競争心のみをあおるようなやり方は、利己的な子や劣等感の強い子をつくるからよくない。

自己の成長をよろこぶとともに、他人の進歩をもよろこべる子をつくりたい」

すべての子の無限の可能性を信じ、たえず自己完成をめざさせることによって学級全体をよくし、社会、国家をよくしてゆくという氏の武者小路実篤的ともみえるヒューマニズムは、いうべくして行いがたいことである。しかし、氏は、氏のいうような学級を実際に作ったようである。氏が二ヵ月余も病気欠勤した時、五年生から六年生にかけてのその月日を、子ども達は、他の教師の指導を拒み、自分たちだけで学習しとおしたというエピソードが、それを証明していると思う。

また、氏の精神主義は、アララギリアリズムとも切りはなせないと思われる。アララギリアリズムについて、わたしは論じる能力はないのだが、ともかく「実践に生きる」「方法に生きる」という基本態度は、そこから来ているのだと思う。

貧しい農村の、学力のない子らのために、氏はさまざまな方法を考え出して、子ども達の学習意欲をもりたてている。

漢字かきとりのためのカード作りや予備学習、独自学習、相互学習、整理学習、練習学習等の学習方法が組織され、子どもが興味をもって、自主的に勉強するように工夫している。子どもはよろこんで残り勉強をするようになっていく。だからこそ、前述のように氏が長期欠勤しても、子ども達は自学自習できたのである。

国家よりは個人を、形式よりは内容を、理論よりは実践をと主張する時、それは、全体主義的軍国主義的風潮に対しては対立するものとなる。時局便乗の神社参拝や鍛練的行事に対しては強く反発する。

「——それは精いっぱいの抵抗だった（「可能性に生きる」）といっている通りであったろう。

すべてのものが戦争のために押し流されていった当時、片田舎の貧しい農村でこれだけ抵抗したことは大へんなことだと思う。

そのほか、この本から学ぶことは多い。とくに、氏の考えた実践方法なぞには教えられる。

しかし、にもかかわらず、いや、だからこそ、なお、わたしはなぜ氏は戦争批判ができなかったのか、あの侵略戦争の本質が見抜けなかったのか、と考えずにはいられない。氏自身「戦争には何の疑いも持っていなかった」といっている。（「可能性に生きる」）

神社参拝、団体訓練等のウソは見抜きながら、なぜ、そうさせている支配体制のより大きなウソを見破れなかったのか。

氏のお父さんや村の古老は、戦争の負けをはっきり言っていたという。しかし氏はやはり上からの情報を信じてそうは思っていなかったといっている。（「可能性に生きる」）

氏のリアリズムが、それらの村人たちに及ばなかったのはなぜか。

わたしはそこに氏のヒューマニズムやリアリズムが問い直されなければならぬ面があるのではないかと思う。

結論から先にいえば、氏のヒューマニズムやリアリズムを押しすすめたエネルギー源でもあるところのひたすら主義が、逆に、一面ではそれらを不徹底にし、曇らせる作用をしたのではないかと考える。

氏のひたすら主義を証明することばは随所にみられる。

最も特長的なものは「教室愛」の中の次のようなことばであろう。

「こういう子どもに育てたい」という項目のところで、次のようにいっている。
1 本真剣になれる子ども
2 心がまえのできている子ども
（その場その場の状況に応じて真剣になれる子どもという意味—筆者）
3 よい生活
（有名にならなくとも偉くならなくとも自分の持場で一生けんめいに励んで死ねばそれでよいのだ。それが尊いのだ。）

氏のヒューマニズムは、心情的なものである。

また、次のようなことば。
○ 大原さよ子が子守になったよし。さびしくなる。
○ —この北向きの、牛小屋のように一つだけ口のあいた一室が田口君の家だったのである。泣けて泣けてしかたがなかった。
○ 貧乏はやだなぁと思わないで、それは神様が与えて下さったと思って、大きな心で貧乏をきりぬけていこうと思い、苦しい中に楽しみを見出すようにすれば、その人は貧乏がかえって幸福に思える。
（「先生の教え」として、子ども達が書いたことばである—筆者）。

生活も精神も貧しい農村の子らへの深い同情が、氏のヒューマニズムの核に近いものになっていると思われるが、そこで氏は、対象に心情的に同化してしまうことによって、問題の本質を逃がしていると思う。

なぜ彼らがそうであるのか、という合理的発想よりは、心情的な同情が強い。その同情が、氏を教育へと駆り立てた半面、心情的なところで止めてしまって、農村の疲弊や戦争の原因、本質を、歴史的、社会的に追求するリアリズムの目を閉ざしてしまったように思う。

また、あの戦時下にあって「自分の持場で一生けんめいに励んで死ねばそれでよいのだ──」というとき、このせっかくの努力も、すべて戦争遂行の力として吸収されてしまったことは明らかである。つまり、氏が教育に熱中すればするほど、それは大局的にはより強力な戦争協力の役割りを果したという皮肉な結果になっていると思うのだ。

戦後、氏は、「可能性に生きる」の中で戦時中の自分を反省している。

たとえば、敗戦をみぬけなかったところでは「無知であり、教師としての驕りがあった」といい、教員組合結成の時の文書の中では、「われわれは戦時中、いろいろな誤りをおかしてきた」といっている。しかし、それらの内容は詳しく書かれていない。また、組合運動の高揚期に「反動」といわれたことに対しては「──戦時中は、自由主義者、個人主義者と非難され、今は反動といわれる。しかしそれは自分が変わったのではなくて、周りが変わったのだ。自分には一貫して、実践者としての立場があるばかりだ」というように反論している。外からの批判に対してはそれでもよいかもしれない。しかし氏自身その実践者としての戦争下の自己を、どう根底的に批判したのか　ということはよくわからない。

冒頭にあげた島小の代表的実践者武田氏の実践記録にみられるように、斎藤氏のひたすら主義的精神構造は、戦後もそのまま引継がれていると考えられる。ということは、推察で物言うのはよくないと思うのだがあえて言わせてもらえば、氏の中にはどこかに、自分としてはできるかぎりの抵抗もしたし、いのちがけで教育した、という自己への許しがあるのではなかろうか。

島小の実践を目で見、あるいは活字で読んだ人の多くが、非常に感動している。わたしもその一人であった。しかし氏の実践は感動は生むが、笑いを生むことは少ないようである。それが時として、たまらない息苦しさを覚えさせる。

読み書きの能力を育てるといった基礎的実践においてさえ氏の足元にも及ばぬわたしが、氏の精神構造を論じる、なぞということは、不届至極かもしれぬし、うしろめたさがないわけではない。しかし斎藤氏批判は自己批判だとも思うので、トーローのオノ、メクラヘビの勇をふるったわけである。

（国立療養所多磨全生園分教室教諭）

## 10 「雲は天才である」覚え書き

〔一九七四年『日本文学』八月号〕

### 1

明治三九年（一九〇六年）、渋民村小学校の代用教員をしていた二十歳の啄木は、十日間ほど上京した。その間、同年発表された「破戒」や「坊ちゃん」「吾輩は猫である」等を読んで強い刺戟をうけ、「これから自分もいよいよ小説を書くのだ」と決心して帰郷する。そして「雲は天才である」（以下「雲」と呼ぶ）を夢中で書き出すのである。

彼をこのように決意させたものは何なのか。「いよいよ」というからには、それ以前から小説への意欲を持っていたことになるが、「明星」派歌人として出発した彼が、このように意気込んで小説を書こうとしたのはなぜなのか。その外的、内的要因をまず探ってみたい。

啄木自身は、それについてははっきり語っていない。「ある目的のために出来るだけ仔細に研究してみるつもり」とか「ある必至の要求に応ぜむがために」というようないい方になっている。思わせぶりなのか、彼自身もはっきりしないのか、いうのを憚る理由でもあるのかよく分らないのだが、書かれてあるものをもとにして、彼の文学歴を辿りつつ臆測を試みることにする。

周知のように、啄木の文学的出発は、森岡中学三年（三三年、十四歳）の時、明星の愛読者となり、投稿者となったことから始まる。

明星は同年に創刊され、翌三四年には晶子の「みだれ髪」が発刊される。つまり、明星の隆盛と啄木の青春は重なっている。

明星ロマンチズムは、日清戦を勝ち抜き、資本主義の躍進、国威発揚の気運の中で花開いた。封建的な暗い東北の野に在って、幼にして神童といわれ、寺の長男として我儘いっぱいに育てられた自意識の強い少年啄木が遙かな都から送られてくる華やかな自我肯定のロマンチズムに憧れたろうことは十分肯ける。

三五年十六歳の啄木は手紙の中で「―根岸連は淡白な抒情に妙を得てゐる。―新詩社連は濃艶な抒情にうまい。さてその両派の体度はいかにというと、根岸は保守で鉄組は進歩だ」と短歌の諸流派の中で、明星の抒情を評価している。それは「進みて開拓する」積極性をもったものだからである。

同年の明星十月号にはじめて彼の短歌一首が載る。

血に染めし歌をわが世の名残にてさすらひここに野に叫ぶ秋

明星的ものまね歌と軽く一蹴する人もいる。確かに明星的表現ではあるが、貧と病に苛まれながらも、妥協することなく社会と自己を告発しつづけつつ、孤独の中に夭逝した生涯を暗示していると思う。「血に染めし歌」とは「時代閉塞の現状」であり、「日本無政府主義者陰謀事件経過及び付帯現象」「V・NAROD SERIES」だとも考えられる。

その後彼は三六年十七歳の末から詩を作りはじめる。それは、鉄幹から、歌は奔放にすぎるから詩に力を注いだらどうかと忠告されたということもあろう。しかしそれよりも、三五年中学を中退してしまい、文学で身を立てようと青雲の志よろしく上京し、あえなく夢破れて、貧と病に苦しめられ、父に迎えられて帰郷せざるを得なかったという最初の挫折が影響しているのではなかろうか。つまり明星流の短歌では表現しきれぬものを感じはじめたのではないか。

この頃の明星には、旧来の七五調の新体詩から変調した象徴詩が現われていた。とくに蒲原有明の四七六調などが光っていた。啄木は種々な格調を試み、「鉄幹は小生の四四四六調を、有明のよりのぞみ多き詩形ならんと申し越し候」と手紙でいっている。象徴詩という「新しい輸入物」を、日本語で作ることの難しさをいいながらも、表現法を模索している。

彼が最も多く詩作に耽ったのは、三七年十八歳の時である。それは先述したように、一敗地に塗れた啄木が、故郷渋民で病を養いつつ、再び東都に雄飛する日を夢みていた時期である。この二、三年が「しじゅう何物ともしれぬものに憧れてゐた」時代である。父はまだ僧職にあり、一家を養う義務もなく、比較的平穏な月日であった。

三八年五月、詩集「あこがれ」が発刊される。それは詩壇では高く評価され、十九歳の少年を天才詩人と称ばせた。しかしやっと出版された、たった五百部の初版はほとんど売れなかった。詩は一般には理解されず、それで食うことはできなかった。

すでに三七年、アメリカの野口米次郎に次のような手紙を送っている。

「詩人といふ境遇が我が社会に於てどれほどはかない者であるかに考へ及んだ時！　ああ申しますまい。あらゆる不満足が怒濤のごとく一時に漲つたその時の私の胸!!　云はずとも詩人は現世を超脱した理想界の人に相違ないが、さてあり乍ら猶不幸にも高い修養と衣食の道をはなるることができぬのであります」

だから彼は「たやすい方法によって修養し、衣食する道のあるといふ米国」に行きたいと考えもしたのである。後年彼が自己批判しているように、この頃の詩は「現世を超脱した理想界」のものであり、現実生活とは切りはなされていた。

また同じ頃「余りに自家の情感をうたふに急にして、看者の感想如何を省ざるの嫌ひ（むろんこれは小生の詩全体と申してもよかるべくや）なかるべきかと存じ候」と自分の詩の主観性を自己批判している。この抒情性、主観性は啄木の一面であるが、反面彼は強い社会性、思想性、散文性も持っていた。

すでに中学三年の時、ストライキをやって校長等を追い出し、足尾鉱毒事件では、被災者連に義援金を送っている。十七歳の時はワグネル論。このような啄木の社会的、思想的側面は、明星が個人の感性の解放をめざす抒情詩であったかぎり、表現困難な側面であった。

たとえば、三九年の「明星」で晶子は「破戒」の感想を次のように述べている。

「穢多、新平民といふものを、この通り全篇の骨に用ゐてあることがどうも快い感じが致しません。―エタとか新平民とか申す詞さへ忘れて了ひまして、一般の人も自分と同じくそれを忘れてゐるやうに心得て居りました。―エタ事件も丑松ひとりがエタの種族であつたならば、余程私のいやな感じもうすらぎましたのでせうに―続々エタが現はれましてー」

晶子は「エタ」にすっかり「いやな感じ」を持ち、感情的に反発するのみで全然「破戒」を理解出来ない。そして「坊ちゃん」の方がいいといっている。自己の解放は叫んでも、社会の最底辺の人々の解放は視野に入ってこない。明星の非社会性が現われている。

同じ作品に示した啄木の反応――後述するが――とはまさに対照的である。明星から早晩啄木が離れてゆく必然性が窺われるのである。

「小説」という語が初めて啄木の書いたものに出てくるのは、三五年十六歳の時、つまり中学を中退して上京した年である。

「この日一日、小説の構想――への案にて日を暮せり」とある。だが何のためにどのような小説を書こうとしたのかは明らかではない。

また、イプセンを翻訳して稿料を稼ごうともしている。いくつかの文芸時評も書き「望み多き小説壇」への関心を示している。

三七年には「一月には詩集出版と今書きつつある小説とにて小百円は取れるつもりゆえ、それにて御返済可致候に付――」と金田一京助に借金の追加申込みをしている。尤もこの「小説」はフィクションのような感じがするが。

「雲」執筆の時も「――小生をして最もこの小説を書くべく急がしめたるものは、実にそれにより得べき原稿料を以て兄に対する昨年来の不義理を償はむとするの希望に候ひき」と書いている。金のために書こうとしたことは確かである。

小説への意欲が何度も書かれるのは、三九年の「渋民日記」である。父は僧職を罷免され、一家五人扶養の義務が重くのしかかっている。

日記には、今まであまり刺戟をうけすぎたから、これからは静かに考えて小説をかかねばならぬと書き、鉄幹へも、詩はむろん作るが、ほかに数篇の小説と、別種の著述もしたいと書く。

渋民での生活は日記にみるようにどん底といってよい。月給八円は常に前借り、夏に袷を着て蚊張を吊れず、食物はじゃがいものみそ汁にきゅうりの漬物。しばしば三銭の切手代がない。書くに紙なくむろん新刊書なぞ一冊も読めぬ。ただ新聞だけは四種もとり、社会や政治の動きに広く深い関心を持っていた。このように心身共に飢えている啄木が「抑へ切れぬ不快の謀反心にかられる」のは当然だったろう。だがこのような失意と窮乏の中で、それらすべてを忘れさせてくれる「至福」の時間があった。それは教壇に立ち、自己流の課外授業をしている時である。

彼が故郷で教員になったのは、直接には盛岡で雑誌「小天地」を発行したが、売れずにいよいよ食いつめたためであった。しかし一方では前から教育に関心を持ち、教育に打ちこんでみたいとも考えていたのである。詩人は人類の教師である。自分は詩人である。だから芸術や社会の改革者であらねばならぬという自覚、自恃、使命感を持っていたのである。

啄木は教育も芸術の一種であると考えていた。「教ふる人の人格と結びついて初めて—生命を得、効果ある真の教育となり—何らかの芸術的型式を備へる様になる」つまり、教師と生徒が真に人間的に結びついた時、それは真と美との実現であり、一個の芸術品となる、といってよかろう。人間的結合を重視するわけである。

右のような教育観をもっていた彼はそれを実践したわけである。

十三歳～十五歳位までの五十数名の生徒にむかって自分の一切の感情、知識をぶっつける。

「ああ、いっさいの問題が皆火の種だ。自分も火だ。―自分の骨あらわに痩せた拳がはたとテーブルを打つ。と、躍り上るものがある。手を振るものがある。万才を叫ぶものがある。まったく一種の暴動だ。自分のまぶたから感激の涙が一滴あふれるや最後、そこにもここにも声をあげて泣く者、上気して顔が火と燃え、声も得出さで革命の神の石像のように突っ立つ者、さながらこれ一幅生命反乱の活画図が現はれる。」

啄木は、革命の幻影をありありと見たのだ。彼の実践は完璧に成功した。「日本一の代用教員だ」「理想の教育者だ」と叫ぶ所以である。

彼は年少者達に、ギリシャ、ローマ、ナポレオン、ルソー等々を語った。どのように語ったかは明らかではないが、「心の呼吸を伝へたい」と念じた彼は、たとえば大好きなナポレオンを語る場合、自己のイメージを小さい者達に感動的に伝えようとすれば、具体的にわかりやすく、しかも生き生きと形象化する必要があったろう。その方法は、修辞に凝った象徴詩や、理づめの評論ではあり得ない。すぐれて小説的であるほかはない。しかもその中には詩も評論もとりこむことができる。そのように綜合的で自由な小説的表現方法が「生命反乱の活画図」を現出させたのである。そしてその「活画図」が一個の詩であり、芸術品であると思われたろう。

啄木はそれまで、そのように自己の表現に感動する多くの人をみたことはなかったはずである。神童といわれ、詩人であることを誇っていた彼も、現実的には挫折と失意の連続であった。中学中退、上京の挫折、詩集「あこがれ」の不振、雑誌「小天地」の失敗、絶えざる体の不調、一家扶養の責任等々──そういう時、五十数人の少年少女の火と燃える姿をみたのである。現実の中でためされたということで啄木は、自己の思想と方法に強い自信を持ったのだ。

このような感動的体験のさなかに「破戒」や漱石の作品に出会ったのである。だからこそ全身で反応したのだ。これだと直観し、これ以上のものが書ける、書かねばならぬと決意したのだ。

もう少し詳しくみてみる。

『『破戒』は確かに群を抜いてゐる。しかし天才ではない。革命の健児ではない。兎に角仲々盛んになつた。が然し…然し、…矢張自分の想像して居たのが間違つては居なかつた。『これから自分も愈々小説を書くのだ』といふ決心が帰郷の際唯一の予のお土産であつた。予は決して田舎に居るからといつて頭が鈍くなつては居ない。周囲から刺戟をうけて進む手合とは少々格が違ふ。」

啄木は、「破戒」等を読んだから小説を書こうとしたのではなく、渋民で自分の考えていた小説への欲求の正しさが、それらによって証明されたから、いよいよ書くのだ、と強調している。つまり外発的に書くのではなく、内発的なものであることを主張している。

では何を書くのかといえば「鬱勃たる革命的精神の、いまだ混沌として青年の胸に渦巻いているのを書くのだ」「革命の大破壊を報ずる暁の鐘だ」。つまり「革命─現状打破」ということになる。七月一九日の日記に書かれたこれらは、確かに文学の革命なのか、精神革命なのか社会革命なのか、はっきりしない。しかしともかく、そういう自己の内部にあった「革命的なもの」を「破戒」等にも見出して共感したことはまちがいない。「天才ではない。革命の健児ではない」とはいっているが、それはおそらく自分と比べればということであろう。自分は藤村らよりも天才的で革命的だぞという気負いなのだ。

　この出会いの意味は、七月二七日付の左の手紙によくまとめられている。

「僕、郷校の庭に児女の友となりて茲に四ヵ月となりぬ。この間の経験は教へて曰く、詩人のみ一人真の教育者たるべしと。君よ、詩人の一切の文字と声とは、少なくとも今の世に於ては、これ直ちに全社会に対する抗戦ならざるべからず。切開手術たらざるべからず。―而して遂に真の教訓ならざるべからず。かくの如き詩人の真実の友は、評家にあらず、読者にあらず、ただ神の如く無邪気なる田苑の児女あるのみにはあらざるか。予は幾夜か筆を噛んで瞑思せり。かくて遂にある必至の要求に応ぜむがために、本月三日の夕より『小説』の筆を起せり。蓋し、詩人の一切の武器のうち小説ほど白兵戦の突撃に有効なる武器はなければなり。」

　繰返すが「ある必至の要求云々」は分らない。しかし、前出の七月一九日の日記に比べると、小説をはっきり社会変革の有力な手段として捉えている。小説で世の中をひっくり返さんばかりの意気込みだ。その裏にはあの「生命反乱の活画図」の感動と自信があるわけだ。その活画図の出現を、啄木はより多くの大衆の中に、と夢みたにちがいない。小説そのものをいかに創造するかということよりも、小説で変革を、といった思想的、革命的心情が先走ったのである。それはまた、極度の欠乏生活からの脱出を願う激しさの現われでもあった。

以上みてきたように、小説の有効性を実感させ、意識化させた最大の内的要因は、代用教員体験であるといえる。つまり教員としての成功が彼に小説を書かせたのである。そして先回りして結論をいえば、そのことがまた小説を失敗させたのである。「雲」成立の契機の中に、すでに破綻が内包されていたのである。

## 2

「雲」は、高揚した気分で、教育批判―社会批評から始まる。それを通して社会革命を、と考えたのであろう。「雲は天才である」という題名も、漂泊者の自己肯定であろうが、後半のあの落魄した感じはなく、颯爽としている。おそらく啄木は、この高揚した「革命的精神」で全篇を貫き通そうとしたのだと思う。

作品に沿って、まず前半からみてゆく。

冒頭に出てくる高村小学校職員室の常に遅れている柱時計、それは教育界全般の遅れの象徴である。この階下の職員室は、主人公新田＝啄木にとっては「地獄」である。そこで教師達は、つまらぬ書類提出のため、懸命に算盤を弾いている。その音を啄木は「パペ・サタン・パペサタン・アレッペ」（ダンテの「神曲」地獄篇に出てくる奈落の底の声）と書く。衒学的だがおもしろい形容である。

新田は、勝手に校歌を作って歌わせた、として校長から非難される。教師は文部省が作った「完全無欠」な教授細目に従って「一毫乱れざる底に授業を進めて行かねばならない」からである。教育の近代化、合理化とは、数量化、形式化、画一化の別名であった。しかもそれらは村内最高十八円の月給取りの校長さえ、宿直室に住むという貧しさの上に築かれている。

これらの鋭い批判は、「雲」から七十年後の今日にも通用する。いや管理社会における受験戦争の状況下では、ますます切実である。「林中書」の中では次のようにも言っている。

「日本の教育は、凡人製造を以て目的としている。――日本の教育は〝教育の木乃伊〟である。天才を殺す断頭台である。我等の人生と無関係な閑天地である。」

しかしこの教育批判は、教育の最高目的は天才を作ること、第二は天才に仕える健全なる民衆を育てることだという天才主義にも通じていた。啄木の熱弁に燃えた生徒たちは、啄木という「天才に仕える健全なる民衆」だったろう。

しかしこれらの教育批判には、文学に凝り出してからは授業を放棄し、不良扱いされ、ついにはカンニングをして中退せざるを得なかったという自己の苦い経験がこめられていることもたしかである。

啄木の考えた理想の教育は、二階の課外授業で行われる。そこは「極楽」である。なぜなら「生命反乱の活画図」が出現するからである。階下の現実が地獄であればある程、二階の現実は極楽である。この「生命反乱の活画図」はやはり感動的である。しかしこの陶酔境は、現実の一切の不快さを一時的に忘れさせはするが、何一つ現実を変えはしない。校長の一言によって忽ち中止させられてしまうような脆いものでしかない。

ここで啄木の生徒観をみておきたい。

生徒は啄木にとって「わがジャコピン党」と呼んだように、自分に心服する革命の同志であり、そのかぎりで「神の如く純真無垢」であり「食べてしまひたいほどかはいい」存在であった。そういう一面でしか生徒を捉えていない。しかし彼らの背後には啄木と同じような窮乏があったはずである。

四月の手紙には、返金出来ぬ理由として月給がもらえぬこと、それは「昨年の凶作の影響にて村税未納者多く、村費皆無のため」だとある。そのような生徒を囲む貧困について一言も書いていないのはなぜだろうか。同志としての生徒に目が眩んだのだろうか。

啄木には、いかに困っていても、文学で立つのだという大志があった。しかし多くの子ども達は、東北の寒村で、貧農の生涯を送るのである。その子どもたちのおかれている状況の厳しさ、重さを考えたなら、革命熱を吹きこんで興奮し合い、いい気になっているだけで事はすまなかったはずである。彼のこの状況認識の一面性は、彼の窮乏の日常と相まって、作品を書き出すと破綻として表われてくる。

ここでまた教育批判に戻る。

啄木の批判は鋭い。しかしこの批判は、―公式的批判になるが―非人間的教育制度を生み出した明治体制―絶対主義天皇制への批判には及んでいない。

四〇年、四方拝の日の日記に啄木は、明治天皇を「古今大帝中の大帝者におはします」と崇めている。また「雲」の中では、新田・生徒対校長側の対立を、日露戦にたとえている。「日露戦の開始となったのは」とか「敵は鉄嶺以北に退却し」と言っている。むろん新田側が善なる日本で、校長側が悪なるロシヤであり、新田側が勝つのである。ここには「血湧き肉躍る」と日露戦を肯定し、内村鑑三や平民社の非戦論を非難した愛国者、ナショナリストの啄木がいる。このナショナリズムが天皇崇拝と結びついていたかぎり、教育批判が天皇制批判と結びつくことは、この期の啄木にはできなかったわけである。

この啄木の国家主義的な側面は、「雲」の中に朝鮮蔑視としても出ている。

啄木は校長の「醜悪と欠点」を形容するのに次のように書く。

「第一にその鼻下の八字髯がきはめて光沢がない。これはその人物に一分一厘の活気もない証拠だ。そしてその髯が鰻のそれのごとく両端はるかに頭の方面に垂下してゐる。おそらく向上といふことを忘却した精神の象徴はこれであらう。亡国の髯だ。朝鮮人と昔の漢学の先生と今の学校教師にのみあるべき髯だ。（略）鯰髯のずるぶんへんてこな高麗人でネ。」

無気力で向上心のない亡国の民を非難したとしても、朝鮮人をその代表の如く言うのはまちがっている。朝鮮人が自己批判としていうのならまだしも、日清・日露戦では朝鮮に対して加害者だった日本人の立場から言うべきことではないだろう。

またこのことは啄木の近代思想の受容とも関係していると思う。「林中書」なぞをみると「自由と権利」ということばは繰返し出てくるが「平等」ということばは出てこない。

たとえば、この頃の啄木は、一元二面論の哲学を考えていた。ショウペンハウエルから宇宙の根本は意志だと学んだ彼は、その根本意志は二つに分れるとする。一つはニイチェのいう意志拡張による自己発展であり、もう一つはトルストイの意志放棄による自他融合（愛）である。そしてこの二つの意志を一体化出来るのは理想的人格―天才であるとした。つまりこの時期にいわれている自他融合とは、異質なものとの連帯という意味ではなく、同質な、選ばれた者同士のそれなのである。平等意識からではなく、天才主義の立場から言われている。

これらの、啄木の国家主義と天才主義―平等意識の欠如が、朝鮮蔑視を生んだのである。

さらにいえば、彼のこの偏見は、四二年の「百回通信」まで続いている。そこで啄木は伊藤博文の暗殺を心から悼み「六十有九年の間、寸時の暇もなく、新日本の経営と東洋の平和の為に勇ましき鼓動を続け来りたる偉大なる心臓は、今や忽然として、異域の初雪の朝、其活動を永遠に止めたり。」と書く。そして朝鮮人に対しては「吾人は韓人の愍むべきを知りて、未だ真に憎むべき所以を知らず」と書く。国家エゴイズムだけがあって、朝鮮人の立場から考えることはできていない。亡国の民である朝鮮人にも、祖国の自由のため、命を賭ける安重根のような英雄は存在したのである。決して「愍むべき」民族ではなかったのだ。こういう偏見に変化がみられるのは、四十三年九月のうた

地図の上朝鮮国に黒々と墨をぬりつつ秋風を聞く

である。この年は、五月から大逆事件の検挙が始まり、八月朝鮮併合が行われ、啄木の国家思想に決定的な変化を与えた年である。朝鮮併合をうたったこの歌には、前出のような国家主義的な高みから物言う調子は消えている。黒々と墨をぬられるのは、朝鮮国ばかりではない。日本国もそこにダブってイメージされてくるような歌である。朝鮮国の危機は、同時に日本国の危機でもあるのだ。むろんここには日露戦に熱狂した、国家と一体となっていた啄木はすでになく、「時代閉塞の現状」にみられるように、はっ

きり国家権力と対決する姿勢に立った啄木がいる。

秋の風われら明治の青年の危機をかなしむ顔なでて吹く

同日に作られた右の歌は、「地図の上」の歌と表裏一体をなしている。

また三九年の啄木に戻るが、彼の偏見は、作中の、小使忠太の扱い方にも現われている。「村でも『仏様』と仇名せらるる好人物《おひとよし》の小使―忠太と名を呼べば、雨の日も風の日も『アイ』と返事をする」。忠太という名は、忠犬と呼びたいのをこらえた感じである。「お通し申せと自分は一喝を喰はした」。また忠太に使わせている「あんめえ、だんべえ、しますだよ」といった、岩手の方言ではない、いわば標準語的方言。それらはすべて揶揄的、軽蔑的である。お人好しの、自己のない人間への嫌悪感を現わしたものであろうが、小使は校長のような管理者ではない。校長と同じく切捨てることは早計であろう。民衆を見る目の一面的だったことが出ている。また前述した、一元二面論の自他融合が、選ばれた者同士のそれでしかないことを証明していると思う。

次に「雲」の後半をみてゆきたい。

啄木は、繰返すが、あの前半の「革命的精神」で後半も押切ろうとしたのだと思う。初めの方は生きがいいのだ。ところが、独眼竜の石本が、悲惨な身上話や、天野大助の落魄を語るにつれて、高揚した気分は否応なく沈んでゆく。作者と作中人物がいっしょになって、とめどもなく感傷におちこんでゆく。それは予期しない展開だったにちがいない。前半の明るい社会意識を、後半の暗い自我意識が裏切ったともいえるし、理想的現実を絶望的現実がつき崩していったともいえる。そして啄木はそれを収拾できなくなったのだ。それがこの小説の面白いところである。

もう少し詳しくみてみたい。

後半には、不具者や漂泊者が出てくる。彼らは「健気にも単身寸鉄を帯びず、眠る間もなき不断の苦闘を持続し来って、肉は落ち骨は痩せた壮烈なる人生の戦士」なのである。この認識は囚人に対しても適用される。人生の戦いに敗れた戦士としての漂泊者、彼らこそは真に人間的な人間なのだと共感する。自己に忠実に生きようとするから世に容れられず、「世外の狂人」として、貧しく孤立してさすらわねばならなくなる。とくに石本や天野を「ナポレオン的」とか「天才」とかと持上げることによって、ますます孤立化させる。

ここには、いわれるように、ゴーリキィの影響がみられるのだろうが、それに加えて、啄木自身の挫折、敗残の経験が投影していると思う。校長と論争してクビにされた天野はいう。

「人生は長い暗いトンネルだ。処々に都会という骸骨の林があるっきり—そして脚下にはヒタヒタと永劫の悲痛が流れている。」

この出口のない暗い人生認識は、啄木のそれである。近代化の象徴としての都市の繁栄が、いかに多くの犠牲の上に築かれていることか、啄木は最初青雲の志に燃えて上京した時から鋭くも「骸骨の林」をみている。啄木も経済的にはその犠牲者の一人だった。

この「長い暗いトンネル」の人生はどうすればよいか。「死か然らずんば前進」という。前進とは戦いである。妥協はない。その戦いとは「全然破壊するほかに改良の余地もない今の社会だ。建設の大業は後にくる天才にゆずって、我々はまず根底まで破壊の斧を下さなくてはいかん」

破壊することが戦いなのだ。何をどう破壊するかは定かではないが、ここには追いつめられ、せっぱつまっている啄木の能動的ニヒリズムがみられる。前半のように目に見える敵はここにはいない。見えない敵にむかって斧をふり上げているような空しい悲痛さがある。

天野はそのあとですぐ「遠いところへ行かうと思つてる」という。「遠いところ」とはどこか、そこで何をするのかは分らない。死を予想させもするが能動的ニヒリズムが忽ちロマンチズムへ移行するということ、それはこの二つが対極にあるものではなく、表裏の関係にあることを示している。

後半でもう一つ特徴的なのは、貧しさが強調されていることである。石本は月四十銭という天井裏の部屋に住む。父の死を知らされると、教科書を売って三十銭を作り、花一束と黒玉を買い、母の手紙――父の死を知らせたもの――を位牌代りにして供える。天野は餞別代りに「丸飯」を九つ握って石本におくる等々。これらは失意の彼らの情況をいっそう悲痛に、感傷的にする。1の部で述べたように、この貧しさは「渋民日記」にあるように、彼のものだったのである。

繰返すが、この失意と窮乏の現実が、後半の悲痛な沈潜した気分となり、前半の革命的気分を裏切るのである。「生命反乱の活画図」と「人生は長く暗いトンネル」の分裂となるのである。私はそこにこの小説の面白さをみる。それはロマンチズムの色を濃くもちながらも、リアリズムへの一歩前進であり、空想から現実への第一歩を踏み出したとみるのだ。

## 3

啄木の小説は、その後いかに変化発展したであろうか。それを、四三年五月―六月にかけて書かれた最後の小説「我等の一団と彼」と比較して考えてみたい。

この小説も未完ではあるが、啄木が自信をもっていたとおり、厚みのある、問題を含んだ作品になっている（しかし、私はどちらかといえば「雲」の稚拙さを好むものである）。それは一にかかって、高橋という主人公をかなり描きこんだという点にあると思う。この高橋―三十代の新聞記者は、啄木そのものではないが、相当に彼の内部が投影されている。

高橋はもはや「雲」の主人公のように単純に革命熱に酔うこともなければ、かといって絶望の悲しみに崩折れることもない。彼は「批評のない場所」を求める。それはむろん人間社会ではなく、といってもはや自然界でさえもない。「自然は批評がないと同時に、余りに無関心すぎ、すぐ飽きて自己批評を始める」からである。

それは「活動写真」という人工的虚構の世界にしかない。「向ふの高いところから一直線の坂を、白動車が砂煙をあげて、鉄砲玉のやうに飛んでくる」シーンを見て「身体がぞくぞく」し、「ちっとも心に隙がな」いと思う。「批評のない場所にいるばかりでなく、自分にも批評する余裕がなくなる」。だから「活動写真を見ているやうな気持で一生を送りたいと思ふ」のである。

ここには、言われるように、時代閉塞の状況の中で、ぎりぎりまで追いつめられているインテリの自意識の苦しみが語られている。だが「雲」の無意識の分裂はなく、意識されたそれなりの統一がある。

さらに、この「批評のない場所」というのはいいかえれば「行動の場所」といっていいすぎなら、それへの切望の場所ともいえる。高橋は、疾走する自動車を、行動を奪われている自分の代償行為として、諦めをもって見ているのではない。いつかはそのように痛烈に行動する日を願いつつ見ているのだ。だから「ぞくぞく」するのである。一見ニヒルのようだが、現実に足をつけて耐えている姿が窺われる。

啄木はこのような意識状況を、短歌では次のように詠んだ。

高きより飛びおりるごとき心もてこの一生を終るすべなきか

啄木は、評論、記録、小説、短歌、日記、書簡と、すべての表現を存分に駆使した。一番書きたいのは小説だといってはいるが、彼はどんなジャンルでも、表現しきれぬものを持っていたように思う。晩年、彼は周知のように「樹木と果実」の発刊を計画していた。それは「文学雑誌」であるが、「可能の範囲において『次の世代』『新しき時代』といふものに対する青年の思想を煽動しようといふのが目的」であり、「二三年ののちには、政治雑誌にして、一方何らかの実行運動—普通選挙、婦人解放、ローマ字普及、労働組合—も始めたい」という大きな展望と構想を持っていた。

啄木の「雲」にみられた革命への志向、反逆精神は、その悪戦苦闘の生涯—ローマ字日記、大逆事件等の屈折、衝撃を経て鍛えられてゆき（それは、啄木の日本近代批判の深まりの過程でもあるが）、彼はそれの表現を追求して止まなかったのだ。そしてそれは「他の一切のものを破壊する代りに、病み衰へた自分の躯をひと思ひに破壊」してしまったほど、熾烈なものだったのである。

（国立療養所多磨全生園分教室教諭）

## 11　ヨーロッパ感性旅行記

〔一九七四年十二月　記〕

七四年八月一〇日から九月一日までの二十三日間、ヨーロッパを旅した。「ヨーロッパに伝統と美を訪ねて」という、さる観光会社の団体旅行に加わったのである。団体旅行なぞ軽蔑していたのだが、外国語も出来ず、連れもなく、教養もない、それでも行きたいとなれば、お仕着せの旅行に加わるほかなかったのである。

一行は添乗員を入れて二五名。性別は女子一七名、男子八名。圧倒的女性上位。職業別ではほとんどが教師と学生。女子学生が八名もいたのはおどろきだった。金持学生がけっこういるものだ。団長は、英文学者で比較文学研究者のS老教授。副団長はその弟子格のI教授（女性）。

まわった国々は、イギリス、フランス、ドイツ、イタリー、ギリシャの五ヵ国。トルコのイスタンブールも予定に入っていたのだが、ギリシャとの不和のため行けなくなってしまった。日程は、毎日のように四～五〇〇キロの行程をバスでとばしながら見学してゆくというもので、かなりの強行軍であった。途中から胃腸をこわし、とたんに帰国したくなったりした。よくも全日程をこなせたものと夢のようである。

今度の旅行によって、現在の自分の感性をかなりはっきり意識させられたので、それを書いてみたい。

## 1　イギリス中部以北の自然とロワール川流域

### ○　イギリス中部以北の自然

私達の旅は、スコットランドのエジンバラからはじまった。羽田―パリ―ロンドン―エジンバラと飛行機を乗りついだのである。エジンバラから、ウインダミアの湖水地方、バーミンガム、オックスフォード、ロンドンと南下していった。

エジンバラ出発の朝は雨。中世風のホテルの個室は設備がよくて、壁にはめこみの電気ストーブがついていた。真夏だというのに、私は毛糸の下着に冬の厚地のセーターを着こんでも寒いくらいだった。バスで、ウインダミアにむかった。

通りの両側は、小高い山つづき。山は森林におおわれているよりは草原におおわれている感じだった。そばの草むらには、濃いもも色の花、黄色いからし草、紫色のヒースなぞが咲いていた。どれも色が冴えている。

いつしか雨は止み、谷間からみるまに靄が湧き上ってくる。その靄の中を突っ走りながら、スペイン人の運転手が「誰かたばこを吸っている」と冗談をいった。フランク・ゴンザレスという名の、ちょっとボクサーみたいな体格のいい男だった。

靄が去ったから晴れるかなと思うと、細かな雨が降りしぶく。

途中、みやげもの店の前でバスを下りた時、ちょうど雲間を洩れた太陽があたり一面の緑を輝かした。「サン・シャイン」とガイドのアメリカ青年が両手を拡げて躍り上った。フランク・ゴンザレス運転手もそうした。まことに実感があった。「ワンデイ・フォアシーズン」＝一日の中に四季がある、といわれている通り、イングランドの自然は、静かにめまぐるしく替る。

ウインダミアから、バーミンガムへの途中も、小高い山つづきの間をバスは走った。その山々の頂きからは細い帯のような滝が、幾筋も流れ落ちている。山頂に泉が湧いており、そこから流れ落ちるのだという。

道と山々との間の草原は牧場になっている。羊や牛が遊んでいるが、その数は少ない。二、三十頭から、せいぜいいても百頭どまりくらいにしかみえぬ。いったいあれで職業として成り立つのだろうか。趣味でやっているようにしかみえない。家はなかなか見当らない。人にも車にもあまり行き合わぬ。

道そばや牧場の柵、家、垣根、すべてスレート造り。大小さまざまの黒い平べったい石を一枚一枚積み重ねた、いかにも手作りといった堅固な感じがいい。鉄パイプや金網の近代的な柵はみられない。家なぞは小じんまりしているがそのまま絵になるものが多い。それにエジンバラからずっと、日本の田野に必ずみられるあの醜悪な野立広告は一枚もみられない。立っているのは道路標識だけ。これが資本主義の国かとあやしむ。むろん、自然破壊とか宅地造成なぞはみられなかった。

かって七つの海を支配した植民地政策のおかげでもあろうが、それにしても人々の生活は、ゆとりをもった確かさで何百年も続いているのだなと思わせる。そしてそれらを掩うめまぐるしい気候の変化。

それら静と動の織りなす劇は、地味だが、素朴で力ある美しさだった。

○　ロワール川（フランス）

ロワールということばからして、滑らかで柔らかい感じがするが、まさにその感じの通りの温和な風景が広がっていた。この川の流域には何百とかの古い貴族の城があるとのこと。そのうちの有名ないくつかをみてまわるのがおきまりの観光ルートに入っているわけだ。

山地の少ないフランスの野は、地平線のかなたまで広がり、熟れた黄金色の麦畑や、緑のとうもろこし畑が果てしなくつづく。その間をロワール川がゆったりと流れている。どっちからどっちへ流れているのかわからぬほど静かなゆるやかな流れである。両岸にはポプラのような立木が続いている所が多い。真夏というのに、太陽は穏かに光りをふりそそぎ、あの灼けつくような激しさも、東京のような澱んだ湿気もない。どこまでも温和で優雅、印象派の風景画にあるような詩情を湛えている。

さすがにここにも野立広告はなかった。また日本のように休耕田ならぬ休耕畑なぞの荒廃はみられなかった。種々な問題はあるにしても、ヨーロッパ第一というフランスの農業は依然盛んであると思った。場所は忘れたが、ある小さな町のレストランでおひるを食べた時、サラダにトマトが出たが、そのうまかったこと、全員お替りをした。それは畑でまっかに熟れたものらしく、多分化学肥料や農薬なぞで育ったのではなかろうと思われた。日本からは失われた野菜のうま味があった。

二国の違った自然に接してみて、私は起伏に富み、開発もされず動的なイングランドの方が、より印象に残っているのに気づいた。

## 2　ケンジントン公園とリュクサンブール公園

ロンドンでの自由日、大英博物館をみたあと、私はHさんと二人でケンジントン公園に行こうとした。私はひと休みしたかったし、Hさんはそこにあるピーターパン像をみようとしていた。

地図を片手にしたHさんと私は、高い石塀にぶつかった。それは左右にずっと続いており、塀ごしに大木の茂みがみえる。きっとその中がケンジントン公園だと思い、入口を探した。しかし、右に左に少し歩いたがみつからぬ。Hさんは通行人に二度ばかり訊ねたがだめ。ついに意を決して左の方へずーっと、三、四〇〇メートル位歩いていった。すると石塀は切れて高い鉄柵の門に変った。門のむこうに、真赤な上着、黒い帽子を目深にかぶった兵隊が直立不動で立っている。有名な近衛兵だ。そこはつまり、バッキンガム宮殿だったのだ。ふつうの公園には、そんなものはないはずだった。二人とも歩き疲れてしばしぼんやり。ついにタクシーに乗った。

公園にはすぐ着いた。見わたすかぎりの緑の草の上に、思うがままに枝葉を伸ばした大木が空を掩っている。冷んやりして気持がよい。しかしピーターパン像はみつからぬ。この広い公園、しかも夏休みなのに人影はまばら。もうこれまで、と二人は草の上に坐り込んでしまった。それから私はあおむけにねころんだ。ベレー帽を顔にあててじっとしていると、木洩れ陽が暖かくて快い。いつか私はまどろんでいた。醒めたら嘘のように体が軽くなっている。

テート美術館に行く予定があったので、Hさんはピーターパン像との対面はあきらめた。

しばしのまどろみが、テート美術館見学のエネルギーを作ってくれた。

自然をそのままとりこんだケンジントン公園は＝ロンドンの公園はすべてそうらしいが＝広大で、草の衾がしきつめられ、大木が日蔭を作ってくれ、安心してひるねのできる、すてきなところだった。

パリで、やはり自由日だったろうか、一行の中の老婦人と午後リュクサンブール公園に行った。午前中のルーブル美術館見学でくたびれたので、休みがてら行ったのだ。

ところがリュクサンブールは、ロンドンのとは違って、全く人工的に作られた公園だ。有名なマロニエの大樹も、規則正しく列を作って一直線に幾列も並んでおり、枝葉も、上半分が長方形、下半分が円形といった形に刈りこんである。

寝ころぼうと思っても地面はほとんどむき出しの土ばかり。しかたなしに、たくさんおいてある、巾三〇センチもないような硬い木のベンチにひっくり返った。ところが、痩せている私にはゴツゴツあたって、不安定な感じ。うつらうつらしかけたかと思うと、ピリピリとあちこちの骨が痛んで目覚めてしまう。私は顔にかぶせていたベレーをとると、柏の葉に似たマロニエの葉の茂みを見上げ、ぶつぶついい出した。

「マロニエさんよ、ほんとはあんたが白やももいろの花を咲かせている、いわゆる「懐しの季節」に来たかったのに、枯れはじめた季節にしか来れなかったのは残念。何しろ日本人には明治の昔からフランス病患者、とくにパリ病患者が多いんだよ。シャンゼリゼ、リュクサンブール、モンマルトル、フォンテヌブロー、デカルト、パスカル、ルソー、フローベル、ゾラ、モーパッサン……数えきれぬほどのそれら固有名詞が、どれほど多くの日本人の胸に、さまざまな憧れをかきたててきたことか。

マロニエさんよ、ひょっとしたらあんたは知ってんじゃないかな。明治の終り、遙か七〇年の昔、永井壮吉っていう、ちょっと気取った、蒲柳の質らしいみかけのパリ病の日本青年が、この公園で、パリ最後の日を惜しんだのを。彼は「ふらんす物語」の中で、次のようにパリに溺れ、感傷に身を任せているよ。

「すべては皆生きた詩である。極点に達した幾世紀の文明に人も自然も悩みつかれたこの巴里ならでは見られぬ生きた悲しい詩ではないか。ボードレェルも自分と同じやうに、モーパッサンもまた自分と同じように、この午すぎの木かげをみて尽きぬ思ひにふけったのかと思へば、自分はたとへ故国の文壇に名を知られずとも、芸術家としての幸福光栄はもはやこれで十分だといはねばなるまい。―仏蘭西特有の紫色した黄昏が夢のごとく巴里全市を蔽ふのである。ああ巴里の黄昏、その美しさ、その賑やかさ、その趣きある景色は一たび巴里に足をふみ入れたものの長く忘れ得ぬ色彩と音響との混乱である」

十代の私もご多分にもれずパリ病にかかっていた。ピエル・ロチ、メリメ、モーパッサン、ジイド等の名に親しみを感じていた。しかし戦争がそんな夢はぶちこわしていった。

敗戦後は、ロマン・ロラン、ボーボワール、古いところでモリエールなぞが親しくなった。それとともに、フランス革命を遂行した国、第二次大戦の時は統一戦線を作って、ファシズムに抵抗した国、革命の伝統をもった国として強く印象づけられたよ。

そして、今敗戦後三〇年、齢五十にしてやっとパリにやってきたというわけ。そして、バスにゆられて一応おきまりの名所旧蹟もみてまわった。だが、私は今のところはどうもあんたの国に馴染めないのだよ。建物、公園、庭、何もかもが幾何学的、人工的に整然と造られた都市美に私はついていけないんだ。ことにヴィルサイユ宮殿のあの庭。円と直線で自然を切りとり、左右対称にカッチリと作りあげられたのをみると、伝統とか文化とかの重みを感じる前に、まず違和感を感じてうけつけなくなるんだ。

私がフランスの光栄ある歴史を感じたのは、ロワール流域の城めぐりをした時、ある道そばに転々と並んでいる石柱をみた時だった。それは長さ一メートルたらずの小さな石柱で、頭の部分が、はちまきをしているように赤く塗ってあり、「自由への道」とフランス語で彫ってあった。それは第二次大戦の時、ノルマンディに上陸した米英の連合軍が、戦うフランス人民とともに、フランス解放、パリ解放のため攻め上った道であることを記念していた侵略国日本にはこういう偉大な道はない。

マロニエさんよ、あんただってそんなふうに刈りこまれるよりは、もっと自由に枝葉を広げていた方がいいんじゃないの？　それとも今の方がしゃれていてスマートだと思ってんの？　私にいわせると、あんたのような大木を円と直線に刈りこむなんてムチャだなと言いたいんだ。」

私の印象は前記のように、パリのほんの上っ面だけみていっているのだから、まちがっているのかもしれぬ。たとえば戦後でも森有正なぞは、二〇年もパリに居つくほど魅せられている。日本人ばかりでなく世界中の人が、パリの魅力に憑かれているようだ。

森は「感覚」を重視する。森を「感覚に目ざめ」させたのはパリだという。「感覚に目ざめる」とは、対象とある情意のかげを帯びた関係に入ることであり、その対象によって夢、喜び、生きがいを感じ、そのため自分の生活まで左右されるようになることだという。この感覚が成熟し、一つのことばによって普遍化された時それを経験という。このような経験から文化や思想が生まれると森はいう。それは、文化の本来的なのぞましいあり方なのだ。そして森にそのような感覚の目ざめを与えたものは、パリのノートルダムであった。しかし、そのような目ざめはパリだけでおこるのであって、東京ではおきない。文化のあり方がちがうからだ、という。

森が感覚を重視することに私も賛成だ。しかしそれはパリでしかおこりえないとはっきり言う時、私はやはり新しい欧化主義といわれてもしかたないものを感じる。それと、感覚を重視するのはいいが、何に感じるかという感覚の質—感性の問題があると思う。森はノートルダムとかギリシヤ彫刻とかいった最高級の美術に心酔しているからいいようなものの、たとえば、口で進歩的なことをいいながら片方で演歌に陶酔する、といった感性だったら問題だと思うのだ。

私が感性を問題にするのは、私の中でも理性と感性が分裂しているからだ。たあいのないホームドラマやムードに弱い自分が不快なのだ。とくに自分の涙が信用できない。

とにかく、私ももっとよくパリをみて、そのよさを深く知りたいと思う。

## 3　印象派美術館

ルーブル博物館をみたあとで、庭つづきにある印象派美術館にいった。何しろルーブルだけでもじっくりみるには何ヵ月もかかるらしいのに、約二、三時間ですますのだから、勢い有名中の有名品しかみないことになる。それにごった返しの観光客である。もう少し涼しいのかと思ったのに、パリの八月はけっこう暑い。数日来腹具合が悪く、体力消耗していた私は、外に出た時はかなり疲れていた。

そのあと印象派美術館まで歩いたのだ。庭つづきといってもけっこうある。石だたみの道を歩きながら、私はもう何もみなくてもいいと思っていた。館内はけっこう混んでいた。

モネ、シスレー、ルノワール、ドガ、マネ、ゴーギャン、セザンヌ――一九世紀の巨匠たちの作品の前を、重い足をひきずって歩いていた。すでに複製で見ている絵が何枚もある。どの作品も私の足をとどめない。疲れて感覚が麻痺したかなと思った。

何部屋かまわったあと、ある部屋の片隅に一枚の絵をみつけた時、眼をみはり、はじめて立止った。八ツ切りの画用紙位の大きさ。クリスタルガラスのコップに、野の花らしいのがさしてある。紫色を中央に背後に桃色と手前には白。それらが青みがかった灰色のバックの中に清冽に浮き上っている。みつめていると、すーっと疲れがとれていくようであった。誰の作かと思ってみてみるとマネであった。近代ブルジョアジーの日常生活を批判的に描いたといわれるマネは人物画が多いので意外だった。私は来てよかったと思った。(右の花は「クレマチス」。私は今でもその絵葉書を持っている。)

それから二階に上っていった。そこでゴッホをみた。私の求めていたのはこれだ、と感じた。ゴッホ、彼は日本では大正の白樺派以来あまりにも有名だ。複製もかなり見ていた。しかし、ここでのような感じを持ったことはなかった。モネなぞに代表される印象派主流と比較してはじめてその独自性がはっきり分ったのだ。「オーヴェールの教会」「ゴッホの部屋」なぞを見ていると、めまいを起しそうな揺れやまぬ線の激しさやきわだった色の対比が、疲れていらいらしている私を、逆にすっきりさせ、みつめているうちに、何か身うちに元気が湧いてくるのだ。

私はそこで改めて、なぜモネのような正統印象派よりも、ゴッホがいいのだろうかと考えてみた。そういえば、ロンドンのテートギャラリーでみたターナーの絵も、二年前に来た時はいいと思ったのに、今度はそう感じなかったことを思い出した。それはなぜなのか。

光の変化―つかのまの印象をテーマとした印象派の絵は、何よりも感覚的なものだ。それは主として風景画によって表現される。それらは従って繊細優美、一瞬にうつろうものを留めようとする心情が、詩情や抒情となって漂う。それらのかげに物の形はおぼろにかすんでただ色彩のみの饗宴となる。その窮極はモネの「睡蓮」にみることができる。モネが色彩の中に溶かした物の形を、ゴッホはぎくしゃくと折れまがった線や鮮烈な色彩の対比で変形する。そこにはモネにみられる温和な詩情はない。強烈な闘いがある。そういうゴッホを、はじめてみたように支持する自分がふしぎであった。もう若くもなく、体力も気力もなく、重い足をひきずっていた私なのに、それでも、抒情や和らぎに牽かれない。それらを結果的には拒否するとはどうしたことか。一時的なものにすぎないのか。

しかしともかく、モネよりゴッホをよしとする自分に満足した。

## 4 「即興詩人」―ローマにて

一行の講師兼団長のＳ教授は、前記のように英文学者で比較文学研究者でもある。氏は、独特の近代日本文学観をもっている。特に近年多くの研究者から最高に評価され、ブームとなっている漱石に対しては、文明批評家としては高く評価しても、その作品の多くは、外国文学をタネに使っており、真に独創的な作家としては認められないとしている。鷗外に関しては、作家としては二流、漱石よりも下、しかし西洋文化の最高の理解者であり、よき外国文学の紹介者であったという点で高く買っている。

氏が真に作家として認めるのは、一葉、鏡花、荷風といった人達である。

日本近代文学者のうちで、だれを真の作家として認めるかということは別にして、漱石をすぐれた文明批評家、鷗外を西洋文化の最高の理解者とすることには私は賛成だった。

寄道のようだが、私の感性を示す一つの材料になると思うので、ここで私の漱石の作品観をいっておきたい。大ざっぱにいえば、漱石の評論は鋭くて好きだが、小説は、初期のもの以外は、詳しくいえば「それから」以後は好きになれないのだ。たとえ、どんなに深刻かつおもしろい問題がひきだせたとしてもである。

初期の作品「草枕」「吾輩は猫である」等のゆとりと軽みはいい。しかし多くの人々が傑作とほめる「道草」「明暗」等になると、あの生真面目な緊密な追求が私にはうっとうしく、しんどいのである。一葉などにある「短歌的抒情」のしめり気はない代りに、重々しい倫理性の追求があるわけだ。

たとえば「道草」の中の一節。

歳が改たまった時、健三は一夜のうちに変った世間の外観を、気のなささうな顔をして眺めた。

「すべて余計な事だ。人間の小刀細工だ」

実際彼の周囲には大晦日も元日もなかった。悉く前の年の引続きばかりであった。彼は人の顔を見て御目出たうといふのさへ厭になった。そんな殊更な言葉を口にするよりも誰にも会はずに黙ってゐる方がまだ心持が好かった。（中略）

健康の次第に衰へつゝある不快な事実を認めながら、それに注意を払はなかった彼は、猛烈に働いた。恰も自分で自分の身体に反抗でもするやうに、恰もわが衛生を虐待するやうに、又己れの病気に敵討《かたきうち》でもしたいやうに。彼は血に飢ゑた。しかも他《ひと》を屠る事が出来ないので已むを得ず自分の血を啜って満足した。

予定の枚数を書き了へた時、彼は筆を投げて畳の上に倒れた。

「あゝ、あゝ」

彼は獣《けだもの》と同じやうな声を揚げた。」

たとえば「現代日本の開化」では「開化の矛盾」を次のようにいう。

「――古来何千年の労力と歳月を挙げて漸くの事現代の位置迄進んで来たのであるからして、苟も此二種類の活力――積極的活力＝活力消耗と消極的活力＝活力節約（筆者）――が上代から今に至る長い時間に工夫し得た結果として昔よりも生活が楽になってゐなければならない筈であります。けれども実際は何うか？打明けて申せば御互の生活は甚だ苦しい。昔の人に対して一歩も譲らざる苦痛の下に生活しているのだと云ふ自覚が御互にある。否開化が進めば進む程競争が益々劇しくなって生活は愈困難になるやうな気がする。成程以上二種の活力の猛烈な奮闘で開化は贏ち得たに相違ない。然し此開化は一般に生活の程度が高くなったといふ意味で、生存の苦痛が比較的柔げられたといふ訳ではありません。」

右の総括として漱石は日本の在り方を「外発性と内発化」という。私はそれは日本の永遠の課題と考えている。

同じく近代の「生存の苦痛」について書いた二つの文を比べた場合、私は後者の方をとる。前者の文体は重苦しくうっとうしい。とくに「健康の」からあとは「生存の苦痛」をうたいあげている感じがして「血に餓える」「他を屠る」「血を啜る」「獣と同じような声」等の深刻な表現とともにいやなのだ。深刻さをおしつけられる感じがする。

それに比べれば、評論の方が一歩の距離をおいて語っているだけにかえって、その距離の中に読者が介入して想像力を働かせるゆとりがある。

さて話を戻すが、S教授は鷗外の「即興詩人」を鏡花や一葉なぞ日本文学に大きな影響を与えたと高く評価しているので、それの冒頭に出てくる「尖帽僧の寺」、俗称「がいこつ寺」というのを見学した。あまり人の行かぬところらしく、ガイドの日本女性は「行ったたって大したことありませんよ」といっていた。しかし私は行ってみてよかったと思っている。とにかく奇怪な寺である。小さな石のへやがいくつかあって、そのへやがいこつで飾られている。体の各部分の骨がそれぞれ集められて、さまざまな模様に組合わされている。しゃれこうべが尖帽をかぶった僧に作られ並べられてもいる。それらはすべて、この寺で死んでいった四千人とかの僧のものだという。通路近くのしゃれこうべは、見物客の手で撫でられ、長い間に大理石のようにてかてか光っていた。なぜ人骨をこのように扱うのか。魂は神のそばへ行ったから、残された文字通り形骸化した肉体は物そのものにすぎないから、どう扱ってもいいということなのだろうか。それとも装飾化することによって、長く彼らを記念してるつもりなのだろうか。どうにも分らないキリスト教の一面である。

さてローマ見学をした夜、S教授の講義?があった。

氏は敗戦後の数年、旧制第一高等学校に勤めた。その初めの頃「即興詩人」の講義をした。学生は廊下にまで溢れ、氏の話が進むにつれて、万場寂として声なく、皆感動の泪にまなこをうるませてきき惚れていた、という。どのような名講義であったのかは語られなかったが、ともかくそれは「今こうして話していても、当時の感動が昨日のことのように甦ってきて、老いの目に涙を誘うのであります」という。そしてその感動が氏を教授にふみとどまらせたという。

皆しんとして身じろぎもせずにきいている。ところが、テレビのホームドラマなぞにばかばかしいと思いつつもらい泣きしたりするムードに弱い私なのに、老教授が追憶の涙に濡れた目でくり返し語ることばに、ちっとも感じないのだ。逆に、妙に白けた気分になって、人々の表情をじろじろと意地悪く眺めまわしていた。

S教授は、実感をこめて語る人である。たとえばキーツの家を観た時も、若い女の肖像画の前で「この女は、キーツにいくら恋文をもらっても、ちっともキーツを愛さなかったひどい女ですよ」とにこりともせず、まるで自分がキーツででもあるかのように感情をこめていう人である。さだめし「即興詩人」も情熱をこめて講義したのであろう。

しかし私は「即興詩人」が作品としてそんなに優れたものとは思えない。確かに鷗外は「口語と漢文とを調和し、雅言と俚辞とを融合せむと欲し、放胆にして無謀なる嘗試」と自らいっているように独自な飜訳体を創造したし、発表当時は清新な感じを与えたのかもしれぬ。また舞台もローマ、ナポリをはじめイタリーの名所旧蹟案内といった風に変る。その異国情趣もうけたのかもしれぬ。しかし作品は所詮詩人アントニオと美貌の歌姫アヌンチャタのすれちがいメロドラマにすぎぬと思う。作中最も哀切といわれているアヌンチャタのアントニオへの遺言の恋文のかき出し「文して恋しく懐しきアントニオの君に申上参らせ候」なぞという文体は、今の私の興はひかない。

ムードに弱い理性と感性の分裂した私ではなくて、珍らしくそれの一致した私があった。

## 5　バチカンにて——ミケランジェロ

ミケランジェロという名は、レオナルド・ダ・ヴィンチ、ダンテといった人々の名とともに、イタリアルネッサンスの巨人として知ってはいた。最近は、ミケランジェロの「ピエタ」像の腕が暴漢に叩き落されたり、ダ・ヴィンチの「モナ・リザ」が日本で展覧されたりして、その名を身近に聞くことがあったが、それでも彼らのような天才は、私にとっては遠い異国の人でしかなかった。

しかしこんどの旅では、ローマ、フィレンツェをも訪ねるというので、行く前に羽仁五郎の「ミケランジェロ」と、ロマン・ロランの「ミケランジェロの生涯」を読んだ。

この二著は全く対照的である。

羽仁のミケランジェロは「フィレンツェ自由都市の市民として、自由独立を守るために封建的体制と闘った進歩主義者」であるし、ロマン・ロランは「挫折と苦悩に充ちた人生派ミケランジェロ」といったとらえ方である。どちらも自分にひきつけすぎた一面的とらえ方である。

羽仁のは初版が一九三九年に出ている。ということは、あの暗い一五年戦争下に書かれているということで、彼はミケランジェロに依託して自己の自由への熱望を語ったのであろう。

ロマン・ロランはまたあまりにも英雄化されたスーパーマンミケランジェロ像に対する批判として、人間ミケランジェロを書いたのだろう。それぞれの動機はあろうが、どちらにも全面的に賛成しかねる。

しかしここでは特にロマン・ロランの方について語りたい。なぜなら彼は、私にとって記念すべき人だったからである。三十代に入ったばかりの頃の私は彼の『魅せられたる魂』にひどく魅せられた一人だった。作中の女主人公アントネットの個人主義を貫く闘いの一生は深い感動を与えた。私生児を生むことによって彼女はブルジョア階級の異端者となり批判者となる。さらに自ら働きながら、第一次大戦、ロシア革命を経験して、平和や社会主義の問題へと目を展いてゆく。そのような筋道が図式的ではなく、一人の女の内面の劇を通して豊かに描かれていたのだ。そして四十代の私も『魅せられたる魂』のファンであった。だが今の私はその深刻趣味にうんざりしてついていけなかったのである。人間ミケランジェロをという動機はいいとしても、それを挫折と苦悩に充ちた、笑ったこともないような人間として描くというのでは肩がこってくる。

たとえば目次。

第一部　闘い　①力　②くじける力　③絶望。第二部　①放棄　②信仰　③孤独。エピローグ　死。

また次のような文章。

「ミケランジェロは、自分を悩ます卑劣な家族と、自分の失脚を当てこんでつけねらっている執拗な敵たちとにはさまれて、そのような忘恩と羨望とのふんいきのなかでもがいていた。しかもその時期にはシスティナ礼拝堂のあの悲壮な作品を完成しつつあったのである。しかしどれほどの絶望的な努力をはらったことであろう。もうすこしですべてを投げ捨ててまたも逃亡するところであった。自分が今にも死ぬのではないかと思ったこともあった。彼はおそらく死にたかったであろう」

悩ます、卑劣、失脚、つけねらう、執拗な敵、忘恩、羨望、もがく、悲壮、絶望的、すべてを投げすてる、逃亡、死――この短かい文の中に十三個もの負の概念や情念を表わすことばが使われていることに驚いてしまう。

私もバチカンのシスティナ礼拝堂のあの壮大――私は悲壮よりも壮大とみる――な天井画や壁画をみた。フィレンツェではダビテ像やピエタやその他の作品もみた。サン・ピエトロ大聖堂の静かな完成美の「ピエタ」像、「最後の審判」――システィナ礼拝堂の壁画――のあの怒れるキリストの躍動美。そしてあの晩年の幽霊のような「ロンダニーニのピエタ」像とみてくると、ミケランジェロは激情的な、感情の起伏の大きな人だったろうと思う。彼のような天才が人一倍苦しみ、絶望し、孤独だったろうことは疑わない。しかし苦しみや悲しみに敏感な人なら、喜びや楽しさにも敏感だったはずである。それをロマン・ロランのように、これでもか、これでもかと悲劇的人間に塗りこめてゆくのをみると、冗談じゃない、と反撥してしまうのだ。そして私はそんなふうに感じる自分に驚く。かつて最高に感動した作家をこんなふうに批判するようになろうとは。この分では『魅せられたる魂』ももう一度読み直さなくてはなるまい、と思い出している。

つけ加えれば、私はあの、とりすました、思わせぶりな「モナ・リザ」に象徴されるような、静的かつ知性的なレオナルドよりも、ダビテや「最後の審判」のキリストにみられるような、動的男性的なミケランジェロをより好むのである。

## 6　オックスフォードにて――ルイス・キャロル讃

スコットランド、イギリス六日間の旅の間ガイドとして同行したのは、二八、九才のアメリカ青年M氏である。文化史が専攻らしいが、ロンドン大学に留学して、日本文化研究のため日本文学を読んでいるとのことで、おぼつかない日本語を使っていた。しかし「花伝書」、禅から「知床旅情」まで知っている日本通であった。宮沢賢治の「銀河鉄道の夜」や、芥川龍之介の「或る阿呆の一生」を好いていた。副団長のIさんは英語ができるので、立入った話はすべて英語でやっていた。そのIさんからきいたところによると、彼は母が心理学専攻の大学教授のインテリの家に育った。しかしイスラエルを放浪したり、愛人をなくしたりして、深く考えるところがあった。いまの愛人も難病にかかっていて看病している。通訳で金を貯めて是非日本に留学しようとしている、――そんなことが分った。

私はイギリスの政治のことをきいてみた。私達の旅はもっぱら名所旧蹟を訪ねるものだったが、今のことにも大いに関心はあったのだ。

以下はキャロルの「鏡の国のアリス」について書きたい。「ふしぎの国のアリス」については書いているのでその後篇のつもりである。「アリス」を彼は「非論理的論理性」と捉えていた。

まず本場のイギリス女流評論家H・シューエル女史の言う、綜合、美、愛の排除――論理的で反詩的なもの、というナンセンスの規定は、とくに「ふしぎの国のアリス」にあてはまる。「鏡の国のアリス」には愛が出てくる。とくに白の騎士とアリスの関係に表われる。愛が表面化するとそこには感傷や抒情が出てくる。

ここで念のため「鏡の国のアリス」第八章「私自身の発明」から、私の考える感傷、抒情、ナンセンスの三表現を述べてみたい。白の騎士——キャロルの分身——が、女王になるアリスを森のはずれまで見送るが、その途中に出てくる文章である。
①「鏡の国の旅の間に見た風がわりなもののごとのなかで、アリスが一番はっきりと思い出せるのはこのときのことなのでした。何年かたったあとでも、アリスはまるできのうのことのようにこの時の情景をすっかり思い出すことができました。騎士のやさしい青いひとみ、親切そうなほほ笑み、——そのかみの毛をすかして輝いている夕日、よろいにあたって、アリスの目をくらませるほど強く燃えたっている夕日のひかり——首からだらんとたづなをたれたまま、あしもとの草をたべている静かな馬の動き——そしてうしろの森の暗い影——こういうすべてを、アリスはまるで絵を見るようにながめておりました。」
②「最後の文句をうたい終ると、騎士はたづなをあつめて、馬の首をもときた道へ向けなおしました。「もうあと二、三ヤードもゆけばいいのです、」と騎士は申しました。「丘を降りてあの小川をわたりさえすれば、あなたはもう女王です——それともここに立ってて、わたしのゆくのを見送ってくれますか？」自分の指さした方角をアリスが熱心に見つめているのを見て、騎士はこう言いそえました。「長くはかかりませんよ。わたしがあの曲がり角までゆきついたらハンカチーフをふって下さればいいのです。そうしていただければきっと勇気が出ますからね。」

③「馬が立ちどまるたびに、（それがまたなんべんでも立ちどまるのですが）、騎士はまん前に落っこちるのです。そして、馬が歩き始めるがはやいか（それがまた、いつもいささかだしぬけに動き出すのでしたが）、騎士はうしろざまに落っこちてしまうのです。まあ、そのほかの点ではかなりうまく乗りこなしてはいましたが、それも、ときどき馬の横っちょに落っこちるというくせは別にしての話でした。その上落っこちるというのが、たいがいはアリスの歩いている方の側なので、すぐにアリスは、あんまり馬にくっついて歩かないのが一番よいやりかたなのだとさとったほどでした。」

①は失恋のごく陳腐な感傷的表現である。去りゆく自己をいつまでもアリスの胸にとどめておきたいという願いを、アリスに托していわせているわけだ。

②は失恋の洗練された抒情的表現である。騎士は別れねばならぬ。しかしアリスはもう女王になることに気をとられていて騎士のことは心にない。そういうアリスに対して「長くはかかりませんよ。」といい、あの曲り角まで行きついたらハンカチをふってくれ。元気が出るから、と頼む。そのはじめの一言「長くはかかりませんよ」には、万感のこもったやさしさ、強さがある。愛する者との別れにあたって、このように洗練された一言がまず発せられるということ、それは容易なことではない。

しかしこの洗練された抒情的表現も、決して稀有なものではない、すでに私の知っているものである。

③は失恋のナンセンスな表現である。まず馬が立ちどまるたびに――しかも何べんも立ちどまる、とある――騎士は前に落っこちる。次に馬が歩きはじめるや――それもいつもだしぬけに歩き出す、とある――騎士はうしろに落っこちる、という。そのほかときどきは横に落っこちるのだ。そのほかの点で

はかなりうまく乗りこなしていたというが、よく読めばこれでは馬は歩いているひまがなく、立往生しているに等しいし、騎士は乗ってるひまがないほど前後左右に落っこちてばかりいることになる。しかも、ここがキャロルの天才的なひらめきだと思うが、騎士の落っこちるのはたいてい「アリスのいる側」なのだ。この一言によって、この引用文全体が恋愛――失恋のナンセンスな表現になっているのだ。

馬と騎士との関係などもここから改めて考え直せば論理的にはありえないことなのに、別れに錯乱してしまっている騎士の内面の表現として非常におもしろい。このように騎士がのめりこみ、自分に向ってしじゅう落っこちてくるからこそ、アリスは逆に、本能的に危険を感じて遠ざかるわけだ。

この、ありえないナンセンスな表現が、何と恋愛―失恋の実相を掴んでいることか。私は朗らかに笑ってしまうのだ。かって失恋をこのように抒情ぬきで、しかも笑いで表現した作家がいるだろうか。私にとってははじめて出会った表現なのだ。

①は私を白けさせ　②は涙ぐませ、③は笑わせる。そして今の私は③を最も好む。なぜならそれが一番私をさわやかに解放してくれるからだ。失恋だなんて深刻がっていても、結局はナイトのように、めちゃくちゃに馬から落っこちるようなものだな、とおかしくなるのだ。そしてその笑いには決して自嘲がない。

私は今頃になってナンセンスなぞといっているが、すでに七〇年の昔、一九〇四年にチェスタトンという人が「ナンセンスこそ未来の文学だ」といっているという。私はむろんいろいろな論を読んで新しがりからナンセンスを吹聴しているのではない。直接には前記のようにアリスに出会ったことによるのである。少女時代、牧水短歌から文学入門した私は、短歌的抒情では満足できなくなり、笑いや諷刺等に関心をもってきたが、その戦後三十年の感性の歴史の中で辿りついたところがナンセンスだったのである。いや、辿りついたというい方をすると、絶対化するようにきこえるだろう。ナンセンスの絶対化ほどナンセンスで、ナンセンスから遠いものはないだろうから、新しい感性を知ることにより、今までの情緒的感性が相対化されたといおう。

さてオックスフォード大学を見学した時は、ここで生涯数学教授として過した独身男、キャロルことドジソン先生が数学を教えた教室はどこか、アリスを書いたへやは、物語の発端をなしたテムズ川遊びはどの辺だったのか等々とM青年にくいさがってみたが、校舎は遠くにあって行けずテムズ川もどの辺かは不明。

むろん、それはそう大したことではない。キャロルを知るにはアリスを百遍読んだ方がいいに決っている。

さて私はおそまつながら現在のわが感性の終着駅――それはまた新しい出発駅でもあるわけだが――に辿りついたようなので、ひとまずこの辺でペンをおき、また「ふしぎの国のアリス」を開こうと思う。そしてもっともっとナンセンスに感じるようになり、できたら、ナンセンスについて書くのではなく、ナンセンスを書きたいものである。

# 12 「ふしぎの国のアリス」読解
## ——その笑いのナンセンスについて

〔一九七五年『日本文学』一二月号〕

### 1 その独創性

イギリスの近代児童文学は、「ふしぎの国のアリス」から始まるとされている。それは、それ以前の児童文学が持っていた教訓性・道徳性からの解放、伝統的な驚異（神話、昔話のふしぎ）を借りず「近代の驚異」を創り出したことに拠るといわれる。また近年は、二〇世紀のカフカから不条理の文学との関係も論じられている。そのようにこのナンセンス・ファンタジーは、児童文学史上画期的意味をもつばかりでなく、G・K・チェスタトンが「どの紳士のライブラリーも『アリス』なしには完全なものになりえなかった」といっているというように、大人の文学としても愛好されてきており、また近年は、精神分析学、論理学、哲学、言語学等の立場からも研究されるようになっている。

私は右のようなことはほとんど知らずに、ふとしたことからこの作品の面白さに牽かれて読み始めたのだが、これこそ私の求めていた文学だと思いこむほど強烈な感動を与えられた。私の文学経験にとっても画期的な意味を持つ作品なのだ。いいかえれば、ナンセンスな笑いが、いかに精神を解放してくれるかということを感じさせられた作品なのである。

言われているように、キャロルのナンセンスは、「マザー・グース」等の伝統の上に立っているにちがいないが、意識的、論理的に構築されたものであり、たとえばほんの少し世代が上のE・リアの後期の詩にみられるような感傷はない。まして日本的情緒性、たとえば短歌的抒情、演歌的詠嘆なぞとは無縁、異質なものである。

この作品の基本主題は、高橋康也もとくに強調しているように（「不思議な鏡の国のアリス」別冊現代詩手帖第二号）、「自己同一性喪失の不安」と私も捉えたい。それは、私は誰かという存在感の危機の問題であり、極めて現代的なこの問いを、百年の昔キャロルは先取りした形で、しかも深刻さや情緒ぬきで笑いのナンセンスという方法で表現した。そこに私は彼の天才的独創性を認めるのである。情緒的日本文学にあきたらなくなっていた私にとって、これはまさに新しい文学との出会いと感じられたのだ。「私は誰か」、作中のアリスが繰返し呟くこの問いは、キャロルの鋭い批評精神―時代と自己への―から出ていると思う。むろん彼は時代批判や諷刺をするためではなく、直接には最愛のアリスを楽しませるために書いたのであろう。しかし「アリス」が百年を経て古びないのは、彼の批評が現代にも通じる普遍性、象徴性を持っているからである。地口、洒落、パロディ等の氾濫することば遊びも、単なる遊びに終らず、逆にそれらを通して批評が表現されているのだ。

またこのテーマは、内部にのみのめりこんでゆく実存的なものではなく、一九世紀の大英帝国、ビクトリア朝という現実社会と結びつけて捉えられていることが重要である。

以下、以上の基本テーマをふまえつつ、それがどのような笑いのナンセンスによって表現されているかをみてゆきたい。

## 2　笑いのナンセンス

まずナンセンスとは何かについて。

よく引用されるが、イギリスのH・シューエル女史の「ノンセンス詩人としてのキャロルとエリオット」より。（柴田稔彦訳）

「綜合を求める傾向はすべてタブーである。精神においての想像や夢、言語での詩的及び隠喩的な要素、題材としては美とか豊饒、聖俗を問わずあらゆる愛の形に関係あるもののすべてがそうである。凡そ綜合力のあるものはすべて『ノンセンス』の大敵であって、どんな犠牲を払っても排除すべきである。ノンセンスを純粋に実践するには高度の禁欲が必要である。限定と不毛によらねばそれはそもそも精神の内に存在し得ないのだから。『ノンセンス』は本来、論理的で反詩的なものである――。」

綜合力のあるものの排除―論理的、反詩的なもの、という内容規定は、とくに「ふしぎの国」にあてはまる。「鏡の国のアリス」には愛が表面化してくる。白騎士がアリスとの別れを惜しむいくつかのシーンには、感傷や抒情が出ている部分がある。

中原佑介「ナンセンス芸術論」より。
○常識と非常識―つまりコモンセンスとコモンナンセンスをひっくるめたものに対立するもの。真実でも虚偽でもない第三の価値に属する。

○芸術における自己の不在証明の一つの方法―そのために非存在のものに実在性を与えるという積極的方法。
○ナンセンスにとって笑いは必ずしも本質的なものではない。笑いよりも驚異が優先する。
○ナンセンスの効用―ナンセンスという別の現実に接することによって、われわれは日常の現実に距離を置くということが可能になるのである。サルトル風にいうなら、われわれの世界へのアンガージュの仕方を変えることである。（現実を眺める）角度と距離に最も大きな数字を与えるのである。

中原論の底流には、近代芸術批判―自己の存在証明のための芸術批判―があるのだが、その上にたってナンセンスを、最も有効な現実認識の方法だといっている。前出のチェスタトンもすでに一九〇四年に「ナンセンスこそ未来の文学だ」といっている。私は唯一絶対とは思わないが、非常に有効な方法であるということ、方法論として捉えることに賛成である。キャロルのナンセンスも私は方法として捉えているからだ。

また、確かに笑いは本質的ではないかもしれぬ。しかし私は笑いのあるナンセンスを最も好む。

私なりにキャロルのナンセンスについていえば、前記のようにまず方法として捉える。それから、その構造についていえば、ずれだと考える。ちぐはぐ、あべこべといってもいい。そしてそのずれは断絶、飛躍、逃避等によって出てくる。ずれることによって現実、日常、常識を拒否するだけでなく、新しい捉え直しを迫るものである。

むろんナンセンスはまず何よりもその面白さをそのまま感じることが大事であり、むりにセンスに還元することは、それこそナンセンスであり、ナンセンスを窒息させることであろう。しかし、センスに還元することによって面白さを増すこともまた確かである。多様な読みや深読み出来る面白さ、謎解きめいた面白さがあるのだ。私は観念的に読むのではなく、具体的、現実的に読む。庶民読みともいうべきものである。

以下、「アリス」にみられるナンセンスを便宜上　①個体のナンセンス　②関係のナンセンス　③状況のナンセンス、の三つに分けてみてゆきたい。キャロルのナンセンスは常に笑いを伴っており、従ってナンセンスを論ずることは、笑いを論ずることに重なるからである。

### ①　個体のナンセンス

○　アリス

身体的には何か飲食するたびに伸縮する。それも一様ではなく、二五センチ位で止ったかと思うと、あごが足の甲にガツンとぶつかるほど急速に縮んだりする。

伸びる時も上に向って首ばかり伸び、それが蛇のように曲りくねり「肩がどこへ行ったかしら」と言ったり、またはへや一杯に大きくなったりする。片足を窓から出し、片足を煙突へ踏入れ、下りてくるトカゲを思いきりけとばしたりする。何か生々しくグロテスクでもあるが、やはりおかしい。

精神的には、九々や地理や記憶の混乱（四五の十二、四六の十一。ロンドンはパリの首府。詩のパロディ化等）が起る。つまりアリスの日常的、常識的存在が心身共に揺さぶられ、試されるわけである。

○　カエル男

公爵邸の召使。「幾日でも坐っているのさ」と戸口の地面に坐って空を見上げている。尤も目がてっぺんについているのだから仕方ないが。ベケットの「ゴドーを待ちながら」のあの空しく待つ男を連想させる。

○　料理女

公爵夫人の召使いだが、やたらとコショウをふりまき、夫人に火かき棒、鍋、大皿、小皿と手当りしだい投げつける。また証人として裁判に呼出されるが、証言を頭から拒否。裁判長の王の前でも少しも恐れない。臆病な帽子屋のインテリと正反対である。

私はこの料理女に、下層社会の反抗、エネルギー、勇気、粗野、無知等がよく象徴されていると思う。

○　公爵夫人

夫人は高さ一メートルばかりの小さい家に住む。大変醜い。泣き叫ぶ赤ん坊を放りあげてみたり、尖ったあごをアリスの肩に食いこませるようにして、たえず教訓を連発する。何の理由かしらないが女王の頰を殴りつけて牢屋に入れられたりする。料理女が何をいくら投げつけても平気とある。

ここにはキャロルの貴族社会への嫌悪が強く出ている。これ以上、いやこれ以下はあるまいと思われるくらいひきずり下し、矮小化している。何が当っても痛くないなぞというところには、貴族階級の強固さ、利己主義が読みとれる。

○　チェシヤ猫

出没自在であり、「耳まで裂けたような口をしてニヤニヤ笑っている大きな猫」。しっぽの先から消えはじめて最後にニヤニヤ笑いを残したりする。ある人から一年程前この「猫なしのニヤニヤ笑い」を聞いた時、面白いと直観したのが私のアリス好きの始まりである。だからこの猫は私にとってまことに記念すべき、印象深い動物である。私はこの「猫なしのニヤニヤ笑い」を、実体を失い形骸化したもののもつ気味悪さ、こっけいさと読取った。教師の私は、ニコニコのつもりがいつのまにか職業化したニヤニヤに変質していた経験を思い出し、あれこそ「猫なしのニヤニヤ笑い」だったと大笑いした。その時はじめて私は「アリス」が読めるぞと思った。それまでは名作だからと二、三度読んだが、さっぱり分らず、退屈な作品だったのだ。

この猫はまた王に接吻の礼を許されても「ご免こうむります」とにべもなくはねつけるしぶとさもある。醒めた傍観者的インテリといった風がある。

○　にせ海ガメ

以前は本物の海ガメだったと言って「まるで心臓がはりさけそうにひどい溜息をついたり」しじゅう啜泣きしている海ガメ。彼はにせ者になった自分を嘆いているらしい。つまり、本物、本音では生きてゆけず、にせ者、いつわりの自分でしか生きてゆけぬことを意識している者の悲しみなのだろう。にせ海ガメはキャロル自身の戯画かもしれぬ。少女を熱愛し、退屈な講義をして学生には人気がなかったというチャールス・ラドウィッチ・ドジソン氏＝ルイス・キャロルは、オックスフォード大学教授としてしか生きられぬ自分にたえず違和感を感じていたのではないか。

このにせ海ガメは啜泣いてばかりいるくせに、学校教育について語りだすと大いに洒落のめす。「読み方」が「よろけ方」、「書き方」が「もがき方」といったぐあいである。「わたしたちは一番よい教育をうけた」というのは反語であって、ここには教育の偽善性批判が読みとれる。

ついでに三章に出てくるネズミ。涙の池で濡れたアリス達に、もっとも干からびた話をするといって、勿体ぶった調子で、難しい言いまわしでウイリアム征服王の歴史を語る。ここにも教師や授業批判がみられるし、また七つの海を支配しているビクトリア朝なのに、かつて征服された話を出すというのも皮肉であろう。

話が広がったが、カメといった鈍重な動物が大げさに悲しんでいる様子は、その孤独さは分っても、やはりおかしい。

○　三人の園丁

女王の庭の園丁たち。トランプカードの人間。名前はなく数字で呼び合う。まちがって植えたので、バラの白い花をせっせと赤ペンキで塗りかえている。女王に知れると首が飛ぶのだ。塗る方も塗る方なら、塗らせる方も塗らせる方である。まるでコンピュータ時代の国民総背番号制による管理社会を先取りしている観がある。

しかし園丁たちが誰彼かまわずペコペコお辞儀をし出すと、女王は「目がまわる！」と悲鳴を上げる。屈従がすぎて逆にそれが女王を参らせるところが面白い。女王をからかっているようにもみえる。

○　ハートの女王

たえず「首をちょん切れ」と叫んでいる女王は何とも個性的存在であり、たった一言で権力者の本質を鋭く衝いている。ビクトリア女王の君臨する時代に、いかにトランプの国に擬しているとはいえ、このような女王を創り出したキャロルに私はそれこそ盛大な拍手を送りたい。野蛮な代りに「目がまわる」と叫ぶ卒直、単純さがあり、またお世辞に弱いところもあり、あまり憎めなく書けている。またお人好しの王との組で考えると、俗称嬶天下の夫婦をも思わせる。

ここでこの作品に出てくる数少ない大人の女三人を、身分を取去って考えると共通点がある。料理女、公爵夫人、女王のいずれも感情的、ヒステリー、粗野である。挿絵の、テニエルの描いた三人は思い切って醜怪である。三人だけ特にそうである。

キャロルの母親は優しい人だったというが、ここには生涯独身だったキャロルの女性観、女性に対する嫌悪感が窺えるようだ。

○　帽子屋

これはあとで詳しく扱いたいが、やはり大変個性的である。インテリの戯画、諷刺として読むと面白い。六時というお茶の時間に縛りつけられてしまって、毎日お茶ばかり飲んでいなければならない。権力に弱く、証人として喚ばれると恐しさに滑稽の限りをつくす。その時もお茶とパンを手から放せない。テニエルの絵が秀逸である。値段をかいたシルクハットをかぶった頭でっかち。蝶ネクタイにモーニングというなりは上流紳士、知識の切売り商売のインテリの戯画であろう。

お茶の時間といった日常性に縛りつけられたインテリ。それはオックスフォードからあまり外へも出ず規則正しい教授生活を送ったキャロル自身の戯画ともとれる。

## ② 関係のナンセンス

ナンセンスの構造をずれといったが、それが一番はっきり見られるのが、人間関係においてである。

### ○ 途方もなく大きな子犬とアリス（四章）―断絶のずれ

やっと狭苦しい部屋から外へ出たアリスは森の中で「途方もなく大きな子犬」に出会う。犬はアリスを追いかけ回すのだが、これはキャロルのアリスへの愛、中年男の少女病の戯画化として読むと面白い。合の手を入れつつ（括弧内）、もじってみたい。

（美しい庭に出ようとして）アリスが木の間をすかして気を揉みながら、あちこち眺めていますと、頭の真上で小さく鋭い吠え声がしたので（関心を牽くため）、思わず慌てて見上げました。すると途方もなく大きな子犬（キャロル）が、（愛するアリスを目の中に入れてしまいたい気持なので）真丸い目をして、アリスを見下しているのです。片方の前足をそっと伸ばしてアリスに触ろうとしているところでした（おずおずと求愛の表現）。「おお、よしよし！」とアリスは気嫌をとるように言いました。そして一生懸命口笛を吹こうとしました。でもその子犬がお腹を減らしているのではないかと思ってびくびくものでした。もしお腹をへらしていれば、いくら気嫌をとっても、アリスをパクリと食べてしまうかもしれないからです（愛とは惜しみなく食ってしまいたいということでもあるから彼女の恐れは当然だろう）。アリスは夢中で小さい木切れを拾うと、それを子犬の方にさし出しました（アリスは何でもいいから相手に与えるふりをすればいいことを本能的に知っている）。すると子犬はワンと一声嬉しそうに吠えて（愛する者からなら、棒切れでも嬉しい！）、四本の足を揃えて宙にとび上り、木切れにとびついて、それを口にくわえて振回そうとしました（手の舞い、足の踏むところを知らず）。アリスは踏殺されては大変と、大きなアザミの陰に身をよけました（アリスはますます逃げるだけ）。ところが慌てて御えようとしたはずみに、もんどりうってひっくり返りました（愛とは醜態なり！）。アリスはまるで荷車ひきの馬と遊んでいるような気がしましたし（今ならダンプカーか。重たい存在でしかない）、それに今にも踏潰されはしないかとひやひやだったので、アザミの回りをぐるぐる回って走りました。すると子犬は木切れに向って、何度も何度も飛掛ってきました。（狂おしいばかりの恋情！）。（しかし、とうとう叶わぬ恋と知って）一回毎にほんの少し進んではうんと後に下り、その間しゃがれ声で吼えたてます（絶望の泣き声をあげながら、未練気に去ってゆく）。こうしてとうとうおしまいにはずっと遠くの方へ座りこんで、口から舌をだらりと垂らし（恥も外聞もなく）、（まだ未練たらたらなので）大きな目を半分閉じて、（切なさに）フーフー息を切らしていました。

アリスは全速力で逃げ、あとで「でもかわいい子犬だったこと」といい、「いろんな芸を教えてやったらさぞ面白かったでしょうに！」という。まるで自由に夫を飼育する妻のような口ぶりである。「鏡の国」八章には、白騎士が女王になるアリスを途中まで送ってゆくところがあるが、彼は乗っている馬の前後左右に落ちてばかりいる。それがたいていアリスのいる側に落ちるとある。前出の子犬の部分とともに、失恋のナンセンスな表現として双璧をなすと思う。それは私にとって新鮮な驚きであり、笑いであった。

細かいところでは「大きな目を半分閉じて」アリスをみつめているところなぞ面白い。裁判の場面では王が証拠にはならないナンセンスな詩をしさいらしく「片目を閉じて」読むところがある。また「鏡」には塀の上にのっかっているハンプティ・ダンプティ（卵人間）が勿体ぶってアリスに指一本だけ出して握手させてやる場面がある。このように半端なもののもつ面白さをよく使っている。これも一種の欠如によるずれである。

○　毛虫とアリス（五章）

対話で続いてゆくので、できるだけ地の文を省いて引用する（以下の場合も同じ）。

毛虫とアリスは、黙って暫くの間、目と目を見合わせていましたが、やがて毛虫は口から水煙管を放すと、だるそうなねぼけ声でことばをかけました。

「お前は誰だね」

「それが——その——今のところよく分らないんです——けさ起きた時は、自分が誰だか分っていたのですけれど、その後私は何度も変ったようなんです」

「というのはどういう意味じゃ。詳しく説明しなさい！」

「どうにも説明できないのです。何しろ私は私ではないのですものね」

「いやどうも分らない」

「これ以上はっきり申上げられません。——一日の中に何度も大きさが変ると、ややこしくて分らなくなるんです」

「そんなことあるもんか」

「そうね、毛虫さんは多分、まだそんな感じがしたことはないのでしょうね。でも毛虫さんが蛹に変って—蝶に変るという時には、少し妙な気持になるでしょう—」

「いや、ちっとも」

「そう、多分毛虫さんはものの感じ方が違うのでしょうね。でもあたしだったら、きっととても妙な感じがすると思います」

「お前だったらだと！というお前は誰だね」これで話はまた初めへ逆戻りしてしまいました。

「まずあなたの方からお名前をおっしゃるのが、本当ではありませんか」

「なぜ?」—これもまた難問でした。

異なる論理の対立、衝突によるナンセンス。これがキャロルのナンセンスの大きな特長であり、その非論理的論理性もここにある。毛虫とアリスの論理に妥協はない。これは断絶によるずれである。首だけ宙に浮いたチェシヤ猫を前にしての首切人、王、女王の首切談義も断絶によるずれである。首切人は、胴と繋がっていなければ切れないという現実論、王は、首さえあれば切れるはずだという観念論、女王は、早く決めないと皆首をちょん切るぞという感情論。断絶していながらそれぞれの本質を表わしていて尤もだと思わせる。

○　裁判の場。王の裁判長と帽子屋のやりとり（十一章）—飛躍、揚足とりのずれ。

王「お前の帽子をとれ」帽「これは私の物ではありません」王「さては盗んだものじゃ」帽「私のかぶっておりますのは売物でございます。自分のは一つもございません。私は帽子屋でございます」

「お前の帽子をとれ」といわれて私の物ではないから取れないというのは、「お前の帽子」という言葉を逆用しての屁理屈、揚足とりである。無理屈ではあるが帽子屋にとっては理屈であることは確か。ところがその屁理屈に乗って王が「さては盗んだもの」と決めつける時、中間項の省略による論理の飛躍が起きる。だが間違っているとはいえぬ。王が言った時点ではその可能性はあるわけだ。

また右の会話から、繰返すが私はインテリ諷刺を読取る。帽子は知識の象徴であり、帽子屋は自分の独創的な知識は一つもない、みんな人からの借物か、盗んだに等しいもの（この意味でも、王の盗んだものという決めつけは当らずといえども遠からずといったところ）、そしてそれを切売りしているにすぎない、といっているのだ。

○　帽子屋がアリスに、お茶の時間に縛りつけられた理由を話したあとの会話（七章）――逃避＝はぐらかしのずれ。

アリスははたと思い当りました。「それでこんなにたくさんお茶の道具がここに出してあるのね。」「うんそうなんだ。いつでもお茶の時間だものだから間に道具を洗うひまがないのだ」「だから次々に席を変えていくのね」「その通りだ。道具が汚れると席を変えるのさ」「でも一まわりして初めのところへ戻ったらどうするの」。すると三月ウサギが「話題を変えようじゃないか」とあくびをしながら口を出しました。

「間に道具を洗うひまがない」という外面的なしかもナンセンスな論理を通して、帽子屋は、お茶の時間に縛りつけられてしまった悲しみを言っているのだが、アリスにはその外面的な論理しか分らない。

だから道具の汚ればかりが気になり、一回りしたらどうするのかときく。形式論理からいえばアリスのこの問いは正しいいし、これで行詰るわけだ。その行詰りは同時に二人の断絶をはっきりみせつけるわけになる。いわば不毛な会話である。そこで三月ウサギはあきあきしてしまって「話題を変えよう」といい出すのだ。帽子屋はアリスの追求に何と答えるかと緊張していると、「話題を変えよう」という逃げのセリフが出てくる。そこで「成程」と笑わせられるのである。

### ③ 状況のナンセンス

アリスがおかれる状況はこの作品の初めと終りでは非常に違うので、それを考えてみたい。

〇 個人的状況

初めアリスはただ一人でまっ暗な兎穴に落ちてゆく。まるでエレベーターかエスカレーターにでも乗っているみたいにゆっくりで、アリスは途中独り言をいったり、ジャムの壺を棚から下したりする。W・エンプソンはこれをフロイド的解釈で、子宮への回帰とみる。「その結果新しい密閉された魂が生じ、その魂は自分は誰か、世界における自分の位置は何か、どうしたらここを脱出できるかと思案する」のだという。

私はもっとあっさりと非日常の世界に入ってゆく、存在の暗がり（好きなことばではないが）に落ちてゆくのだと解釈する。

アリスは灯りのついた狭い、すべて鍵のかかった広間に閉じこめられる。そこでアリスは窓からみえる美しい庭に出ようとして、前述したようなさまざまな経験をする。「消えてなくなった私は、消えたローソクの炎はどうなるのか」と存在の不確かさを呟いていたアリスは遂には孤独に耐えかねて「ほんとに誰かが覗いてくれたらどんなにいいでしょう！あたし、ここに独りぼっちでいるのはすっかり飽きちゃった」と大泣きする。むろんアリスが泣く時、感傷のかげりはない。覗くなというのが近代的個人主義なら、覗いてほしいというのは、新しい連帯を求めることばだろう。

○　全体的状況

美しい庭。それは女王の庭であり、その一画で最後に裁判が行われる。そこには、それまでアリスが出会った人物のほとんどが集まる。アリスは個人的な状況から、社会的、全体的状況の中に自然、必然的に入ってゆく。その状況がどのようなものであるかは裁判の場面にはっきり映し出されている。帽子屋の証言の場でみてみたい。

法廷にまでお茶とパンを持ったまま出てきた帽子屋は、女王ににらまれると、じっと立っておれぬらしく「体の重みを右足にかけたり左足にかけたり」よろめいているが、パンとまちがえて「茶碗の端を食いちぎってしま」ったり、「あんまりひどく震え」たので、「靴が両方とも脱げてしま」ったりする。

「証言を申し述べぬか。さもないとびくびくしようがすまいが、容赦なく死刑に処するぞ」（王）「わ、わたくしは哀れな者でございます、王様。ちょうどお茶を始めたばかりのところで―まだ一週間にもなりませぬ―バタつきパンはこんなに薄っぺらになりますし―おまけにお茶のチラリチラリが―」（帽子屋）

「何がチラリじゃと?」
「それは茶から始まりました。」
「勿論、チラリは『チ』の字から始まる。お前はわしを阿呆と思っておるか。次を言え!」
「私は哀れな者でございます。それから後というものは、何もかもがチラチラいたしまして──ただ三月兎が申しますには──」
「私は言わないよ!」(兎)
「いったよ!」
「私は否定します!」
「兎は否定しておる。その部分は省いておけ」(王)
「いやとにかく眠りネズミが申しますには──」(帽子屋は眠りネズミも否定するかと心配そうにふり返るが、ぐっすり眠っていて何も否定しない)。
「そのあとで私はバタつきパンをもう少し切りました──」(帽子屋)
「しかし眠りネズミは何と言ったのですか」(陪審員)
「それがどうも思い出せませんので」
「いや、どうあっても思い出さねばならん。さもないと死刑だぞ」(王)
右の会話なぞも私は実に秀れたナンセンスだと思う。行間に緊張した知的精神が鋭く光っている。洒落による意味のとり違え、論理の飛躍による王のでたらめな認定、はぐらかし。帽子屋はしきりに憐れみを乞いつつ、気も転倒したのかお茶とパンのことしかいわぬ。何一つ証言なぞしないし、第一証言することなぞ何もないのだ。権力に弱い帽子屋。しかしその卑屈さが、同時に、王へのからかいになっているとろが妙である。女王は「宣告が先で評決はあとまわし」と叫ぶ。これは国家裁判の本質を衝くことばである。この国家裁判のパロデイは権力の空恐しさ、裁判のでたらめさを鋭く諷刺している。大逆事件なぞはまさにこの逆の論理―宣告―評決を地でいったものであろう。

アリスのおかれた全体的状況は、右のように国家権力むき出しの政治的状況といわざるを得ない。アリスは猛然と反対する。そして、「この子の首をちょん切ってしまえ！」と全身でわめく女王に、決定的一言を投げつける。

「お前達はたかがトランプの札じゃないの！」

すると全部のトランプが空中に舞上り、アリスめがけて飛下りてくる。

それまでも絶えず拒否され続けてきたアリスは、ここで全存在を抹殺されようとする。アリス―キャロルを抹殺しようとするものは根本的には国家権力、具体的にはビクトリア大王朝そのものだった。アリスはそれに対してその正体を、たかがトランプの札、と暴露することによって逆に相手を抹殺する。アリスは救われ自己を取戻す。悪夢は去った。

「たかが！」の一言は、大英帝国ビクトリア朝を、一枚のトランプに引ずり下して地べたに叩きつける痛快さ、壮烈さをもつとともに、百年後の現在のイギリスの衰退を予言したものにもみえる。

キャロルは二つの「アリス」について次のように言っているという。

「時にふれ、私は未知の人々から、それは寓話であるか、かくれたモラルがあるのか、政治的諷刺であるのか、と訊ねる丁重な手紙を頂戴する。しかしそれらの質問に対して私はただ一つの答しかもたない。『わたしには分りません！』」

たとえキャロルが今生きていたとしても、私は何を書こうとしたのかなぞとは訊ねないだろう。キャロルを反体制知識人に仕上げるつもりは少しもないのだが、私なりの読み方をすると以上のようになる。キャロルは「分りません」といって、何も否定してはいないのだから、私のでもいいだろうと勝手に解釈する。

## 3　笑いの質

私はこの作品をずいぶん笑いながら読んだ。笑えればこの作品が分ったことになる、と思い込んでいるほどだ。こんなに楽しく解放された気分になって読んだ本は、私の貧しい読書歴の中では初めてだ。キャロルのナンセンスは、繰返すが論理性がある。たとえ一瞬の間に出てきたものだとしてもである。それは非論理的論理性というべきものである。そこで私は成程と納得し、分ったという喜びとともに笑うのだ。「アリス」の笑いが明るく寛容なのは、それが知的で、理性に訴えるものだからである。キャロルにこのような笑いを描かせた原動力、それは十才の少女アリスへの可能性に充ちた愛だろう。その豊かさが彼の理知を最大限に働かせ、感傷の入りこむ隙を与えなかったのだ。「ふしぎの国のアリス」はキャロルの青春の文学なのである。

右のことは一〇年後（四十才）に書かれた「鏡の国」と比較するとよく分る。例えば「ふしぎ」の方のアリスは目醒めたあと、ふしぎな夢をみた、といって過ぎ去った夢として姉に話すのに、「鏡」の方はいつまでも、夢をみたのはわたしか赤の女王かと自問を繰返している。また前述したように、白騎士とアリスの別れを感傷的に表現したところも出てくる。欲しいものはより高い棚に移ってしまい、美しい花ほど遠くに咲いているというような喪失感が底流にある。

「ふしぎ」から「鏡」までの一〇年間にキャロルはアリスを失っている。いろいろ原因はあるにしても「子供は人生の四分の三」と日記に書いたという彼は、アリスを失った悲しみを抑えがたかったのだろう。

「いのちとは夢でなければ何だろう」と「鏡」の末尾の詩で嘆いたキャロルに十分同情はするが、しかし私はそれをキャロルの精神の衰弱、老いとみる。


参考文献

①「ルイス・キャロル」特集『別冊現代詩手帖』第二号　思潮社　一九七二年
②『マザー・グースの唄』平野啓一　中公新書　一九四七年
③『ノンセンスソング　ノンセンスの贈り物』E・リア、新倉俊一訳　思潮社　一九七四年
④『ノンセンス大全』高橋康也　晶文社　一九七七年


この大著は卓れた英文学者、演劇論者（東京大学教授）だった、今は亡き著者から強い感銘をうけた本である。私の拙文「アリス」を送ったら「おもしろく拝見いたしました——誰でもが自由に読解できると

ころに、この作品の特質があるのでしょう――」というお葉書を頂き、今も保存している。

⑤『パラドックス』中村秀吉　中公新書　一九七二年
⑥『ナンセンス芸術論』中原佑介　フィルムアート社　一九七二年
⑦『ノンセンスの領域』エリザベス・シューエル　河出書房新社　一九八〇年
（引用した「ふしぎの国のアリス」は、田中俊夫訳《岩波少年文庫》に拠る。）

（国立療養所多磨全生園分教室教諭）

---

## 「ふしぎの国のアリス」論と「夕鶴」論の意義

「ふしぎ」は、三回書き直したものが一九七五年十二月号の『日本文学』に載った。それ以前の一九六七年四月号の『日本文学』に私の「『夕鶴』（木下順二作）批判」が載っている。右の二論文は私の記念碑的論文である。それは私の感性の歴史の変化を映し出すものである。「アリス」論はいかに素朴単純であろうとも、私にとっては近代の発見であり、前近代への訣別のつもりだった。それ以後私はそれまでの人生論的、情緒的経験を相対化出来るようになったと思い込んでいる。現在、私の読みの方法などは古いことは知っているが、老いの一徹で通すほか能がなさそうだ。

# 13 「枯野抄」・「雛」の読み方

〔一九七六年『日本文学』四月号〕

『日本文学』十二月号の教材論小特集に、芥川龍之介の「枯野抄」と「雛」が取上げられている。いずれも教材論というよりは―教材論とは何かということもよく分らないが―作品論というべきものだと思うが、それぞれに対して異論があるので述べてみたい。

## 「枯野抄」論　北条常久氏

これは「枯野抄」成立論ともいうべきものである。漱石の死と芭蕉への傾倒―花屋日記を、どのように下敷きにして作りあげていったかという点に主力が置かれている。しかしこの部分については特にいうこともないので、触れない。

北条氏は、この作で芥川は「自己の芸術至上主義というテーマを貫い」たのであり、狙いは「弟子達の心理描写」にあったという。ここで氏がいっている「芸術至上主義」とは「枯野抄」のテーマではなく、「芸術と人生を峻別」するという姿勢を通したという意味で言われている。

また「心理措写」については、老僕の治郎兵衛に注目すべきだという。なぜなら彼は死んでゆく者はすべて「弥陀の慈悲にすがるべき筈だという堅い信念」で「専念に称名を唱え」ている作中唯一人の「非芸術家」であり「冷淡・薄情なのは、芸術家の弟子達だけ」で、彼はそうでない人物だからだという。つまり芥川は「人間がすべて冷淡だとか薄情だとか言おうとしたわけではない」から「芸術家と非芸術家の対照を出発点として内容に迫っていく」べきだという。但し、いかに迫ってゆくのかは語られていない。

老僕についてはそう読むべきだろうか。専念に念仏を唱えている彼だけが本当に芭蕉の死を悲しんでいる冷淡・薄情でない人間なのか。称名を唱えていれば純粋に死を悲しむことになるのか。作中には死の床の芭蕉の内面を叙した次のような文がある。

「『旅に病んで夢は枯野をかけめぐる』—事によるとこの時、このとりとめのない視線の中には、三四日前に彼自身が、その辞世の句に詠じた通り、茫々とした枯野の暮色が、一痕の月の光もなく、夢のように漂つてでもゐたのかも知れない。」

右のような荒涼とした、救いのない芭蕉の内面が、「素朴な、山家育ち」の老僕には少しも分っていない。だから「弥陀のお慈悲にすがるべきだ」として、身代りのように念仏を唱えているのであって、善意ではあるが、それはトンチンカンなひとりよがりでしかないだろう。断絶という点では弟子達と大差ないのだ。

芥川の問題意識は、神や仏を失った、信じることのできない近代人のエゴイズムにあると読みとっていくべきだろう。

前記のように北条氏はこの作の狙いを弟子達の心理描写としているが、では何のために芥川がそうしたかといえば、それは「人生は枯野だ」ということの作品のテーマを表現するためだと思う。だからこの作品は、成立論よりも、その手段としての心理描写と、目的としてのテーマとの関係を論ずることに重点をおくべきだと考える。そこで以下私の読み方を簡単に述べてみたい。

前記のようにこの作品のテーマは「人生は枯野だ」ということである。題名もそうだし、門人の一人の支考のことばとしても、死にゆくのをみながら、門人達は自分のことしか考えていないのだから師匠は「限りない人生の枯野の中で、野ざらしになったといって差支ない——」と書かれてある。

この、人間は利己的であり、従って人生は枯野だとみる芥川の厭世的な人間観、人生観は初期の「羅生門」の、老婆の衣服を剥ぎとった下人が消えた「黒洞々たる夜」以来のものである。

では、この作品で、弟子達の利己主義を分析、描写することが枯野の人生を表現することと一体化しているか、読者にそれを感じさせるかといえば、必ずしもそうなっていないと思う。それはなぜか。

一つには構成の問題がある。つまり、師匠の死の床に侍る門人達の心理が並列的に並べられているだけで、それら全体の連関と構造がヤマ場を作ってゆくということがない。映画でいえば、登場人物が次々に大写しされてそれで終り、といった物足りなさが残る。

また、その余りにも計算された鋭く緻密な描写が、逆に若干目ざわりである。

たとえば次のような文。

「暖簾の色、車の行きかい、人形芝居の遠い三味線の音—すべてがうす明い、もの静かな冬の昼を、橋の擬宝珠に置く町の埃も、動かさない位、ひっそりと守っている……。」

「――厭世的な感慨に沈みながら、しかもそれに沈み得る事を得意にしていた支考」「かうして、古今に倫を絶した俳諧の大宗匠、芭蕉庵松尾桃青は、『悲嘆かぎりなき』門弟たちに囲まれた儘、溘然として属纊《しょくくわう》に就いたのである。」

右のような漢文調の文から透けて見えるのは、枯野よりはむしろ「してやったり」という芥川の得意気な気負った表情である。表現しようとした枯野よりは、表現者の才気が目立つのだ。確かに枯野ではあっても、それはガラス越しに眺められているものだという感がする。

**「雛」石割　透氏**

この作品を石割氏は「幾分の感傷をまじえた清澄な筆致で、〈滅びの美〉が素直に―うたわれた佳品」という。だがこれは、「虚構の時間の世界を築き上げるという、作者のそれまでの生を動かしてきた唯一といっていい情熱をやや喪失」した時期に書かれたとする。そこから出てきた「瑕瑾」は左の最終段落のあとがきにあるという。

「『雛』の話を書きかけたのは何年か前のことである。それを今書き上げたのは滝田氏の勧めによるのみではない。同時に又四五日前、横浜の或英吉利人の客間に、古雛の首を玩具にしている紅毛の童女に遇ったからである。今はこの話に出てくる雛も、鉛の兵隊やゴムの人形と一つ玩具箱に投げこまれながら、同じ憂き目を見ているのかもしれない。」

右によって芥川は「自ら築いた虚構的世界を半ば投げ出すのであり、作者自身のこの告白―ジャーナリズムに追われる苦しい創作生活の一端を垣間見せること」になり、「〈語り〉の世界は壊され、『雛』は俄に焦点の定まらぬ、困惑した作者の表情のみを残す作品に一変する」し、玩具にされているというのは「〈雛〉をめぐっての感動のドラマ、〈老女〉の追憶の中で生き続けた夢も、時の流れの中に消えてしまう、という夢のはかなさ、の中に終了する」ことだという。つまり、あとがきによって折角の老女の語りの世界―滅びの美が壊されてしまう、と嘆いている。

私は氏とは逆に、ここにこそこの作品を解く鍵があると考える。「瑕瑾」なぞでは毛頭ない。ここから この作品は始まるのであり、主題もここにあると考える。つまり、このあとがきをどう読むかによって、この作品全体の捉え方が違ってくるのだ。

作者は、アメリカ人に売られた雛は立派なものなのに、大切に保存されているとは思えず、玩具にされているだろうとしか想像できない。飛躍するが、英人の童女に玩具にされている古雛の首、それは芥川にとっては、日本近代の象徴であり、戯画であると受取られたのだと思う。

芥川を培った教養の一つである、雛に代表される江戸文化―前近代とは、いかに美しくとも、それはすでに没落し、崩壊している。そして近代はといえば、作中の英吉にみられるように、開化＝西洋を追いかけ、政治運動に走ったあげく狂死するほかないようなものである。そのような芥川の現実認識、見きわめ、近代への絶望を書いたものが「雛」だと考える。「滅びの美」なぞをうたいあげるには芥川には、余りにも自己の現実が見えていたというべきである。

もしこのあとがきがなかったら「滅びの美」ととられても止むをえないだろう。しかしこれあることによって、老女の語りの世界は相対化され、対象化されるのである。つまり、「雛」の世界は、異国の童女に弄ばれる古雛の首同然の要なき世界となるのである。その、どんでん返しが面白いのである。その認識において、自嘲はあっても感傷はない。グロテスクなほど非情な認識である。芥川の虚構世界構築の力は、衰えるどころか冴えているというべきだろう。

また作中にはゆとりからくるユーモアもみられる。例えば脇役の骨董屋の丸佐。若い時、禿げをかくすため頂上に入れ墨したが、今はその入れ墨だけが残っているという。丸佐という屋号は、丸禿げの丸佐と酒落てつけたのではないかと勘ぐりたくなる。

また肴屋上りの人力車夫の徳蔵。彼は御一新で苗字をつけることになったので、どうせならでかいのをと、徳川とつけようとした。ところが役所で「今にも斬罪にされかねない権幕」で、こっぴどく叱られたという。もし許されたら彼は、徳川徳蔵となるはずであり、徳を二つもくっつけて、さぞトクトクとしたであろうし、したかったのではないか、なぞと酒落のめしたくなるのである。またこの挿話は、御一新—四民平等のインチキ性をも暴いているわけだ。

「枯野抄」が、主として芥川の人間観、人生観の表白であるとすれば、「雛」には彼の社会観—時代批評、文明批評がみられる。むろんそれらは裏表の関係をなすものであり、内容は否定的で暗い。しかし、それらを表現するために芥川が苦闘して築きあげた世界は、いろいろ問題はあるにしても、虚構の面白さを改めて教えてくれるものである。

（国立療養所多磨全生園分教室教諭）

## 14 「こん虫のあいず」は伝わるか——ある「科学的説明文」の問題点

〔一九七八年『日本文学』三月号〕

A社発行の小学校四年国語教科書上巻に、「こん虫のあいず」という「科学的説明文」が載っている。それは、昆虫は情報伝達の方法として、主としてフェロモンというにおいのある分泌物を使うことと、その発見の歴史や利用法を紹介した文である。

その中に、「におい以外の方法」として、朝日新聞からの引用文（書き直したもの）がある。まず「ありの行列について、次の新聞記事をみて下さい」とあり、引用文が続く。

「しょっ角をふれて〝話しあう〟あり——におい以外にも方法——

西ドイツのメークリッヒ博士らは、ありの種類によっては、何かを伝えあうのに、におい以外の方法を使うものがあると発表した。（中略）。

まず、食物をみつけたありは、すにもどり、はらを高くもち上げ、しりの先にあるはりから、とうめいな液を一てき出す。これに対してなかまのありは、発見者のありの後ろからしょっ角で、はらやあと足にふれる。そこで一列の行進が始まる。ときどき、列がはなれると、発見者が立ち止まり、後ろのありのしょっ角が、はらやあと足にさわると、また前進する。これをくり返して、食物にたどりつくのである。」（傍線鈴木）

右の文を読んだ人の多くは、自己の経験なぞもふくめて、まず、二匹以上のたくさんのありが行列をつくって行進しているさまを想像するのではなかろうか。それは「ありの行列」「一列の行進」といったことばから受ける当然の作用である。

しかし、その映像をもとにしてよく読むと、分らぬことが続出してくる。

第一「とうめいな液」とは何か。これはフェロモンではないのか。つまりにおいはないのか。引用文のテーマからするとこれはフェロモンであってはならないはずである。

しかし文は「これに対して」と続く。とにかく第一の発見者に対して第二のありが続くことは分ったとしても、「そこで、一列の行進が始まる」という時、第三、第四のありはどういう信号をうけてつながってゆくのか。「そこで」という接続詞の内容が不明になってくる。その次も「列がはなれると」と続くから、たくさんの行列だから、はなれるものも出てくるのだろうと思う。しかしそれにしても「発見者が立ち止まり――」というのは何のことか。第一のありが、たとえば第六あたりに、はなれありがあった場合どうして分るのか、とにかくはっきりしない分りにくい文章なのである。

私は子どもにも疑問を出し、考え合ったが分らないので、右の件を左のようにまとめてA社に質問した。

①「とうめいな液」とは何か。フェロモンではないのか。

②「一列の行進」の場合、第三、第四のありは、どのような信号をうけてつながるのか。

二ヵ月近く待ったが返事がないし、子どもからも催促されるので、A社に問い合わせた。すると要するに、いろいろ調べたが納得いく返答ができぬ、とのこと。そこで私は朝日新聞の記事を送ってもらう

ことにした。するとA社は、新聞記事とともに、解答もよせてきた。それは
①「とうめいな液」は『においを出す』。したがって引用文は『フェロモン＋触角』と解釈する。
②「一列の行進」のつながり方については本文の『図解のとおりのことです』としか書いてない。
③つけたしとして『フェロモン説』は、日高敏隆氏によって否定されたという記事が朝日新聞に掲載され」た。これはそれ以前に書かれたものである。指導書に『研究過程の一こま』（としてとらえさせねばならない―鈴木）と書いたのはそんなわけ」とあった。
まず送られてきた朝日記事を読んだら、何と引用文のところは二匹だけのありの行進としか読めない。これに対するA社の解答「図解のとおりのこと」は、解答になっていない。確かに指定されたページには二匹のありの図が書いてある。しかしこれは「国語」の文章表現の問題である。いうまでもなく、書いてあることばから科学的事実が正しく読みとれなければならない。すでに文章から長い行列を映像として持たされた多くの読者は、二匹の絵をみても、紙面の都合で省略したのだとしかとらないだろう。

次に、①の解答が正しければ、引用文のテーマ「におい以外の方法」に反する。

第三に、解答③のようにフェロモン説が仮説的なものとすれば、教科書の文章はそのように書き直すべきだ。それはフェロモン説肯定の上に立って書かれているとしか読めない。

そこで私はA社の解答には納得できないので、京都大学の昆虫生理学者石井象二郎教授に質問状を出した。教授の名前は教科書にも出ており、指導書にも出典したと紹介されている。質問状には、私のA社への質問、A社からの解答、及び教科書本文を添えた。

折返し教授からは何種もの資料とともに、詳しい解答が速達で送られてきた。

石井教授はまず「このような内容のものが理科の教科書ならともかく国語教科書に使われていることに全く驚」かれ、「それでも内容はもっと正確であってほしい」と書かれている。私が質問したほかにいくつもまちがいがあったのだ。それは私のような非専門のものには発見できぬ種類のものである。教授の解答は次の通りである。
◎①のA社の解答は正しい。
これで、くり返すが「におい以外の方法」としては引用できぬことがはっきりした。

ただし朝日記事も、「におい以外にも方法」という傍題を使っており、「透明な液」をフェロモンといってないことは確かである。それを編集委員はうのみにし、次に書く二匹だけの行進（タンデムランニング）のところは、よく読みとれなかったとしか思えない。

なお教授によると、「透明な液」の透明という訳語には問題があるとのこと。
◎「ありの一列の行進」は、二匹以上ではなく、二匹だけの行進であり、それはタンデムランニング（tandem running）と呼ばれる。やはり二匹だけの行進だったのだ。引用文は「一列の行進」なぞと書かずに、「二匹だけの行進」とはっきり書くべきだ。なお、タンデムランニングとは辞書によると「二頭の縦並びに走っている馬」という意味のようだ。それをあの小さな、せかせかしたありに転用したのがおもしろい。
◎日高氏はフェロモン説を否定していない。

そのほかの教科書のまちがいは次の通り。

1　ドイツのブテナント博士がかいこのフェロモンのにおいの「正体をつきとめた」年を「一九三七年」としているのはあやまり。この年にはつきとめてはない。

2　うんかの雌（稲にとまっている）は、雄を呼ぶのに体を振る。「するとごくかすかに空気がふるえて音が出ます。おすはその空気のふるえをめあてに集まってくるのです。」と教科書にあるのに対して教授は、「これは音ではなく、稲が雌の腹部振動で振動しているのであり、その振動を音として記録できたのだ。雄は空気の震えではなく、稲の振動を感じて雌の所へ行くのだ」と言われる。

3　指導書に「まいまいが撲滅の例」とあるところを教授は「撲滅にはいたらない。防除の一手段として使っている」と訂正されている。それに関連した教科書の文は、「アメリカでは、フェロモンを利用して、木をからすまいまいがを、農薬を使わずにたいじすることに成功しました。」とある。「成功しました」は「役立てています」位に訂正すべきだろう。

私は同学年の教師の何人かに右の話をした。異口同音に驚き、教科書がまちがってるなんて、と言う。タンデムランニングは案の条、二匹以上の行進と教えたという。

以上のことから私は教科書編集関係者に次のことを希望したい。

①特に科学的な文は、出典があるなら著者に、個人ならその道の専門家に、必ず原稿を見てもらう事。

②せめて新聞記事位は正確に、かつ批判的に読むことができる人、そして正しい文の書ける人を編集においてほしい。

以上は編集者として必要な最低の知的良心と能力ではなかろうか。これでは国語教科書はますますつまらなくなる一方である。このようなせっかくの面白い題材までもダメにしてしまう。昆虫同士の合図は現実には伝わっていても、文章化された「こん虫のあいず」は、人間の読者には正しく伝わらなくなる。理想をいえば、科学的説明文もまず科学的に正しくあると同時に、文学的感銘を与えるものであることが望ましい。例えば「ロウソクの科学」（ファラデー）のような。

いままでにも教科書批判は多くなされてきた。全体的にも言語技術主義になっているとか、特に「文学作品」については、暗さを切りすてた毒消し作品になっているとか、戦争を批判する作品なぞは載らないといったこと等が言われてきた。そしてその原因は、学習指導要領に基づく検定制度にあるとされてきた。ここでは指導要領以前にも問題があることを言ったつもりである。

付記　このあと石井象二郎教授は私の勧めていた小学校に来て下さって子供達にとっても楽しくこん虫のお話をして下さった。それは私の『鏡のむこうの子どもたち』という本に詳しく書いた。（一九八四年創樹社刊）

（訪問学級教諭）

## 15 「スガンさんのやぎ」ははかか――「スガンさんのやぎ」授業報告

〔一九七九年　日文協『国語教育』九号〕

### 1　はじめに

私は訪問学級担当なのだが、七八年度の一一月から三月まで、現所属校四年のある組の国語を受持たされた。騒がしく、荒れているクラスだったので私の時間もいきいきと自由に発言させることはできなかった。ただ書かせるとかなり書いてくれたのでそれがおもしろかった。

教科書作品はこれと思うものがないので、別に「注文の多い料理店」と「スガンさんのやぎ」を読ませた。両作品とも大部分の子がおもしろがったが、授業としては、後者の方がぐんとおもしろかった。

### 2　作品について

ドーデーの作品の中ではかの有名は「最後の授業」よりずっといいし、おもしろい作品だと思う。多様な読みかたのできる作品だと思ったが、私は一応、情念の悲劇を描いたものとして捉えた。この作品の載っている『風車小屋だより』（岩波文庫）には、そのような作品が多い。狼に食われると知りつつもやぎは、自由らしくみえる山に魅せられて逃げ出すのだし、スガンさんは何匹やぎを失おうともやはりやぎを飼いつづけるだろう。それは単に乳が必要だということばかりでなく、彼なりにやぎを愛していたのだろう。そのように分っていてもやめられないといった人間の情念が招く破滅を、ドーデーはのめりこむことなく、擬人法を使い、ユーモアさえ漂わせて描いている。

この作品はまた自由とは何かという問題としても考えられる。やぎが味わった束の間の山上での自由、そこでの自由はロマンチックに描かれている。白く美しく若い雌やぎは美しい自然に歓迎され、おいしい草のご馳走を食べ、黒いかもしかの雄と恋を語らい、いのちの喜びに有頂天になる。しかしこの喜びは長くは続かず、夕暮れとともに狼の出現によって終止符を打たれる。

この山上での自由、それは誰でも欲するものだし、大なり小なり味わっているものだと思う。しかしこれが真の人間的自由なのかといえば、それがあまりに浪漫的、本能的、官能的なために、そうだとはいえぬためらいを感じてしまうのだ。それは狼に食われてしまうという結末が示しているごとく、死ととなり合わせの刹那主義、快楽主義的な匂いを漂わせてもいるのだ。

またスガンさんを教師とすれば、やぎは児童達になる。共に学校という檻につながれながら、加害者、対被害者の関係になっている。たとえば担任の時間子ども達がさわがしくなるのは、担任が私なぞより、束縛、抑圧のしかたがヘタなため、彼らの自由への欲求がアナーキーな形をとるのではないか。子ども達はやぎに共感するのではないか、なぞとも考えた。

右のような大ざっぱな感想を持ちながら授業をはじめたのだが、この私の予想と、子どもたちの感想とのズレが私にはひどくおもしろかった。

教材には岩波文庫版を使った。

教訓的なことばがあるからというよりは、それらを省いても内容理解にはさしつかえないと思ったし、全体の文章表現が4年生にとっては少し難しいので、できるだけ短くしようとしたせいでもある。

## 3　授業の方法

所要時間は8時間。順序は左の通り。

1　読み聞かせ―教師の主観を入れないように読む。
2　黙読。
3　音読―少しずつ順番に読ませる。
4　感想文を書かせる―意味調べ、新出漢字書取り等は一切しない。第一次感想文。
5　印刷して渡した感想文を読みながら子どもたちの感想・意見をきいてゆく。
6　他人の感想文を読んだ感想を入れて、もう一度感想を書かせる。第二次感想文。
7　子ども達の感想文を読みきかせる。第一次・第二次でひどく変ったもの。特におもしろそうなもの等。出来るだけ多く。

第一次感想文は、全体のものを三回は読んだ。読みおとしのないように注意した上で、おもしろい部分、問題になりそうな部分を切りとり、貼りつけて番号をつけ、印刷した。匿名にしないと、すなおな感想が出ないおそれがあった。何人かの嫌われている子がおり、その子のものだと、頭から否定してしまうのだ。

## 4　感想文について

問題だとは思うが、はじめの感想文をかんたんにまとめ、多い順に並べてみる。

1　やぎはりっぱに戦った。かわいそう……10人
2　スガンさんはかわいそう……8人
3　殺されるならいくら不自由でもにげない……7人
4　やぎはどうして逃げるのか……5人
5　やぎはばか、わがまま……3人

そのほかおもしろいものとしては、

6　美しい山になぜおおかみがいるのか
7　主人公はだれか
8　美しいやぎに会ってみたい
9　絵がないからつまらない
10　むずかしいことばがたくさんある
11　何をいおうとしているのかよくわからない
12　時々山につれていけばにげないだろう

私は右のような感想を一つ一つ読みあげながら、子ども達の感想をきいていった。ほんとうはこの時

に活発な討論ができればと思ったがそれはむりだった。その訓練はほとんどしてないのだから。

なぜやぎは逃げるのか、というところで私は作品に書いてある理由だけでも一応知ってもらおうとして、なわとびの長い縄を用意し、臨時俳優希望者をつのって、実演してみせた。それ以外は、私の考えはできるだけ言わないようにした。

次に私は第一次感想を読んだ感想を入れてもう一度書いてもらった。また多い順にかんたんにまとめると次のようになる。

まず他人の感想文を読んで、
1 おもしろかった。考えが変った……25人
2 おもしろくない……4人
3 とくにふれてないもの……7人
内容に即してみてみると、
1 やぎはばか……11人
2 スガンさんはかわいそう……8人
3 りっぱに戦った……6人
4 なぜ逃げるのか。帰らなかったのか……5人
そのほか
1 牛乳は買えばいい

2　スガンさんはまぬけ。窓を閉め忘れた。
3　両方がかわいそう。
4　なぜ7匹もやぎをかったのか。
5　やぎは山の美しさ、高さにひかれた。

## 5　授業者の感想

第一次感想を読んで、うかつにも私があっと思ったのは、スガンさんはかわいそうだ、やぎはばかだという感想である。子ども達はスガンさんは人間で、やぎはけだものだとしか読みとらない子がわりといる。それにしても確かに子ども達の読みはまちがってはいない。後者のやぎバカ説に対しては、はじめ三人だったのがあとでは一一人に増えている（どちらかといえば男の子に多い）。これはどう解釈すればいいのか。何人かの子は、やぎの山へのあこがれに共感している（これは女の子に多い）。しかし死への拒否反応も強い。それをすぐさま保守的現実主義といってもしかたないのだろう。彼らはまだ九才か十才。保護者なしには生きてゆけない存在なのだ。保護が束縛であったとしても甘受せざるを得ないのだろう。時々山へ連れていってもらえばいいという生きのびるための妥協案も考えている。

主人公は狼だという子が二人ばかりいた。これもおもしろい。スガンさんとやぎはお互いに被害者であるのだが、狼だけは厳然として二者への加害者である。狼とは何者なのか。

前記のように私はできるだけ教師の主観を押しつけず、子どもの読みを引き出そうとした。私の貧しい読みを押しつけないでほんとによかったと思っている。

少しぐらい荒れている組でも、三五人もいれば作品論を構成するに足る多様で豊かな読みが出てくる。それは教師の読みを上回るものだ。（これは私が読めないせいかもしれないが）。小学校国語に「スガンさんのやぎ」が登場することはまずあるまい。しかし四年生でもそれなりに読めることは証明できたと思う。あまりにも今の国語教科書は子ども達を見くびっている。それに、それがおもしろい作品なら、教師は何もいわなくても、作品自体が教育してくれるのだ。

授業が終った所で、次のように話した。

「私はこの作品で他人の感想を読むことの面白さを知ってもらいたかった。そしたら大部分の人がそれを感じてくれた。私もみんなの感想を読んで、とても面白かった。たとえばやぎはばかだという説。賛成はしないけど、確かにそうも読めるなと教えられた。なぜやぎはにげるのか、ラッパの音で帰らなかったのか、なぜやぎを飼うのかという人もいる。そういう疑問を持つことも、いいことだ。この作品は十代、二十代、三十代と読むたびに読み方が違ってくるような作品だと思う。思い出したらまた読み返してほしい。疑問も解けてゆくかもしれない。」

次にN男の第一次、第二次感想文の変化をあげてみたい。彼は「注文の多い料理店」も面白がらなかった子である。なかなか文学作品を受けつけてくれない、そういう意味でむずかしい子である。

第一次感想「ぼくは『スガンさんのやぎ』をよんで、おもしろくなかった。なぜかというと、よむのに、じかんが　かかるし、じがいっぱいあるから。あとは、よんでもぜんぜんいみがわからなかった。」

第二次感想「ぼくは、このかんそう文をよんで、おもしろいところもあるし、つまらないのもあった。おもしろいのは、スガンさんのやぎがにげるので、おもしろくないのは、じがうすかったり、文が長いのです。でも、このかんそうをきいて、はじめは、おもしろくなかったけど、だんだんきいておもしろくなった。10 15 16がとくにおもしろかった。」

10番は、やぎが狼に食べられるところが面白い。これ以上はむずかしくてぼくにはできません、という感想。15番は絵がないしカラーでもないからつまらない。主人公が分らない。16番は、はじめは絵がなかったからつまんなかったが、何回か読んだら、絵がなくてもおもしろくなったというもの。

最後に、しじゅう男の子達にいじめられ、そのたびに黙って泣いていた、少しぐずでいこじな所のあるY子のものを紹介しておきたい。

「わたしはみんなの感想を読んで、自分と同じようなことが書いてあるのが何まいかあるのでびっくりしました。あんなことを書くのは自分だけだ、と思ったからです。でもみんなの感想をよんで、こういう考え方もあるんだな、と、よむたびに思いました。でもわたしはこの感想をよんで、おもしろいなあとか、そうなのかなあとかいろいろさんこうになりました。わたしは『スガンさんのやぎ』は、とてもおもしろい作品だと思います。おもしろいところは、木や草がやぎをむかえた所と、メスなのにおおかみとたたかった所です。」

（訪問学級教諭）

## 16 「一つの花」と「一つのおにぎり」は等価か——「一つの花」抒情批判

〔一九八〇年『日本文学』二月号〕

最近、「一つの花」の四年生の研究授業をみた。作品にも授業にも大いに異議ありと感じたが、まず授業から述べてみたい。

「一つの花」は今西祐行の作で、民間教育団体などがさかんにとりあげ、教科書にも採択されているという。戦争の悲惨を訴えた作としてかなりの評価を得ているようである。

知らない人のために一応あらすじをのべると次のようになる。

ゆみ子は戦時中物の乏しい中で「一つだけちょうだい」ということばを覚え、空腹感からそのことばをいうことによって、物を得ようとするようになる。父が出征する日、母に背負われたゆみ子は、母が父のために用意したおにぎりを「一つだけちょうだい」といいつつ皆食べてしまう。それでも要求するゆみ子に対して、父は、ホームのはしから一輪のコスモスを折ってきて「一つだけのお花。だいじにするんだよう……」という。ゆみ子は「キャッキャッと足をばたつかせてよろこ」ぶ。父はそれをみて「ニッコリ笑うと、なにもいわずに、汽車にのっていってしま」う。「ゆみ子のにぎっている一つの花をみつめながら……」。十年後、母娘の「トントンぶきの小さな家は、コスモスの花でいっぱいに包まれ」ミシンの音がきこえ、ゆみ子は母代りに台所に立つ日なので、「コスモスのトンネルをくぐって」買物にいく。

授業者は、以上のうち、父が出征する場面をとりあげた。四つ質問を作っていたが、一番詳しくやったのは、なぜ父は何もいわずにいってしまったのか、という問いである。まず五分間グループで話し合いをさせ、班長に報告をさせた。次のような答が出た。

一　それ以上話すと悲しくなる
二　戦争に行きたくなくなる
三　花でお別れ
四　笑顔がみられて安心
五　笑顔でいるうちに別れたい

以上を板書した教師は、次にそれらを（一、二）（四、五）の二つにまとめた。三は残しておいた。さらに、前者と後者のどちらがより父の心情に近いかという質問でまた五分間話し合わせ、発表させた。

授業が終ったあと、一人の男の子が私に「どの答があっているの」と訊ねた。「みんな当ってるよ」と答えた。

協議会の時、同学年の教師から集団学習を行っている理由が説明された。それは「ひとりでは到達できないようなところへも集団なら到達しうる。思考を深め、より本質にせまらせるため」という。

私は次のように批判した。

「話し合いは大切だ。しかし今日のやり方をみているとあまりにも性急にまとめようとしすぎる。あれは思考を深めるやり方ではなくて、押つけながら心情を統制してゆくやり方である。文学教育としてやってはいけないことだ」と。すると押つけではないという反論が出た。あれを押つけと感じるか感じないかは、大事な問題だ、と私。

私はまた、方法論よりもまず作品論が大事だ。それぬきにして方法を論ずることは本末転倒だ。材料、素材にどんな栄養価があるのか、毒があるのかも分析せずに、いかに料理するかだけを論ずるのは単なる技術主義で、材料を真に生かす道ではない。あしたすぐ役だつようなことばかりしかやらないのは知的怠慢ではないか。そんなものはあす役立ってもあさっては役立たないだろう。それよりはまわり道のようでも作品論をしっかりやるべきだ。その方が基本的な力となり応用がきく。それこそが思考を深め、本質にせまる方法だと考える、と強調した。しかしこの主張は私のいる現場ではなかなか通らない。

また授業者は、情緒的な作品なので心情を読みとるのによい、といったが、まさにその情緒こそが問題だと思うので、私の作品論を述べてみたい。

この作品は、父親がコスモスの一輪をわが娘に与えるところから急速に抒情に埋没してゆく。すでに父が持ってゆくべきおにぎりはゆみ子が「一つだけちょうだい」といいつつ食べつくしてしまった。それでも飢えているゆみ子はせがむ。その時、何ももたぬ父がせめて一輪のコスモスを与えるということはありうるだろう。しかしそれをいかに善意であれ、喜んで受取らせるというテはないだろう、というのが私の言分である。あまりにも安手に救いすぎている。その甘っちょろいヒューマニズム、ロマンチズムがいただけないのである。

ここはゆみ子にコスモスを投げ捨てさせ、「一つだけおにぎりちょうだい」と泣き叫ばせるべきなのだ。それが戦中戦後のあの食料難時代のリアリティを保証する方法ではなかろうか。「一つだけちょうだい」の「一つ」を、おにぎりから花にすりかえてはいけないのだ。それは真実を歪め、隠す作用となる。またゆみ子に投げ捨てさせた方が、抒情を一度拒否することがかえって抒情を生かす道になるのだ。花より団子をとらせた方が花を生かす方法になるのだ。

かつて中野重治は「赤ままの花をうたうな」とうたった。サルトルは「文学は飢えた子を救えるか」と問題を提起した。そんな批評精神がこの作品にはない。抒情信仰があるだけとしか思えない。

そして戦後、小さな母子家庭は「コスモスの花でつつまれてい」る。母はミシン内職、成長した娘は母の手助けに買物。ここにはいったいどんな戦争の傷痕があるというのだろうか。

コスモスを父の愛情のシンボルとすれば、いや愛情というと聞こえがいいが、それはいいかえれば、天皇制を頂点とする家長制が戦後も厳然と生き残り、その麗しき庇護の許で家族が清く正しく美しく閉鎖的に生きている姿ではないか。まさに「期待されるマイホーム型小市民像」そのものである。父の死の意味など全く無意味そのものにされてしまっている。これでは戦後民主主義の虚妄をいわれても仕方ないだろう。

花は魔物である。一輪のコスモスで飢えを忘れさせ、別れを美化し、コスモスの花群に包まれることによって、戦争の悲惨や傷痕は甘美な抒情に液化する。だがそういう魔力に誑かされるのは、戦中派としてはごめんである。

（訪問学級教諭）

# 17　涙にうるむリアリズム──「兎の眼」批判

〔一九八〇年『日本文学』一〇月号〕

## 1

灰谷健次郎の作品「兎の眼」は、映画化もされ、全国的に感動をまきおこしているという。教育現場が素材になっているというので、私も読んでみた。確かに何度も涙腺を刺激された。それは私の老化のせいかとも思うが、それにしても一過性のものらしく、あとまで残るものはあまりない。そこでこの涙とか感動とかの質は何なのか考えてみようと思う。

## 2

ひとことでいえば私は「兎の眼」の心情主義的、情緒主義的リアリズムを批判したいのである。結論をいえば、この作品のリアリズムは、ヒューマニズムやロマンチズムと安易に結びつくことによって、センチメンタリズムに堕していはしないか、ということである。いわばこの作品のリアリズムの虚偽性をいいたいのである。

どうしてそうなるか。作者の人間のとらえ方が一面的、心情的だからであろう。我と汝、差別者と被差別者、健常者と障害者の関係の断絶と連関・矛盾のとらえ方がなく、作者は心情的、一方的に他者、被差別者の側に立ち、一体化し、正義の味方としてふるまうのである。だから描かれている人間像も善玉悪玉的に類型化される。つまり大ざっぱに分ければ、嫌われバカにされるゴミ処理場の子等及び彼らの側に立つ足立、小谷先生ら数人の教師は善玉であり、それ以外は悪玉である。

　足立、小谷の二先生は作者の分身、代弁者であろう。とくに足立先生は常に被差別者の側にたち、ゴミ処理場の子等のためにただひとりハンストを行い、行政側と闘う英雄である。敗戦後の食料難時代、兄の盗みによって生きながらえてきた、という原体験が彼にそのような生き方をさせているようだ。「教員ヤクザ」というのは、逆説的なホメことばであろうが、まさに彼は強きを挫き弱きを助ける人情深き侠客の親分的教師なのである。

　ひたすら子等の立場にたつ足立先生は、学校という管理社会の中で、上から管理されつつ子らをまた管理せざるを得ないというような教師の矛盾は感じていないようである。いや管理は横からの、組合からのそれもある。そんな網の目のような管理体制など眼中になきがごとく傍若無人にふるまえるのは、まさに彼がヤクザだからであろう。幸せな英雄である。

## 3

　自閉的な小学一年生の鉄三のとらえ方も一面的であり、美化していると思う。鉄三はなぜ自閉的なのか。学校では仲間はずれかもしれぬ。しかし彼が育ったゴミ処理場の住人たちの共同体の中では決して孤独ではない。両親はいなくとも、祖父のバクじいさんにかわいがって育てられ、子ども達の中では、ハエ博士として先輩の高学年生たちからも一目おかれ、仲よく遊んでいる。

物語の冒頭、鉄三はクラスでカエルを虐殺する。また級友の指に骨がみえるほど噛みついたりする。しかしそれは級友が鉄三のこよなく愛するハエを、カエルの餌にしたからだと分る。つまり鉄三は決して残酷ではないのだ。ハエを愛するがゆえの、やむをえない行動だったと弁護される。それをさらに強調するかのように、ゴミ処理場の遊び仲間が捕えたネズミを殺そうとした時、一人反対する。日頃物言わぬ鉄三の発言だけに重みをもつ。そのような書き方は鉄三を免罪し、合理化していると読みとれる。

それに、この鉄三がハム工場のハエの発生源をつきとめて、新聞に載るような手柄をたてた、というのは一寸英雄化としてお粗末におもう。保健所の力でも、工場の外の堆肥の山が発生源であることくらい分るはずである。保健所で分らなかったというのはおかしいと思う。

私はここでスタインベックの短篇「赤い小馬」を思い出す。よく中学校の教科書に載せられていたものである。

主人公ジョーディ少年は、愛している小馬が病気で死んだ時、ついばみに降りてきたハゲタカと死にものぐるいの格闘をし、石で猛禽を叩き殺してしまう。駆けつけた父親は息子の興奮がおさまったあとでいう。

「おいジョーディ、こいつ（ハゲタカ）があの小馬を殺したわけじゃないんだ。お前それが分らんのか」と。

「分ってます」と少年は力なく答える。

ここでは愛のもつ二面性、両義性が客観的・理性的にとらえられている。残酷さとやさしさは背中合わせなのだ。その矛盾をしかと見据える理性の目、それがリアリズムであると思う。

## 4

鉄三の祖父であるバクじいさんは、戦争中朝鮮人を裏切ったという過去を持つ。それはむろんバクじいさん一人を責めてすむ問題ではない。日本の明治以来の植民政策や侵略戦争の中での全く心ならずもの彼の背信であった。バクじいさんはそれを若い女教師小谷先生に話す。小谷先生は過去の自己を責めるバクじいさんの「目がやさしい」、「顔が美しい」と感動する。そういう情緒的なことばに浸すことによって、簡単に解毒作業を行い免罪してしまっている。バクじいさんを許すなというのではない。ただ安易に情緒的なことばで美化することは、かえってバクじいさんの過去を軽いものにしてしまうのではないか、といいたいのである。

また、時々でてくる「遠いところをみるような眼つき」とか「じっと目を閉じた」ということばも、詠嘆的で、思わせぶりでいや味である。

## 5

「ちえ遅れの人たちのことを障害者とわれわれは呼ぶが、心に悩みをもっているのが人間であるとすれば、われわれとてまた同じ障害者です。小谷先生は白井鉄三でさんざん悩んだ。血を吐くような思いで一歩一歩鉄三の心に近づいていった。小谷先生には問題児もちえおくれも学校教師もなにもない。みんな悩める人間だったんだ。—ちえおくれといわれ問題児とかげ口をたたかれた子どもを、小谷学級の子ども達はあたたかくうけとめ、先生もふくめてみんなが泥だらけになって生きてきた—」

右は、足立先生が、職員会議でぶった小谷先生擁護の演説である。ここには作者の障害者のとらえ方や感性がよく出ていると思うので考えてみたい。

まず作者は、「悩む人間」という心情的な面で健常者と障害者を同一化しているが、これは後述のように、観念的であり、現実的でない。

次にその一体化、同一化は「血を吐くような思い」「泥だらけになって生きてきた」といった深刻な、しかしありきたりな表現で彩られる。

そんな大変さだけで弱者の立場にたてるとは思わないし、また長つづきするはずがない。

事実、小谷先生は鉄三のハエに対して知的関心を持ち楽しんでいるわけだし、ちえおくれのみな子をめぐっても、いろいろ教えられる面白さのあったことを書いている。それをいざとなるとこのような激情的なことばの羅列／さんざん悩む／血を吐く思い／みんな悩める人間／泥だらけ／等でくくってしまうところにこの作者の感性の深刻趣味が出ていると思う。それは涙の呪縛である。粉骨砕身、弱者のために献身せよ、そうでない者は悪である、と強要されるような気がする。

安部公房は『波』（一九七七年十一月号）の「裏からみたユートピア」という一文の中で「弱者への愛

にはいつも殺意がこめられている」といい、「人間が必ず死ぬ存在である以上、五体満足な人間がいない以上、身障者への偏見は、本当は自己嫌悪なんだ——」といっている。

右の指摘はするどい。彼も身障者と健常者を、本質においては同じ人間とみている。しかしその理由は、灰谷のように、「悩む人間」といった心情的なものではなく、ズバリ、肉体的欠陥者という視点からである。身障者というのはまず何よりも、見て不快なのだ。そこに健常者は見たくない自分を見せつけられるので不快になり、眼前から追い払おうとするのだ。さまざまなヒューマニズムの名において。

このような「自己嫌悪としての身障者」といった鋭い自己凝視抜きに、安易に、心情的に同一視し、その可能性のみを強調し、美化してゆくことが不満なのである。

私は最後は訪問学級担任だったが、所属校の普通学級五年の補教に出た時、訪問学級の児童の作文を読ませて、感想をきいたことがある。

作文は「てあしくち病」。それは六年男子K男のものである。彼は先天性水疱症という皮膚病で、顔以外は全身包帯まき。その顔もしじゅう水疱が崩れてかさぶたとなるという症状をくり返していた。食も細く、伸びられない体は、幼児の如く小さかった。五年の春麻痺が来て、「痛い」以外のことばを失い、右手・足の自由も失った。しかし奇蹟的に言葉はほとんど回復したので、私が聞き書きした作文である。彼は麻痺におそわれた症状を自ら「てあしくち病」と名づけていた。歩けなくなったのも困るが、ことばを忘れ、自分の意志を伝えられなくなったことが一番堪えたということを言っていた。さらりと書けている文だった。

その作文に対する感想をきくと一様にかわいそうだ、という。そこで私は意地悪く、かわいそうと思う心の中には、自分はそうでなくてよかった、という安心、あるいはその安心した気持から相手を一寸見下すような心も入っていると思うか、と聞く。すると多くの子が一寸ニヤニヤしながら肯く。その時ひとりの女児が、

「作文を読むとかわいそうだと思うけど、この子を見るといやになるんじゃないかと思います」といった。私はびっくりした。よくそこまで意識したなと思ったのだ。

作文の場合は、まだひとごとなのだ。しかし実さい会えば、それは多分ひとごとではなくてわがことの領域に入ってくるのではないか。それが安部公房のいう「自己嫌悪」であろう。だがこの同情と嫌悪の矛盾をまずはっきり意識することが必要なのではないか。

## 6

この作品に笑いがないわけではない。いや作者は意識的に笑いを作り出している。

職員会議の時、よくヤジをとばしながら校長以下のダメ教師をやっつける足立先生が、それを非難され、小さくなって参るが、忽ちまた「ヤジがとばせないので苦しい」と言い放つとか、子ども達の弁償費稼ぎのため足立先生たちがクズ屋となって回るが、呼び声が出ないとか、浮浪者の「せっしゃのオッサン」が現れて助けてくれるとか。ただしそれらにはナンセンスやパロデイ、諷刺などの笑いのもつ鋭さはない。哄笑や嘲笑ではなく心情のかげりを帯びた微笑が多く、涙の味の引立役を果しているようだ。

## 7

ゴミ処理場に住む人々の共同体は、作者にとっての理想であろう。子ども達は、先述のように鉄三を仲間はずれにするどころか、ハエ博士としてちゃんと認めている。大人たちも、処理場移転闘争で裏切りが出た時も、誰一人責めず、むしろ同情している。しかし去っていったはずの瀬沼一家は、息子の浩二がどうしても転校をいやがり、足立先生たちの学校に戻ってきてしまい、ついには親まで戻ってくる。去るも涙、残るも涙の美わしき光景であるが、あまりにも人情話的であり、こんなにうまくいくかという疑問を持つ。また、そんないい共同体を裏切った者が、皆の見ている前で白昼堂々と引越していけるのだろうか。夜逃げでもするのがふつうではないか。

この共同体幻想は「太陽の子」になると、沖縄県人を中心に、本土人もまきこんでもっと意識的に拡大強化されてゆく。

戦争の深傷を負った大人たちは限りなくやさしく、共同体からはみ出して非行に走る子がいると、連れかえって立直らせてしまうし、主人公ふうちゃんは、狂った父やまわりの大人たちから沖縄を通してその戦争体験を受けつごうとする。一見、理想的な共同体が描かれているが、まといつくような関西弁と、作者の心情主義が相まって作り出すしんねりした文体は、その共同体にからめとられて、身動き出来なくなりそうな不自由さを感じさせる。

また「声」(『朝日ジャーナル』79・9・25号)においては、障害児のとらえ方がますます美化され、表現も大げさで思わせぶりだ。

引きうけ手のないちえおくれ学級をひきうけた教師が、その子らの中に「とてつもないもの」を発見してゆくのだが、大げさなことばが多すぎる。前記の「とてつもないもの」もそうだが、呆然として／何という感情のこもった／まったく別の世界をもっている／打ちのめされた／衝撃はまだつづいた／等々。

## 8

それはことばを持てぬ子らの会話を発見した時のショックの場面なのだが、なぜこうも大仰におどろくのか、と読む方はしらける。

形象の希薄さを、大げさな、思わせぶりなことばで穴埋めしているようにみえる。

## 9

この作品にリアリティが全然ないのかといえばそうではない。前記のように、鉄三の愛するハエを中心にして、ハエの研究をすすめさせ、絵や文字を学ばせてゆく過程は納得できる。

また足立先生や小谷先生の作文の授業などはおもしろい。ことに小谷先生が、次々と箱を開けていきながら、一年生の好奇心を刺戟して作文させてゆく場面はおもしろい。そういう生き生きしたふんいきの中で、鉄三がはじめて文を書くというハプニングがおきるというのはよく分る。但し、文の最後に鉄三が「―こたにせんせいもすき」と書き、小谷先生が泣き出し、クラス中拍手の波というのは、なくもがな、である。鉄三がはじめて文を書いたということにすべてが語られている。感動の過剰演出である。

知り合いの小三の男の子はこの本を読んでいたが、鉄三がハエを飼っているところと授業のところが面白いと言った。全く同感である。

10

「ベラスケスは、世界の上に置かれた一枚の鏡のような存在である」（E・ドールス『プラド美術館の三時間』より）

今年の冬、ベラスケスの絵をマドリッドのプラド美術館で、たくさん見た。

彼の「純粋リアリズム」の絵は、グレコやゴヤのロマン主義の絵より、私をとらえた。ことに四枚の白痴や道化師の絵は強烈だった。彼らはいずれも一七世紀のスペイン宮廷に王族の慰み者として雇われていた身障者達である。

それはかの有名な「ラス・メニーナス」の中にも、傲然と自立の相で立っている矮人女《こびとおんな》のいることでも分る。

三〇〇年の星霜を一瞬にとびこえて、彼らは現前する人間よりもなお生き生きと語りかけてきた。私はそのリアリズムをうまく表現できない。だが彼らは異形であり、畸型であり、醜であり、怪であり、賤であることにおいてまさに人間的であった。彼らはたしかにそこはかとない哀愁を漂わせてはいる。しかしそれは安易なお涙ちょうだい式のものではなく、逆に涙など引っこむような、深い思索を誘うような雰囲気である。彼らは王侯貴族の肖像画よりも迫力がある。両極にあるものを等距離、等価値にみる目。そのことによってとらえられた世界の全体。そこには永続する批評の精神がある。帰国してからも、くり返し画集をながめつつ、ベラスケスのリアリズムについて考えさせられている。

（訪問学級教諭）

## 18　私家版「国語教材」あれこれ――もっと笑いを

〔一九八二年『日本文学』二月号〕

小学校国語教科書教材は、最近は民話的笑話やことば遊びなどの教材も入ってはきているが、全体的には、感動的、まじめ、平板といったものが大勢を占めていることに変りはない。私はそれらに対して、ノンという発想に立つノンセンス、諷刺、パロディ、逆説といった分野の作品も是非ふんだんにあってほしいと願う。チェコスロバキヤやポーランドなどでは昔から小話の伝統があり、危機に際しては強権に抗する一つの鋭くかつ柔軟な方法となっているようだし、平常にあっても精神の硬化を防ぐに極めて有効であると思う。そしてそれらが笑いを伴っていれば最高なのである。尤も最近は漫才などでナンセンスばやりのようであるが、弱い者いじめが多いのでは困る。私は訪問学級勤務だったのだが、普通学級も少し受持たされたので、そこで取上げた作品を紹介し、間接的な教科書批判としたい。

○「マザー・グース」より。

えっさかほいさ／ねこにヴァイオリン／めうしがつきをとびこえた／それみてこいぬはおおわらい／そこでおさらはスプーンといっしょにすたこらさ（谷川俊太郎訳）

へっこらひょっこらへっこらしょ／猫が胡弓ひいた／牝牛がお月さま飛びこえた／子犬がそれみて笑いだす／おさらがおさじを追いかけた／へっこらひょっこらへっこらしょ（北原白秋訳）

右の二人の訳を同時に読ませて感想を訊いた。四年と三年の計九組に読ませたが、大多数が面白いという。組によっては全部のところもある。そういう時は、つまんないという子がいないのは、つまんないな、という。

ありそうもないでたらめなところが面白い、というのと、だからつまらない、というのに大きく分れる。私はむしろ少数意見の肩を持つ。たしかにでたらめだ、皆が面白いという時に、つまらないというのは偉い、むりに面白がらなくていい、という。四年のある組では、つまらない、といった男子が授業のあとで「ありがとう」と言いに来た。「つまんない詩を教えてくれたから」とわざと皮肉っぽくいうと、強く首を横に振った。私はびっくりし、ひどく喜んだものだ。また四年のある女子は「みんな生きてるみたい」と感想をいい、これまたびっくり、よく分るなアと。

次にどちらの訳が面白いかと訊くと圧倒的に白秋訳。「へっこら」を面白がる。理由をきくと三年の男子は「古い言い方」のようで面白いとのこと。比較したから分ったのだろうが、その語感の鋭さに驚く。別の子は、谷川訳の方は皿とスプーンがいっしょに走り出すが、白秋訳の方は追いかけるから面白いという。まさにこの二ヵ所が決め手だと思う。

原詩は“Hey diddle diddle”「えっさか」の方が多分現代的で全体的にもリズミカルであろう。しかしそれはこの詩の世界を平板化してはいないか。「へっこら」の方が「正気と狂気の区別以前の原初の喜ばしき混沌であり―喜戯する宇宙の姿」(『ノンセンス大全』高橋康也著)、次々と魔法が魔法を呼んでゆく生命体としての宇宙のふしぎ、おどろき、喜びの表現としてよりふさわしいのではないか。「お皿」

の部分の原詩は、白秋訳は And the dish ran after the spoon（角川文庫）。谷川訳は And the dish ran away with the spoon（草思社）。どちらが正しいのか分らないが私は白秋訳が面白い。

最後に、どちらが今の人と思うかと訊くと大多数が白秋の方だという。そこで逆であることを知らせる。暗誦させて終る。

「マザー・グース」からはそのほかにもいくつか教えた。すると何人かの子が、もっと読んだといって、繰り返しながら一行ずつ増えてゆく長詩を暗誦してきて私を喜ばせてくれたりした。

○北原白秋の詩「ことば」の第一節。

ことばはかわい／きれいな魔物／小さな魔物／生きてる魔物／ひとつひとつかわい

まず「魔物」とは何か、という質問が出る。「魔」ということばから考えさせる。辞書をひかせる。次にこれをもじる。

ことばはにくい／きたない魔物／大きな魔物／死んでる魔物／ひとつひとつにくい

するとたんにワッと湧く。何度手を挙げてもいい、といってどっちに賛成するか訊く。するとたいていは前の方が多い。両方に賛成する子は少ない。これも暗誦させる。

この詩は長いのだが、全部やる必要はないと考えた。ダレてしまう。それよりは第一節だけを出し、もじった方がよさそうだ。第一節にすべてが言われているとも考えたからだ。

また、教師がもじらずに、子どもにもじらせるべきだったとも考えている。

○ルイス・キャロルの父親の手紙。

その子と同じく、オックスフォード大学を優秀な成績で卒業し、一寒村の謹厳な牧師であった父が、八才の息子に旅先から出した手紙である。

「―お前に頼まれたもの忘れちゃいないよ。リーズに着くや否やパパは道の真ん中でどなってやろう、やい金物屋ってね。俺様はやすりにねじ回しに指輪が欲しい、すぐ持ってこないと四十秒以内に猫いっぴき除いて、リーズの町を皆ごろしにするぞ。なんで猫いっぴき残すかって。そいつを殺してるひまがないからさ―」

このあと町中大さわぎの様子がおもしろく描かれ、オチは、

「奴らはとうとうパパの注文したものを持ってきた。そしてパパは町に害を加えず、五十台の車に載せ、一万人の護衛をつけて、やすりとねじ回しに指輪をパパからチャールズ・ラトウィッジ・ドジスン（キャロルの本名）へのプレゼントとして送り出すのさ。」

「猫いっぴき」のところのナンセンスが傑出している。残酷さを秘めながら、それが一面で父の愛情の表現になっている。（デレック・ハドスン著・高山宏訳『ルイス・キャロルの生涯』東京図書　一九七六年）

ルイス・キャロルのかの天才的ナンセンスの才は、直接にはこの父親ゆずりであり、遠くは「マザー・グース」等の伝統に連なるものであろう。そう考えると、そのような伝統のない日本にいかにして、と気落ちするが、その面白さは一応感得されるのだから、絶望ではないだろうと思う。

これは教材としては使っていないが、もし再び機会があれば取上げてみたい。これをマネしてナンセンス・ストーリーを作らせてもみたい。

（訪問学級教諭）

# 19 「ブレーメンのおかかえ楽隊」(グリム童話)――知恵とユーモア

〔一九八三年五月　日本文学協会編『読書案内(小学校編)』大修館書店〕

## グリム童話の成立

グリム童話は周知のように、一九世紀初めグリム兄弟によって採集、編纂されたドイツの民話である。それは一種の再話である。しかし兄弟はその意図を一八一九年の再版で次のように述べているという。「私たちがここに集めた方法に関しては、まず忠実さと真実さとが私たちにとって重大であった。即ち私たちは自分の手段からは何ものも付加しなかった。伝説の状況や特徴そのものを美化せず、その内容を受けとったままに再現した。個々の表現と叙述が大部分私たちに基づいていることは、もちろんである。だが私たちは、私たちの認めたすべての特徴を保存するように努めた。」内容は伝承に忠実に、表現は文学的におもしろく、これはいうべくして行うに難しいことである。しかしそれが成功したからこそ、初版(一八一二年)以来約一七〇年の歳月に耐えて、世界的に愛読されているのであろう。

むろんグリム達がこのような仕事をした背景には、分裂しているドイツを統一して、近代国家を形成しようとする知識階級の志向があった。その中でグリム兄弟の仕事は、ドイツの民衆の歴史感覚や生活感覚を汲みあげ、ドイツ民衆運動の伝統に再びたちかえる可能性を発掘した、と高く評価されるとともに、このような「民衆伝説の採集・確定が、他方で近代国家形成の担い手たるべき民衆の生の感情を上から汲み上げることによって処理する、という側面をもっていたことも忘れられてはならないだろう。」とも言われる。

## グリム童話の特徴――知恵とユーモア

グリム兄弟のうち、弟ヤーコブは民族文学を「自然文学」あるいは「教化されない人々の文学」と呼んで、創作文学、あるいは教化された人々の文学と区別し、自然文学は――「全体の心から生れる」のに反して、創作文学は「個人の心から生れる」としたという。そしてその自然文学――全体文学は確かに「野の花」に例えられるように、自然に近く生きていた人々の素朴さを伝える。その一側面として「子ども達が屠殺ごっこをした話」なども採集されている。これは題名通り、子ども達が豚殺しの役わりをきめ、豚をつぶす役の子が豚役の子につかみかかって小刀でその子ののどを切りひらいたという話である。しかし、今でも、いや今では、か、小学生の殺人がしばしば紙面に載るようになっている。

しかし同時にそこには人間の普遍的な知恵や機知やそれから生れるユーモア等も豊かにこめられている。そのように素朴さと知性を合わせもっているところに、昔話の永遠の生命があるのだろうと考える。

私がグリム童話でいちばんおもしろく感じるのは、この知恵や機知の働きである。そしてそこに生じるユーモアが好きである。

広辞苑によると知恵とは次の如きものである。

1　物事の理を悟り、是非善悪を弁別する心の作用。物事を思慮し、計画し、処理する力。

2　今日では一般に、科学的知識とも、また一時的功利的目的と結びつく利口さとも異なる、人生の指針となるような、人格と深く結びついている実践的知識をいう。

ついでに念のため機知とは、「その時その場合に応じて働く才知。人の意表に出る鋭い知恵」。私にいわせればそれらは、危地や逆境に立たされた時、それをとっさに逆転、転化させてしまう知的能力のことである。この知恵・機知はいろいろな童話にみられる。「ブレーメン」についてはあとで述べるが、たとえば「ヘンゼルとグレーテル」。

飢えに迫られて、二人の子は森に追放されることになる。しかし二人の子は死出の道行きを、生の道行きに変えるべく、光る小石をまいたり、パン屑をまいたりして、知恵を働かせる。また魔女にかまどで焼かれそうになった時も、とっさに機知を働かせて、「どうやって入ったらいいか分らない」といい、魔女がそのことばにつられて「こうするのだ」とかまどに入ったところを、後からつき入れてしまい、逆に焼き殺してしまう。これもまことに残酷な話なのに、二人の子どもの知恵が明るくしているのだ。

ブルーノ・ベッテルハイムは「昔話の魅力」の中で、昔話の永続的な要素として、トールキンがあげた「空想、回復、逃避、慰め」の四要素をあげている。その中でも「慰めは昔話が子どもに与え得る最大の贈りものである。子どもはさまざまな苦しみを味わわねばならないが『現在どれほど苦しくとも、いつかは必ずしあわせになれるし、その上悪い力は負けて、二度と心の平和を脅かさないだろう』——

昔話はそう確信させてくれるのである」という。しかし私は「慰め」よりはむしろ知恵の働きという平和的で積極的な知的能力をこそ学びたいと思う。

その知恵や機知の働きは「ブレーメン」にはどのように表わされているか見てゆきたい。

## なぜ「音楽師」なのか

ある男に使われていた粉運搬用のロバが、老いて役立たずになり干ぼしにされかかる。それと察したロバはさっそく逃げ出す。坐して餓死させられるよりは生きる土地を目指して行動を起すわけである。この危機を察知できる能力は、ロバが恍惚化していないことを示す。

ロバは、ブレーメン市に行って、そこのお抱え楽師になろうと考える。なぜブレーメン市なのかは分らない。グリム童話には固有地名が出てくることは殆んどないといわれている。彼らはブレーメンに実際に行ったわけではないし、伝説「ハーメルンの笛吹き男」のように、ハーメルンの町で実際あった一三〇人の児童失踪事件がさまざまに伝承された、というようなものでもなさそうだ。ブレーメンにどんな意味があるのかは分らない。

次に市のお抱えになろうとするところがおもしろい。ロバは自分を救ってくれるものとして個人の所有からより強力な公共の所有にかかわろうとしたのだろう。個人の小さい経済力では、役立たずのロバは養い切れないという事情もあろう。個人の能力を超えた部分はより大きな社会的な力にすがるほかはない。この選択は一応ロバの賢さを表わしているといえるだろう。

ではなぜ音楽師なのか、ということが残る。今でこそ音楽は光栄ある市民権を得ているが、特に一〇世紀以前は音楽や芝居のたぐいは、キリスト教側にとっては、キリスト教以前の「古代異教的文化を生き生きとした姿で伝える存在」として蔑視、非難され、厳しく取り締られていたという。また楽師や俳優たちは殆んど遍歴する放浪者でもあったため、つまり一定の土地に定住していなかったため、賤民として人間の枠ぐみから外されていたという。しかし教会はいくら禁止しても実効が上らぬため、逆にその力を認めて、教会の礼拝にとり入れるようになってゆく。

賤民的ロバが音楽師を目指したということの中には、この長い歴史の中の賤民の記憶の名残りがみられるだろう。それとともにロバにはまた賤民的音楽のもつ魅力もよく分っていたのだろう。

次にロバが出会ったのは老いさらばえてあえいでいる狩犬。犬もまた役立たずになり——主人から殺されかけたので逃げ出したものの途方にくれていたのをロバが元気づけ、仲間に誘う。

ついで「三日も雨が続いたような顔をした」猫。猫もまた年老いて、ねずみを追いかけまわしてつかまえるよりは、ストーブのうしろでゴロゴロいってる方を好むようになったので、溺死させられかけ、逃げ出したもののこれまた途方にくれていたものだ。

これら三匹の動物のもうろくぶりは、そのまま人間の老いの姿でもあろう。そしてこの老人たちのむごい扱われ方は、現在の建前としての民主社会の一皮剥いだ現実の姿でもあろう。

この猫をロバは次のように励まして誘う。

「ばあさんは、それゴロニャーオ・ゴロニャーオってえ、おやすくねえ夜の音楽がお得意じゃねえか。あれをやれば、ばあさんはブレーメンのおかかえ楽隊になれるよ」と。

「おやすくねえ夜の音楽」とは、異性を求めての夜鳴きのことだろう。つまりは老いらくの恋のうたというわけだ。確かに、恋は音楽を成立させる基本要素の一つにちがいあるまい。

次に出会ったおんどりは年老いたとは書いてないが、今夜料理用として殺されるのが分っているので残りの時間を声をかぎりに鳴きたてているところだった。道理で「骨のずいまでしみわたる」わけだ。「死ぬよりか気のきいたこたあ、どこへ行ったってころがってらあな」というロバのことばは気がきいている。このロバは村のさばけた苦労人といった面影がある。

この四匹の脱走組は森の中で一夜を過すことになる。森、それは原始と恐怖と神秘に充ちた広がりと暗がりであり、何が起ろうとふしぎではない。四年ほど前私はシュヴァルツヴァルトといわれる南ドイツに広がる黒い森のそばを通ったことがある。百年ほど前に植林されたものだというが、それにしてもその主木をなすもみの大木が、伸ばした枝いっぱいに袂をぶらさげたように葉を垂らしている暗がりをみた時、この森の中なら魔女、妖精、悪魔等恐いものが何でも住んでいそうに思えたものだ。その森の中で四匹が見つけた一軒の家。それは食卓の上にご馳走を山と積んだ泥棒の家だった。

なぜ泥棒なのか。それはおそらくはそのご馳走の量と質が四匹にそう直観させたにちがいない。多分四匹が雇われていた家ではそんなご馳走はみたことがなかったにちがいない。

しかしそのご馳走はまた、ヨボヨボになるまで働かされたロバたちの作り出した剰余価値だったかもしれないのだ。目には目を。盗まれたものなら盗み返して当然。それを合法化するのは、四匹のおかれた危機的状況である。

四匹がそこで考えた奪取方法は、一番大きいロバを足場に、犬、猫、おんどりと次々にその背や頭に乗り、一せいにそれぞれの鳴声をはりあげることだった。それは常識的にいって音楽ではない。しかしメルヘンは音楽という。ここには二重のおもしろさがある。

それこそ太古の闇につつまれた深い森の一軒家。その静寂の中に突如湧きおこる異様な四重唱。それは泥棒たちの意表をつくに十分である。しかもその四重唱は、空腹と疲労と死に直面している四匹の生への力一杯の叫びであったわけだ。それは確かに洗練されてはいないだろうが、生の叫びという点で音楽の本質をなすものだろうと思う。こういう計画をたてた四匹の知恵、機知がおもしろいし、そのいわゆる音楽ならざる四重唱を、あえて音楽と表現するところにこのメルヘンの洒落れた精神がある。ここがこのメルヘンのヤマ場である。

## 望ましい共同体

驚いて逃げ出した強盗たちだが、頭は手下を様子見によこす。その手下はそれぞれの習性に従って寝ていた動物たちに順序よく引っ掻かれ、噛みつかれ、蹴とばされ、怒鳴られ、ほうほうの体で逃げてゆく。このやっつけ方は命に別条のない限りで徹底している。それまでの恨みつらみを一挙に晴らしているようでもあるが、いちどきにやっつけているのではなく、次々と攻撃しているせいか、どっかいたずらしているようなこっけいさを感じる。

この手下の頭への報告がふるっている。四匹はそれぞれ妖婆、短刀を持った男、得体のしれぬ怪物、裁判官に変身させられている。恐怖が生んだ幻影だろう。特におんどりの鳴声を「裁判官がいて〝そやつめ、その悪党をおれのとこへひっぱってこい〟とどなりました」というのがおもしろい。強盗たちの常日頃持っていた負目がそう言わせたのだろうが、この手下は結果的には四匹の味方の役を果たしている。これがもし意識的に四匹を助けるために芝居をしたのならなおおもしろいのだが。強盗たちは二度とその家に帰る勇気がなく、四匹はすっかりそこが気に入って二度と再び外へ出ることはしなかった、とある。

四匹はブレーメンには行かなかった。彼らは公共のお抱えにはならなかった。そうなる必要はもはやなかった。四匹の弱者たちはそれぞれの個性を生かした自主的な協力によって強盗を追払い、たらふく食べて満足感に浸ったのだ。人間がひとりでは生きられぬ以上これは望ましい共同体ではないか。ただ「二度と再び外へ出ることはしなかった。」というとひどく閉鎖的で、死の影さえ感じさせられるが、それを打ち消すように最後に「このお話はね、ききたてのほやほや」ということばが続く。それは昔話の常套的な結語かもしれないが、その一言は、行止まりになった時間を出発点にひきもどしてくれる働きを持つ。それじゃ動物たちはまだまだ仲よく生きているし、いくのだな、との何やらの安堵感が、先行きの時間を長くみせてくれ、閉鎖性が薄れてみえるのである。

## グリム童話の有効性―私事ひとつ

かつて、算数のできない子の心を荒してしまった時、私はともに『グリム童話集』（岩波少年文庫　上中下三冊）を読んでいった。読みながらしばしば子どもと声を合わせて笑った。そのうち子どもは心を開いてくれるようになり、ついには「鈴木先生は大好きです」と書いてくれるまでになった。グリム童話集は私にとってまことに記念すべき作品であり、またそれだけの魅力を持つものだと思う。

**参考文献**


①『グリム童話集』岩波文庫　一九七九年
②『グリム童話集』小学館　一九七六年

## 20 「妾《わらは》の半生涯《はんせいがい》」(福田英子《ふくだひでこ》著)論——その「私」のあり方をめぐって

〔一九八三年五月　日文協近代部会報告〕

福田英子(本名英《ひで》)が脚光を浴びるようになったのは、戦後である。一九五八年(S三三)、岩波文庫版『妾の半生涯』が刊行された。これは一九〇四年(M三七)に発行された英子の自叙伝の再発行である。

翌五九年には岩波新書から『福田英子』(村田静子著)が刊行された。

一九七〇年代初頭、村上信彦著『明治女性史五巻』が刊行され、その中でも英子が論じられている。

一九八一年、『近代日本の自伝』佐伯彰一著(講談社)の中でも論じられている。

私の目に触れた主なものは右の通りであるが、ほかにも見落しがあるかもしれない。ではそれらの中で英子及び「妾の半生涯」はどのように評価されているか。

一　文庫本の解説の中で、英子研究者の絲屋壽雄は「妾の半生涯」の持つ意義を次の様に述べている。

1「自由民権運動を戦って来た婦人闘士の記録として、とくに大阪事件の共同被告の一人が書きのこした記録として、明治政治史研究のための貴重な歴史的文献の一つである。」

2「日本の女性解放史上に逸することのできない存在である。彼女はその生涯を、男尊女卑の旧道徳に反抗し、男女同権・婦人の経済的独立、婦人の参政権のために戦い、晩年は社会主義者として、婦人の資本主義よりの解放のために戦った近代女性の先駆者である。その意味で、近代女性史研究のための必読の文献でもあるといえよう。」

3「ただの明治時代の一女性の自叙伝として通読してみても、その興味は尽きないものがある。(中略)英子の生涯は実践的な女性が再度の失敗に屈せず、いつも失敗の中から教訓をひき出し、一歩一歩自分をたかめ発展させた、貴い人生の闘争記録であり、女性の目ざめゆく歴史でもある。こういう意味で、本書は、弱い女性を励まし、勇気づけてくれる人生読本でもあると思う。」

**二**　村田静子著『福田英子』はその傍題に「婦人解放運動の先駆者」とあるように、その視点から書かれた評伝である。彼女はそのはしがきの冒頭でいう。「──『妾の半生涯』を読む時、私たちは、それが書かれてからすでに五十年以上の年月が流れていることも忘れてふかく感動する。それは一体なぜだろう。そこには、傷つき挫折しながらも、ただひたすらに真実をもとめて戦いつづけてきた一人の女の生命が、みなぎっているからではなかろうか。」

つまり右の二者は、英子及びこの本を文献的・資料的・人物論的・人生論的に高く評価している。

**三**　これらに対し、佐伯彰一は、「女語りの二重性」というテーマで、作品構造を分析しながら、この本をこれまた高く評価している。つまり、女闘士という硬派な反面に「中々微妙な陰影と屈折を孕んでいる」とその重層性に「自伝文学の魅力」をみている。一面的でない矛盾を感じて、そこに近代的自我意識を見ているようだ。

**四**　村上信彦は「明治の二大潮流、民権運動と社会運動のいずれにも体当り的実践運動を続けた」

という点で「他に例をみない異色の存在」とし、特に後期の婦人参政権運動と足尾鉱毒事件への参加を高く評価している。

しかし「固定化され、神聖化された肖像」をみ直そうとして、彼女の人間的欠陥を曝いてゆく。

1　若い時から地道な勉学をせず学識不足。従って理論家でなく行動家。

2　「自己陶酔と自意識過剰は生涯拭い切れぬ弱点」であり「それを自覚できなかった」。またそれらが「ヒロイズム」となった時、外部的には大阪事件に走らせ、内部的には大井憲太郎に惹かれ、だまされる結果になった。

私も女性解放運動の先駆者の一人だと思うが、かなり違った見方も持つので、述べてみたい。

私は英子の「私」のあり方とその表現を作品に即しながら次のように捉えた。

1　滅私奉公―イデオロギー、または思想の性格として。

2　悲壮慷慨―滅私奉公から喚起される感情。

3　漢文調文語体―1と2を表現するに適した文体。

## 1　滅私奉公

これは読んで字の如く、国のため世のため人のために尽くすことである。やりたいからやるのではなく、早く目覚めた者としてやらねばならぬという強い使命感、指導者、啓蒙者意識がある。

また滅私奉公の対極にあるのは私利私欲であり、道徳的、倫理的な性格を強くもっている。

ではそれはどのように形成されたのか。

① 生い立ちと教養

英子の父は岡山藩祐筆であり、母楳《うめ》子は和漢の学に長じ、夫婦して私塾の教師を務め、母は英子には特に目をかけて幼少から漢学を学ばせた。のちに上京して、英学、スペンサーなどを学ぶが短期間であり、どれだけ身についたのかは分らない。

② 素質

英子は生来「怜悧」であり「髪を結ぶひまも惜しんで一向《ひたぶる》に」書を読むことを好んだ。十一、二才の時、県令学務委員等の前で、選ばれて十八史略や日本外史の講義をした。

③ 時代

明治維新直前に生まれ、自由民権運動の高まりとともに成長した。激動の時代に青春を送っている。

以上を綜合すると、ほかの民権運動家もそうであろうが、基本になっているものは志士的ナショナリズムであり、それが天賦人権という「西欧の衝撃」の影響を受け、実生活上の切実な要求とも重なって、彼女の民権思想、女権拡張思想を形成したと考えられる。

ではこの滅私奉公というイデオロギーはどんな特徴を持つか。

古田光著『河上肇』の中には、河上が主張した「絶対的非利己主義」の中に「滅私奉公」を見出して、次のように書かれてある。

1「論理的盲点」として「よくも悪くも形式論理的、心情倫理的、理想主義的」であり、従って、「非弁証法、非現実主義的」思考方法となり、しかも「当人は自覚していない傾向」がある。

2「倫理的盲点」として「よくも悪くも心情倫理的、①主観主義的性格」を持ち、「自他の具体的行動の倫理的評価に際しては、その主観的基準を、直情的、絶対的に押しつけ、その結果、客観的、実質的にはしばしば反対物の「絶対的独善主義」に転化しかねず、しかも当人は少しも自覚していない。」

右の特徴は、英子にもかなりあてはまるように思える。とりわけ、自他の具体的行動の評価は、道徳的にしか、善か悪かでしか判断できないところがある。

次にその例を作中から挙げてみよう。枚挙に遑ないほどあるので、主なものを書かれている順に拾ってみる。

英子は、民権運動、大阪事件に参加した過去を「嗚呼学識なくして徒らに感情にのみ支配せられし当時の思想の誤れりしことよ」などと反省しているが、どこがどう誤っていたのかという分析は見られない。まして滅私奉公的自己への批判はなく、国のため人のためという大義名分は、生涯疑っていなかったと考えられる。

当時の民権思想の性格や雰囲気をよく伝える歌が載っている。

1「すめらみの、お爲めとて—数多の国のますらをが、赤い心を墨で書き、国の重荷を背負いつつ、命は軽き旅衣、親や妻子を振り捨てゝ。（詩が入る）『国を去って京に登る愛国の士、心を痛ましむ国会開設の期』雲や霞も程なく消えて、民権自由に、春の時節がおっつけ来るわいな』」

右は、英子の母楳子《うめ》が大津絵ぶし調に作った民権歌であるが、民権と国権の矛盾なき結会というよりは、天皇のため、国のための民権みたいである。また先まわりするが、滅私奉公（すめらみのおため）と、私利私欲（妻子を振り捨てて）の関係。及びそこから喚起される悲壮慷慨感がよく表わされている所である。

民権運動の思想母胎として、イギリス系―ミル、スペンサー等の改良主義と、フランス系―ルソー等の急進主義と二つあったといわれ、前者をうけついだのが福沢諭吉らの明六社であり、後者は中江兆民等に代表されているとされている。英子等は明六社に近かったのであろうか。

2　大阪事件に参加した理由としては「日清の談判開始」にあたり、政府が内に対しては民衆を抑圧するのに、外に対しては「軟弱無気力」「卑屈」で「一身の苟安《こうあん》を冀《こいねが》ふに汲々」しているので「憤慨の念燃ゆるばかり」「いかで吾れ奮いたち優柔なる当局及び惰民の眠を覚して呉れでは已むまじの心」となったのだという。

強烈な使命感はまた、優越感と紙一重でもある。

3　しかしその当時は自分を「国権主義に心酔し、忠君愛国てふ事に熱中した」のは「端《はし》たなき限りなりしか。」と反省している。しかし彼女は続けて「妾は今貴族豪商の驕傲を憂ふると共に、又当時死生を共にせし自由党有志者の堕落軽薄を厭へり。我等女子の身なりとも、国のためてふ念は死に至るまでも已まざるべく、此の一念は、やがて妾を導きて、頻《しき》りに社会主義者の説を聴くを喜ばしめ、漸く彼の私利私欲に汲々たる帝国主義者の云爲《うんゐ》を厭はしめぬ。」
民権時代の「国権主義」「忠君愛国」という時の「国」と、社会主義者になったのも「国」のためという時の「国」とはどう違うのか。英子にとっての「国」とは何なのか、この作中からは、よく分らないのである。分るのは、繰返すが国のため、という一念だけは終始変らなかったということである。

4　上京した英子は「不恤緯《ふじゅつい》―会社」（注―不恤緯とは、中国の故事から転じて、自分の職を捨てて国事を憂うることをいう）を設立しようとしたのも、この作の最後に出てくる「日本女子恒産会」も、婦人の経済的独立をはかるための職業学校であった。しかしそれはまた彼女自身の切実な生計の道でもあったのだ。いわば彼女の非難してやまぬ「私利私欲」でもあったのだが、彼女の意識では、人のための強調となる。

5　同志磯山の逃亡により、渡韓の計画が御破算になり、同志達が隠れ家にあった時、英子は「世話女房」的に面倒をみる。「己れ炊事を親《みずか》らするの覚悟なくば、彼の豪壮な壮士の輩のいかで践業を諾《うべな》はん。私利私欲を棄ててこそ鬼神をも服従せしむべきなりければ」という理由で。

英子は女の独立自営―経済的独立は強調したが、一面で家事育児は女の「天職」と考えていた。それを一方では左のように「践業」ともいっている。なぜ「践業」を女は「天職」とせねばならぬのかと言いたくなるような論理矛盾を感じてしまう。

「践業」を壮士たちがやるはずがないから自分がそれを引受けることによって、彼らのために「私利私欲を棄てて」献身することによって、善導しようということなのだろう。しかしそれは、エリート意識に裏打ちされた全く一方的な思い入れにすぎない。そんなことは壮士たちにとっては当然至極のことと しか受取られなかったろう。

しかも彼らは、少し資金が集まると、指導者の大井を始めとして、芸者買いに走る。そんな時「妾は いつも一人ぼっちにて、宿屋の一室に端座し――深き憂ひに沈み、婦女の身の最《い》とゞ果敢《はか》なきを感じて、つまらぬ愚痴に同志を恨むの念も起りたりしが――妾は彼等のために身を尽さんとには非ず、国のため、同胞のためなれば」と思い返す。

ここにはよく言われているように、自由民権論者たちの言行不一致が見られる。と同時に英子の反応の仕方にも滅私奉公が表われているのをみる。彼らの矛盾を彼らと討論するだけの自由平等はない。力関係ですでに弱者の立場に立たされている。だから、私は彼らのためにやってんじゃない、もっと高尚な国のためなんだと自らを納得させようとする。しかし心情としては「遺瀬なき思い」に沈むほかないわけである。

ほんとうは彼女は政治運動が好きだったのではないか、とも私は思う。しかし彼女はやりたいからやるのだとは意識しないし、考えない。常に何かのタメである。そして滅私奉公は善、私利私欲は悪と決まっていて、疑うことはない。もしタメというなら、自分のタメでもあるという意識があれば、脱落者や立身出世したかつての同志を罵倒したりすることも少なく、その固苦しい生まじめな倫理性も、かなり薄らいだのではないかと思う。

英子より約二十年若い手塚らいてうは、かの有名な塩原事件を起す時、家に書置きしてゆく。「わが生涯の体系を貫徹す。われは我がCauseによって斃れしなり。他人の犯すところにあらず」と。片や公的な政治運動、片や心中という私的行為という違いはあるが、事をなすに当っての自分の関わり方という点で、らいてうはよくも悪くもあくまで自己に即している。英子と対照的である。

しかしこの5の部分は、政治運動における女の位置と役割りについて実に鮮明に表現してくれている。それはむろん歴史的、社会的、日常的に女がどのように差別状態におかれているかということの反映であり、それは百年後の現在も基本的に変っていない。私がこの作品で最も現実性を感じる部分である。

## 2 悲壮慷慨

この作品の基調底音をなしているものは、悲壮（憤）慷慨だと思う。それが時として高音となり、低音となって響いている。それは滅私奉公という無意識的（疑ったことがなさそうだという意味で）であるだけにかえって強烈なイデオロギーの持つ道徳性、倫理性が、自然必然的に喚び起す感情である。不正を憤り悲しみ、正義の味方となって全身全力を投入しようと奮いたつ感情である。そして倫理的にのみ自他の行動を裁くという一面性、独善性を持つ。

作中から例証してみよう。

1　自由党員の納涼会が川上で行われた時、「会員楽器に和して、自由の歌を合奏す。悲壮の音水を渡りて、無限の感に打たれしことの今も尚ほこの記憶に残れるよ。」

「自由の歌」の歌詞も書いてあれば、なお当時の雰囲気をいきいきと伝えてくれたろうにと惜しまれる。

2 「獄中述懐」。投獄された時、一九才の彼女が獄吏に提出したもの。彼女は後悔しているが「心の底よりして、自由の大義を国民に知らしめんと願ふてなりき。」と、その動機の正しさは疑っていないし、感性も不変だったと思うので引用する。悲憤慷慨の高音部のお手本であろう。

「――外国人も私かに日本政府の微弱無気力なるを嘆ぜしとか聞く。儂《のう》思うて爰《ここ》に至れば血涙淋漓《りんり》、鉄腸寸断、石心分裂《せきしんぶんれつ》の思ひ、愛国の情、転《うた》た切なるを覚ゆ。嗚呼日本に義士なき乎、嗚呼此国辱を雪《そそ》がんと欲するの烈士、三千七百万中一人も非《あらざ》る乎、条約改正なき、亦宜《うべ》なる哉、と内を思ひ、外を想うて、非哀転輾、懊悩に堪へず。嗚呼如何して可ならん、假令《たと》ひ女子たりと雖も、固《もと》より日本人民なり、此国辱を雪《そそ》がずんばあるべからずと、独り愁然、苦悶に沈みたりき。」

3 大阪事件で出獄、各地で大歓迎をうけ、郷里岡山に帰り、そこでの歓迎会の席上、諸氏の演説のあと「又有名の楽師を招きて『自由の歌』と題せる慷慨悲壮の新体詩をば二面の洋琴に和して歌はしむ。之を聴ける時、妾は思はず手を扼して、アヽ此自由の為めならば、死するもなどか惜《おし》まんなど、無量の感に撃たれたり。」

ここも、どんな新体詩だったのか知りたいところである。

4 英子は芝居・寄席を好んだが、特に幼少の頃から浄瑠璃が大好きだったという。それはのんびりした感じの長唄などと違って激情的である。とくにサワリの部分―たいていは悲嘆にくれる場面―になると、娘義太夫に見られたように「ドースル、ドースル」と、演者も観客も一体となって、激しく悲傷感に酔うのだ。悲壮慷慨と通底しているのではなかろうか。

5　右のような悲壮（憤）慷慨感は、同志磯山が裏切り、逃亡した時は「彼は此の志士が血の涙の金を私費して淫楽に耽り、公道正義を無視して、一遊妓の甘心を買ふ、何たる烏滸《おこ》の白徒《しれもの》ぞ」と断罪する。また、大井の変心に対しては「不徳不義」と怒り、恋仇の泉富子（清水紫琴）に対しても「邪慳非道の鬼」と非難する。

右のように道徳的に断罪しただけでは、運動におそらくつきものの裏切り、脱落者の出る原因や、彼らの内部を明らかにすることはできないだろうし、大井や泉への見方も、一面的、独善的の譏りを免れまい。

6　同志の富井於菟については「アヽ堂々たる男子にして黄金のために其心身を売り恬《てん》として顧みざるの時に当り、女史の高徳義心一身を犠牲として兄に秘密を守らしめ、自らは道を変へつゝも尚ほ人のため国のために尽さんとは何たる情き心地ぞや。」と褒めている。怒る時も褒める時も、倫理的でしかない。

村上信彦は英子の心性を自己陶酔、自意識過剰といった語句でおさえているが、それでは余りに一般化しすぎ、彼女の生きた時代と特殊日本的心性を捉えるには適さないと私は考える。

## 3　漢文調文語体

イデオロギーとしての滅私奉公、それと裏表の感情としての悲壮（憤）慷慨、それはレトリックとしての漢文調文語体でこそ、最もよく表現されるものであった。

漢文調文語体とは、漢語を非常に多用している和文脈の文体という意味である。
明治はそれ以前に比べて、漢学・漢語愛好の時代だったという。それだけの必然的理由があったわけで、漢字は、① 共通語的性格、② 翻訳の際の自由な造語力、③ 漢学と洋学の概念言語という類似性等が挙げられている。[2]

英子の作中にも、当時流行した漢語、四字成句、翻訳語などが頻繁に使われている。

一例を挙げると

「嗚呼世には斯の如く、父兄に威圧せられて、唯だ儀式的に、機械的に、愛もなき男と結婚するものの多からんに、如何で是等不幸の婦人をして、独立自営の道を得せしめてんとは、此時よりぞ妾が胸に深くも刻み付けられたる願ひなりける。」

右の「如何で→てん・ぞ→ける」といった係結びの関係がみられる点では和文脈だが、儀式的、機械的といった訳語、独立自学といった四字成句、その他の漢語と非常に漢語が多用されていることが分る。

さて、右のような文体は英子の場合、基本的には倫理的心情のうたいあげになっていることを証明したいのだが、幸い、佐伯彰一がとくにこの作品の「はしがき」の部分を分析しているのでその一部をみてみよう。

「懺悔の苦悶、之を癒すの道は唯己れを改むるより他にはあらじ。されど如何にしてか其己れを改むべきか。是れ将《は》た一の苦悶なり。苦悶の上の苦悶なり、苦悶を癒すの苦悶なり。—されば、此書を著すは、素より此苦悶を忘れんとての業には非ず。否筆を執るその事も中々苦悶の種たるなり。一字は一字より、一行は一行より、苦悶は弥々勝《いよいよまさ》るのみ。

苦悶は愈々勝るのみ、されど妾強《あなが》ちに之を忘れんことを願はず、否苦し懐かしの想ひは其一字に一行に苦悩と共に弥《いや》増すなり。懐しや、吾が苦悶の回顧。」

右の英子の一文を佐伯は左のように分析する。

『懺悔の苦悶』というキー・ワードをくり返して、その密渡、充電を強めながら、自伝を書くのは、『此苦悶を忘れ』ようとしての事ではない、むしろ書くこと自体が苦悶の種であるが、やはり敢えて書かずにいられないという分析に行きつくあたりには、じつに新鮮な内面性が匂っている。抒情的な詠嘆ではなく、むしろ理詰めの勁い分析」であると言い、「自伝の文体も、見られる如く一貫して雄勁というに近い漢文脈であ」り、「『はしがき』から、結びの『大覚悟』に至るまで終始歯切れのいい、リズミカルな漢文調で、一気に押し切って、ゆるみを見せない。そこに透徹して爽やかな知的明晰さが生じている」と褒めている。

しかし一方で佐伯は「彼女の私語りの中心のモチーフは、何といっても『蹉跌』の意味を探ること。いやさらに進んで、みずからの『蹉跌』を丸ごと救い上げることと、いわば失敗そのものの聖化、栄光化というところにあった」ともいう。「聖化、栄光化」と謳いあげとはどう違うのか。また「知的明晰さ」とは、どう繋がるのだろうか。

さて、私の「はしがき」分析を述べてみる。

まず冒頭フランクリン自伝を読んでの感想が「操行に高潔」「業務に勤勉」といった倫理的な語句で

捉えられている。

以下、「罪深き人」「愚鈍なる人」「罪悪」「誤謬」「善悪懺悔」「苦悶懊悩」、「苦悶」のくり返し（前記の佐伯の「はしがき」分析の引用文参照）。「苦悶」「なつかしや」、「蹉跌の上の蹉跌」「人道の罪悪と戦う」等々と、文庫本二ページばかりの間には、倫理的、心情的な漢語が、対句、畳句といった漢文的技巧を使って多用されている。いや埋めつくされているといってもいい。そういう同質の倫理的、情緒的語句の並べたて、積み重ねは、結局非論理的心情のうたいあげになるほかないのではないか。漢語はこの場合心情を強調するのに最適である。

語句と語句の間に飛躍やナンセンス化が行われることはないから、イメージの変化も起らないのだ。とても佐伯のいうように「理詰めの分析」とは考えられない。それに繰返しになるが「懺悔苦悶」の内容は必ずしも作中で明らかにされていない。推察はできるが彼女自身追求しようとしているとは思えない。悲壮慷慨の一種と思わざるをえない所以である。だが、だからこそ、英子にとっての自由民権運動を、よくも悪くも表現し得たともいえる。

女性解放運動の先駆者の一人として終生戦った女性、男運にも金運にも恵まれず、三児を抱えて健闘し、たえず刑事に尾行されていたという明治の先覚者に対して、私は批判的すぎたかもしれない。しかし、超国家主義の洗礼を受けた戦中派としては、やはり彼女の滅私奉公イデオロギーや、非憤慷慨の感情に対しては、過敏にならざるを得ない。とくにそれらが持つ倫理性の硬直化にはこだわらざるをえない。

私は道徳や倫理を否定しようとしているのではない。それは人間にとって基本的な、かつ難かしいものだと思う。使えば強力である。だから安易に使えば逆に非道徳的、非人間的になる。しかもこれらは形を変えて今日でも生きていると考える。前出の古田光も「河上肇」の中で言っている。

「――この『滅私奉公』という宗教的・倫理的なイデオロギーは、その根をたんに河上の個人的心性の中にではなく、広く深く日本人の社会的、歴史的、伝統的心性の中にもっている。言いかえれば、こうした人生観的イデオロギーは、日本において社会と個人の間に横たわっている巨大なカオスの中から醸成されたものであり、したがって右翼にも左翼にもある程度共通に見出しうるものである。一種の『日本イデオロギー』と言うことができる。」

繰返すが私はこの「日本イデオロギー」の負の面のみを強調しすぎたであろう。戦中派の自己嫌悪が、違った状況なのに重ね合わせてみすぎたかもしれない。(文中傍線は筆者)

注

①M・ウェーバーは「職業としての政治」の中で、人間の倫理的行動の二大原則として「心情倫理」と「責任倫理」をあげている。「心情倫理」とは行為の結果を問題にせず、専らその動機としての心情の純粋性に対してだけ責任を感じる態度。「責任倫理」とは、行為の(予見しうべき)結果に対してあえて責任を負おうとする態度。この二つは根本的に対立しているが、これらの相補的統一によってのみ、真に人間的な倫理的行為となる。「心情倫理家」は個人的には高く評価されるにしても、「政治的には一個の子供」になりがちと批評している。(古田光『河上肇』東京大学出版会　一九五九年)

②村上吉広「漢文脈の問題」「西欧の衝撃の中で」(『国文学』一九八〇年八月号)

## 21 「田道間守」考

〔一九八三年『日本文学』八月号〕

先日、必要あって「田道間守《たじまもり》」について調べた。そして改めて戦時中の教科書の持っていた意味について考えさせられた。

「田道間守」は、古事記・日本書紀に載っており、伝説上の人物とされている。書紀によると新羅王の子孫で、但馬（今の鳥取県）の国守だったようだ。その彼は垂仁天皇の命をうけて常世《とこよ》の国に「ときじくのかくのみ」つまり橘を求めて渡ってゆく。橘は古代人が賞玩した植物とされており、万葉集にも聖武天皇歌として「橘は実さへ花さへその葉さへ／枝に霜ふれどいや常葉の木」というのが載っている。

さてこの「田道間守」は、艱難辛苦の十年を経て「ときじくのかくのみ」を持帰る。ところが命じた天皇はすでに亡く、彼はその陵《みささぎ》に橘の実を捧げ、帰ってこれたのはひとえに天皇のおかげなのにと悲しみ「臣生《やつかれ》けりといふともまた何の益《しるし》かあらん」と、とうとう嘆き死にしたということになっている。

右の話は、一九四一年（S一六年）小学校が国民学校と改称された時代の国定教科書の国語と音楽の教材に取上げられている。

この年は、日本の中国大陸への侵略戦争が行づまり、アメリカの真珠湾攻撃へと走った年であり、国内的には一層軍国主義的な忠君愛国思想が強調されるようになったのである。とくに国語教材には古事記、日本書紀、万葉集等の古典から採られたものが多く、それは同時に音楽の時間にも唱わされること により、情感的にも徹底させられるように仕組まれていた。

当時国民学校の教師になりたての一八才の私は、デモシカ先生のハシリではあったけれど、愛国心は人並みに強く、この「田道間守」を劇化して、学芸会の時児童に上演させた。

中学年音楽教材の歌詞は、左の通りであった。

香も高いたちばなを／積んだお船が今帰る／君の仰せをかしこみて／万里の海をまっしぐら／今帰る
田道間守　田道間守
坐《おわ》さぬ君のみささぎに／泣いて帰らぬ真心よ／遠い国から積んできた／花たちばなの香とともに／
名は香る田道間守　田道間守

この忠臣「田道間守」に、まず私は恋に殉ずるものの純情さを見ていたのだ。

それにまた、光のように明るく美しい橘の実を求めて、愛する人のために、万里の波濤を越えてゆく、というすじがきは、私のロマンチシズムをかきたてた。

第三に、私の出身校の東北の旧制県立女学校の広い校舎は、この橘の垣根に囲まれており、記章のデザインも校友会誌の名も「たちばな」であった。春には香高い白い花が、秋にはピンポン玉より小さい、ゆずのような黄色い実が、常緑樹の皮質の濃緑の葉の間からたくさん顔をのぞかせていた。この女学校生活をこよなく愛し、別れを惜しんだ私は、郷愁をかきたてられたということもあろう。（余談だがこの橘の垣根は、木造校舎が鉄筋に変るにつれ、殆んど伐られてしまい、かの味気ないブロック塀に替えられてしまった）。

当時の私は国家、社会についてそれらを権力関係、支配と被支配の力関係でみることを知らなかった。小学校二年の時すでに満洲事変は始まっており、私は「満洲の兵隊さん」という題で書かされた作文を今も保管している。国内的には反戦的思想は徹底的に弾圧され、思想的鎖国状態にされており、日本の戦いは聖戦で絶対正しく、中国は絶対悪であった。そういう教育ばかりされており、私はすなおにそれを信じていた。

当時文部省から出された「国体の本義」の中には次のような一節がある。

「臣民が天皇に仕へ奉るのは、いはゆる義務ではなく、又力に服することでもなく、やみがたき自然の心の現はれであり、至尊に対し奉る自らなる渇仰随順である。」

この天皇に対する心情的捉え方、そしてそれを美と感じる美意識、それは特に小学校時代から教育によって培われてきたものである。そしてこの情緒的捉え方「やみがたき自然の心の現はれ」は、恋愛の発生と同次元である。だから支配者としての君は、恋人としての君と何の矛盾もなく重なった。すり替えて平気だった。またそれは、私の女としての自虐的な奴隷性とも通じていたのかもしれぬ。

前述のように、「田道間守」を調べた時（国立教育研究所）、私の覚えていたのは音楽の歌詞の方だけだったのだが、国語の方にも載っていた。その一節に「田道間守は昔朝鮮から渡ってきた人の子孫でした。しかし、だれにも負けない忠義の心を持っていました。」とあるのをみて、今更のようにその抜け目なさに呆れた。ちゃんと朝鮮の植民地支配を合理化するどころか、在日朝鮮人を煽てあげる形で戦争に役立てようとしていたのだ。むろん狙いは朝鮮人よりは日本人にあったのだろうが。

それにしても国民学校時代の国定教科書がいかに戦争遂行のためにのみ作られたものであるか、いかに時代の支配者の独裁的イデオロギーを現わしたものであるか改めて思いしらされた。そしてそれらはまた巧みに日本人の心性を捉えるように作られているところが怖い。そのために都合いいように使われたあまたの日本古典、いろんな解釈ができるのだろうに「田道間守」だって、ほかの解釈もありうるだろうと思いつつも、今だに私の古典アレルギーが抜けぬのも尤もだと思ってしまう。

私が驚いたのは、四六年前の私の歌詞の記憶に一字の間違いもなかったことだ。メロディーにのった七五調歌詞のもつ強力さよ!!である。音痴の私なのに、メロディーもはっきり覚えているのだ。

こんな後味のわるい歌詞などを覚える代りに、もっと別の美意識を育てるような美しいものにたくさん触れていることができたなら、と老いのくりごとをいわざるを得ない。

むろん私の感性は、これ一つできまったわけではない。しかしその基本の一つ、ユーモアのないひたすら主義がすでにみられ、それが当時の戦争の時代と結びつけられて、知らぬこととはいえ、セッセと忠君愛国教育に励んだという不快な記憶が、グチらせるのであろう。

一番感受性の柔軟な時期に植えつけられた感性は、変えようとしても至難だと痛感するからである。

# 22　MOZARTに魅せられて――わたしのTHEMA

〔一九八四年三月〕

各自のテーマについて書くようにとのことなので、まず「テーマ」について調べてみた。英語だとばかり思っていたのに、ドイツ語と知って一寸意外。でも英語も古代ゲルマン語から派生したことを思えば、そう驚くことはなさそうだ。ではその意味はといえば「主題、題目」とある位。広辞苑しかり。「芸術の中心となる思想内容」とある位。

そこで私は自己流に解釈して、今最も私の心を占めているものをテーマと呼ぶことにし、それについて書くことにした。

今私が最も関心を持っているのは、モーツァルトの音楽である。とはいってもすべてが分るわけではないので、とくにわが最愛の「LE NOZZE DI FIGARO」から始める。

「フィガロの結婚」を初めて見たのは、一九八〇年九月、上野東京文化会館である。かの有名なウィーン国立歌劇場が初来日したのである。その時の私はオペラよりもむしろ、ボーマルシエの戯曲「フィガロの結婚」に関心があったから観たのだといえる。これはフランス革命を準備したといわれるほどの鋭い王制諷刺の文学なのだ。

私が出かけたのは、最終日打上げの日だった。ところが指揮者のカール・ベームは高齢のため一足先に帰国してしまったという。わざわざベーム指揮の日を選んだ私はだまされたと思い帰ろうとしたが、若い人が「アリアがいいですよ」とすすめるので観ることにした。

序曲が鳴り出した時、忽ち私は惹きつけられた。何という軽やかな美しさ！歌と管弦楽の何と快い調和！私はその音の響きをしばしば舞台上部の暗黒の彼方に追っていった。イタリー語の歌詞がひとことも分らなくても退屈などしなかった。

ケルビーノ役のアグネス・バルツァの魅力ある声、フィガロ役のヘルマン・プライの美しいバリトンなどが心に残った。

やがてこの公演のベーム指揮の「フィガロの結婚」はＦＭとＴＶで放送された。むろん私は録音・録画し、毎日のように見聞きしはじめた。この時ほど技術革新の恩恵を感じたことはない。

以後約三年間、毎日のように見聞きしているが、一向に飽きるということがない。いやその度に新しく美しいといっていい。私にとって驚異的経験である。文学少女変じて文学老女となった今までに、「フィガロ」に匹敵する文学作品にはまだ出会っていないのだ。

ケルビーノの二つのアリアは、恋に憧れる多感な少年の心を歌って余すところがないし、フィガロが唱う「もう飛ぶまいぞこの蝶々」になると、私の腕は自然に拍子をとる。スザンナが夜の庭で唱う恋の歌は、抒情嫌いの私をも否応なしにひきずりこむ。重唱がまたいい。特に大詰の、伯爵が夫人に浮気を詫びるところの十一人の重唱。それはゆっくりと宗教的な感情にまで高められ、ついで一転して結婚を祝う喜びの歌と変る。その美しさ楽しさ。涙がにじんでくる。なぜ美しくても楽しくても涙なのか、涙は嫌いなのになぜすべての感動が涙という生理現象をおこすのかと不満に思いつつも涙となる。

三年位前から映画の「フィガロ」も上映され出した。一九七六年の作である。指揮ベーム、伯爵—ディートリッヒ・フィッシャー・ディスカゥ、フィガロ—ヘルマン・プライ、スザンナ—ミレルラ・フレーニ、ケルビーノ—マリア・エービング、伯爵夫人—キリ・テ・カナワ、(ウィーンフィルハーモニー主催)という最高の配役だ。私は九回観ている。

去年の九月、世界の六大歌手を集めてオペラ・ガラコンサートが上野東京文化会館で行われた。残念ながらミレルラ・フレーニはカゼのためとうとう唱えなかった。しかし、かってケルビーノを唱ったバルツァと伯爵夫人を唱ったグンドゥラ・ヤノビッツがいた。初め私はオペラ・アリアだけというのはいかがなものか、やはり全曲でなくちゃなどと思っていたが出かけてよかったと思っている。バルツァは、またケルビーノを唱った。ビデオで繰り返し見ているように、唱う前に一つ深呼吸をし、憧れの伯爵夫人の前で唱う緊張ぶりを示していた。そのように役に感情移入して唱う様がよく分っておもしろかった。ヤノビッツも八〇年のときよりよかったと思う。

終ってから私は若人たちの群がっている楽屋口にいってみた。歌手たちがサインをしてくれるという。高いのでプログラムを買わなかった私は、持ち合わせのメモ用紙に書いてもらった。

バルツァの前に立った時、サインしている彼女に私は突如語りかけていた。アテネ・フランセで鍛えている?ブロークン・イングリッシュで。「八〇年秋、私はここであなたのケルビーノをきいた。それはワンダフルだった。今夜また聞くことが出来て私はハッピイである」と。ジーンズをはいた彼女は何もいわず少し笑っただけ。次にミレルラ・フレーニの前に立った時、私はまた話しかけていた。「私はあなたの出演しているオペラフィルム、『フィガロ』を九回観ている。あなたのスザンナはワンダフルである」と。するとフレーニは「ナインタイムス？」といって一寸目をあげた。その一瞬に見た水色を長く私は忘れないだろう。気付くと私の顔には精一杯のスマイルが貼りついていた。

あとでそういう自分に我乍らおどろいた。「フィガロ」についてそれほど私は語る人が欲しかったということであり、それとともに、大好きなんだという事実が、世界一流の歌手に対しても一つの自信となって、臆せずに語りかけさせたのだといえよう。

去年の冬、とうとう私は「フィガロ」のスコアを買った。二四〇〇円。そんなもの出版されているのかなと危ぶんだのは私の無知で、ちゃんととうに出版されていた。へェ、日本ってほんとうに文化国家なのかなと嬉しくなったものだ。「フィガロ」はとくに日本人に好まれているというからその証拠でもあろう。お玉杓子の複雑な行列が分るはずもないが、今のところはスコアも持ってます、ということで満足している。

私は生来の音痴・悪声ときている。だから音楽には劣等感を持っていた。分りっこないと。だがその私が五十半ばの老齢でも出会える音楽があったということは、人間と音楽の根源的な関係を証明していると思う。こんなに人間の声が美しいとは！こんなに生きる悦びを与えてくれる音楽が存在するとは！しかもそれは遠い異国の、二百年の歳月をへだてた、僅か三十歳の男の手に成ったものだという時、私はその若い男を天才と呼ぶ以外の呼び方を知らない。

最近刊行の『モーツァルト』（講談社文庫）の中で髙橋英郎は、敗戦直後重い肺結核におかされていた日々「あすもモーツアルトがききたい」という願いに生きていたという。彼は青年期に、私は老年期に、しかしともに死を前にして生きる悦びを与えられている。こうなるとかの有名な物理学者アインシュタインのことば「死とは―モーツァルトが聴けなくなることだ」が繰返し思い出される。

モーツァルトについて書かれた本はそれこそ無数であろう。それらモーツァルト賛歌を編集した「モーツアルト頌」（白水社）という本がある。新聞等も含めて二〇九人、外人の、殆ど男性のみの発言が集められているものだが、特徴的なものを拾ってみよう。

美しい、優しい、無邪気、快活、地上的、情澄、平和、単純、愛、自由、繊細、明朗、健康、透明、天使、静けさ、安らぎ、太陽、戯れながら等々。それらは私のことばでいえば「表層の美」ということになる。上っつらの美しさということでは毛頭ない。分かりやすくいえば、いかなる絶望・深渕・孤独・虚無も軽やかに美しく表現することだ。そういう深さは、「鏡の深さ、表面が、そのまま深さであるような深さ――」（『ノンセンス大全』髙橋康也）でなければならない。つまり地上的でありながら天上的、合理的でありながら神秘的、あるいはそれらの逆も容易に成立する世界、つまり両面的価値《アンビヴァレンス》がそのまま美を構成している世界なのだ。

ただ前述の本で、スタンダールは「憂愁」を挙げており、小林秀雄は彼の「モーツアルト」論の中で「かなし」を強調しているが「フィガロ」に関する限り、私は違うといいたい。

多くの人が指摘するモーツァルト音楽の美しさ、悦び、楽しさとは何なのかということになると、この分析は難かしい。前記の人々もそれらについていろいろと喩えたり形容したりしはしているが、分析はしていないようだ。出来ないのかもしれないし、する必要はないのかもしれぬ。だが私はしてみたい。そのことによって対象化してみたいと思うのだ。それはより一層モーツァルトの美を確かなものにする方法だと考えるから。

音楽美とは何なのか。山根銀二は『音楽美入門』（岩波新書）の中で「音によって構成された人生的意味」だという。何だかシラけるような定義だが、そうかもしれないとも考える。だがその場合でも対象化ということになると、わたしにとってその「人生的意味」とは具体的にどういうものなのかということになるだろう。もっと美学書も読まねばならないし、モーツァルトも聴かねばならないし、スコアの分析も必要だろう。このＴＨＥＭＡは相当の難題である。

でも人並みに？幾度か片恋にウツツを抜かしてジタバタしてきた私が、老年の今、美にウツツを抜かす仕儀と相なっているのは、慶賀すべきことであろう。少なくともそこには悦びがあるばかりで、苦しみはないし、相手に迷惑をかけることもない。

この原稿も、「フィガロ」を伴奏に書いている。少しでもその美や悦びにあやかりたいために。

注
八〇年代は一等席の私の席で二万八千円位だった。二〇〇五年の現在は六万円近いようだ。

## 23 「鹿《しし》踊りのはじまり」（宮沢賢治）を読む

### ――「手拭」と「すきとほった秋の風」と

〔一九八七年『日本文学』四月号〕

一

「まだ剖れない巨きな愛の感情です。すすきの花の向ひ火や、きらめく赤褐の樹立のなかに鹿が無心に遊んでゐます。ひとは自分と鹿との区別を忘れ、いっしょに踊らうとさへします」

右の一文は、賢治の生前唯一の童話集『注文の多い料理店』（一九二四年刊）の中で、「鹿《しし》踊りのはじまり」（注一、二）について書かれた宣伝文である。まず額面どおりに受け取って論を進める。「まだ剖れない巨きな愛の感情」とか「ひとは自分と鹿との区別を忘れ――」といったことばは、彼の「農民芸術概論」中の次のようなことばを想起させる。

「曾ってわれらの師父たちは、乏しいながらかなり楽しく生きてゐた。そこには芸術も宗教もあった」その「曾って」とはいつ頃を指すのか。右に続けて書かれている註釈的な部分を読むと明治維新以前、つまり資本主義制度以前を指しているようにみえる。「古に遡るほど労働は非労働となる」「原始人の労働はその形式と内容において全然遊戯と異らず」などとある。

しかし彼は続けて「いま我等にはただ労働が、生存があるばかりである」という。註釈的部分には続けて「十二時間労働」などと書かれてある。

「いま」の農民には食うためのみの苛酷な労働があるだけで、曾っての師父たちの持っていた芸術も宗教もない、非人間的な生存があるだけだという事だろう。

「いま」とは、賢治が生きた一八九六（M二九）〜一九三三（S八）年の近・現代を指すだろう。日露戦争後から第一次世界大戦を経、世界恐慌のあと日本が中国侵略に乗り出し、共産党弾圧が始まった時期までである。

賢治がいうような、師父たちが貧しくとも心豊かに生きていた時代というのが、いつを指し、本当にあったのかどうか私にはよく分らない。

私がまず問題にしたいのは、この作品を、彼が宣伝しているような「まだ剖れない巨きな愛の感情」、「鹿とともに踊らうとす」るような「曾って」の自然と人間の蜜月時代、賢治のいうドリームランドの物語としてのみ読めるのかということだ。

そこには、「いま」の、つまり労働と生存のみの百姓たちの現実の投影はないのか、ということだ。作品がよくも悪くも作者の意図を超える、裏切るということはありうることだろうし、それを読みとることに読者の興味も湧くものだ。

さらに、もし、私のいうように、一九〇〇年代前半の苛酷な条件下におかれた東北の百姓達の現実の投影があるとすれば、それは賢治の美意識——自然観と、どのような関係にあるのかも考えてみたい。

## 二

本論に入る前に、この作品に寄せられている賛辞をみておこう。

たとえば天沢退二郎

「はじめから終りまで実によく出来ている。間然するところがないというふうな感じ」

入沢康夫

「——なんだか、それだけでその前なく、そのあとなし、という感じがする」（以上『ユリイカ』一九七七年九月臨時増刊号の鼎談より）

伊藤真一郎

「今後いろんな問題が、いろんな視点から出されてゆく作品——『食べる』という行為でもって一つの祭りの場を作っている」

原子朗

「——教訓性が皆無といっていい——これこそ、あの序の通りの典型的な最高傑作——個人の才能の産物じゃない、もしかしたら超近代的な文体で綴られた最も幸福な作品の典型——」（以上『国文学』共同討議、一九八四年一一月号より）

右のように、多くの研究者たちから最高の賛辞を贈られているが、具体的な作品論というのは、今までのところ、あまりないようである。

私が僅かにみつけたのは、清水真砂子の「鹿踊《しし》りのはじまり」（『国文学』「解釈と鑑賞」一九八四年一一月号）のみである。

清水は、前記の賛辞を受けた形で、この作品について書くことは「畏れを知らない者のすることである」といい、自分は一読者として「作品論ではない、ラブ・レター」として書いたという。

重ねてこの作品は「作品の完成度の高さ」と「作品世界のもつ聖性において」近づく者を「拒絶」するという。そして嘉十の俗性と鹿の聖性を対比させつつ、その俗から聖への移り行きの見事さを強調する。聖とは、俗とは何かという説明も不十分だし、やたら聖と俗という概念を使うことに私は陳腐さを感じる。またこのように聖性を強調することは逆に、ひいきのひき倒しになりはしまいか。

私は畏れを知らぬ者として、私なりの誤読を展開しようと思う。つまり、できるだけ聖性などを排し、賢治の生きた現実の匂いと味と音と色を、つまり、現実の、いわゆる俗界の反映、投射をみようと思う。それが私なりの賛辞である。

その方が、死の床にありながら、その前日まで、農民の肥料設計相談に応じていた、あくまで農民と密着して生きようとした賢治の精神に副うことでもあると考える。

三

この物語は、嘉十という小百姓が、手拭を忘れることから始まる。ここは、どうしても貧しい小百姓でなければならないのだ。

彼は祖父たちと未開の北上原野に「小さな畑を開いて、粟《あわ》や稗《ひえ》をつくって」いる。この辺は確かに前近代を思わせる。

膝のけがを治すため、食糧等を背負って、湯治に出かけるが、午後のすすきが原で、栃と粟《あわ》だんごを食べて一休みし、鹿たちのためにもと、うめばち草の花の下に小さな栃だんごを置いておく。

再び歩き出した彼は、手拭を忘れたことに気付き「急いで」引返す。たぶん、痛む足も気にしてはいられないほど急いで。

なぜか。湯治に行くのだから、入浴用として必要だというばかりでなく、手拭は、百姓にとっては労働の必需品の一つとして肉体保護のため、欠かせぬものだからだ。

それは、日よけ、雨よけ、風よけ、虫よけ、汗ふき、マフラー代り、包帯代りｅｔｃ……とさまざまに使われる重宝なものなのだ。まして貧農の身にとっては、手拭一本粗末にはできまい。事実、一本の手拭が、家族全体で共用されていたのだ。

引返したことによって、嘉十は手拭を囲む鹿たちと出会い、彼らのことばをきくことになるのだ。貧農でなければならない所以である。

右の、手拭を忘れさせたというところに、賢治の絶妙な才能を感じる。忘れものは手拭でなければならないのだ。

しかし手拭は、六匹の鹿たちに包囲されてしまっていて、彼らは一匹ずつ近づいていっては手拭が何者なのかを確かめあっている。

彼らにとって直接の問題は、手拭が生き物かどうか、つまり自分たちに危害を加えるものかどうかということだ。それが分らないと栃だんごに近づけないのだ。

「生ぎものだがも知れないじゃい」「青白の番兵だ」「――生ぎもので皺《しわ》うんと寄ってらば、年老りだな」「毒《ぶす》きのごなどだべか」「息吐《いきつ》でるが、息」「口も無いやうだけぁな」「あだまもゆぐわがらないがったな」「――柔《や》っけもんだぞ――泥のやうにが――草のやうにが」「とにかぐ生ぎもんだ――汗臭いも」「味無いがたな」「――こいづぁ大きな蝸牛《なめぐずら》の旱《ひ》からびだのだな」

ここは、鹿たちにとっても私にとっても、おもしろく楽しい謎ときの場面である。

鹿たちにとっては、手拭は、年よりの青白番兵みたい、頭も口もなく、息もしてないようだ、毒《ぶす》きのこみたい、泥か草のように柔かい、汗臭い、味がないもの、なぁんだ、という謎となる。

鹿たちは、それは大きな、なめくじの干物という答を出して安心した。

しかし私は、手拭と掛けて何と解く、という謎として捉え、何々と解くという部分に、鹿たちの謎――年よりから、味がないまでと、答のなめくじの干物も入れ（以上は換喩的意味を持つ）、その心は、つまり、隠された意味は百姓という答を導き出す。

それは単なる職業を指すことばではむろんない。前記の賢治がいっている今の、労働と生存のみという苛酷な状況下におかれている百姓の現実が反映、投影されているという意味である。

なぜならば、右の手拭に対する鹿たちの比喩は、少なくとも徳川時代以来の「百姓は生かさず殺さず」という農政を想起させるに十分だし、また前記の一本の手拭の百姓に対して持つ必要性と合わせて考える時、自然、必然的に出てくる答なのだ。

なぜ、今というかの決め手は、鹿の次の一言である。

「何時だがの狐みだいに口発破などさ罹ってぁ、つまらないもな」

口発破《くちはっぱ》とは一九五六年筑摩全集八巻月報8の語註によれば「狐などを捕えるために食物の中にダイナマイトを入れておいて、口を破裂させるもの」とある。ダイナマイトとは周知のように、一八六六年スウェーデンのノーベルの発明によるものである。

手拭には、仮装され、客体化、戯画化、寓意化された今の百姓像が投影されているのだ。

右の戯画化には、ほとんど自嘲や卑下は感じられない。方言で語る鹿たちの踊りのような言動が、楽しい子どもの遊戯めいているからではなかろうか。

また右のような痴呆化させられた農民像の対極に、賢治のかの晩年の有名な覚え書き「雨ニモ負ケズ」の中の「ヒデリノトキハナミダヲナガシ／サムサノナツハオロオロアルキ／ミンナニデクノボートヨバレ――」の、一種の賢者像が、二重映しになって見えてもくる。

ここで、冒頭に掲げた賢治の宣伝文を、もう一度考えてみよう。

確かに宣伝文の意図は、十分に果されている。しかし、それだけだったのだろうか。

なぜ、嘉十という貧農を登場させ、また彼に、ほかのものでなく手拭を忘れさせたのだろうか。農民に密着した生活をしていた彼に、手拭の持つ意味が分らなかったはずはない。

どこまで、どのように意識して、嘉十や手拭を使ったのか、ということなのだが、これは私にもよく分らないところである。

## 四

嘉十に鹿たちのことばが聞えたということの意味は何か。

彼に、鹿たちのことばが、私が前述したような意味に聞きとれたとは思われない。自己の現実に目覚め、自己認識が確立したというわけではなかろう。しかしそこには無意識の感応力が働いたと考えたい。確かに鹿たちは嘉十の分身でもあるのだ。そういう意味で嘉十は鹿たちに共感したのだといいたい。

鹿たちの手拭をめぐることばは、嘉十の現実の戯画的表現であり、内的言語の表現でもあると考えたい。鹿たちに嘉十と同じ方言で語らせていることがその何よりの証明になろう。

たとえば「なめとこ山の熊」の熊の親子の会話は標準語である。熊捕りで生計をたてている小十郎は、いくら熊のことばが分るほどであっても、この場合のそれは、彼の分身としての会話ではないからだろう。熊の世界——自然への畏れのようなものの表現としてのそれに思える。距離があるのだ。

「すっこんすっこ」「はんぐはぐ」とひどくうまそうに栃だんごを食べた鹿たちは、太陽に向って拝むように歌い出す。まずは食物を与えられたことに対する自然への感謝の念の現われだろう。

また、鹿たちが歌うたびに、はんの木は、「砕けた鉄の鏡」のように輝き、すすきの原は〝まっ白な火〟のように燃え、すすきの根元でうめばち草の「乳白色の蛋白石」(「十力《じゅうりき》の金剛石」の中の比喩)のような色が冴える。印象派ではないが、すべて太陽の光のもたらす変化、美化であり、神秘化だ。
寒冷地東北にあって、太陽の光と熱は、農民にとって、とくに生殺与奪の権を持つものであった。太陽を恨むことも多かったにちがいない。しかしそれは拝むほかに方法のないような巨大な存在でもあったのだ。

この場面は神秘的、宗教的で夢幻の世界の観があるが、右のような意味での太陽賛歌、自然賛歌と考えたい。

賢治のいう〝ドリームランド〟というよりは、むしろ苦界浄土的世界の一瞬の夢に魅せられて、嘉十は鹿たちとともに踊り出そうとする。

鹿たちは忽ち逃げ去る。一瞬の夢は消え、嘉十は現実につれ戻される。ちょうど鹿たちに弄ばれて「泥のついて穴のあいた手拭」のような現実に、である。「にが笑い」せざるをえないわけだ。

しかし私は、前記の「なめとこ山の熊」の終り方——月夜の山上に、小十郎の死体が祭られ、熊たちがひれ伏している——よりはいいと思う。その死を神秘化しているようにみえるよりは。たとえ夢から醒めた語り手わたくしのまわりには、いささか虚無の匂いのする「すきとほった秋の風」が吹きめぐっていたにしても、ともかく、嘉十は「じぶんもまた西の方へ歩きはじめ」たのだ。

西の方に温泉があるからだろうが、じぶんもまたということばは、鹿たちが逃げ去ったのが、西方であるとも読める。

この物語には、西がよく出てくる。

冒頭にも「そのとき西のぎらぎらのちぢれた雲のあひだから、夕陽は赤くなゝめに」と話者のわたしが風からこの物語を聞いた時刻が、午後であることが示されている。

また冒頭部分に「嘉十はおぢいさんたちと北上川の東から移ってき」たとある。東からどの方向に移ったのか、西へとは書いてないが、地理的にいうと、西か南であろう。

北上川は、南北に連なる北上山脈と奥羽山脈からの支流を集めて、北から南下し、宮城県で太平洋に注ぐ川であるから。

岩手の秋の午後の自然は特に美しいのかもしれない。少なくともここに描かれたそれは美しいから、仏教的な西方浄土世界に連なるのだろうか。

それとも、日没の方向ということから、前近代——賢治のいう「曾って」のよき時代の終焉を意味するのか。

または地理的に東から移るといえば、海から遠ざかることになるから、海からのやませ——初夏の冷たい北東風——を避ける意味もあるのかもしれぬ。

賢治がどこまで意識して使ったのかは分らないが、多義的に解釈できそうである。

ついでにいえば、これは意識的に書かれたと思うが、すすきが原は「苔の野原」でもあるわけだ。「山の木も一本一本、すぎごけのやうに見わけられるところまで来たとき」という比喩は、まことに、具体的かつ卓れた直喩である。

その苔の原だからこそ、丈二〇メートルにも達するはんの木立が自生しているわけなのだ。

このへんは実証的、かつ詩的な部分である。

## 五

滑川道夫は賢治について「北方的感性」（一九五六年版筑摩全集月報8）という一文を書いている。

「賢治の文学には、くもりがちな北方的な空気がつきまとって離れない。暗い空のもとにたえず働きづくめで生活をたたかいとらなければならない東北の農民に通ずる生活感情と生活の知恵とが、作品の雰囲気として流れている。それだけに、透明な風と光と夢を、きびしい現実生活の中で追い求める意志が底から涌きだしている。（後略）。」

「かれの北方的感性は、表現に見られる方言や方言的文脈や語調の中に見いだすことができるが、根本的には、かれの文学の追求のしかたのなかに秘められていると言えるだろう。——（中略）——北方的な曇天をつき破って宇宙をかけめぐっても、つねに大地である郷土の現実と往来する。往来のかけ橋になっているものを、表現における北方的感性と呼んでいいだろう。」

「——宇宙をかけめぐっても、つねに大地である郷土の現実と往来する」という意見には賛成だが、賢治文学に「くもりがちな北方的空気がつきまとってはなれない」とは思わないし、従ってだから、「透明な風と光と夢」を求めたというふうに、二項対立的には捉えない。

まず東北の気象を、くもりがち、暗い空、北方的曇天などという語で一面化、固定化してしまうことに反対である。東北といっても岩手県に比べれば南であるが、福島県育ちの私は、東北の自然には、南方とはちがった、透明な風と光がふんだんにあることも感じてきた。まして半世紀前の、公害などのほとんどなかった時代の岩手は、今より透明で美しい自然があったことだろうと思う。暗い曇天ばかりではないのだ。

そして、その北方的自然の透明な美しさが、賢治の作品からも感じられるところに、私もまた彼の作品を好く大きな理由の一つがあるのだ。

つまり私はここで賢治の美意識、感性について考えてみたいわけだ。

物語の舞台は、「銀色」のすすきが「白い火のように燃える」すすきが原である。

時刻は「太陽はもうよほど西に外れて、十本ばかりの青いはんの木の木立の上に、少し青ざめてぎらぎら光ってかかりました。」

「黒くまっすぐに立ってゐる、はんの木の幹」

「うめばち草の白い花」

「青いいきもの（太陽の下のはんの木の形容）」

「白と青の両方のぶちの手拭」

「少し黄いろの太陽」

「水晶の笛のやうな（鹿の）声」

「砕けた鉄の鏡のやうに輝き、かちんかちんと葉と葉がすれあって音たてたやうに思はれる（はんの木）」

「すきとほった秋の風」

一読、寒色系統で統一された伝統的日本画を思わせるが、実は全集版にあるような、白昼夢的幻想画の世界なのかもしれない。ただ一つ、冒頭に「夕陽は赤くななめに」とあるが、その赤も夕陽であり、光はあっても熱はない。そしてその他の寒色群をよりひきたてる役目を果しているように思える。つまりくり返すと「光はあっても熱はない①」色彩や硬質な感覚で彩られた世界なのである。それは冷やかではあるが、重苦しい暗さは感じない。深さや広さを秘めた、まさに水晶のような外見の軽やかさときらめきを持っている。彼の作品に頻用されている白や青などをつきぬけたところに透明、すきとほるという無色の色彩がある。

私はこういう賢治の美意識を、鏡面的、表層的美意識と称《よ》びたい。

透明、すきとほる、とは何を意味するのか。枚挙に遑なく使われているが、任意に抜き出してみよう。

①「ポラーノの広場」

あのイーハトーボのすきとほった風、夏でも底に冷たさを持つ青い空

②「稲作挿話」（詩）

雲からも風からも／透明な力が／その子どもに／うつれ

③「農民芸術概論」

……われらに要るものは銀河を包む透明な意志巨きな力と熱である……

④童話集「注文の多い料理店」序

わたしたちは氷砂糖をほしいくらゐもたないでも、きれいにすきとほった風をたべ、桃いろのうつくしい朝の日光をのむことができます。

——これらのちひさなものがたりの幾きれかが、おしまひ、あなたのすきとほったほんたうのたべものになることを、どんなにねがふかわかりません。

⑤「鹿《しし》踊りのはじまり」

——苔の野原の夕陽の中で、わたくしはこのはなしをすきとほった秋の風から聞いたのです。

全部を調べたわけではないが、力とか意志とかといった抽象語に連なる時に透明と使われ、風、食物といった感覚できる具体物に連なる時にすきとほると使われているようにみえる。すきとほった力よりは、透明な力の方がより力の表現にふさわしいわけだ。おそらく賢治は意識して使い分けたのだろう。透明の意味は③に最もよく現われてはいまいか。銀河を包む透明な意志と、大きな力と熱はほとんど同義語と考えてよいと思う。彼が透明という時、それは現実の岩手の風光に感じられる、始源的、かつ変幻自在な自然の美と力であり、それをわがものとしたいという賢治の基本的な願いの表現なのだろう。

くり返しになるが、賢治の右のような鏡面的、表層的美は①東北岩手の自然そのものの素直な感受であるとともに、②「冷害の記憶[②]」というもう一つの自然のもたらした、歴史的、社会的災害の記憶と現実を底流に持つものであり、③科学者、④宗教者としての要素などで成立っているのであろう。

ついでにいえば私は①と②がより基本的ではないかと考える。しかし、岩手に生れたからといって、だれもが賢治のように感受し、表現できるとはかぎらないだろう。同郷の先輩石川啄木の作品と比べてみれば分ることだ。優劣好悪は別として、啄木の作品は大ざっぱにいって（評論は別だが）心情的、感情的であり、賢治は感覚的、視覚的であるといえるだろう。

しかし、透明や青の世界は、彼が「罪やかなしみでさへそこでは聖くきれいに輝いてゐる」（童話集『注文の多い料理店』）といい、前述のように「まだ剖れない巨きな愛の感情です」と人間と自然の一体感と読みとるだけでは、現実感を失い、夢幻や死の世界に通じていってしまうだろう。彼の感覚の美に埋没することの危険を感じるのである。

だが、その美しい鏡面的、表層的美の中に、農民の素朴かつ苛酷な現実の投影をみるかぎり、その童話のリアリティは確保されるであろう。くり返しになるが、賢治の「すきとほった秋の風」に代表される彼の鏡面的、表層的美の風景の中に、一本の汗くさい手拭に仮託、投影されている農民の現実を読みとることが、私なりの誤読である。

その時、作品は、より立体的に私の前に新たな相貌をみせて、立ち現われてくる。（文中の傍点は筆者）

### 注

一　この作品は、一九五六年（S31）発行『宮澤賢治全集八』（筑摩書房）に依った。

二　右の「全集八」の月報に「鹿《しし》踊り」の写真が載っている。後頭部に鹿の角を模した大きな飾りをつけ、前に大きな太鼓をつけて叩く。注には「岩手縣に昔から伝わっている踊り。一説には空也上人が鹿の霊《れい》を慰めるために里人《さとびと》に踊らせたのが始まりという」とある。本文には「鹿《しし》踊り」の場合には「しし」と読みがなをつけ「鹿」の場合はつけていない。伝承的な踊りから発想された物語であろう。

三　①②「宮沢賢治『春と修羅』論」奥山文幸『近代文学研究』第二号　一九八五年

# 24 「十二月八日」（太宰　治）解読

〔一九八八年『日本文学』一二月号〕

太宰治は、一九四一年（S一六）十二月八日の日米開戦に関係した短篇を二つ書いている。一つは開戦当日に書いたという付記のある「新郎」、もう一つは「十二月八日」（一九四二年（S一七）『婦人公論』二月号）である。後者の方が作品として遥かにおもしろいのでここではそれのみを取り上げる。

「十二月八日」は、作家太宰の戦争批判と受容という矛盾が共存・併存している作品だというのが、私の基本的読みである。そしてそれは、私＝主婦・妻という語り手を通し、反語的発想・手法を多用することによって、虚構化、戯画化、滑稽化して表現されている。またそれによって、主婦―庶民と知識人の差違化、相対化、重層化も行われている。

その批判と受容の共存が典型的に表われているのが〝大本営発表〟の主人と主婦＝妻の受け取りかたの違いである。

作品中の大本営発表は次の通り。

「大本営陸海軍部発表。帝国陸海軍は今八日未明西太平洋において米英軍と戦闘状態に入れり」

次にこれの受け取り方は前後するが、主人の方からみてゆく（以上以下傍点・番号はすべて筆者）。ニュースを聞いた彼は一寸緊張した声を出したが忽ち次のような問いを発する。「西太平洋ってどの辺だね？サンフランシスコかね？」呆れ返った妻が「日本の方の側の太平洋」だと答えると「ふきげん」になり「しかしそれは初耳だった。アメリカが東で、日本が西というのは気持の悪いことじゃないか。日本は日出ずる国といわれ、また東亜とも言われているのだ。太陽は日本からだけ昇るものだとばかり僕は思っていたのだが、それじゃ駄目だ。日本が東亜でなかったというのは、不愉快な話だ。なんとかして、日本が東で、アメリカが西と言う方法は無いものか。」

　以上は、時の絶対権力大本営がおそらく何気なく使ったにちがいない西太平洋を逆手にとっての痛烈な、過激なまでの戦争批判、国粋主義批判ではないか。当日日本軍が攻撃したのは作中にもある通りマレー半島、香港、グァム、ハワイ島と、西太平洋、つまり太平洋を縦割りにした場合、中心より西半分の太平洋の島々ということになる（但し厳密にいえば、当日特攻隊を使って「米国艦隊全滅す」との政府声明にある通り大戦果をあげた真珠湾のあるハワイ島を西太平洋に入れるのは無理）。この基準でいけば、日本は東ではなく西になってしまう。聖徳太子以来なぜか日本は東にあり、日出ずる国だと誇り、中国侵略戦争を、大東亜共栄圏確立のためとの美名のもとに合理化していた。それをこの主人は一見地理音痴、国策順応と見せかけながら、愚弄しているのだ。これは、自己を滑稽化、戯画化することによって対象をもコケにし、その欺瞞を曝くという反語的手法である。批判は間接的に韜晦した形でなされている。それは高度に意識的、知的作業である。戦争批判など正面切って出来なかった時代に強制されたものとはいえ、太宰の独自な文学的才能のしからしめたものだと高く評価したい。

次に主婦の受け止め方をみてみよう。作中より引用する。

「(大本営発表のラジオニュースが) ①しめ切った雨戸のすきまから、まっくらな私の部屋に、光のさし込むように強くあざやかに聞えた。―②それを、じっと聞いているうちに、私の人間は変ってしまった。③強い光線を受けて、からだが透明になるような感じ。④あるいは、聖霊の息吹きを受けて、つめたい花びらをいちまい胸の中に宿したような気持ち。⑤日本も、けさから、ちがう日本になったのだ。」

一読して明らかなように、主人の受け止め方とは対照的である。滑稽、戯画といった要素、笑いはない。非常に感覚的に美化して捉えられている。これは戦争の、死の受容だと思われる。それはまず暗闇に射しこんできた一筋の光であった。闇や影ではない。それはすぐさま全身を透明にする強烈な光となる。それらの光の変化は、まず私という個的人間が変り、ついで日本全体が変ったのだという認識の類比として捉えられている。そして変ったというのは、光として捉えられているかぎり、まずは新しい生の自覚という肯定的なものと考えざるを得ない。

何より私が注目するのは④「聖霊の息吹きを受けて、つめたい花びらをいちまい胸の中に宿したような気持ち。」という比喩である。いってしまえば、太宰にとって大本営発表は受胎告知であったのだ。聖書に傾倒していた彼にしてはじめて表現可能な逆説、反語としてのそれである。周知の受胎告知とは処女マリアがキリスト＝救世主としてのイエスの懐胎を聖霊から告げられたことである。それは必然的運命であった。なぜならそれは神の仕業だからだ。そしてその中にはすでに十字架上のイエスの死と復活まで含まれていたにせよ、まずは救世主出現の喜びの予告であったはずだ。しかし太宰の場合のそれは、確かな滅亡の時代、死の時代の到来の告知でしかない。「聖霊の息吹きを受けて」とは、太宰がその告知を必然的運命として受容したことを示すだろう。「つめたい花びらをいちまい胸の中に宿した」とは、冬の季節と重なってやってきた時代の冬の冷たさの美的表現であり、受容だ。これは当時の、悲壮感に半ば酔ったような多数の国民の心情―美意識をも代弁しているように思われる。たったいちまいの花びらが、全身を、全国を覆う巨大な、白い冷たい死の花びらに広がっていったのだ。

以上を通していえることは、戦争を批判する自己はコケにできても、受容する自己までコケにすることはできなかった（しなかったのかもしれないが）。戦争は批判しても死は受け入れたということになる。つまり、それほど太宰にとって死の引力は根源的なものだったともいえるし、そこに彼の戦争批判の限界をみることもできよう。結果的には戦争を支持した大多数の国民と一致するのだ。

受容とはいったが、③の強い光線を受けてからだが透明になる感じ、というのは、今からふり返れば、ある人は石段に影としてしか残らなかったという広島の原爆を思わせもする。それは単に日本の滅亡のみではなく、世界滅亡の予告でもあったとみるのは強引にすぎようか。

もう一ヵ所批判と受容が連続して描かれていると思われる部分がある。それは十二月八日という歴史的一日の夜にみられる。

まっくらな夜道を帰ってくる夫は軍歌を調子はずれに歌っている。しかも歌詞は畏多くも「わが大君に召されぇたあるぅ―」である。それは「いのち栄えある朝ぼらけ」と続くものだ。これを調子っぱずれに歌ってしまっては大君の尊厳が損われるし、栄えあるいのちも色褪せてしまう。不敬罪相当のものであったはずだ。軍歌の効用を骨抜きにしてしまっている。しかし風呂帰りのまっ暗な夜道に難渋していた妻子には次のように言う。「お前たちには、信仰がないから、こんな夜道にも難儀するのだ。僕には、信仰があるから、夜道もなお白昼の如しだね。ついて来い。」

十二月八日のはてに言われた夜道とは死の時代到来の暗喩であり、主人のいう信仰とは、いよいよオレの時代、滅びの時代が来た。日本中が一蓮托生、共に滅ぶのだという太宰の時局再確認であり、ついて来い、は以上の認識からくる連帯感の表明ではなかろうか。

ここにも戦争批判と受容という矛盾の共存がみられると考える。

但しついて来いには抵抗を覚える。妻が夫に敬語を使っていることとともに、太宰の家長意識、知識人の優越感を感じさせられる。

以下作中にみられる戦争批判の主な事例をいくつか挙げてみる。

① 冒頭に出てくる「紀元二千七百年」の読みの問題。ここで真に問題にされているのは、その前年挙国一致で行われた「皇紀二千六百年」の祝賀行事である。私＝主婦は作中で「もう百年ほどたって日本が紀元二千七百年の美しいお祝いをしている頃に、私はこの日記帳が、どこかの土蔵の隅から発見せられて、百年前の大事な日（昭和一六年一二月八日―筆者）に、わが日本の主婦が、こんな生活をしていたという事がわかったら、すこしは歴史の参考になるかも知れない。」と書いている。前年の祝賀行事を受けての発想なのだが、この作中からだけでは「紀元二千六百年」行事やその意味は読み取りにくい。

それではせっかくの批判が生きてこないので念のため補っておきたい。

現在「建国記念の日」として休日になっている二月一一日（これも多くの反対を押し切って一九六六年制定されてしまったものだが）は、敗戦までは紀元節として国を挙げて祝われていた。それは神武天皇が、服従しない仇どもを平げて、橿原宮で初代天皇の即位式を挙げた日とされた。それが皇紀元年であり、それ以来皇統連綿として、昭和一五年は皇紀二千六百年に当るとされ、一大祝賀行事がくり広げられた。二月一一日には、天皇の名による詔書が出された。それは万世一系の皇統と君臣一体の国体を誇り、だから汝臣民たちはこの非常時下に当り、神武天皇の成した仕事の広さ深さをよく考え、協力して国体の精華を発揮し、戦時下の困難を乗り切って国威を宣揚するように努力せよという趣旨のものであった。岩波書店の近代日本総合年表によると、一五年の正月三ガ日の橿原神宮参拝者は一二五万。前年の約二〇倍。十一月には祝賀行事として提灯行列、旗行列、音楽行事（何と、かのR・シュトラウスが祝典曲を書き送ってきているのだ—筆者）、神輿渡御等と多彩な行事が全国的にくり広げられ、赤飯用のもち米も特配された、とある。当時地方の女学校四年生であった私の持っている校友会誌「たちばな」にも、詔書の意図を素直に信じ、積極的に戦意を披瀝した少女たちの作文「皇紀二千六百年を迎へて」というのがたくさん載っている。

一八七二年（M五）、日本書紀に拠って制定された紀元節には諸要素があったにせよ、昭和に入って日本が中国侵略を始めた頃から、それは専らナショナリズム強化、戦意高揚のために国家権力側に利用されるようになった。

太宰にはそんなイベントのからくり、バカバカしさがよく分かっていた。しかしそれを大っぴらにからかったりする状況はすでにない。そこで考え出されたのが、百年後の二千七百年をどう読むかという、まことに奇抜、卓抜、秀抜な着想による愚弄だ。

二千七百年の七百を、どうもななひゃくと読まれそうだが、それはいやらしいから何とかしてしちひゃくと読んでもらいたい、と煩悶してると友人に言わせたり、いやその時はもうそれどころかぬぬひゃくになっているかもしれぬと主人に言わせたりしている。私は主人はいつでもこんなどうでもいいようなことをまじめにお客と話合っているという。これは一種の煙幕であるが確かに主婦―庶民の目からみれば下らなくみえるだろうが、知識人である主人側に立てば、下らないのは行事の方なのだ。ここは深読みすれば、ひとつの対象をいかに解釈するかに関わってくる常識や権力の問題が呈示され、それに対する抵抗がみられると思う。常識的にいえばななひゃくであろう。それをしちひゃくと読んでもらいたいというのは、一般常識や上からの読みの押しつけ、画一化への異議申し立てであろう。さらにそれがぬぬひゃくになるかもしれぬというのは、支配者側に都合のいいようにどのようにでも歪曲されてゆくからくりを衝いているのではないか。現行の日本国憲法の解釈の支配者側の変遷をみても、それはいえることだ。

この「紀元二千七百年」問題は、前述の「西太平洋」と同じ反語的手法で描かれており、この作中の戦争批判として双璧をなす。

② 地理音痴の例として主人が佐渡旅行の時「佐渡の島影を汽船から望見して、満洲だと思ったそうで、

実に滅茶苦茶だ」と私は言う。しかしこれは中国侵略の韜晦した批判ととれる。つまり日本の傀儡として成立させられた中国東北部の満洲国は、実態は日本にとっての佐渡島に等しいものだった。主人は暗喩を使ってそれを曝いているのではないか。

③この主人は当時ほとんどの男達が作らされた国民服（カーキ色、詰衿の上下）も作らないし、防空用の道具類も何一つ用意していない。私はそれを主人の不精のせいにしているが、それが真の理由ではあるまい。彼は戦争に非協力な非国民なのだ。

④早朝のラジオで「戦闘状態に入れり」と放送しておいて、夕刊で宣戦布告したことを伝えている。つまり不意打ちしておいてから、やっつけるぞと宣言したわけだ。日本のやり方の卑劣さも事実を書くことによって示している。

⑤私が「日本は、本当に大丈夫でしょうか」と「思わず」訊ねる。この主婦の不安はおそらくは日常生活の不如意に拠るものが大きいだろう。市場に行っても買える魚はいかと目刺しぐらい。六升の酒を九軒で等分に割ける苦労、増税、若者の相つぐ徴兵。しかも今度の相手は世界の超大国アメリカ。いかに今日に変化がなく、この静粛がたのもしいといってみても、一瞬の不安がよぎるのは当然であろう。しかし主人は「大丈夫だからやったんじゃないか。かならず勝ちます。」と「よそゆきの言葉」で答える。これも反語である。妻への返答を越えて、無謀な勝目のない戦争に突っ走った軍部への皮肉がこめられている。だが妻の私には夫の反語は通じない。逆にいつも嘘ばかりいっている夫なのに、改まったいい方をしたから、これだけは信じようと、目色、毛色の違った相手に強い敵愾心を燃やす。「滅茶苦茶に、

ぶん殴ってやりたい。支那を相手の時とは、まるで気持がちがうのだ。」それは当時の多数の日本人の心情でもあった。何しろ鬼畜米英だったのだから。この妻と夫、庶民と知識人の認識の落差は越え難いほど大きい。妻の私が夫を主人と呼び、敬語を使っているのも、その溝の一つの証明にみえる。

しかし同時に、「この滅茶苦茶にぶん殴りたい」などという敵愾心は、どっか滑稽でその迫力を欠く感じのするところがまた妙である。

さて、すべてが戦争に関係した一日が描かれているような作品中に、一見それと無関係のような挿話がある。それは夕方主婦が赤子を銭湯に入れている場面である。それは主婦の最大の楽しみであり、次のように描かれている。

「① 園子（赤子の名—筆者）のおなかは、ぶんまわしで画いたようにまんまるで、ゴム鞠のように白く柔く、この中に小さい胃だの腸だのが、本当にちゃんとそなわっているのかしらと不思議な気さえする。② そしてそのおなかのまん中より少し下に梅の花のようなおへそが附いている。③ 足といい、手といい、その美しいこと、可愛いこと、どうしても夢中になってしまう。どんな着物を着せようが、裸身の可愛さには及ばない。—もっと裸身を抱いていたい。」

以上はまず戦時下の耐乏生活の中での唯一の安らぎの時を思わせる。母子の愛情風景の一つとして不滅の題材とみえる。それを否定はしない。しかしこの母の女児の裸身に対する愛着、執着は些か異常に思われる。

①の赤子の腹部の比喩 ②の梅の花というへそへの比喩 ③の裸身に対する愛着などには、なまなましい肉体と清潔なエロチシズムが感じられる。それは赤子のものでもあるがそれを越えた男の女体へのエロチシズムである。とくに②は卓れた比喩だ。紅梅の花の香が性の匂いを伴って漂ってくるようだ。

右の部分は、その日の午後の主人の外出と微妙に呼応していると思う。「―あんなに、そそくさと逃げるように外出した時には、たいてい御帰宅がおそいようだ。どんなにおそくても、外泊さえなさらなかったら、私は平気なんだけど。」つまりこの主人は時々？ 外泊をする、ということは愛人がいるということだろう。主人は不倫を犯しているわけだ。その主人の女体への愛着が、些かロマンチックに美化されて赤子に投影されているのではないか。ただ妻にとって重く辛いはずの夫の不倫が、そそくさと逃げるように外出すると書かれるとユーモラスで、この主人の悪業は免罪されてしまう。狡い戯画化ではある。

しかし日米開戦の日、性や不倫をさりげなく書き込んだということは、やはり時代への大胆な挑戦ではないか。

さてもう一度「梅の花のようなおへそ」に戻るが、この比喩は、前述の「つめたい花びらがいちまい」とともに、この作中の双璧をなす美しい比喩である。つまり死と性は太宰の最も深層的なところで受容されていた人間的なるものだったのだろう。だからこそ彼はさりげなく共に花に托して謳い上げたのだ。しかしこれは逆にいえば、くり返すがそういう自己までは相対化できなかったということだろう。作品全体が知的、反語的発想に充ちているのに、この二ヵ所だけはそれらから外れて抒情的なのだ。主婦という語り手による虚構化が、破綻を来している部分だと考える。

しかしそれがまたこの作品を屈折したおもしろいものにしていることも確かだ。

この批判と受容の共存は、彼の戦争批判にもある影を落していはしまいか。「何とかしてしちひゃくといってもらいたい」「なんとかして日本が東で、アメリカが西という方法はないものか」といった共通したいい方には、不可能を願う滑稽さと同時に、いかに批判を持とうとも、そのバカバカしさをどうにもできぬ知識人としての自己の無力、非力さへの自嘲もこめられていると感じるのは、深読みのしすぎだろうか。

太宰治は、日本には数少ない諷刺文学を書き得る才能をもった作家ではなかったか。

私―主婦は引用したように、百年後にまで残ることを期待して書くという意味のことを言っている。それは作家太宰の願望・自負であったろう。この作品が発表されて約半世紀経つ。当時の庶民はむろんのこと、知識人の大部分も日米開戦支持、賛美を表明した中で、この作品は、彼の自負を裏切らぬものを持っている。もっと高く、広く評価されてよいのではないか。

## 25 「ベリー侯の豪華時禱書」（レイモン・カザル、木島俊介訳）（中央公論社）

〔一九八九年一〇月　日文協近代部会誌　第八一号〕

御存知の方も多いと思うが、この時禱書は一四世紀、フランスの大貴族ベリー侯が、ランブール兄弟に制作依頼して作らせた豪奢華麗な装飾画集である。未完であるが、この本が残ったのは芸術史上における奇跡の一つであるといわれ、現在はパリ郊外のコンデ美術館に秘蔵されていて、人目に触れることはない。それが今回国際共同出版により、その全体をコピーで見ることができるようになった。

一年分のカレンダー、旧・新約聖書からの題材、占星学的人体図、縁飾り等が朱赤、青緑、黄金といった極彩色で美しく描かれている。カレンダーには優雅に遊ぶ貴族等と、働く領民の姿もリアルに描かれ、大貴族の生活がとくに農民の搾取の上に成立っていたことがよく分る。

いまさらいうまでもないことだが、西洋中世は暗黒のみではない。とくに一二世紀は西洋文明が花開き、今日の基盤を作ったと言われている。それは例えばあのシャルトルの大聖堂、その中のあの焼き絵ガラスの美を見た人ならだれでも肯くだろう。すでにシュジエール（一〇八一〜一一五一）という非凡な修道院長は「人は美を通して神に近づける」と喝破し、実行に移していたのだ。

画中「受胎告知」（第二六葉）は緑、青、淡朱という寒色系の色彩で統一されていて、清らかで美しい。少女と見紛うような大天使ガブリエルが、右手に旗帯を、左手には百合の花をもって、マリアの前にひざまずいている。図像学的にいえば周知のように受胎告知図に百合の花はつきものであり、それはマリアの純潔の象徴である。

拙稿「『十二月八日』（太宰治）解読」（『日本文学』一九八八年一二月号）の中で、大本営発表を、「聖霊の息吹きをうけて、冷たい花びらを一枚胸の中に宿したような気持ち」と受けとめた主婦の感想を、逆説、反語としての受胎告知だと解釈したのは、西洋の諸美術館でいろいろ見てきた受胎告知図からのヒントによるものである。

またガブリエルが着ている緑地に黄金の、中形の模様入り、両脇が大きく開き袖口、袖付、裾まわりなどに金地で太く縁どりしてある長上着は、豪奢だがカジュアルな感じで私も着てみたい。ついでにいえば、カレンダーの一月の部は、ベリー侯の宮廷の新年の祝宴図だが、彼の着ている青地に金色の模様を織りこんだ重厚な打掛け、廷臣たちの着ている色とりどりの長衣、左右色、柄別のタイツなど、中世人のファッションの斬新さに目をみはる楽しみもある。

地獄図（第一〇八葉）もおもしろい。地獄の業火に掛けられた鉄鋼の上に横たわった大悪魔（リヴァイアサン）が、火の息とともに罪に堕ちた者たちの魂を吹き上げている。その鉄鋼の炉の火を燃やすために、それの左右には小悪魔がいて、天秤を利用しつつ大きなふいごを踏んでいる。まるでダンスでもしているように。宗教画の薄暗さはなく、ユーモアさえ感じさせられる。近代リアリズム絵画の先駆けといわれながらも抽象、幻想、寓意に充ちている。中世人の見た夢の何とふしぎなうつくしさよ!!

序文で木島俊介は次のように言っている。「一四世紀に開花する時禱書の世界では、祈禱のためのテキストよりもむしろ、これを開く者が生きていた『時』の刻一刻が聖化され、美化されることに主体が置かれているように見える」「時の永遠化、聖化である」。その時、無宗教の私もまた己れの時禱書を持ちたがっている一人だなと思った。ベリー侯の生きた時代は英仏百年戦争、ペストの流行といった災禍の中であり、彼自身も人質となって英国に止められたりしている。だからなお彼はその権力を行使して美なるものを集めたのだろう。戦中派の私もまたRICHな時禱書を、と願うものだ。ただ金も権力もない私は、自らの手でそれを描くほかない。この些細な原稿もその一ページのつもりである。

# 26　西洋中世の魅力

〔一九九〇年七月　日文協近代部会誌　第九〇号〕

西洋かぶれとは、中世かぶれでもあるわけだ。とくに、一二、一三世紀が好きだ。そこにあるさまざまな美に魅かれる。ここ二年ばかり、毎夜のごとく私は睡眠薬代わりに、ケネス・クラークのＴＶドキュメンタリー「CIVILISATION」の一二、一三世紀分を録音したテープを聞いているせいか、中世がかなり身近なものになっている。

先頃フランスのフォントネやサン・ドニに、聖ベルナール、聖シュジェルが建てた修道院を訪ねた時はつい、ベルナールさんち、シュジェルさんちと言ったほどだ。建て人知らずの、ブルゴーニュはヴェズレー村の小高い丘の上のサント・マドレーヌ教会堂は三度目の訪問だった。ロマネスク建築として屈指の美を持つと言われている通り、何度行ってもいい。入口のタンパンの威厳ある「キリストの命令」のキリスト像や夥しい柱頭彫刻を双眼鏡でゆっくり見て回る。それら架空の奇怪な動植物、聖書伝による題材等はすべて象徴化され、ユーモラスでもある。それから私は小さないすに座ってじっとしている。すると桜色のもやに包まれてゆくのだ。冒涜かもしれないがそれはエロチックでもある。いやマドレーヌ教会だからふさわしいのかもしれないが。それは多分に、白灰色の列柱や白と黒ずんだ小豆色に染め分けられたアーチの連なり等、それら年経た石達と柔和な光りの織りなす色彩のシンフォニーのようだ。

ロマネスクの特徴は重厚といわれるが、ここはとても明るく軽やかだ。クラークが言っているように、ゴシックのきざしがあるのだろう。この装飾に充ちたクリュニー派を批判し、簡素を旨として人里離れた僻地に造られたのがシトー派の僧院で、フォントネ修道院はその代表格だ。ブルゴーニュ地方の深い森の中にあり、まさに中世の森に分け入るの感がある。ここは僧侶たちの共同体で、教会、宿舎、作業場、病院、監獄まである。いくら祈りと労働に明け暮れる日々とはいっても、男ばかりの所帯の中では、例えばウンベルト・エーコの小説「薔薇の名前」にみられるように、様々な人間くさいドラマが演じられたのだろう。簡素・静謐・静澄そのもののような石と水（小さな階段状の滝のある池がある）と森の建物全体が、逆にそのような想像をかきたてる。以上は美術の一端だが、次に学問を垣間みてみよう。

「神学大全（スンマ・テオロギア）」（山田晶抄訳、『世界の名著トマス・アクィナス』中央公論社）。周知のように聖トマス・アクィナスによる神の存在證明書である。訳者は「トマスはこの書によって、アリストテレスが理性によって到達した真理と、啓示の真理との間に何の矛盾もないことを証明した」という。それへの批判は私にはできないし、読んだからといって信者になれるわけでもない。しかし、啓示・信仰といった分かりにくい問題を、理性や論理で分かりやすく一般化・普遍化しようとして、アリストテレスの哲学という異文化をどのように受容・摂取したのかということには関心がある。

例を挙げてみてみる。第一部第三項では「神は存在するか」と問題提起される。次に、存在しないという、トマス説とは反対の諸説が紹介され、最後に「答えていわなければならない」とトマスの主文・解答が示される。全篇同じ形式をとっており、そこにあるリズムが感じられる。さて解答はむろん存在するであり、五通りに證明されるが、基本は、「世界には動いているものがある。それはすべて他者によって動かされている。動かすものと動かされるものの系列を無限に進めることはできぬ。第一動者が存在しなければならず、これが神である」。これは基本的にはアリストテレスの根本命題といわれる「動いているものはすべて動かされて動いている」に基づいているといえよう。

しかし（とここからズレていくようだが）、トマスはあるミサの時突然心境の大変化を起こし、「大変なものを見てしまった。自分の仕事などは藁くずに等しい」といって書くのを止めてしまい、約三ヵ月後に四九才で死んでしまう。死に近い聖体拝受の時彼は涙を流しつつ「私は夜を徹して学び、労し、説き、教えました。それはすべてあなたへの愛のためでした」と言ったという。この挿話？は無限におもしろい。私には彼の生涯は、彼の生きたゴシック時代のあのステンドグラスのように幻想的にみえる。

## 27　F・サガンの人間的なるもの「私自身のための優しい回想」（一九八六年）

〔一九九〇年　日文協『近代文学研究』第七号〕

右記の本は、約五十才のフランソワーズ・サガンが、それまでに愛した人々・事物・愛読書等について語った回想記である。「愛する人々や事物について語ることによって、自分自身を語った」と好評だったというが、私の予想外の共感・感銘もまたそこにあった。一言でいえば、サガンの語る人間的なるもの、価値あるものに対する共感である。それらは徳目的にいえば何も新しいものはなく、むしろいい占されてきたものでもある。しかしそれらが具体的な状況や人間や事物等と関連して表現された時、新たな共感や説得力を持つことがあるのだ。

私がいちばん共感・感銘を受けたのは「サルトルへの愛の手紙」である。これは全体としては、サルトルの死後（彼の死は一九八〇年）に書かれたものだが、二部に分れており、前半は死の約一年前にある新聞に公表された手紙、後半はそれによって始められたサルトルとのつきあいが書かれており、全体としては愛惜の念が強く出ている。

なぜ彼女は愛の手紙を発表したのか。基本的には十五才の頃からサルトルを尊敬し続けていたということ。状況としては、すでに七十過ぎのサルトルは盲目となっており、読み書きの道を断たれ、彼の時代は過ぎつつあった。しかし「この世紀は狂気じみ、非人間的」とみるサガンは、それに抗するものとしてのサルトルの存在に対し「感謝」し、最悪の不幸な状態にある彼を喜ばせたいと思ったという。
サガンはいう「作家として讃嘆する人はたくさんいますが、人間として讃嘆しつづけているのはあなたただ一人です」と。むろんこの場合文学者としてのサルトルと人間としての彼とは切りはなせないものとして捉えられている。いやむしろ文学者として高く評価すればするほど（彼女は「文学ではサルトルとプルーストが根源的な発見となった[1]」といっている）、それの持つ特権に対しての見方は厳しくなる。だがサルトルはその特権をふりまわしたり、利用したり、安住したりすることはなかった。「作家であると同じだけ人間であ」ったというのは、その意味であろう。

「あなたは審判することを欲しないので正義〔司直〕に訴えることをせず、名誉を与えられることを欲しないので名誉について語らず、自分が寛容〔無私無欲〕そのものであることを意識しないので、寛容について言及さえしなかったのですが、そのあなたはわれわれの時代の唯一の正義の人、唯一の名誉の人、そして唯一の寛容の人であったのです」。

彼女の効果的な逆説的方法による称賛の一節だがとくに私は「寛容」という言葉に惹かれる。右の審判しないというのも寛容に通じているし、同書の中からいくつも引用できるが、もっとはっきり語っているのを引用しよう。嫌いな人はと訊かれてまっ先に「寛容でない人[2]」をあげているし、友人の美点は「ユーモアのあること、下心のないこと=寛容で親切なこと[3]」。愛については「理解すること。みのがすこと[4]」という。これも寛容と読みとってよかろう。

なぜ「寛容」を強調するのか。それはもう一方での「孤独」の強調と一対になっていると思われる。

彼女は裕福なブルジョア家庭の中で育ち「とても幸せでとても甘やかされていながら、とても孤独だった」という。また彼女の「作品のテーマは孤独と恋愛」であり「孤独が主要なテーマ[⑤]といっている。「寛容」とは個としての孤独な人間同士を連帯させ得る唯一の、しかし至難の業なのではないか。だから彼女は強調するのだろう。（注　①②③④⑤は彼女のインタビュー集『愛と同じくらい孤独』（新潮文庫）より。）

カソリックの寄宿学校に入っていた彼女は、十三、四才の頃、ルルド[⑥]で難病に苦しむ少女を見て「凛然と神を私の生活から放逐した」という。彼女の「寛容」の出自はいろいろあろうが、私は聖書の教えを色濃く感じる。神は捨てても、聖書の教えは残ったのではないか。「汝の仇を愛せよ」「下着を乞う者には上着も与えよ」「七度を七十倍するまで許せ」等々とそれは「寛容」の教えに充ちている。（注　⑥一少女に神の奇蹟が　行われたというフランスの聖地。各国から難病者や障害者が多数詣でる。）

サガンは滑稽にみられることを承知で、サルトルに見出していた価値あるものを絶賛した。盲目となりおそらく孤独の極みにある彼への、それは連帯のメッセージであった。それは誰を動かさなかったとしても、彼を動かしたことは確かだ。サルトルは十日おき位に死の直前まで会い続けたのだ。サルトルがサガンの描いたような人間であったかどうかは問題ではない。くり返すが私が共感するのは、サガンの価値ありとする人間的なるものと、それを賞讃する知的表現の持つ情熱に対してである。

最後に、愛する事物としての「スピード」と「賭博」を、「運そのものと自分との間の喜ばしい賭け」「生きる喜び」という彼女にとっては、それらもまた人間的なるものであり、十二分に孤独の「快楽」を知っている人でもあることを、付け加えておきたい。

## 28 西洋民主主義は死んだ——多数決の非民主性・非人間性

〔一九九一年「心の窓」No.46 47合併号〕

一九九一年一月一七日、アメリカを主力とする英・仏等のいわゆる多国籍軍は、イラクへの空爆を行い、戦争を始めた。それは国連における民主的決定—多数決の名の下に行われた。だからアメリカの行ったことは、クウェートの自由のための正義の戦いだといって支持できるだろうか。答えは否である。それはイラク問題が起きて以来のアメリカの言動をみればそうなってしまう。アメリカは最初から戦争しか考えていなかったのではないか。でなければどうしてあっという間に何十万もの軍隊をサウジアラビアに派遣してしまったのか。何度か妥協案がフランス等からも出されたのにすべて拒否したのか。開戦前にベーカー国務長官が慌しく英・仏・独等を回ったのも、平和のためではなく、戦争へ引きずりこむための折伏であり、それを最後の平和への身ぶりのように演技したのではないか。

そして戦争開始以来行われていることといえば、茫然とするような生命・資産・物資・地球等の破壊・浪費である。二四日までですでに延一万五千機のイラク空爆という（話半分かも知れないが）。

戦中派の私は東北の地方都市の軍需工場で一度だけ約一時間に亘りB29の波状攻撃を受けた。それだけで約一二〇人位の死者が講堂に並べられた。イラクの惨状は想像を絶しているだろう。アメリカはイラク抹殺を狙っているのかと思う。その上ハイテク兵器の実験場といわれ、一発約一億五千万円の砲弾が惜しげもなく使われているという。これから地上戦が行われれば、どのような惨劇となるのか測り知れまい。西洋民主主義―多数決＝多国籍軍が、これほどの狂暴な力を、人口二千万足らずの異文化の一小国に対してふるっていいものか。それは世界的にも悪影響を広げてゆく。西洋民主主義は死んだといわざるを得ない。

昨夏来日したウンベルト・エーコ（イタリーの中世哲学研究者・作家）はある対談の中で（『新潮』一一月号）、「西洋では最大の神秘さえ言葉で説明しようとするのです。それが偉大なゴシックの精神なのです」といっている。そこには平和的・知的な他者意識・連帯意識がみられる。これを今の状況にもじれば「最大の難問さえ言葉で解決しようとする」ということになろう。その「偉大なゴシックの精神」が、西洋合理主義・民主主義の基本にあったはずである。それが民主制をとることによって、戦争という最も非合理的・非人間的・非民主的なものに転落した。

もしアメリカが真に民主大国・軍事大国を自負するのであれば、独裁小国イラクよりもはるかに世界平和に対して責任を持つべきなのだ。しかし、どうしても石油利権のためでなく、自由のために戦うというのであれば、自国だけで戦えばいいのだ。むりやりに多数決をつくり、他国に戦費分担を強制するなど、誇り高きはずのアメリカにあるまじきみっともなさではないか。もし自国だけでもというのであったなら、人一倍臆病でケチな私でも貧者の一燈を、という事になったかもしれない。地上戦がはじまる前に、アメリカの勇気ある撤退を願わずにはいられない。

# 29　文学者と権力

〔一九九一年一一月〕

『世界』一〇月号に「死にいたる権力」という一文が載っている。これは今年五月、デンマークの首府コペンハーゲンで、ゾニング賞①を受けたチェコスロヴァキアの大統領ヴァーツラフ・ハヴェルの演説である。「死にいたる権力」という題は、デンマークの世界的哲学者キェルケゴールの「死にいたる病い」にあやかったものである。共産主義政権下で一貫して人権闘争を行い、投獄経験をも持つ。それが民主革命のあとで国民に推されて大統領になった。

演説の中で彼は、人はなぜ政治権力を持ちたがり、一旦持つと手放したがらないのかと問題提起し、三つの理由を挙げる。

① よりよい社会秩序、特定の価値、理想への欲求。

② あらゆる人間存在のもつ自己確認への自然な願望。それへの実現に政治権力ほど魅力的な方法を持つものはない。

③ いかに高度な民主主義が行われているところでも政治家の生活と不可分に結びついている雑多な特典。

以上の中でとくに彼は③の権力がもたらす諸特典がいかに悪魔的な誘惑を持つものであるかについて

語る。ことに昨日の反逆者が今日の大統領になった場合とくに危険で、自分達がかつて排撃していた前任者に深刻なまでに似てくる、という。長くなるが引用する。

「自動車を運転し、買物をし、コーヒーをわかし、電話をかけることを忘れた人間は、それらができていたそれまでの人間と同一ではないのです。テレビカメラのレンズに気を配る必要のなかった人間が突如として自分の動きという動きをカメラの視角に合わせることになったら、もはやかつての彼ではないのです。」「彼は自分の地位、特典、役職の虜になってゆくのです。あたかも彼のアイデンティティを確証し、彼の存在までも確証してくれるかの如きものが、現実には彼のアイデンティティと存在をそれとなく奪ってしまうのです。」「人間が自分の胸像の石と化すのです。胸像は彼の不滅の意味と名誉を強調はします。しかし同時に所詮一塊の無機の石にすぎません。」

政治権力がいかに人間性を奪ってゆくか、とくにここ数年においていやというほどみせつけられているので、そのトップの座にある人の自己告発ともいうべきこの言葉は、一層説得力を持つ。これだけ自己批評できるのも彼がすぐれた文学者であればこそと思われる。

これを読んだあとで私は、去る一〇月プラハのスメタナ劇場で行われた、ドボルザーク生誕一五〇年記念のコンサートを、衛星放送でみた。

指揮者クーベリックが白髪を泳がせつつ舞台上に現れた時、人々は総立ち、拍手で熱狂的に迎えた。それはいい。然し、人々が着席しようとした時、クーベリックの棒で国歌が演奏され始めた。人々は又立上り、その意味が分ったらしく拍手で迎えた。二階の舞台寄りの桟敷席にハヴェル大統領夫妻が入ってきたのだ。私はとたんに、やりすぎだと思った。やるなら坐ったまま拍手だけでいいのではないか、あるいは手を振ってもいいだろう。しかし全員起立、国歌演奏、拍手までして、彼にそれこそアイデンティティを確認させる必要はなかったと思う。彼はそういうものを望んでいるとは考えられないからだ。

またつい先日は、彼はスロバキアに赴き、分離独立派の人々から卵を投げつけられ、憤慨して帰ってしまったとか。東欧再建の道はどの国も困難を極めている。しかしハヴェル大統領はこの一文に示した感受性の鋭さを失うことなく、新しい指導者像を示してほしいものだ。大昔、プラトンが理想とした哲人政治家に少しでも近い人として。

注

①ゾニング賞はコペンハーゲン大学から芸術上・政治上の功労者に対して贈られる。

# 30　類推（ａｎａｌｏｇｙ）について

〔一九九二年一月　日文協近代部会誌　第一〇八号〕

類推＝アナロジーとはおもしろい思考法である。想像力が入ってくる余地のある不確かなところがおもしろいし、非論理的論理性があるといってもいい。

最近私は日文協の「批評と方法の会」部会でＣ・レヴィ＝ストロース著『やきもち焼きの土器つくり』を報告した。彼には「神話論理」という大著があり（本邦近刊予定）、これはそれの格好の入門書でもある。

主として南アメリカインディアンの神話に拠りつつ、北米インディアン神話との関連性を追求しているのだが、それの基本となる考え方、いわゆる神話的思考といわれるものの方法・論理は冒頭のａｎａｌｏｇｙである。

三冊ばかり当たった中では、岩波小辞典「哲学」が一番分りやすいので、定義を一応述べる。

類推（ａｎａｌｏｇｙ）とは、類比を根拠とする推理であり、類似点にもとづいて一つの特殊な事物から他の特殊なる事物に推理を及ぼす考え方。

(1)　A＝a，b，c，dかつⓔ

(2)　B＝a，b，c，d

(3)　B＝ⓔ（辞典はここまで）

(4)　A＝B

(4)A＝Bは、報告後ある知人から教えられ、自分で気付けなかった残念さはあるが、ひどく腑に落ちたのでつけ加えておく。

かんたんにいえば「それは〜と同様」ということだ。それは従って相互可換性を持つ。この方法によって神話は、天上界、動物界、人間界の諸現象を結びつけてゆく。

一例をあげよう。

「名もない星のうちでももっとも常軌を逸した形式としての彗星と流星は、ある種の宇宙的不祥事である。それは別の平面で」「人間を飢えさせ」、「人妻専門の女たらし」とされている「バクの行為が、社会的不祥事を表すのと同様である」とストロースは解く。それによって妻を寝取られた夫の苦しみがなくなるわけではない。しかしそのようにアナロジーに考えることによって「特定の問題の解決にもならないひとつの解決が、知的な不安、さらには生きていることの苦悩をしずめる」という。

また創造神話は以前の「結合」から「分離」した、その「分離のさまざまな様式」だという。この結合と分離は別の言葉でいえば「嫉妬」ということになる。すべての差異・対立は嫉妬の一面の様式である。だがそれらは同時に、結合から生じ、結合を望むという面で、アナロジーの論理に組み込まれる。

宇宙は、人間を含めて論理としてはアナロジーとして、イマージュとしては「クラインの壺型」と捉えられている。それは出口が入口でもあるような円環構造を持つ。

神話の奔放な想像力は決して荒唐無稽のホラ話ではなく、人々の的確な経験や観察を通して、象徴化、寓意化されたものなのだ。

このように神話的思考は「複数のコードを用いて操作するという点にその独自性がある」とするストロースは、フロイトの精神分析的解釈を「他のコードを許容しない唯一のコード」＝〔心理＝身体コード〕＝性的コードで「神話を解釈しようとした」ことを「第一の誤り」とする。このフロイト批評はかなりてきびしく、自己の構造分析の優位性を強調しているが、その当否は私にはよく分らない。

「思ってもみない領域の間に照応関係を見出す意表を衝く思考」＝「類比《アナロジー》を見出す思考」に「強い印象を受ける」と著者は冒頭部分に書いているが、私もこれを読んでそう感じた。それは知の喜びだけではなく、人間的、平和的思考？のように感じた。

ひどく大ざっぱなまとめなので、まちがっていたら教えて下さい。

## 31　二つの鼻＝花物語

〔一九九二年八月　日文協近代部会誌　第一一五号〕

今年鼻を重要な材料にした二つの作品に接した。一つは三月に観た芝居「シラノ・ド・ベルジュラック」（エドモン・ロスタン作）主演はジャン＝ポール・ベルモンド。もう一つは四月の国語教育部会での増田修氏が報告した芥川龍之介の「鼻」である。前者の発表は一八九七年、後者は一九一六年、その差わずか一九年。

題材は、シラノは一七世紀に実在した文武両道の達人、芥川の方は周知のように「今昔物語」に材料を得ている。両主人公とも異形の大鼻・長鼻持ちのために悩まされているが、その気にしかたが大違い。シラノにとって鼻が致命的なのは「命とりの美しさ」と惚れこんだ従妹のロクサーヌへの障害物になっているからだ。それゆえに彼の恋はいっそう純化される。禅池内供（以下内供）にとっては、ゆえに人々にバカにされるという他人の目である。ゆえに彼の「自尊心」が「傷つけられる」ことが悩みである。

むろんシラノにとっても他人の目は気になる。しかし彼は自分の鼻に目をつける者にもつけぬ者にも積極的に挑んでゆく。己れと社会の醜を、機知と想像力でからかってみせる豊かな文才も持っている。「バラードの決闘」をはじめとする長大な名台詞がそれだ。いみじくも渡辺守章氏が「シラノの『花』は言語遊戯」（三月五日朝日夕刊）と喝破した通り、シラノは己れの鼻を言葉の花に、詩の言葉に代える才能と個の強さを持っている。シラノの鼻＝花＝詩の言葉は、外に向かって、他者に向かって発せられている。華麗で挑戦的な告白であり、告発でもある。決して独白ではない。

内供の方はどうか、鼻が短くなった時、「こうなれば、もう誰も哂うものはないのにちがいない」と鏡をみて「満足そうに眼をしばたたいた」。また元通りになる前の夜は、鼻の症状の異常に気付くと「―無理に短うしたで、病が起ったのかも知れぬ、内供は、仏前に香花を供えるような恭しい手つきで、鼻を抑えながら、こう呟いた」。元通りに長くなってしまったのを知った時は、「―それと同時に、鼻が短くなった時と同じような、はればれした心もちが、どこからともなく帰ってくるのを感じた。―こうなれば、もう誰も哂うものはないのにちがいない、内供は心の中でこう自分に囁いた。長い鼻をあけ方の秋風にぶらつかせながら」。

以上三回の内供にとって重要な場面の言葉はすべて「自分に囁いた」ひとりごとであり、独白である。とくに、鼻が短かくなった時と元に戻った時のセリフは寸分たがわぬ独白だ。決して外に向って、他者に向って発せられる告白ではない。逆にいえば、言葉が自閉的になるのは、内供が人目からいかにしても逃れられないからである。そして人目に沿って生きているかぎり、共同体内での日々の平安は保証されるのだ。それを知っているから内供は短かくなった時も、元通りになった時も「はればれ」したのだ。短かくなった時は、そうすれば人目に沿えるとカン違いしたからである違いはあるにしても。

そしてこの独白は前記のように「長い鼻をあけ方の秋風にぶらつかせながら」行われたことになっている。芥川らしい抒情で余韻を残すわけだ。中村真一郎がいっている通り「彼は唯美的な抒情詩人が一篇の抒情詩を作り上げるのと同じような配慮で短篇を仕上げようとした」（筑摩文庫解説）。

芥川は「今昔物語」の本質を「野性美」ととらえている。しかしその野性美を優美・憂美に塗り替えたところに芥川の近代的な「鼻」は成立した。今昔の内供は、鼻もたげ板を粥わんの中に落した中童子に対して「オレよりもっとエライ人に対してならこんなヘマはしまい。とっとと失せろ。」とそれまでの劣等感を爆発させたように激怒する。

そして叱りとばされた童はそれを人々にいいふらし、人々は、内供に同情するどころか童の話し方がうまいとホメたという。

だが、芥川の内供には彼の心情的なよりそいがみられる。それが最後の唯美的抒情となっている。そしてこの「長い腸詰めのような」鼻が風にぶらつくのだって、こっけいだし、いたるところに笑いはあるのだが、笑い切れぬものがのこる。つまり秋風となると笑いが中途で止まるのだ。たしかに漱石のホメたように「上品な趣」はあっても、諷刺になりきれぬ中途半端さを感じる。しかしそれはないものねだりかもしれぬ。そこには現在にいたるまでの半封建的近代日本の現実がとらえられていることもまた事実なのだから。

内供は自らの孤独を意識していない。いや逃げようとしているのだろう。人目をはばかり、異をたてぬかぎり孤独は一応さけられよう。従ってくり返すが言葉そのものも自閉された独白におちいってゆく。

さてシラノの最後はどうか。

迫りくる死神に向って彼は、何物も奪うことのできぬいいものを持ってあの世にゆくという。抱いていたロクサーヌが「それは？」ときくと「（再び目を開いてロクサーヌを認めて、かすかに笑いながら）C'est Mon Panache」という。直訳すれば「それは私の羽根飾り」だが、このPanacheにはとくに有名な意訳として「こころいき」というルビがふってある（岩波文庫）。Panacheの原義は、「兜、旗などの羽根飾り。騎士、軍人の勇敢さ、はなばなしさ——」などとなっている。すべてを奪われても奪われぬものなどというと、何か深刻、かつ精神的なものを期待しがちだが、純愛を捧げつくしたロクサーヌの質問に対して、ハネカザリとは。これはまことに見事な外し、最後の言語遊戯である。（私の渡辺氏の言語遊戯の理解の一端である）。最後まで彼はロクサーヌを楽しませる道化役に徹したのだ。ハネカザリでいいのだ。思わせぶり（こういう思わせぶりなら結構）、お涙頂戴のセリフは無用。ハネカザリのように軽やかに美しくいきましょう。シラノが属していたガスコン隊は青年貴族の軍隊であり、大きなつば広帽子にゆらめく羽根飾りは「独立と誠実」のシンボルでもあったのだ。それにロクサーヌの喩とも考えられる。

また外すことにより、しめっぽいロマン主義をも相対化しているのではないか。「こころいき」という名意訳にしばられる必要もなかろうとはめくら蛇に怖じずの弁である。

また、言葉の道化役に徹したシラノには、「誰よりも言葉を愛した君は、誰よりも言葉に絶望した君だ」、という芥川風のアフォリズムも成り立ちそうだ。アンチヒーローとしてのヒーローの孤独が感じられる。シラノには敵が多かった。彼の事故死はそれを暗示している。彼ほど自己主張すれば当然であろう。しかし内供とちがって、無二の親友もまた存在した。

最後に私事を。半世紀前の十代、私はシラノを読んでカゼ熱がふっとんだ経験を持っている。理由はご想像におまかせするが、全く私は渡辺氏が批判している心情劇としてだけうけとっていたのだ。今回読み直して流石に往時の感動はなかったが、渡部氏の一文によって新しい読みを教えられたと思っている。ベルモンドの最後のセリフは低めに言われたのに、老いてとおくなった私の耳にもくっきり届いた。「セ・モン・パナッシュ」。

# 32 「身をくねらして歌った」自己救済の歌
## ——中野重治「五勺の酒」論

〔一九九二年〜二〇〇四年　未発表〕

私はこの書簡体作品を次の三項目に分けて考える。

1　戦中に「犯した罪」
2　僕の天皇制観、天皇像——戦後の諸改革
3　抒情の役割り

1の「犯した罪」とは、侵略戦争と知りつつ何の抵抗もできず、自他ともに欺いた自責の念を指す。

2は戦後改革の中心課題としては次のことがくり返し主張される。「天皇制と天皇個人の問題だ。天皇制廃止と民族道徳樹立との関係だ。あるいは天皇その人の人間的救済の問題だ」。

右の1・2を考えたあとに、3の抒情の果している役割りを考える。

まず僕の主な生活経験環境から見てゆく。

僕はおそらく、旧制大学時代、新人会に入ろうとしたが、父親が警察署長だったため「取次ぎの学生」は「拒絶する代りに僕をさけた」「僕はさびしく身を引いた」「新人会幹事はまちがっていただろう。し

かし僕はなぜさびしい思いなぞを抱いて教師になっただろう。さびしい思い――馬鹿め――僕は地だんだふんであと十五年かそこらの残りを考える」

右のわずか百字位の間にさびしいが三度も連発される、あとの二回は最初のさびしいを否定するために使われているようだが、実は逆にそれを強調する役目を果している。新人会幹事のまちがいがはっきりし、僕は同情される存在となる。この書簡体作品は冒頭から「会えなかったのは残念」「書いても書いても書きつくせぬ、話しても話しきれぬ」といった「未練」づくしの思わせぶりな心情から始まり、終っている。

僕は四十代半ばの中学校長。家族構成は死亡した先妻の妹と再婚、合計三人の娘持ち。他に妹のよし子が、夫の玉木が戦死したので、三人の子を連れて出戻りの形で同居しているという合計九人の大世帯。よし子の働きは「しれたもの」、玉木の家からの援助はない。戦後の「インフレ」「僕も苦しい」生活難。

そこで僕は「とかく一杯飲んで、とかく寝てしまいたい」「按摩の味も覚えた」「全くよぼよぼのやくざ教師だ」と自嘲する。大変アワレな中年男である。そして在郷歌《ざいごうた》を長々と引用する。「とぜねがら（さびしけれや）酒飲め、云々」。「あわれな父、あわれな母、それをしょいこまされるあわれな子供たち、とぜねがら酒飲め」「妻の足の坐りだこを撫でてやりたいよ。日本の女のとりあつめたあわれさ、たこ」。あわれの連発にアワを食う思いだ。

特に話言葉としては往々嘲いものにされる方言が、書き言葉となると発揮する抒情の威力が十分に活用されている。

次に僕が特記している二つの「犯した罪」について。これは一つだけ考える。

## 1　戦中に「犯した罪」＝ウツ・ユク問題

僕は二つあるといっているが右の問題だけ考える。

前記のように僕は侵略戦争であることを知っていた。しかし「僕はただ、征伐・出征の征を『ユク』と読むのは間違いだといって生徒たちに教えられただけだ」。「ユク」が間違いなら何と読めと教えたのか書いてないので分りにくいのだが、旅立つという意味で使っていたとすると、そんなことは考えにくい。戦中派の私の体験から言っても、当時は中国人は「チャンコロ」であり、「暴支膺懲」「撃ちてし止まむ」等々のスローガンが支配していたのだ。生徒たちはウツという意味でユクと読んでいたのではないか、征にはユク、ウツの二つの意味があるのだから。

ただ、若い美男教師梅本が召集された時、征をユクと読ませてくれといったのは分る。彼は多分侵略戦争であることを知っていた。だからせめてユクと読ませてくれといったのだろう。ことばだけでもごまかしたかったのだろう。ところが僕は「『それだけは勘弁してくれ』という代りに彼の乞いを入れた」。僕は梅本には事実を言いたかったのだろうが、梅本の心情にホダされたのだろう。

## 2　僕の天皇制観・天皇像―戦後の諸改革

僕は戦後の諸改革の要めを「天皇制と天皇個人との問題だ。天皇制廃止と民族道徳樹立との関係だ。

あるいは天皇その人の人間的救済の問題だ」という。僕は天皇制と天皇個人を分けて考えている。「天皇で窒息している彼の個」「恥ずべき天皇制の頽廃から天皇を改革的に解放すること」といった具合にくり返し制度と個人を分けて考えることを強調し、天皇を制度の被害者、犠牲者に仕立上げている。戦前、戦中、戦後を通して異常、過剰なまでに「同情」で彼を修飾して描き出しており、批判さえも「同情」に包まれてしまう。これが天皇を人間としてみることなのだろうか。

天皇と僕はほぼ同年齢とみてよいが、一九二一年皇太子としてイギリスへ行った時の絵はがきを見て、欧州列強に囲まれた軍服姿の日本天皇を「大人に囲まれた迷子かのようで—僕は手で隠した—それは純粋な同胞感覚だった」と書く。これは天皇に対する「同情」などというものではない。天皇＝僕なのだ。または一九三五年（S一〇）傀儡としての満洲国皇帝溥儀《ふぎ》が来日した時の天皇の「威張ることを知らぬ」「善良そのものの図」が、描かれている、滑稽、奇型、奇異な天皇の外見を「同情」「善良」「愚直」といった語句で掩ってしまうので、天皇像は悲劇めかざるを得なくなり、僕は天皇に渾身の同情を捧げている。

天皇制が最もグロテスクな外見をとったのは、帰還した傷痍軍人梅本であろう。元美男の彼は「鼻、耳、くちびるがほとんどなくなって」いる。それについて僕はここでも言っている「天皇と天皇制とまで行かねばすべてを取りあつかう条件ができぬのだ」と。

公人としての天皇は国際的イジメラレッ子、自国の民衆に対しては愚かなまでに善良。

では私人としての天皇はどうか。それは「家」も「家族」も持てぬ「どこまでいっても政治的表現としてほかそれがない」人であり、「全体主義が個を純粋に犠牲にした最も純粋な場合だ。どこに、おれは神でないと宣言せねばならぬほど蹂躙された個があっただろう」。

僕は筆を極めて天皇の犠牲にされ方のひどさを訴えているかのようだ。しかし私には天皇にことよせて僕の口惜しさの叫びが聞えてくるようだ。僕もまた神でありたかった個を蹂躙された一人ではなかったか。天皇が祭り上げられた神なら、僕は叩きのめされた神ではなかったか。

だが天皇像は「愚直」「善良」のみではなく「学者であるかないかとなればあると僕が思うわけだ」。

この作品で私が最も重要と思うのは、南京陥落祝賀提灯振りの夜の天皇像の捉え方である。

「最後に宮城前へ行って声をあげてそれを振った。すると天皇が、濠をへだてて松の木の向うでそれに答えて振った。あのとき僕らは、これで戦争がすむ、これですんでもらわねばならぬと、希望を入れてよろこびで振ったのだ。天皇も同じだったろう。虐殺と暴行とが南京で進んでいた。しかし僕らも天皇もそれは知らなかったのだ。記憶をくりかえせば、僕らは、僕らも天皇も、これですむ、すんでもらわねばならぬという希望と願望とで、そしてそれをよろこびとしてあかい提灯を振ったのだ」（傍線筆者）。

当時国民の中には、十二月という年末だったし、首都が陥ちたのだから、戦争も終るだろうという考えがかなりあったと言われている。[①] しかしそれは僕と違って侵略戦争だからというのではなかった。

戦後南京大虐殺を知ったあとで、知らなかったと繰返すことですむのだろうか。希望と結果がくい違った時、希望のみを繰返すのは、結果責任の回避ではないか。まして僕は侵略戦争であることを知っていた、当時としては少数の知識人である。しかも当時地方新聞には郷土兵の手柄話として「何人斬殺した」という見出しの記事が増えていたのだ。[②] 特に「東京日々新聞（毎日新聞の前身）一九三七・十一、三〇付全国版朝刊の見出しには「百人斬り競争。両中尉、早くも八十人」とあり、そんな記事が誇らかに載っていたのだ。地方住みの僕がそれを知らぬはずがない。もともと日清戦争勝利以来の中国人蔑視の上にすすめられた戦争である。あらゆる戦争は虐殺と暴行以外の何物でもないと思うが、まして侵略戦争が何をしでかすか、しでかしたか。戦後に書く時に、知らなかったことを、希望にすりかえてすむとは思えない。己れの想像力の貧しさをこそ追求すべきではないのか。まして僕は「這ってでも彼ら（生徒）といっしょに行きたい―彼らをみちびきたいのだ」「僕は反省してみてやはり僕が正しい」「僕は教育者だ」と指導者意識、自信の強い人だから、自己批判も人一倍要求されるのだ。

さてもう一度僕の天皇像、天皇制観をまとめれば、天皇制の被害者、犠牲者、学者であり平和主義者でもありそうな、それゆえになおその被害者面がきわ立つアワレな存在である。

## 3　抒情の役割り

以上みてきたように、課題の叙述に僕は随所で歌っている。「『お前は歌ふな』と自身に呼びかけながら『五勺の酒』に至っても、なおかつ身をくねらして歌っている」と臼井吉見が評している通りだ[3]。何のために?自己救済のために。「犯した罪」の叙述が抒情まみれになる時、それは自己告発や贖罪ではなく、自己憐憫、自己免罪の歌と変質するのだ。それがこの作品で果している抒情の役割りである。つまり、僕は天皇像と自画像をアナロジーに捉えている。天皇救済と自己救済とは重なる。もともと僕は旧制大学卒のインテリ中学校長で、より天皇に近い社会的階層にあったのだ。僕の思想としての「犯した罪」と天皇の外見の奇型性とは照応している。ともに天皇制の犠牲者としてのアワレな天皇であり、僕なのだ。このアナロジーのハイライトは、繰返すが「天皇も（僕らと）同じ（思い）だったろうとなぜ言えるのか」という赤提灯振合いの場面だ。まさに君臣一如の（僕の―臣があってはならない―からいえばありうべからざる人間関係のはずである）理想図である。それを戦後にも戯画化するどころか懐しげに歌いあげている。真に天皇の人間的救済をいうなら、何よりもまず天皇の戦争責任④を追求すべきだと思うが、それは一言も言っていない。彼も天皇制の犠牲者だとみているかぎり、天皇制廃止は言えても、戦争責任追求はできぬ道理になるようだ。

この作品は「五勺のクダ」という心情に修飾、韜晦され、天皇救済に名を借りた自己救済＝免罪の歌なのだ。

（一九九二年　記）

注

①「太平洋戦争への道」朝日新書　一九九一・十・五〜十・二一　連載記事二回目。
②『昭和の戦争』近田吉夫　評論社　一九八七年八月
③『戦後』第七巻「人と文学（2）」臼井吉見　一九四八年
④「中野重治全集十二巻」の関係論文を読んだが、「天皇の戦争責任」については見当たらなかった。

参考文献

1　「中野重治の戦後の姿勢」小原元　『リアリズムと文学』一九六五年

2 「内なる鞭声」竹内栄美子『日本文学』一九九一年・八月号
3 『『犯した罪』のディスクール」伊藤忠『日本文学』一九九二年・二月号

**付記**

中野の天皇観は、戦前から戦後にかけて極端に変っているが、共通しているのは、非常に感情的だということだ。論理性がない。少し例を挙げてみる。

**戦前**（一九二九年三月）

（1）「鉄の話」（詩）

「おかみさんは縄を懸ける首を間違えたんじゃ（中略）。縄を奴と奴の眷族の首にかけろ（中略）。何なら『病気』で殺してやってもいい」

**戦後**（一九四六年以後）

（2）「道徳と天皇」（「アカハタ」一九四六・二・二二）

「あらゆる偽物も、天皇ほどのずうずうしさをみせたものは一人もない。きのうは神、きょうは人間というほどの烏《からす》ぶりをみせたものは一人もない。天皇は贋金《にせがね》つくりの王である。この烏こそ国民道徳の腐敗源である」

（3）「新人会の思い出」（東京新聞　一九四六・三・一〇）

「―国民は飢えていて、天皇とその一家とは食い太っている」「戦死者と寡婦とは国に充ちていて、天皇はまだ法廷に引き出されていない」

「五勺の酒」は一九四七年発表。（1）は戦前転向前のテロリスト風な詩だが、（2）（3）は「五勺の酒」よりわずか一年前の作品だ。まさに豹変というにふさわしい。これをどう解釈すればいいのか私には分からない。戦中彼が学び、出版した「斎藤茂吉ノート」で、茂吉のリアリズム精神を学んだはずだが、それが生かされているとは思えない。繰返すがなぜ天皇個人に戦争責任ありと明言し、解明しなかったのか、謎である。

物心ついた頃から「皇民＝すめらみたみ」と教え込まされた戦中派の私としては、天皇と天皇制は不可分のものであり、戦争責任ありと拘《こだわ》っている。

しかし、世代が新しくなるにつれ「五勺の酒」論も、ますます私の読みからは遠くなってゆくようだ。

（二〇〇四・七・一九記）

# 33 「YOUNG PEOPLE'S CONCERT'S」――L．バーンスタインの一つの仕事

〔一九九三年四月　日文協近代部会誌　第一二三号〕

一九九〇に死去したレナード・バーンスタインはクラシック音楽の普及を生涯の仕事とした人でもあった。事実、九〇年夏、不治の病いを抱えながら来日した彼は、札幌で、彼が提唱し、結成された「パシフィック・ミュージック・フェスティバル」のために若手演奏家達と練習し、指揮した。彼の死は帰国後間もなくの事だった。

その彼の若い時の仕事が、九一、九二年の二年間に亘って、ＢＳⅡで約二十回放送された。「YOUNG PEOPLE'S CONCERT'S」と題されたこの催しは、五才位から中学生位までの子供を対象にしたもので、五十年代半ばから十年以上に亘って、定期的に続けられたようで、彼の三十代から四十代にかけての仕事である。ニューヨークフィル、カーネギーホール、リンカーンホールといった一流のオケとホールを使って行われている。この催しはＴＶで全米に放送され、エミー賞を受賞している。

晩年の、老いて、肥って、いかめしくなった「巨匠」と比べ、若き日の彼の何とサッソウとしていたことか。

今回の放送は、戦中派なるが故に、音楽教育にも、環境にも恵まれなかった老女の私にも、たっぷりと無知の喜びを味わわせてくれているので、御承知の方も多いと思うがその一端を紹介したい。己れの愛する音楽を人にも伝えよう（教えてやろうではない）とする彼の心が伝わってくるいい仕事だと思う。

具体的にいうと、「音楽とは」「クラシックとは」という基本的なものからはじまって、「ソナタ形式」「旋法」「メロディ」「音楽の中のユーモア」「グスタフ・マーラー」等々、技術、内容、個人といったものにも及んでいる。基本や高度なものをも分かりやすく、質を落さずにユーモアをちりばめながら語り、かつ、弾き、歌い、指揮するバーンスタインは、なかなかの役者であり、魅力がある。

ここでは前記の「音楽の中のユーモア」と、「グスタフ・マーラー」について語りたい。無知をさらけ出すと、私はクラシックに笑いはないと思っていた。でも美しい喜びを与えてくれるからそれで充分と思っていた。

彼はユーモアの基本原理をincongrous（不調和）・意外性・ナンセンス等とおさえ、さらにそれを、ウィット、風刺、パロディ、カリカチュア、バーレスク等と区別する。そしてまず音楽的でないジョークを演奏しながら紹介し、ついで音楽的ジョーク、つまり上記のユーモアの各種類を、いろいろの作品を演奏しつつ紹介してゆく。最後に彼は、ユーモアとは笑いのみをめざすものではない、「真のユーモアとは、人を感動させ、いい気分にさせるものであり、音楽もそのためにある」といって、しめくくりに演奏したのがブラームスの交響曲4番ホ短調第3楽章（スケルツォ）であった。それこそユーモアに充ちた、見事に構成された五五分であった。

「マーラー」についてはその音楽に共感したというより、彼について関心を持たされたことと、あんな小さな子供たちに、語り、聞かせた彼の子供たちへの信頼に打たれたということだ。それはむろん「新しいマーラー像を打ちたてた最初の指揮者」といわれる彼の深いマーラー理解に裏打ちされている。これは六〇年のコンサートであり、昨今のマーラー流行など考えられなかった頃だろう。

「これを取り上げるといった時、ある人は、そんな難しいものが子供に分るか。終っても誰も拍手しないだろうといった。しかし私は子供こそマーラーのよき理解者であることを信じている。なぜならマーラーは人一倍、子供のような純真無垢、無邪気な一面を生涯持ち続けた」と強調し、マーラーの二重性、抱えこんでいた矛盾、葛藤について語る。主なものは、①作曲家にして指揮者②知性の大人と無邪気な子供③地理的、文化的二重性（旧チェコスロヴァキア生まれの彼は西洋と東洋の文化に影響された）④一九世紀ロマン派の最後の一人であるとともに現代音楽の創始者の一人等。そしてそれらの二重性が創り出したマーラー音楽の魅力を讃え、最後に「大地のうた」の終りの歌曲「別れ」を選んだ。

「―しかし春になれば、愛する大地では再び花咲き乱れ、若葉が茂る。命は巡る、永遠に。世界の果までも青々と輝く、永遠に」。

彼は歌詞を解釈する。「これはこの世に別れを告げる歌だが、本当はマーラー自身のロマン派への訣別の歌だ。彼は現代音楽も作ったが、本心はシューベルトやワーグナーを心から愛し、別れをいいたくなかった。だから「永遠に」を何回もくり返す、この世との別れを惜しむように」と。

「皆さんがその余韻にじっと浸っていたいなら拍手はけっこうです」といって棒を上げた。

さて、最後の「永遠に」のくり返しが終った時、拍手は起こらなかったか、起こったか。もし起こったとしたら、それにはどのような意味がこめられていたか、は、これをお聞きの皆さんの御想像におまかせします。

# 34　「芸術と文明」に学ぶ

〔一九九五年三月二〇日発行「あづま」福島県立図書館報〕

昨年九四年、私は『わが「時禱書」――ある女子師範生の青春』を出版した。四〇～四一年度の二年間に亘る福島女子師範時代の日記を基にまとめた記録である。

今回特に役立ってくれたのが表題の「芸術と文明」である。これは原題「CIVILISATION」、六九年英国BBC放送制作のTV記録番組シリーズであり、その脚本を基に出版された書名（法政大学出版局）でもある。NHKがTVで連続放映したので、私は主としてその録画テープを繰返し見ており、格好の西洋文明――芸術入門の役割りを果してくれている。この両者のキャスター、ライターが世界的に著明な美術史家、文明批評家といわれた英国のケネス・クラーク（一九〇三～一九八三）である。

私が今回特に彼から学んだものは何か。例えば彼の次のような言い方。

①一八世紀、キリスト教の衰退にとって代ったのは自然崇拝という神である。（むろん彼はそれが西洋文明に何を寄与したかを解明してゆくのだが）。

②ゴシック式の大聖堂は神の栄光のために、ニューヨークの高層ビル群は、富の栄光のために建てられた。

③ロダンのバルザック像が初めひどい非難を浴びたのは、それが当時の人々の常識を無視したからで

である。だがその像は、われわれの人間性を損わせようとする一切の勢力——虚偽、戦車、催涙ガス、イデオロギー、世論調査、機械化、コンピューター——といった一切に反抗するよう励ますものだ。

①②はともに対象を相対化する方法である。①は自然崇拝熱をキリスト教と、②は高層ビル群をゴシック建築と、一応それぞれ等価・併立させて共に相対化している。また時には③のように断乎一方の側に立ち、自由を守ろうとする。リベラル・ヒューマニストの面目躍如である。

私は右のようなクラークの発想をマネして、女師二年間の三つの支えを宗教とした。①初恋の福女時代の先生 ②文学信仰 ③自然崇拝である。またその先生の書いてくれたものや貰った本は聖遺物に喩えた。日本人で、クリスチャンでもないのにとも考えたが、西洋カブレなので押切った。最上の言葉を使うことによって、逆にそれを対象化、距離をおこうとしたのだ。決して対象を祀り上げて絶対化するための比喩としては使わなかったつもりである。私は何よりも感傷的、主観的なラブ・ストーリーになることを恐れたのだ。

クラークは西ヨーロッパの芸術・学問・工業技術等を道標に文明とは何かを探り、それは「創造力および人間の拡大された能力」の表現だという。それはあの「狂気と死の時代」を描こうとした私の本とは逆方向と見える。しかしあの暗黒の時代でも私は彼のいう文明的な生を求めたのだと思う。

私は原稿を書きつつ何度も「芸術と文明」の録画テープを見直しては、自己の生きた時代と日本について考えようとした。そして、極東の一老女がこんなに影響を受けていることを知ったら、地下の、或いは天国の Sir Kenneth Clark は、どんな表情をするだろうと想像した。

## 35　「レオナルド・ダ・ヴィンチ人体解剖図展」を見て
### ――解剖学的ヒューマニズムのススメ

〔一九九五年「心の窓」七月号〕

今年六月一〇日～七月三〇日まで、都の庭園美術館で表題の展覧会があった。人体解剖図などというと気味悪く恐ろしく面を背けたくなる。それは学校や病院等でみかける俗悪な色刷りの掛図や模型などに対する嫌悪、病気、死、犯罪などと連動して考えてしまうクセがあったためらしい。まして慢性的心臓神経症を持つ身としては尚更だ。

上記の展覧会について、同館の牟田行秀氏は朝日新聞で次のように紹介していた。「ひとつひとつ丹念に描かれた素描からは、人体という、自然がつくり上げた偉大な造形を前にした彼の驚きと感動が、時を越えて伝わってくる」彼にとって、「解剖とは真理の探求、つまり、人間とは何かという自己への問いかけだったのではないか」。私は、行かざなるまいと思った。人体のしくみがもし感動として感じられるならば、私の感性的認識も少しは変わるのではないか。神経症の治療にも役立つかも。

二三葉四一点のオリジナル素描は、十室位の小さな部屋に分けられ、細長いついたての上部のガラス張りの部分に裏表が見られるように展示されていた。照明がうす暗く、私は二つの老眼鏡をとっかえひっかえのぞきこんでみる恰好になったが、五〇〇年の星霜を経て精密な素描はなお確かなペン跡を見せている。女体も二、三体あるがほとんどは男体である。

この解剖図全体では、とくに骨学、筋学、局所解剖学的な面が秀れているといわれる。私がとくに迫力を感じたのは、①背骨 ②胸郭と腰と脚の骨 ③下肢の筋 ④心臓等である。②は一本の下脚が画面の1/3位の大きさで延び、伸筋のしくみがとくに指先から足首にかけて細かく力強く描かれている。そして例の如く上下左右の空間を埋める左利きの細かい文字の解説。④はウシの心臓というが、底辺から血管のある上部に向ってふくらんだ袋は、たっぷりきれいな暖かい血を湛えていそうだ。心臓という文字にさえ落着かぬ私にも動揺はない。色彩を使わぬ秀れた素描だから、かえってそのしくみの本質を理性的に捉えられるのかもしれない。そして相反することをいうようだが、人体のしくみは美しい。レオナルドが描いたから美しいのではなく、美しいからレオナルドは描いたのだ。神秘な美を感じたにちがいない。

ここから本題に入るが、私は解剖学的ヒューマニズムというものを考えた。人間観の問題である。いかなる人間も人間であるかぎり、同じく美しい肉体のしくみを持つのだ。しくみこそが人間を人間たらしめている基本要素である。その基本において人間は平等なのだ。ゆえにすべて尊重されなければならない。現世的貴賤の別、表面的美醜、民族の区別、能力の多少等々の差違は確かにある。しかしそれらは解剖学的見地にたてば人間を差別する理由にはならないはずだ。

一五年戦争で、日本は中国人をチャンコロ、米英を鬼畜と呼び自らに対しては神国日本と持ち上げ、その差別観の上に立って南京大虐殺、従軍慰安婦等の問題をひき起したともいえる。

戦後五〇年経って日本は経済大国になったが、同時にオウム真理教事件などを起すことによって犯罪大国にもなった。戦中派の私に言わせればその根本原因は戦争責任問題を追求してこなかった我々の思想的、道義的退廃にあると思う。今年六月七日朝日新聞の投書欄に四三才の主婦の「アジアの中で日本はオウム」という一文が載った。オウムがサリン事件等の疑いを晴らさぬまま新体制をいうことと、政府の不戦決議が同質のものであることに気付いたこと、戦後生れの自分に戦争責任はないと思っていたが、以上のことから自分もアジアの人々にとって加害者なんだと気付いた、と書いていた。その通りだと思う。

六〇年代、六〇年反安保闘争などもあり、マルキシズムを信じていた私は、神経症がひどく、日々の教職の勤めもやっとなのに、日記にはそれでも革命の文字がしばしば出てくる。驚いてしまう。ソビエト連邦が崩壊したからといって私はマルキシズムがすべて間違っていたとは思わない。しかし情況にあおられたとはいえ、革命をやたら望んでいたのは、飛躍しすぎていたと思う。むろん観念的に望んでいただけでそのための何の運動も私はしていなかったが、もっと地道に戦争責任問題等をこそ追求すべきだったと反省する。むろん、この稿も、私がいままで書いた三冊の本もすべて戦中派としての自己批判を目指しているつもりなのだが、それへの批判も忘れまいと自戒している。

## 36　ある女の生涯──抽象と具象のはざまで

〔一九九五年「心の窓」八月号〕

一九九五年七月七日、私の友人Mが生涯を閉じた。七二才。師範の一年先輩である。彼女は会津の地で生涯絵を描き続けた。そして、「私の究極の目的は抽象画だ」と最後になった電話での話合いの時も語っていた。しかしMはその抽象画を描くことなくこの世を去った。Mは具象を切捨てることができなかった。Mにとって抽象とは、具象とは何だったのか。遺作だといった「過ぎ去った祭り」は、Mの生涯を象徴しているように思えるので、独断を承知で解釈してみたい。

絵をお見せするのは困難なので、説明してみる。たて長の画布。バックは深い紺青。中央から左よりに大中小の四角が、左ふちに沿ってしだいに小さくなりつつ上ってゆく。そして上辺に近いところから右折し、中央を少し右よりになったところに浮ぶ中空の小さな赤丸の近くまで続く。底辺右より画面の1|2位の二等辺三角形の空間には、亀甲、菱形、松葉型等の伝統的な幾何学文様の群がうす青色に浮き出している。その文様の右半分から前記した四角形のつらなりのすき間を埋めるように赤い小さな短冊がつらなり、中心部あたりからその短冊は、灰色に小型になり、中心を右に横切っている。そしてその上部から前記の頂点の中空の赤丸の間にはかなり紺青の背景が広がっている。そう、ブラック・ホールのように。

下手な説明だが、大たいの構図が抽象的であることはお察し頂けるかと思う。次が具象の問題。それは最初に説明した中央から左ふちにかけてつらなり上ってゆく大中小の四角形の中の何枚かの絵にみられる。中央一番下の一番大きい四角形の中の絵は、村祭りで笛を吹く男達であり、風車、花火となり、異国風な（Mの好んだバリ島？）踊りともなる。それらの色調はくすんだ青で、造形力の確かさも伺えるが、絵全体の感じは重い。

さて最初の問題に戻るが、Mにとって抽象とは、具象とは何だったのか。独断的にいえば抽象は近代を、具象は前近代を意味すると考える。

この解釈は四角形の中の土着的具象が伝統的・前近代的郷愁、抒情に彩られていることに由る。抽象とはそれら前近代を論理化、再構築、再構成する思考、形象ではないのか。

ではなぜMは具象を越えられなかったのか。それをMの生涯から考えてみたい。Mは地主の伯父の家の養女とされ、婿養子を迎えて二人の娘を生んだ。一度は養家を逃げ出したが、伯父への恩愛の情にほだされて連れ戻されてしまった。その時Mの生涯は決定された。基本的には家のために生きるほかなくなったのだ。婚前も婚後もMの男遍歴は続いた。しかしMには初めからいとこのAという相思相愛らしい男性がいた。前記の最後の電話の時もMは語っていた。「Aに勝る男性はいなかった」と。見果てぬ夢ゆえになお美化されているのだろうが、その彼は、都内の娘の家で行われた仮葬の日に来ていた。

そのようなＭの生が、前近代をひきずった一生が、古めかしい抒情を帯びた具象形の中に、臨終画にまで生き延びていたのではないか。Ｍは、その娘の話によると臨終の時二人の娘に看取られることを望んでいたという。それは叶えられ、長女は母の頭を抱きかかえていたという。私にはＭの希望が意外だった。なぜそんな伝統的・神話的母子像を演出したかったのか。Ｍは娘達に対して負目があったのではないか。恐らく娘達に対しては愛情深い母であったろう。だがＭには真に愛する男性が他にいた。そうでない男性の子の存在は、自他を欺いた結果という意味で負目となっていたのではないか。だからこそより愛したろうし、最後に神話的母子像を演出・演技することにより、つまりかつて抱いた者に逆に抱かれることにより、その生を見せかけだけでも完結させたかったのではないか。

Ｍの死顔に私は無念の相の漂っているのを感じた。決して安心立命の相ではなかった。それが私に以上のようなことを考えさせたようだ。断続しつつも私とＭとのつきあいは半世紀続いた。そしてその死がやっと私にＭの絵と生について考えさせたのだ。何という遅さ、鈍さ、無関心さだろう。

あと何年か生きても理想の抽象画は描けなかったかもしれぬ。しかし抽象と具象のはざまを、近代と前近代のはざまを生きたＭの一生を考えた時、はじめてその死を悼む涙がこみあげた。おそらくそれは、自らの生を重ね合せての自己憐憫のそれでもあったろう。

# 37　読むこと・批評すること

〔一九九五年一二月　日文協近代部会誌　第一五一号〕

『日本文学』八月号に、二つの賢治論文が載った。

①「周縁人物」別当について―「どんぐりと山猫」と教育問題　米村みゆき

②宮沢賢治の童話に見られる批評性―「猫の事務所」の読みを通して　牛山　恵

右について改めて作品を読むとは、作品の批評性とは、について考えさせられた。これは近代部会誌なので主として①の米村読みについて考えてみたい。

独断的にいえばそれは文献読み、資料読みであり、かつ心情的道徳読みに連なってゆくものと考える。先行諸論文の中から欠けていると思われる問題を見つけ出し、多くの文献、資料を駆使して解釈してゆく。初めに文献ありき、なのだ。別当に対する関心からの読みとは思えない。なぜなら、そしてだから、別当に対する読みが部分的、表面的になっているのだ。

①を要約すると、筆者は別当が自己の手紙を悪文悪筆として恥じてこだわっていると読み、前記のように多くの文献、資料を駆使して別当を教育落伍者と位置付け、身障者とも見られるところから、賢治の差別意識批判に持っていこうとしているようにみえる。くり返すがこれはあまりにも部分的、表面的な読みではないか。

物語は「をかしな手紙」から始る。

「かねた一郎さま　九月十九日
あなたは、ごきげんよろしほで、けっこです。
あした、めんどなさいばんしますから、おいでんなさい。とびどぐもたないでくなさい
山ねこ　拝」

一読した少年一郎は、「うれしくてうれしくて」「うちじゅうとんだりはねたり」し、そのよろこびのせいか「まはりの山は、みんなたつたいまできたばかりのやうにうるうるもりあがつて、まつ青なそらのしたにならんでゐ」るように見える朝、誇張すれば、天地創造を思わせるような新鮮な朝、ふしぎのくに＝山猫の国に入ってゆく。ちょうどアリスが、チョッキのポケットから懐中時計をとり出して時間をみ、駆け出してゆくおかしなウサギに魅せられてふしぎの国に入っていったように。

まず、この別当が代筆した「をかしな手紙」をどう評価するかがカギなのだ。この手紙に魅せられない者は、山猫の国へもまた入れないのではないか。

しかし筆者は直接この手紙の評価にはふれていないし、別当のこだわり通りに否定されるべき悪文悪筆と見ているようだ。六五頁下段「『ぶんしやう』も『字』も『まるでへた』であったことを見逃してはなるまい。別当は教育落伍者と解釈される」はその証明になろう。

少年一郎を魅了し、老女の私をもおもしろがらせるこの「をかしな手紙」は果して否定されるべき悪文悪筆なのか。悪文悪筆とは何か、くり返すがこの「をかしな手紙」をどう評価するかで別当像も違っ

てくるはずである。

この「をかしな手紙」の対極にあるのが、最後の方に出てくる、山猫が次回からの手紙の文言として提案した「用事これありにつき、明日出頭すべし」という官僚的文言であろう。それは即座に一郎に拒否される。別当の「をかしな手紙」は、いわゆる模範文、標準文、教科書的文等の没個性的文に対する批判ではないのか。

「をかしな手紙」は必要な招待条件、時、事由、注意事項等を備えているし、悪筆かもしれないがちゃんと読める。その上、子供心、年より心をもそそるおもしろさを持っている。このような魅力ある「をかしな手紙」を書く別当は異形で、主人の山猫にひたすら仕え、裁判の場では革鞭を何べんもひゅうばちっと鳴らして、やかましいどんぐりたちを制する。最後に白い大きなきのこの馬車を駆って、山猫ともどもも消えてしまう。そういう妖怪変化の一種のようなイキモノの不思議な形象を、単なる教育落伍者とワクづけることは、この作品をつまらなくしてしまう。

なおこの作品についてはどんぐり裁判の場の読みの問題があるが、長くなるので②の牛山論文について一言。

「猫の事務所」…ある小さな官衙に関する幻想…

右は猫の社会に託して官僚機構、権力機構を劇画化、風刺化、滑稽化した童話である。不充分ではあってもこのような作品は日本では珍しいのではないか。私は笑ってしまった。その虚構化された表現にこそ批評性があると思う。

しかし牛山読みは、そのおもしろさを読みとることを抜きにして、現実のイジメ問題に直結させた道徳読みになっている。初めにイジメありきなのだ。つまりせっかくの知的作品を心情的な道徳作品にしてしまっている。イジメル者もイジメラレル者もともに滑稽なのだ。その知的距離の大切さこそ、改めて私がこの作品から得た教訓である。

（この稿は、九月の国語部会の合評会での発言をまとめ直したものである）。

## 38 「汚れ」について

〔一九九六年「心の窓」一月号〕

私は花が大好きだ。ほとんど花を断やしたことはない。むろん庭なぞないから花屋に買いに行く。近年は生活の豊かさの反映とやらで八百屋やストアでも売るようになった。そこで私が気づいたのはユリの花の花粉を取ってしまうことだ。市内六、七軒全部がそうだ。おそらく全国的な風潮なのだろう。はじめて花粉のないユリを見た時、驚いて訊ねると、客が、花びらが花粉で汚れる、衣服も汚れるというから取ってしまうのだとのこと。私は亜然とし、ついでそれはユリに対する冒瀆だ、どこまで人間はゴーマンなのかと怒りがこみあげてきた。私は花粉を取ったユリは買わない。それは私にとってはもはやユリではないのだ。

そこで私のユリ論――花論を述べてみよう。例えばカサブランカ。御承知のように純白の六枚の花びら（外側の三枚はガクの変形）が直径二七センチ位までに大きく開く。（周知のように花びらは、雌雄のしべを守り、また虫を呼ぶために、色や形を美しく粧っている）。その中心からうす緑の一七センチ位の雌しべが突き出て、そのまわりをそれよりは四センチ位短い六本の雄しべがとりまく。そのうす緑の花糸の先のT字形の葯《やく》が裂けて赤茶色の花粉が溢れ出る。それら純白、赤茶、うす緑の三色の配合が互いを引き立たせてユリの色彩美、形態美を創っているのだ。自然の配合・配色にムダはない。造化の妙の一言に尽きる。北原白秋が詠んだ「ばらの木にばらの花咲く。何事のふしぎなけれど」なのだ。花粉—葯《やく》を取られた花糸のとがった先端の何と間が抜けたあわれさよ。それはもはや雄しべではないし、従って雌しべの存在も無化されてしまう。それは性的には男のいない女ばかりの世界を意味する。いくら男社会でもそれでは味気なさすぎ、窒息しそうだ。両性がいてこそこの世はおもしろいのだ。以上からも分るように私にとっては花粉のついた花びらを汚れたとする感覚はない。気にならない。衣服についてもすぐとれる。

買った花をどうしようが個人の自由かもしれぬ。しかし私にはゆきすぎた清潔志向にみえる。かつて朝シャンという語がはやった。若者が毎朝シャンプーで先髪する習慣の略語だった。日常用品の広告にも抗菌、防臭、防ダニ、防カビ、防湿、衛生的等の文字がやたら目につく。私も汚ないのが好きなわけではない。戦中派なので、高度成長までの日本がいかに貧しく、汚なかったか私なりに知っている。たしかに日本は清潔になった。その目玉の一つは公衆便所だろう。入れなかった私も今は愛用している。

さてユリなどを買うのは女が多いようだ。そして彼女らの花粉どりを行きすぎた清潔志向と非難したくなるのは、それが均衡がとれていないと思うからだ。つまり目に見える汚れ?には過敏に反応するが、見えない汚れ—精神の汚れに対しては寛容なのではないか。なぜなら、精神の汚れはいまや日本中を掩っているかに見えるからだ。その最大原因は戦争責任の問題にある。侵略戦争を認め、謝罪しないことが元従軍慰安婦問題をはじめ次々に問題をいつまでも起していく。そして、その道徳的退廃が政治の底知れぬ腐敗やオウム事件等の温床となっている。

ユリの花粉取りは、大きな精神的腐敗を自浄できぬ情ない我ら日本人の無意識の代償行為なのだろうか。

終りに少女の頃愛読した与謝野晶子の歌をあげておきたい。

花に見ませ王のごとくもただなかに男《を》は女《め》をつつむうるはしき蕋《しべ》

（「恋衣」明治三七年（一九〇四）刊）

# 39　宮沢賢治の戦争支持思想について

〔一九九七年二月　日文協近代部会誌　第一六四号〕

一九九六年は賢治さわぎの年でもあった。賢治賛歌が巷に満ちた。私も戦時中からの賢治好きの一人ではあるが今回は白けた。九五年あたりから特に流行の萌しがあり、私は賢治はあまりボロを出さずにいい時に死んだ、と思っていたが、九六年には、もっと長生きしてもっとボロを出せばよかったのにと思うようになった。

ボロとは彼の戦争支持の思想である。それをまず最初に思い出させてくれたのは、九五年刊の米田利昭著『宮沢賢治の手紙』（大修館）である。この本は賢治の文学観、宇宙観—宗教観、近代観等を知るのに大変役立った。

賢治の戦争支持思想についてより明確に指摘したのは、私の知るかぎりではＮＨＫ「人間大学」講座での畑山博である。彼は賢治の「アキレス腱」として次の二つの手紙を例にあげている。

①　誠に幾分なりとも皆人の役に立ち候身ならば空しく病痾にも侵されず義理なき戦に弾丸に当る事も有之間敷と奉存候。若し又前生の業今生の業に依り、来年再来年弾丸に死すべき身に候はば只に今に至りて嘆くとも何の甲斐か候べき。義ある戦ならば勿論の事にて御座候。（中略）戦争とか病気とか学校も家も山も雪もみな均しき一心の現象に御座候。その戦争に行きて人を殺すと云ふ事も

殺す者も殺さるる者も皆等しく法性に御座候（大正七年（一九一八）二月二十三日、父政次郎宛）

② 万里長城に日章旗が翻へるとか、北京を南方指呼の間に望んで全軍傲らず水のやうに静まり返ってゐるといふやうなことは（中略）あらゆる辛酸に尚よく耐へてその中に参加してゐられる方々が何とも羨しく（中略）既に熱河錦州の民が皇化を讃へて生活の堵に安じてゐるといふやうなこと（中略）どうかいろいろ心身ご堅固に祖国の神々の護りを受けられ、世界戦史にもなかったといはれる此の度の激しい御奉公を完成せられるやう祈りあげます（後略）（昭和八年（一九三三年）八月三十日、伊藤与蔵宛）（注　傍線部分鈴木）

「アキレス腱」には二つの意味がある。一つは強者の持つ弱点、もう一つは致命傷。畑山は前者の意味に使っている。賢治はそのために「悩んだ」そして「間違いなく、自分の中に巣くっている宗教的な精神の澱よりも、文学によって求められる自由で豊かなロマンの方を大切に思って死んだ」と庇っている。しかし、その歯止めはほんとにあったのだろうか。もっと長生きしていたら二つ目の手紙の明確な戦争支持がもっと強まりはしなかったろうか。なぜならそれは彼の法華経信仰─宇宙意志の思想と結びついているからである。彼はまた科学と宗教の一致を説いているが、その場合宗教に科学が一致することを考えている。宗教とは宇宙意志実現の別名でもあるから、科学はそのための手段となる。その最も悪しき例を私は九五年のオウム事件に見た。つまり何を宇宙意志と考えるかは各宗教によって違うのかもしれないが、賢治の手紙①を読むと「義ある戦」なら死ぬのも当然といい、その戦争で殺し殺されるのも法性、つまり佛の意志だと書いている。この手紙の一九一八年は、第一次大戦終結、日本のシベリア出兵、賢治の徴兵検査の年である。それが②の第二次世界大戦の時代にはもっと直接的に日本の侵略戦争を支持するものとなっている。「熱河錦州の民が皇化を讃へて」、「祖国の神々の護りを受け」、「世界戦史にもなかったといはれるこの度の激しい御奉公」とかとその時代の支配的思想がそのまま宇宙意志となっているようだ。そこに宗教の、宇宙意志の危うさ、恐ろしさがある。

ところで西郷竹彦は、自己の授業記録集4『「注文の多い料理店」全記録』(明治図書　一九八八年)の中でこの作品のテーマを「命を大切にしよう」と捉え、それを子ども達に強く指導してゆく。事前に「なめとこ山の熊」を読ませておいてという周到ぶりである。共同研究者のある大学教師が、『注文』からそんな徳目を感じるのはおかしい、と批判しているが西郷は、「特に賢治の作品だから、命の大切さを教えたい」と強調して譲らない。

確かに賢治はそういう作品を書いている。しかし動物の命を大切にせよという賢治が、一方で人が人を殺す戦争を強く支持している矛盾を見逃してはならないと考える。

賢治の戦争支持思想は、作品との関係でも、もっと論じられなければならないとは思うが、前述のようにそれには触れぬ賢治賛歌が多すぎるので、とり敢えず問題提起をしておきたい。

# 40　私にとっての日本語

〔一九九八年七月　日文協近代部会誌　第一八〇号〕

今を去る約三〇年前、国立療養所多磨全生園分教室の小学校に勤めていた私は、六年生に「最後の授業」（ドーデー作）を取上げた。

児童の中に在日コリアン児が二名いたからである。六年生六名（全部女子）の感想文は、作中のアメル先生やフランツ少年には、共感・同情しているのに自分の問題としては皆、まったくそれを裏切るような内容になっている。その落差が今の私にはとてもおもしろい。

特にその中でK子（日本人）の次の感想は、今の私のそれでもある。

「私は日本人として、アメル先生みたいに、国語がそんなにだいじかどうか、まだわかりません。」

国語を今私は日本語と大ざっぱにおきかえておく。つまりこの年（七四才）になって私は日本語がほんとに私にとって唯一無二の大切なものかどうか分らなくなっているのだ。理由は、他国の言語と比べることができないからである。生まれた時から日本語で育てられ、他国語を知らず、まして戦時中はほとんど何も疑うことを知らぬ愛国少女だったからである。

ところが近年、そういう私を考えさえる現象がいろいろおきている。

たとえば国際的なピアニスト内田光子（四〇代）は「日本語はあいまいだから、考えごとをする時は英語を使う」という。彼女は十二才の時外交官の父とオーストリアに赴き、そこの音楽大学に入る。現在はロンドンに居を構えている。おそらく英・独語に堪能なのではないか。

その他日本人でありながら独語や英語で小説を書く人が出てきているし、おひざ元の日本でも、在日コリアンの文筆活動は、めざましくなる一方である。

戦後、戦中の私の精神を形成していたのは、とくに短歌にみられる抒情的、主観的な日本語ではないかと自己批判を持つようになった私には、とくに内田光子の発言は共感できるのだ。ともかく国家、文化を選ぶ自由が持てるようになっているのだ。

最近フランス語ＴＶ講座テキストのフランス文化シリーズ（三月号）及びＴＶで取上げていた九五年度ゴンクール賞作家、アンドレイ・マキーヌ（現在四〇代）の話はおもしろかった。

シベリア出身の彼は幼時からフランス人の祖母にフランス語と文化を教えられ、日常はロシヤ語、詩と文学の言葉はフランス語と考えるようになり、その二国語の違いの向うに、美なるものを追求、表現しようとするようになる。

八七年のペレストロイカは、彼にとっては古き良きロシアの崩壊、アメリカ式資本主義化であり、それに耐えられなかった彼はフランスに亡命し、フランス語で書いている。バイリンガルで育った彼は、言語に対して鋭敏な感覚、問題意識を持つようになったという。

なぜフランスに亡命したかの問いには「人は皆この地上の亡命者ではないか」と答えている。とても自由な考え方をしているようだ。

筆者の三浦信孝（中央大）は、大昔から人種のるつぼであったフランスを矛盾の国としてとらえ、さらに「クレオールとしてのふらんす」と形容している。そして「個人を民族的起源によって分類するのは二一世紀にはもはや意味をなさなくなるのではないか」と言っている。

その是非はともかく、A・マキーヌのような存在は、今の私にとっては、とても羨ましい。かなわぬ夢であるがゆえになお羨ましい。

彼のゴンクール賞作品「フランスの遺書」（*Le testament francais*）は私の好きなプルースト的美意識を持った小説だという。一日も早い邦訳を望んでいる。（二〇〇〇年一月発行、水声社）

日本語しか知らぬ、それもよく知っているとは言えぬ私は、せめてそれをできるだけ論理的に使いたいと願うのみである。

# 41 「高瀬舟」（森鷗外）私の読み

〔二〇〇五年一〇月　日文協近代部会誌　第二五八号〕

「高瀬舟」はおもしろい。

主な登場人物は①喜助、②弟（名無しだが喜助の弟）、③庄兵衛の三人である。

主人公は、弟だと考える。彼ら兄弟はルンペンプロレタリアートであり、今なら弟は自殺する代りに、テロリストにでもなったかもしれない。また弟の無名性は、大衆を表すと考えられる。

物語は、弟殺しをしたという罪人の喜助を、羽田庄兵衛という京都町奉行の同心（下級役人）が、島流しにするための護送に乗込んだその舟中で、庄兵衛が喜助の弟殺しという罪の話を聞くという形をとっている。

まず喜助のあらまし。「三十才ばかりになる色の蒼い痩男《やせおとこ》」「遊山船にでも乗ったような顔をしている」「両親は早くに死に、いぬねこ同然に近所の人にかわいがられた」「掘立小屋同然の住居」「二人でいつも仕事を探していたが、空引機《そらびきばた》に勤めるようになった」喜助は約三十才、弟は二十代後半と察せられる。

空引機とは、一人は床の椅子に腰をかけ、一人は上方に坐って、上下で調子を合わせて糸をやりくりしつつ、錦綾《にしきあや》等花紋のある高級布地を織ってゆく方法。中国から輸入の古い伝統を持つ織方であり、む

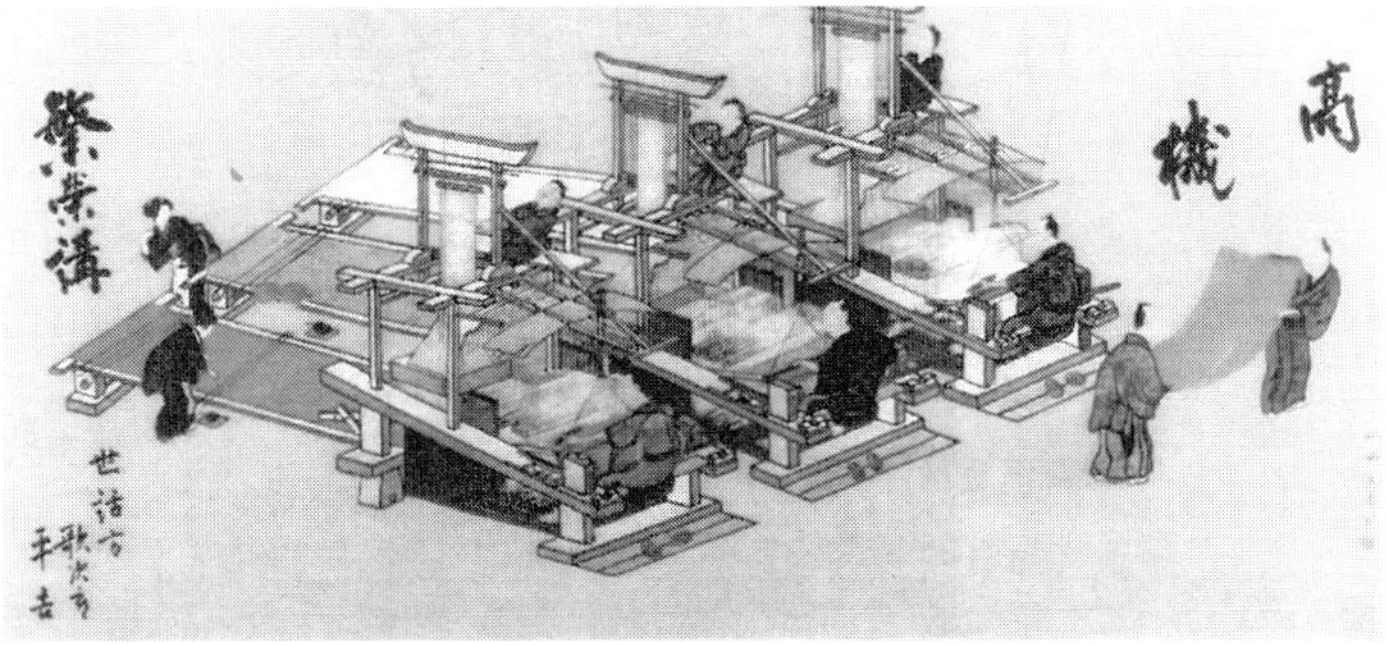

空引機《そらひきばた》

ろん上層階級の需要に応じるものであり、それらとは無縁の、住むに家なく、妻子も持てぬ極貧の彼ら兄弟のような人達も働いていたわけだ。

二人がそこで働いた期間は、約七〜八ヵ月位か。空引機で働き出したのが「去年の秋」で「弟殺しの罪」で島《しま》流しされるのが「次の年の〝入相の鐘に桜散る春の夕〟」とあるから。

低賃金、長時間労働に、一年も働かないうちに弟は病いに倒れ、一人掘立小屋で寝ていたのだろう。それまでの極貧生活、その上に空引機の仕事は、弟にとっては辛かったのだろう。

だがなぜ弟は、苦しい首切り自殺を計ったのか、首吊りの方がラクだったろうに——これは安楽死の問題と関わってくるだろう。

弟の場合の安楽死——首切り自殺の失敗を助けて楽にして＝死なせてやったのは、どうせ助からないのだから、早く苦しみから逃れさせた方がよいという意味で、首切りという劇的な方法を使って安楽死を読者に肯定させるようにしたのだろう。

もっと考えれば、弟は体が弱かった上に、前述のように空引機の仕事も一年も続かず休んで寝ていた。そういう人間は国家・社会にとって無用であるからさっさと死んでもらった方がよいという為政者の考えを庶民に納得させるために、首切りという劇的方法を使って、安楽死を合理化したのではないか。

つまり、兄の喜助もまた前述の国家意志に同意しているからこそ、弟の死に何の悲しみも反省もなく、生れて初めて手にした三百文（現在価二万―三万）に将来の希望を托し、すっかり自足―自己満足しているのではないか。それは、知足などという、高尚な道徳観とは思えない。

繰返すが、喜助は、弱者切り捨ての国家意志の共犯者であるとともにまた被害者でもあるのだ。

これが発表されたのは、一九一六年（T五）。一九一〇年（M四三）には大逆事件が起こされている。この一九一〇年代の主な世界の政治的事件をみてみよう。

〇一九一六年（T五）ローザ・ルクセンブルク、共産党結成。レーニン「帝国主義論」執筆開始。

〇一九一七年　ロシヤ革命。ロマノフ王朝の専制政治が倒壊。十一月、ボリシェヴィキにより、ソビエト政権が樹立。世界最初の社会主義革命を宣言。

鷗外はこれらの社会主義革命を早くから予知、予感することの出来る立場にいたはずである。社会からの貧困の追放が国体変革《へんかく》にまで及ぶのを恐れた彼は、特にそれを喜助の知足という高尚な道徳観によって共犯者としようとしたのではないか。

# あとがき

この『ある戦中派の軌跡』で、私は合計六冊の記録や論文等を書いたことになる。再記すれば

1『らい学級の記録』一九六三年
2『鏡のむこうの子どもたち―訪問学校のなかから』一九八四年
3『わが「時禱書」―ある女子師範生の青春』一九九四年
4『書かれなくともよかった記録―「らい病」だった子らとの十六年』二〇〇〇年
5『「らい学級の記録」再考』二〇〇四年
6『ある戦中派の軌跡』二〇〇六年

右に共通しているのは、結果として、人権の問題だと考える。それをはっきり意識させられたのは、四冊目あたりからである。基本的には「らい」問題を記録や論文を通して「らい予防法」廃止という、歴史、政治、社会的事件に出会ってからである。

国家権力が、侵略戦争に勝つために、病者や障害者にどんな非情な行動を取ったか、取るか、戦中派の私にはやっと分ってきたのだ。

それで改めて戦中をどう反省し、戦後をどう生きてきたかを問い直そうとしたのが、今回の本である。そのための資料として、幸いにも私は、小学二年、七歳頃からの綴方や成績物、日記等を保管しているので、教育的コットウ品にすぎないかもしれないが、それに大いに語ってもらいたいと思っている。戦後は主として『日本文学』等の会員誌に依る論文が多い。

しかし、二〇〇五・九・一一の総選挙の結果は、また昔の再来を予告しているように感じられる。今回はかつての大敵であったアメリカの手先になることによって、また新しい戦中派を作り出そうとしているようだ。

今回も学文社に出版をお願いすることにした。わがままな私は、今回も責任者の三原多津夫氏、編集者落合絵理さんにかなり御迷惑をおかけしました。

また学文社を紹介して下さった旧友小林義明（大東文化大学非常勤講師）さん、今回もかげながらお世話になりました。

二〇〇五年十二月、八十一歳の年の暮れ「フィガロの結婚」（モーツァルト）を聞きながら

鈴木　敏子

[著者紹介]

鈴木 敏子 (すずき・としこ)

1924年 福島縣生れ
1940年 縣立福島高等女学校卒
1942年 縣立福島女子師範学校二部卒
1960年～1976年 国立療養所多磨全生園、全生園分教室小学校勤務
現在 四十余年間日本文学協会会員として、各部会に出席、機関誌「日本文学」に論文等を発表。
主な著書 ①『らい学級の記録』明治図書 1963年
②『鏡のむこうの子どもたち―訪問学級のなかから』創樹社 1984年
③『わが「時禱書」―ある女子師範生の青春』オリジン社 1994年
④『書かれなくともよかった記録―「らい病」だった子らとの十六年』自費出版 2000年
⑤『「らい学級の記録」再考』学文社 2004年


ある戦中派の軌跡 ◎検印省略

2006年3月20日 第1版第1刷発行

著者 鈴木敏子


発行者 田中千津子 〒153-0064 東京都目黒区下目黒3-6-1
電話 03 (3715) 1501 (代)
FAX 03 (3715) 2012
発行所 株式会社 学文社 http://www.gakubunsha.com



印刷 新灯印刷
乱丁・落丁の場合は本社でお取替えします。
定価は売上カード，カバーに表示。

ISBN 4-7620-1481-8